ro
ro
ro

rororo

Matt Rudd ist Redakteur bei der «Sunday Times». Im Namen des Journalismus hat er es bereits allein mit drei mexikanischen Wrestlern aufgenommen, eine Affäre in Second Life gehabt, sich auf einer japanischen Toilette blaue Flecken geholt und seiner Frau Harriet mit der neuesten GPS-Technik nachspioniert. Er hat außerdem Marks-&-Spencer-Slips einem Belastungstest unterzogen, spricht aber nicht gern darüber. Er lebt mit Harriet und den zwei gemeinsamen Söhnen im englischen Kent.

Im Rowohlt Taschenbuch Verlag erschien bereits ein Roman mit dem sympathischen Antihelden William Walker, «Junggesellenabschied» (rororo 24241).

MATT RUDD

Rumeiern

ROMAN

Aus dem Englischen
von Julia Walther

ROWOHLT TASCHENBUCH VERLAG

Die Originalausgabe erschien 2010 unter
dem Titel «William's Progress» bei
HarperPress/HarperCollins Publishers, London.

Deutsche Erstausgabe
Veröffentlicht im Rowohlt Taschenbuch Verlag,
Reinbek bei Hamburg, Oktober 2011

Redaktion Anne Fröhlich
Umschlaggestaltung any.way, Barbara Hanke/Cordula Schmidt
(Foto: thinkstockphotos.de)
Satz Foundry Wilson, InDesign, bei
Pinkuin Satz und Datentechnik, Berlin
Druck und Bindung CPI – Clausen & Bosse, Leck
Printed in Germany
ISBN 978 3 499 25611 0

JANUAR

‹Alle zehn Sekunden bringt irgendwo
auf der Welt eine Frau ein Kind zur Welt.
Man muss sie finden und aufhalten.›
Sam Levenson

Dienstag, 1. Januar

Ich bin Vater.
Ich habe einen Sohn.
Mein Sohn lebt.
Meine Frau lebt.
Mein Sohn und meine Frau sind beide am Leben.
Ich bin am Leben.
Wir sind alle am Leben. Frohes neues Jahr.
Ich bin Vater. Genau jetzt in diesem Moment. Seit dreiundvierzig Minuten. Seit dreiundvierzig Minuten bin ich Vater.

• • •

Es muss die kalte Luft gewesen sein, als ich aus der Entbindungsstation nach draußen kam. Natürlich nicht nur die kalte Luft. Ich bin, unter normalen Umständen, durchaus fähig, bei Kontakt mit kalter Luft nicht ohnmächtig zu werden. Da waren auch noch andere Faktoren im Spiel. Ein leerer Magen, zum Beispiel. Ich hatte seit sechsundvierzig Stunden nichts mehr gegessen. Man verliert den Appetit, wenn die Frau einen anstöhnt, die Hebammen einen anbellen, sich gewisse Körperteile nicht schnell genug weiten und alles schiefgeht. Sechsundvierzig Stunden lang.

Meine einzige Nahrungszufuhr während dieses ganzen Debakels war ein hastig hinuntergestürzter Whisky in den frühen Morgenstunden der ersten der beiden Wehen-Nächte, als Isabel und ich (und ihr Babybauch) noch alleine waren. Den Whisky habe ich aus rein medizinischen Gründen zu mir genommen. Zu diesem Zeitpunkt lagen ‹wir› seit gut achtzehn Stunden in den Wehen, und ich brauchte etwas, um mein Durchhaltevermögen zu stärken und mich davon abzuhalten, schreiend aus dem Haus zu rennen. Schreiend aus dem Haus zu rennen wäre die weitaus vernünftigere Alternative zu der kompletten *Reservoir Dogs*-Erfahrung gewesen, die mir noch bevorstand. Isabel und ihr Babybauch wären gut ohne mich klargekommen.

Schlafmangel: ein weiterer der mildernden Umstände, die dazu führten, dass ich in einem Gebüsch neben der Krankenwagenhaltebucht zusammengeklappt bin. Ich bin noch nie in meinem Leben sechsundvierzig Stunden lang wach geblieben. Hartgesottene SAS-Männer geben brisante Militärgeheimnisse preis, wenn man sie so lange am Schlafen hindert. Aber ich bin kein hartgesottener SAS-Mann, und man hat mir ebenfalls nicht gestattet zu schlafen. Vielleicht hätte man es mir erlaubt, aber ich habe mich nicht getraut zu fragen: Man will während dieser (vielen) entscheidenden Stunden ja nicht so wirken, als versage man seiner Frau die Unterstützung.

Wie sich herausstellte, waren die ersten achtzehn der sechsundvierzig Stunden, jene bis zum Whisky, gar keine *echten* Wehen. Es handelte sich lediglich um Eröffnungswehen, eine Art Aufwärmphase, die sich der liebe Gott ausgedacht hat, damit alle Beteiligten schon völlig erschöpfte, sabbernde Wracks sind, wenn es dann richtig losgeht.

Ich habe diese Phase nicht sonderlich genossen. Und ich bin mir ziemlich sicher, dass es Isabel ähnlich ging. Sie hatte etwa alle Viertelstunde diese Bist-du-sicher-dass-das-noch-keine-richtigen-Wehen-sind-Krämpfe. Und wenn ich Krämpfe sage, dann meine ich so richtig auf allen vieren, mit Stöhnen und Kreischen und Spucken wie das besessene Mädchen in *Der Exorzist.* Ich habe ihr verzweifelt, hilflos den Rücken gestreichelt, wie uns das im Geburtsvorbereitungskurs empfohlen wurde. Woraufhin sie sagte: «Was zum Teufel tust du da?», und ich erwiderte: «Ist schon in Ordnung, Schatz. Fluchen hilft dabei, Spannung abzubauen. Das haben sie im Kurs gesagt.» Sie: «Na gut. Aber jetzt hör gefälligst sofort auf, mich am Rücken zu kitzeln, oder ich bring dich um.» Darauf ich: «Ja, Liebling.» Woraufhin sie eine 360-Grad-Drehung vollführte.

Das waren die Eröffnungswehen. Achtzehn Stunden, die nur von der Hebamme unterbrochen wurden, die in regelmäßigen Abständen vorbeikam und sagte: «Gut gemacht, meine Liebe», bevor sie wieder verschwand. Auf halber Strecke wollte ich von Isabel wissen: «Bist du sicher, dass du immer noch eine Hausgeburt willst? Denn sonst könnten wir jetzt ins Krankenhaus fahren, wie alle anderen auch. Da haben sie hübsche Monitore und Schläuche und Medikamente und so Zeug.»

Dann der Whisky. Dem Himmel sei Dank für den Whisky. Eine Minute lang, eine wunderbare, kostbare Minute lang herrschten Frieden und Stille. Die Nerven beruhigten sich. Die Uhr zeigte 1 Uhr 30 nachts, und ich überlegte, ob ich vielleicht ein klitzekleines Nickerchen machen könnte, wo wir uns gerade alle angesichts dieses ganzen Geburtsdingens ein wenig zu entspannen schienen.

Nein. O nein. Der Augenblick der Ruhe verpuffte, als Isabel einen richtigen, echten, gruseligen Schrei ausstieß. Einen nie zuvor gehörten Laut. Wäre man mit einem Jeep auf einer Nachtsafari im Okavango Delta unterwegs, würde man bei diesem Laut umgehend den Ranger bitten, sofort ins Camp zurückzufahren. Es war ein Laut, der einem das Blut in den Adern gefrieren und einen auf die Knie sinken und beten ließ, selbst wenn man nicht an Gott glaubte: Er möge bitte dafür sorgen, dass all das hier aufhörte.

MEIN GEBET

Lieber Gott,
wenn du uns heil durch diese Sache bringst, diese furchterregende Sache, dann verspreche ich, nie wieder ungeschützten Sex mit meiner Frau oder irgendjemandem sonst zu haben. Ich verspreche, dir mein Leben zu widmen und den Rest meiner Tage damit zu verbringen, durch die Welt zu ziehen und dein Evangelium zu predigen. Ohne Schuhe und alles. Mach, dass die nächsten Stunden so schnell und schmerzlos vergehen wie nur möglich, o Mächtiger, und

ich werde mich nie, nie wieder wie ein Depp verhalten, ich schwör's hoch und heilig. Und ich werde das Baby im christlichen Glauben erziehen, statt es zu ermutigen, einen logischeren, humanistischen Weg einzuschlagen, ich verspreche es.

Amen.

... Und das war er: der Anfang – bloß der Anfang – der ‹echten Wehen›. Volle Kraft voraus. «Hier spricht Houston, Sie sind freigegeben zum Start», sagte ich zu Isabel in dem Versuch, vorfreudig und positiv zu klingen.

«Wenn du nochmal irgendwas von dir gibst, was mich mit einer Weltraumfähre vergleicht, bring ich dich um», erwiderte sie. «Und jetzt ruf die Hebamme an und sag ihr, sie soll herkommen.»

Die Hebamme kam. Vier Zentimeter geweitet, sagte sie. Nur vier? Noch sechs volle Zentimeter. *Sechs!* Verdammt. Ich meine, verflixt. Tut mir leid, lieber Gott. Ich setzte zu einem weiteren Gebet an, aber die Hebamme unterbrach mich mit der Anweisung, ich solle mich nützlich machen, indem ich die Geburtswanne aufpumpte. Ja, natürlich, die Geburtswanne. Ich muss die Geburtswanne aufpumpen.

AUFBLASBARE GEBURTSWANNE: GEBRAUCHSANWEISUNG

1. Wichtig: Stellen Sie sicher, dass Sie die Wanne vor Gebrauch bereits ausgepackt und aufgepumpt haben, um sich mit der Ausrüstung vertraut zu

machen und sicherzugehen, dass keine Mängel vorliegen. Die Aquasqueeze GmbH erstattet keine Kosten, sollten Wannendefekte erst während des Geburtsvorgangs entdeckt werden.

(Ehrlich gesagt war es schon ein Wunder, dass ich die Bedienungsanweisung überhaupt las, geschweige denn vor dem ersten Gebrauch. Also wirklich, als ob es nötig wäre, ein besseres Planschbecken einem Probelauf zu unterziehen.)

2. Schließen Sie die Pumpe an.
3. Pumpen Sie.

Warum hatte ich das Planschbecken keinem Probelauf unterzogen? Das hier war verdammt nochmal eine Geburt. Da erlaubt man sich keine Patzer. Aber es war nur eines von diversen Dingen, die ich nicht getan hatte. Ich hatte auch keines der Babybücher gelesen, die Isabel mir hingelegt hatte. Ich hatte nicht sonderlich oft ausgeschlafen. Ich hatte das Badezimmer nicht gestrichen, das scheußliche alte Badezimmer mit seiner scheußlichen alten Wandfarbe. Die Geburtswanne war meine geringste Sorge gewesen. Was sich jetzt natürlich als falsch erwies.

Es dauerte vierzig Minuten, das Becken aufzupumpen, während deren die Fußpumpe und ich uns mehrmals in die Haare kriegten. Ich verstauchte mir den Knöchel, und mir wurde zweimal extrem schwindelig. Hätte den Whisky besser nicht trinken sollen. Es dauerte weitere neunzig Minuten, das Becken mit Wasser zu füllen, indem ich leicht panisch eine komplizierte, improvisierte Methode mit einem Gartenschlauch, einem Sieb, einer Plastiktüte und der Wanne entwickelte. Warum hatte ich das nicht alles schon viel früher ausprobiert? Idiot, Idiot, Idiot.

Das Leck wurde gegen vier Uhr morgens entdeckt, lange nachdem die Hilfshotline der Aquasqueeze GmbH geschlossen hatte. Wobei die vermutlich sowieso für die gesamte Weihnachtszeit und den Jahreswechsel dichtgemacht hatten. Das ist heutzutage schließlich der Trend, nicht wahr? An Silvester wird kein Angestellter einer Geburtswannenfirma zur Arbeit erscheinen, selbst wenn es sich dabei um einen Montag handelt. Selbst wenn manche Leute trotzdem Kinder zur Welt bringen. Das wäre wirklich zu viel verlangt, oder?

Erst als das Becken voll war, drückte das Wasser durch den bis dahin unbemerkten Riss am Boden. Ab da glich das Ganze einem Dammbruch wie in einem dieser Siebzigerjahre-Katastrophenfilme. Der Riss wurde größer und größer. Ich war schon zu müde und dehydriert, um echte Tränen zu vergießen, und Isabel und die Hebamme waren im anderen Zimmer zu sehr mit grauenvollen Dingen beschäftigt, um etwas zu bemerken.

Ich drückte einen Finger auf das Loch und sah mich im Esszimmer um. Warum hatten wir beschlossen, dass Isabel das Kind im Esszimmer zur Welt bringen sollte, und nicht irgendwo, wo man das nötige Werkzeug zur Hand hatte, um ein Leck abzudichten? Nächstes Mal machen wir's im Gartenschuppen. Im Esszimmer hatte ich lediglich Zugriff auf Kreppklebeband. Kreppklebeband ist porös, aber es verschaffte mir genug Zeit, um den Tesafilm zu finden. Welcher mir genug Zeit verschaffte, Isabel zwischen ihren

Wehen zu erklären, dass das Becken zwar bereit war, sie aber nicht darin herumhüpfen sollte oder Ähnliches, weil, nun ja, es ein kleines bisschen, äh, defekt war, Liebling ...

Diese Vorstellung gefiel ihr gar nicht.

«Ich hab dir doch gesagt, wir müssen dieses dumme Becken ausprobieren, bevor ich – bliiiiieeeaaarrrrrrggggg-ggghhhhhhhh.»

Regelmäßige, starke Wehen haben wenigstens ein paar Vorteile. Man kann nur während der immer kürzer werdenden Pausen angebrüllt werden.

Sieben Uhr morgens. Muttermund sechs Zentimeter geöffnet. Darf's noch etwas langsamer gehen?

Zehn Uhr morgens. Sieben Zentimeter. Aber vielleicht sind es auch immer noch sechs, denn so langsam ist da unten alles ein bisschen geschwollen.

«Schön tapfer bleiben, mein Schatz, du machst das ganz toll», ermunterte ich Isabel, während ich gleichzeitig dachte, dass der liebe Gott sich doch ein bisschen mehr Mühe geben könnte, falls er dann und wann das verzweifelte Gebet eines Agnostikers erhörte.

Bis Mittag waren wir bei der dritten Hebamme angelangt, und das Geburtsbecken sackte langsam in sich zusammen. Selbst Tesafilm hält nicht ewig.

Um vier Uhr nachmittags hatte ich mein Bemühen aufgegeben, das Wasser in dem schlappen Becken auf angenehmer Temperatur zu halten, weil Isabel nun durchs Haus streifte wie ein waidwundes Tier. Es hat absolut keinen Sinn, mit einem Thermometer und einem Wasserkocher im Esszimmer zu sitzen, wenn die Ehefrau sich in einer dunklen Ecke des Schlafzimmers verkrochen hat und jeden anknurrt, der ihr auch nur einen Keks anbietet. Und dann war es 22 Uhr, und die beiden letzten Hebammen hatten entschieden, dass sie bei acht Zentimetern angekommen war, aber Isabel hatte die Schnauze voll.

«Mir reicht's», sagte sie leise, und ich musste den Blick abwenden, weil ich nicht wollte, dass sie sah, wie verängstigt ich war.

Also fuhren wir ins Krankenhaus ... sie in einem Krankenwagen mit Blaulicht und allem Drum und Dran und ich im Škoda hinterher, ohne Blaulicht, ohne die Babytasche, Kleider zum Wechseln oder irgendetwas anderem. Idiot.

Schmerzmittel, Lachgas und Luft, Periduralanästhesie, etwas, das wie Sanatogen klang, weiterhin sehr langsame Fortschritte, Baby in Not, Mutter in Not, ich, der ich die Faust in Richtung des blöden, nicht existenten Gottes schüttele, weil er diese lächerliche, dumme, unmögliche Art des Kindergebärens erfunden hat. Und dann, plötzlich, um fünf Uhr morgens, höre ich das Wort ‹Geburtsstillstand›. Isabel ist kaum noch bei Bewusstsein. Der Babybauch steckt in Schwierigkeiten.

«Wir müssen das Kind holen. Sie haben lange genug durchgehalten, meine Liebe», verkündete eine patente Hebamme mit Armen wie Sofakissen. Und Isabel brach vor lauter Erschöpfung und Resignation in Tränen aus.

Vom Kaiserschnitt ist mir nicht viel in Erinnerung geblieben, außer dass es schnell ging und man schlürfende Geräusche hörte, wie wenn einem beim Zahnarzt die Sprechstundenhilfe den Sauger hinten in den Mund steckt und man versucht, ihn vom Hals fernzuhalten, weil man ohnehin schon am Würgen ist, sie aber nicht aufpasst, weil die Mittagspause kurz bevorsteht und ihr langweilig ist und, ups, ein bisschen Frühstück kommt wieder hoch, und jetzt mag einen der Zahnarzt nicht mehr, was ziemlich nervt, weil man ja nicht selbst schuld war, sondern die gelangweilte Sprechstundenhilfe.

Als der Schnitt gemacht wurde, musste Isabel mich bitten, ich solle ihre Hand nicht so fest drücken, weil es wehtat. Dann machte der Arzt einen Witz, und ich machte einen Witz, und Isabel musste uns bitten, das Witzereißen zu unterlassen. «Galgenhumor», sagte ich und bereute es sofort. Drei oder vier Sekunden oder Minuten oder Stunden später ertönte hinter der türkisgrünen Abschirmung ein durchdringender, gurgelnder Schrei: unser Sohn, wunderschön und schlechtgelaunt durch die Mühen, Isabel zu entkommen. Nun war ich an der Reihe mit dem Tränenausbruch.

Und das war vor dreiundvierzig Minuten. Nun liege ich in einem Gebüsch, eine alte Dame schubst mich mit ihrem Gehwagen an, und ich lache und weine gleichzeitig.

Ich rufe die Familien an. Sie freuen sich gleichermaßen, dass wir alle wohlauf sind.

Isabels Vater sagt: «Verdammte Hausgeburten. Völlig lächerlich. Wir sind hier ja nicht im Krimkrieg.» Und ich muss ihm, nicht zum ersten Mal, erklären, dass heutzutage die Frauen das Recht haben, gewisse Entscheidungen alleine zu treffen, und dass Isabel ihr Kind nicht in einem Krankenhaus zur Welt bringen wollte. Er weist darauf hin, dass sie das letzten Endes ja doch getan hat. Ich gebe zu, dass er recht hat und es mir egal ist ... Hauptsache, alle sind wohlauf, und er ist nun Großvater.

«Großvater? Ja, das bin ich wohl», antwortet er, nun mit mehr Wärme in der Stimme. «Wurde auch Zeit. Ich dachte schon, bei Isabel wäre der Zug abgefahren. Heute lassen sich ja alle ewig Zeit. Ich meine, zu meiner Zeit, da hat man geheiratet, und los ging's. Nicht dieser Life-Work-Balance-Schwachsinn. So langsam wie ein Riesenpanda, aber immerhin habt ihr es ja letzten Endes geschafft. Gut gemacht, mein Junge.»

Dann führe ich dieselbe Unterhaltung mit meinem Vater, ehe er den Hörer an Mum weiterreicht, die sofort hysterisch wird und mir dann ihre eigene Geburtsstory erzählt, die ich schon tausendmal gehört habe und heute Morgen nicht hören will. Nicht jetzt, wo ich selber eine habe, die genauso blutig ist.

«Ich muss Schluss machen, Mum. Ich muss nach Isabel und dem Babybauch schauen.»

«Du kannst ihn doch jetzt nicht mehr ‹Babybauch› nennen! Hat euer Sohn denn keinen Namen? Sag bloß nicht, ihr habt euch noch keinen Namen überlegt. Hoffentlich ist es keiner von diesen neumodischen!»

«Nicht wirklich. Aber du wirst es als Erste erfahren.»

DAS GRAUEN DER NAMENSFINDUNG

Ein Kind zu bekommen bringt eine Menge Verantwortung mit sich. So viel ist uns schon klar. Doch mit Abstand das Schlimmste daran ist, dass man dem Baby einen Namen geben muss, vor allem, wenn es ein Mädchen ist. Alle Mädchennamen, die Isabel süß fand, waren Pornonamen. Chloe. Jessica. Ella. Da konnten wir sie ja gleich Pamela nennen. Oder Paris.

«Was ist mit Sarah?», hatte Isabel ganz vernünftig vorgeschlagen.

«Nein, ich hab mal mit einer Sarah rumgeknutscht. Wir waren erst vierzehn, und sie hat mich ihren Busen anfassen lassen. Unpassend.»

«Was ist mit Susannah?»

«Mit Susannah haben alle rumgeknutscht.»

«Vielleicht könntest du mir eine Liste mit Mädchennamen geben, die für dich keine sexuellen Anklänge haben.»

«Okay. Beatrice.» Schließlich ist Isabel nicht die Einzige, die vernünftige Vorschläge machen kann.

«Beatrice?!»

«Ja, oder kurz Bea.»

«Das soll wohl ein Witz sein.»

So ging das monatelang, und wir konnten uns gerade mal darauf einigen, dass wir keinen ‹interessanten› Namen wie Apple, Moon Unit oder Prince Michael II wollten. Man wird nicht, wie viele offensichtlich meinen, selbst interessanter, nur weil die Kinder interessante Namen haben.

«Wie wäre es mit Electra?», schlug Isabel vor, während wir bei John Lewis vergeblich nach einem Kinderwagen suchten.

«Machst du diese absurden Vorschläge nur, damit ich oft Nein sagen muss, und du deshalb, wenn ich sinnvolle

Gegenvorschläge mache – so wie Mildred, zum Beispiel –, auch Nein sagen kannst, ohne unvernünftig zu wirken?»

«Meine Großmutter hieß Electra.»

Ich begriff erst, dass sie sich einen Spaß erlaubte, als wir wieder ins Auto stiegen. Über diesem ganzen Mädchennamentheater konnte einem wirklich der Sinn für Humor abhandenkommen.

Bei Jungennamen hatten wir unsere Auswahl immerhin auf dreißig reduziert. Mein Favorit war George, aber weil ihr Favorit Albert war, was französisch ist und mich an gepiercte Vorhaut erinnert, musste ich einwilligen, unsere Favoriten zu streichen. An zweiter Stelle stand bei mir Kit (nach dem Auto in *Knight Rider*, womit ich meinem ungeborenen Kind ein Leben voller Erfolg und Coolness garantieren würde, wie ich selbst es mir nur hätte erträumen können). Doch Kit wurde von Isabels Finbar geschlagen. Das gleiche Spielchen mit Neo und Ralph. Eine Zeitlang konnten wir uns auf Elijah einigen.

«Elijah», hatte ich Johnson im Pub stolz verkündet. «Elijah Walker.»

Er sah mich kühl an, betrachtete dann nachdenklich sein Bier und meinte schließlich: «Armes Kind. Armer, armer Junge, mit seinen wichtigtuerischen Eltern und seinem lächerlichen Namen, der ihn sein ganzes Leben über verfolgen und jegliche Chance im Keim ersticken wird, nicht in eine Schublade gesteckt zu werden. Noch ein Bier?»

Also waren wir wieder so weit wie zuvor und beschlossen deshalb, die ganze furchtbare Angelegenheit auf später zu verschieben. Nur dass wir später einer Lösung auch nicht viel näher waren. So verging die Zeit. Und nun sind wir die stolzen Eltern eines namenlosen Kindes, und die Großeltern sind entsetzt.

Auf der Entbindungsstation ist Isabel inzwischen eingeschlafen. Und Babybauch auch. Ahhh, sie sind so niedlich. Sieh ihn dir nur an mit seinem kleinen Kopf. Ist er *zu* klein? Er wirkt sehr klein. Und seine Arme auch. Seine Arme sind zu kurz. O Gott, ein kurzarmiger Sohn. Hat Hitler nicht wegen seiner kurzen Arme durchgedreht? Ich kann mich nicht mehr erinnern. Ich bin so müde.

«Schatz, du tust mir weh.»

«Was? Wer? Wie? O Gott. Es tut mir so leid.» Ich war im Stuhl eingenickt und nach vorn auf den frisch aufgeschnittenen Bauch meiner Frau gesunken. «Es tut mir so unendlich schrecklich leid. Geht's dir gut? Soll ich den Arzt rufen? Soll ich den Notrufknopf drücken?»

«Alles in Ordnung. Mir geht's gut. Sieh dir nur unseren hinreißenden Sohn an.»

Da liegt er und schaut mich direkt an. Möglicherweise. Schwer zu sagen. Sein Blick ist ein wenig glasig. Er wirkt leicht benommen. O Gott, er wird doch nicht zurückgeblieben sein? Wird er immer noch bei uns wohnen, wenn er schon vierzig ist, einen Anorak tragen, nie mit Frauen in Berührung gekommen sein, unbeleckt von Job und Karriere, fasziniert von Modelleisenbahnen und ihren Seriennummern? O Gott.

Er hat Schluckauf und wirkt plötzlich ganz aufgeweckt. Nein, es ist in Ordnung. Alles ist in Ordnung.

Und wir sind alle am Leben. «Schatz, ich liebe dich. Frohes neues Jahr.»

«Schatz? Schatz? SCHATZ!»

«Was? Was ist passiert?»

«Du bist wieder auf meinen Bauch gefallen.»

«O Gott. Es tut mir ja so unendlich –»

«Warum fährst du nicht nach Hause, ruhst dich ein bisschen aus und bringst dann die Tasche mit, die du heute Nacht vergessen hast, obwohl ich es dir extra aufgetragen habe. Babybauch und ich kommen schon klar.»

Sie hat recht. Ich muss aufhören, dauernd auf ihren frisch geschnittenen Bauch zu fallen. Ich muss nach Hause fahren und jagen und sammeln. Ich werde in weniger als zwei Stunden mit Kleidung, gesunden Fruchtsmoothies und Blumen zurückkehren. Tausend Blumen für meine unglaublich tolle Frau. Sei unbesorgt.

Und weg war ich.

Unsere Haustür. Ich stehe da und starre unsere Haustür an. Ganz verzückt von ihrer Vertrautheit. Sie sieht aus wie immer, und doch ist alles anders. Dieses Haus wird nun ein Familienheim sein. Meine Familie wird hier wohnen. Nichts wird mehr so sein wie früher. Der Gedanke – in Verbindung mit einer neuen Welle der Müdigkeit und des Hungers – überwältigt mich. Ich habe kaum noch die Energie, in meiner Manteltasche nach dem Schlüssel zu suchen.

Drinnen sieht es aus wie in einer Szene von *Reservoir Dogs*. Da steht die Geburtswanne, auf dem Wasser bilden sich hübsche Schlieren. Ich schaue genauer hin und erinnere mich an den Moment, den ganz exakten Moment, in dem die Schwangerschaft aufhörte, Spaß zu machen.

DER GENAUE MOMENT, IN DEM ES KEINEN SPASS MEHR MACHTE, EIN BABY ZU BEKOMMEN

27. Oktober, morgens 10 Uhr 44. Zweites Treffen Geburtsvorbereitungskurs. Isabel freute sich, war aber nervös. Ich war nervös, freute mich aber. Wir gingen die Liste der Dinge durch, die wir für die Geburt brauchen würden: die Windeln, die Stilleinlagen, die Feuchttücher, Snacks für den Papa, die Binden, die Pumpen, den Pumpzerstäuber, die unnützen homöopathischen Mittelchen und eine Million anderer Sachen, die absolut unabdingbar waren, damit alles glattlief. Je länger die Liste wurde, desto weniger vorfreudig und desto nervöser wirkte Isabel. Ich hatte zunehmend das Bedürfnis, sie in den Arm zu nehmen und ihr zu versichern, dass alles gut werden würde, Liste hin oder her. Eine Umarmung schien irgendwie unangemessen, deshalb griff ich nach ihrer Hand und lächelte sie aufmunternd an. Sie lächelte zurück, und wenn in diesem Moment ein Löwe über die Hecke gesprungen wäre und sie angegriffen hätte, dann hätte ich mit bloßen Händen gegen ihn gekämpft. Oder es zumindest versucht. Ich hatte das Gefühl, dass ich alles tun würde, um Isabel zu beschützen. Alles.

Doch dann kamen wir zum letzten Gegenstand auf der Liste: ein altes Sieb.

Genau das stand da. Nicht einfach ‹Sieb›, sondern ‹ein altes Sieb›.

«Warum alt?», erkundigte sich eine der wissbegierigeren zukünftigen Mütter.

«Na, Sie wollen doch nicht Ihr neustes Sieb dazu verwenden, Herumschwimmendes aus der Geburtswanne zu fischen, oder?», lautete die sachliche Antwort. Und in diesem Moment hatte ich plötzlich nicht mehr das Gefühl, dass alles gut werden würde und ich Isabel vor allem und jedem beschützen konnte. Ich wollte lächeln, meine wunderbare, mutige, nervöse, schwangere Frau ansehen und ganz gelassen mit den Schultern zucken – doch ich konnte es nicht. Ich brauchte frische Luft. Mir wurde nicht etwa beim Gedanken an in der Geburtswanne Herumschwimmendes übel. Es lag eher daran, dass Isabel das passieren würde und wir nichts tun konnten, um es zu verhindern. Im Gegenteil, es war ganz normal. Ein altes Sieb für eine Wassergeburt bereitzulegen war ganz normal.

«Ist wirklich alles in Ordnung?», erkundigte sich Isabel in der Pause. «Du siehst ein bisschen blass aus.»

«Mir geht's gut. Echt. Es ist bloß etwas stickig hier drin.»

Das ist jetzt alles vorbei. Wir befinden uns jetzt in der postnatalen Phase. Wir sind, wie schon erwähnt, alle wohlauf. Und nun stehe ich hier, starre die Geburtswanne an, die nie zu selbiger wurde, und denke an das alte Sieb, das wir nie brauchten. Ich schaffe es nach oben, wo mich weitere Überreste der vergangenen beiden Nächte erwarten: halb ausgetrunkene Tassen Kamillentee («Mir wird schlecht davon»), feuchte Waschlappen («Nimm bloß diesen Waschlappen weg»), Massageöl («Hör auf, mich einzureiben»), CDs mit Walgesängen («William, mach bitte diesen Lärm aus! Ich fühl mich schon aufgedunsen genug, ohne mir die Balzrituale eines Blauwals anhören zu müssen»). Im Schlafzimmer erwartet mich das Bett. Auf welches ich mich ganz kurz legen werde. Ein schnelles Nickerchen, wie befohlen. Mehr nicht ...

Mittwoch, 2. Januar

«Ich kann nicht fassen, dass du uns einen ganzen Tag lang allein gelassen hast. Ich habe immer noch dasselbe Nachthemd an, mit dem ich ins Krankenhaus gekommen bin. Ich musste mir von der Krankenschwester Binden ausleihen.»

«Es tut mir so unendlich furchtbar leid. Ich bin nach Hause gekommen. Dort hab ich mich kurz hingelegt. Das Telefon war noch ausgesteckt, weil du mir gestern befohlen hattest, das (‹verdammte›) Telefon auszustecken. Dann war es plötzlich 23 Uhr. Ich habe im Krankenhaus angerufen, wo man mir gesagt hat, dass du schläfst. Ich habe es auf deinem Handy versucht. Es war ausgeschaltet. Jetzt bin ich hier. Es tut mir so leid. Schau, ich hab dir einen Cranberry-Yumberry-Johannisbeer-Smoothie mitgebracht. Der hat ganz viel Vitamin C.»

«Danke. Jacob braucht eine frische Windel.»

«Jacob?»

«Ja, er heißt Jacob. Ich musste ihm einen Namen geben, denn die Hebammen waren kurz davor, das Jugendamt anzurufen und uns wegen Vernachlässigung anzuzeigen. Du warst ja wie vom Erdboden verschluckt. Also habe ich mich für Jacob entschieden. Wir können das ja später immer noch ändern.»

Ahhh, der alte Wir-können-das-ja-später-immer-noch-ändern-Trick. Den hat Isabel das ganze Jahr über benutzt. Wir können uns auf keine Farbe fürs Kinderzimmer einigen. Ich bin für ein schönes, ehrliches, vernünftiges Gelb. Sie will ein weißliches Hellrosa, was für einen Jungen völlig bescheuert ist, aber sie sagt, nein, ganz im Gegenteil, es ist perfekt, weil sie nämlich vorhat, unser Kind frei von Geschlechterklischees aufzuziehen. Die Diskussion ist noch voll im Gange, da streicht sie das Zimmer einfach rosa, während ich bei der Arbeit bin. Ich komme nach Hause und bin wütend. Sie sagt: «Wir können es ja später immer noch ändern.» *Zack!*

Ebenfalls während ich bei der Arbeit bin, bezahlt sie einen echten Handwerker dafür, dass er Bilder dort aufhängt, wo ich sie nicht haben will, mit der Begründung, wir würden seit über einem Jahr in dem Haus wohnen und sie sei es leid, kahle Wände anzustarren. Dasselbe passiert mit den Topfpflanzen, dem Umräumen der Küche und dem Umzug aller meiner Klamotten in die unterste Schublade des kleinen Schrankes im Gästezimmer (um Platz für all die Stoffwindeln zu schaffen). Aber es ist kein Problem, denn wir können es ja später immer noch ändern ...

Wir werden es *nie* ändern. Wir haben es ja im ersten Anlauf kaum geschafft.

Das ist in Ordnung, wenn es um die Feng-Shui-Umgestaltung des Wohnzimmers oder die Anschaffung eines hässlichen Baumes für den Vorgarten geht, aber nicht, wenn es sich um den Namen des Erstgeborenen handelt.

Jacob.

Ich bin mir nicht sicher. An der Uni kannte ich mal einen Jacob. Hat Philosophie studiert. Und Hasch geraucht. Wohnt jetzt an einem Strand auf Bali. Wie viel davon wohl darauf zurückzuführen ist, dass ihn seine Eltern Jacob nannten?

Der Name hat aber einen ganz guten Klang. Jacob Walker. Man wird vermutlich keinen Astronauten namens Jacob Walker ausfindig machen, aber genauso wenig einen Ladendieb. Es klingt nicht nach Premierminister, hat aber doch ein gewisses Gewicht. Vielleicht Redakteur bei einer großen Zeitung. Anwalt. Chirurg. Entdecker (a) eines Heilmittels gegen das Älterwerden, (b) von Leben in einem anderen Sonnensystem oder (c) der Bundeslade. Sofern das alles nicht sowieso schon entdeckt worden ist. Ich kann mich nicht erinnern–

«William! Die Windel.»

DIE DADDY-WINDEL

Nun, den Teil hab ich wohl verpasst. Beim Geburtsvorbereitungskurs hatten wir mehr als zehn Minuten dem süßlichen Geruch der ersten Windel gewidmet. Wie sich herausstellte, hätte ich diese Lektion getrost überspringen können, da ich taktvoll den Großteil von Tag eins übersprungen hatte. Stattdessen bekam ich eine Tag-zwei-Windel und, ganz ehrlich, ich verstehe nicht, was das ganze Theater soll. Alles ging völlig problemlos, bis Jacob (typisch, jetzt nenne ich ihn selber schon so) beschloss, genau in der Sekunde loszupinkeln, als ich ihn gerade saubergemacht hatte. Kein Drama. Ich wickelte ihn nochmal – das ging weniger problemlos, weil er jetzt brüllte. Und das Gebrüll ist schwer zu ertragen, wenn man gerade versucht herauszufinden, wie die Windel zugeklebt wird und wie man die Kacke wegwischt, ohne den rosafarbenen (rosa, warum ist er rosafarben?) Strampelanzug einzusauen. Trotzdem, der Geruch war erträglich, das Trauma minimal. Sämtliche Traumata werden mir ab jetzt minimal erscheinen, nachdem ich das Wunder der Geburt miterlebt habe.

Donnerstag, 3. Januar

Noch eine Nacht im Krankenhaus wegen der ganzen Kaiserschnittsache. Hat sich alles ganz gut ergeben. Jetzt, wo ich geschlafen habe – und wir das Debakel ums Verpassen des ersten Tages mit Jacob überstanden haben –, finde ich die Routine eines frischgebackenen Vaters ganz akzeptabel. Aufwachen, zum Krankenhaus fahren, einige Stunden lang viel Aufhebens um die wunderbare Mutter meines Kindes machen, mich jedes Mal, wenn das Kind sich bewegt, vor Bewunderung kaum noch einkriegen («Schau, schau, schau, er hat seine Hand bewegt, ahhhh»), nach Hause gehen, eine DVD einlegen, Bier trinken, noch mehr Filme schauen, ins Bett gehen.

Heute haben wir Jacob allen vier Großeltern vorgestellt. Wir mussten ihn den Klauen beider Mütter entreißen, aber sonst – abgesehen von einem leicht ekligen Moment, als Jacob Anstalten machte, bei Isabels Mutter nach Milch zu suchen, und Isabels Vater meinte: «Momentchen, mein Junge, inzwischen darf nur noch einer aus dieser speziellen Tasse trinken» – ging alles glatt.

Bis die Blumen von Alex, Isabels bestem Freund, eintrafen.

WESHALB ALEX IMMER NOCH ISABELS BESTER FREUND IST

Alex hat beinahe meine Ehe kaputtgemacht. Er verbrachte unser erstes Ehejahr damit, uns nachzuspionieren und zu versuchen, uns auseinanderzubringen. Er tauchte bei unserem romantischen Kurztrip-Wochenende auf. Er bastelte falsche Fotos, auf denen ich mit meiner Exfreundin Saskia (der *Beziehungszerstörerin*) Sex hatte. Und, am allerschlimmsten, er fand heraus, dass ich Isabels Eltern zu Weihnachten Käsemesser besorgt hatte, und schenkte ihnen ein schickeres Set. Wie konnte jemand nur so heimtückisch sein?

Ich hatte angenommen, die Antwort auf diese Frage sei einfach: Er liebte sie, sie liebte ihn nicht, und er verwandelte sich in einen Psychopathen. Doch nachdem die Aufregung sich gelegt hatte, nachdem Isabel und ich den Schaden behoben hatten, den er angerichtet hatte, nachdem er viel geheult und um Vergebung gefleht hatte, stellte sich heraus, dass es doch nicht so einfach war:

«Isabel, William. Ich muss euch noch etwas sagen.»

Du ziehst nach Indonesien? Du wirst ein Trappistenmönch? Du –

«Ich bin schwul und liebe einen Innenarchitekten namens Geoff.»

Ich weiß nicht, weshalb wir überhaupt noch mit ihm redeten, und dann auch noch über seine aufregende neue Enthüllung. Eine Enthüllung, welche uns, ganz offen gesagt, eine Menge Ärger erspart hätte, wenn er sie etwas früher enthüllt hätte.

«Wow», rief Isabel großherzig.

«Hättest du das nicht ein bisschen früher herausfinden können?», erkundigte ich mich so geduldig wie nur möglich.

«Ich weiß. Tut mir leid. Tief in meinem Innern wusste ich es immer schon. So etwas weiß man, nicht wahr? Aber ich habe mich nicht getraut, es mir selbst einzugestehen, ganz zu schweigen von anderen. Ich glaube, deshalb war ich die ganze Zeit hinter einer Frau her, bei der ich wusste, dass ohnehin nie etwas aus uns werden würde.»

«Und hast eine Kamera in ihrer Nachttischlampe versteckt.»

«Ja, nun, ich war mitten im Verdrängungsprozess. Und die Verdrängung führte zu Verwirrung. Und Besessenheit. Und ...»

«Und psychotischem Verhalten?» Ich wollte ihm nur dabei helfen, seinen Gedanken zu beenden, doch Isabel warf mir einen warnenden Blick zu. Trotz allem war Alex immer noch ihr Freund, und sie würde ihn immer noch unterstützen, was ich extrem nervig fand. Angesichts der Mühe, die er sich gegeben hatte, unser Eheglück zu verderben, war seine Eröffnung, er sei schwul, so ziemlich der einzige Weg, um sich bei Isabel wieder einzuschleimen. Genau das passierte nämlich. Ruck, zuck waren wir innerhalb von fünf Minuten von «Tut mir leid, dass ich fast euer Leben zerstört habe» zu «Ich kann es kaum erwarten, euch Geoff vorzustellen; ihr werdet ihn lieben» übergegangen.

Eine Woche später stellte ich fest, dass ich, Alex' Prophezeiung zum Trotz, Geoff nicht liebte. Geoff liebte den Klang seiner eigenen Stimme zu sehr, als dass da noch Platz für irgendeine andere Liebe gewesen wäre. «William. Hallo. Viel von dir ge–, du meine Güte, der Läufer da war hoffentlich ein Geschenk, oder wollt ihr ironisch wirken? Vielleicht Letzteres, denn ich hab gehört, du hast einen recht trockenen Humor und, mein Gott, was für eine gewagte Aussage, dieses Bild vor diese Tapete zu hängen. Bravo. Aber egal, wo war ich? So schön, dich kennenzulernen. Auf dem Weg hierher habe ich gedacht –»

Der einzige Moment, in dem jemand anderes zu Wort kam, war, wenn Geoff beim Essen den Mund voll hatte. Die restliche Zeit über dominierte er die Unterhaltung mit langen, bunten Geschichten darüber, wie toll er war und wie schlecht der Einrichtungsgeschmack aller anderen. Ich weiß nicht, weshalb er sich für so toll hält. Er ist bloß ein Innenarchitekt, der mal im Tagesfernsehen aufgetreten ist.

«Wisst ihr, er war nämlich früher beim Fernsehen», flüsterte Alex, als Geoff uns eine kurze Pause gönnte, indem er auf die Toilette ging. «Und er möchte, dass ich mit ihm zusammenarbeite. Er liebt mein Stilgefühl. Er meint, ich könnte auch Innenarchitekt sein. Ist das nicht aufregend?»

«Ja.»

Nein.

Also ist Alex nun wieder Teil unseres Lebens. Er hat seinen alten Angeberjob hingeschmissen und einen neuen Angeberjob angefangen. Er ist jetzt Innenarchitekt. Und wir müssen sie zum Abendessen in ihrer nervig eingerichteten Wohnung besuchen. Und sie müssen zu uns zum Abendessen kommen und nervige Kommentare über unser normal eingerichtetes Haus abgeben.

Und ganz offensichtlich kann Alex mich in Sachen Geschenke immer noch ausstechen. Zuerst Käsemesser. Jetzt Blumen. Sein Strauß würde selbst den Obergärtner der Kew Gardens beschämen.

«Isabel, ich dachte, du magst ausländische Schnittblumen nicht. Wegen der Flugmeilen oder was auch immer.»

«Ja, aber sind sie nicht wunderschön?»

Freitag, 4. Januar

Der Kindersitz. Mein Gott, der Kindersitz fürs Auto. Selbst nachdem ich die Bedienungsanleitung (Geburtswanne: Lektion gelernt) in vier verschiedenen Sprachen studiert hatte, kapierte ich immer noch nicht, wie das Ding funktionierte. Man muss den Sicherheitsgurt durch mehrere verschiedene Löcher, Laschen und Klemmen ziehen, und zwar im Schneckentempo, um zu verhindern, dass der empfindliche Gurt einrastet. Sollte der Gurt irgendwie verdreht sein oder Knicke haben, WIRD IHR KIND STERBEN. Man muss ein flexibles orangefarbenes Ding mit einem anderen flexiblen orangefarbenen Ding auf gleiche Höhe bringen, sonst WIRD IHR KIND STERBEN. Obwohl die orangefarbenen Dinger so etwas wie eine Wasserwaage sind und nur auf eine Höhe kommen, wenn das Auto auf der Straße steht und nicht in einer schrägen Einfahrt. Man muss dann einen Clip in einen anderen stecken, obwohl die beiden Clips nicht bis zueinander reichen, sonst WIRD IHR KIND STERBEN. Wenn die Airbags ausgelöst werden, WIRD IHR KIND STERBEN. Wenn die Kopflehne falsch eingestellt ist, WIRD IHR KIND STERBEN. Wenn nicht Punkt 1 bis 97 auf der Sicherheitsrisikenliste des Autositz-Garantiescheins eingehalten werden, wird man zum Kindermörder.

Bevor ich Richtung Krankenhaus aufbrach, gelang es mir, den Kindersitz auf relativ ungefährliche Weise im Auto zu montieren. Das kostete mich fünfundzwanzig Minuten und eine Menge Flüche, aber ich schaffte es. Solange ich ihn einbaute, während das Auto auf der Straße stand und nicht in der Einfahrt, war er sicher. Doch als ich am Krankenhaus ankam, ließen sie uns Jacob nicht auf dem Arm hinaustragen – weil das gegen die Sicherheitsbestimmungen verstößt. Also musste ich den Sitz wieder ausfädeln, ins Krankenhaus bringen, Jacob hineinsetzen, die beiden zum Auto bringen und dann der hartgesottenen krankenhauseigenen Politesse erklären, sie solle die Klappe halten, weil ich hier nämlich mit einem Kindersitz plus Kind kämpfte, was länger als zehn Minuten dauern würde, obwohl ich in einer Haltebucht mit maximal zehn Minuten Aufenthalt parkte. Die Politesse hielt die Klappe.

Einen Kindersitz mit Baby darin ins Auto zu bugsieren ist wesentlich schwieriger als einen leeren Kindersitz. Schließlich gab ich auf. Ich erklärte Isabel, die mit beträchtlichen Schmerzen auf dem Beifahrersitz saß, dass alles paletti war, lächelte Jacob an, verfluchte die Tatsache, dass Alex' Blumen in zwei Ladungen vom Krankenzimmer zum Auto hinunter hatten transportiert werden müssen, und fuhr dann mit einer Maximalgeschwindigkeit von sechzig Stundenkilometern nach Hause, damit unser KIND NICHT STERBEN WÜRDE.

Ahhh, zu Hause. Beginn der Babywochen. Wir sind alle wohlauf. Wir sind alle zu Hause. Keiner von uns scheint sich einen fiesen Krankenhausvirus eingefangen zu haben. Obwohl ich nicht mehr heimlich DVDs schauen und Bier trinken kann, bin ich sehr, sehr glücklich – so glücklich wie jemand, der glaubt, sterben zu müssen, und dann herausfindet, dass dem nicht so ist. Solange es mir nur gelingt, Isabel während der nächsten zwei Wochen nicht zum Lachen zu bringen (sie darf wegen ihrer Bauchnaht nicht), und solange wir nicht irgendwo mit Jacob hinfahren wollen, ist alles gut.

Samstag, 5. Januar

Nun, das war interessant. Ich glaube, ich habe insgesamt etwa neun Minuten geschlafen. In einminütigen Intervallen. Jacob lag in einem Kinderbett neben unserem Bett. Das hat ihm nicht gefallen, also holte Isabel ihn zu uns ins Bett. Co-Sleeping nennt sich das wohl. Als ich schließlich ins Bett kam (sehr spät, nachdem ich versucht hatte, mich von acht Stunden ununterbrochenen Bedienens zu erholen), schlief Isabel tief und fest, und Jacob lag in der Mitte der Matratze, alle viere von sich gestreckt.

Er wirkte sehr, sehr klein. Leicht zu zerquetschen. Isabel behauptet, dass man sich als Mutter oder Vater, solange man nüchtern ist, vollkommen im Einklang mit seinem Baby befindet und es niemals zerquetschen würde. Das hat sie in einem Buch gelesen. Doch in den frühen Morgenstunden, während Jacob neben mir vor sich hin schnüffelt, taucht in meinem Kopf plötzlich eine halb verdrängte, schreckliche Geschichte von einem Riesenpanda wieder auf, der seinen Nachwuchs zerquetscht hat. Ich glaube, es war ein Panda, aber es könnte auch ein Glasgower gewesen sein. Nein, es war ganz sicher ein Riesenpanda.

Also lag ich da und überlegte mir, ob Riesenpandas kein guter Vergleich sind, weil sie Tiere sind, nicht halb so intelligent wie wir Menschen, und weil sie die Sorte Pelz besitzen, die allein schon problemlos ihren Nachwuchs ersticken könnte. Oder ob man sie doch zu einem Vergleich heranziehen kann, weil sie, trotz geringerer Intelligenz, besser mit ihren Instinkten im Einklang sind als wir. Und einer ihrer Instinkte sollte doch sicher ‹Nicht den Nachwuchs zerquetschen› sein.

Jedes Mal, wenn es mir gelang, die Riesenpandasache ganz rational zu betrachten und einzunicken, machte Jacob ein Geräusch, das verdächtig nach rasselndem letzten Schnaufer klang. Dann hörte er auf zu atmen. Ich zog die Jalousie hoch, damit das Straßenlicht auf sein Gesicht fiel. Ich schaute ihn ganz aus der Nähe an und lauschte auf ein Lebenszeichen. Es kam keines. Wurde er schon blau? Gaben seine kleinen Lungen den Geist auf? Sollte ich nicht etwas tun? Tu was, Mann, tu was! Dieses Kind, dieses arme, hilflose Kind stirbt an irgendeiner seltenen, unentdeckten Krankheit, und du tust nichts! Und dann, eine Millisekunde bevor ich Isabel wachrütteln konnte, stieß er einen weiteren gurgelnden Laut aus, als sei er dem Tod gerade noch von der Schippe gesprungen, und atmete normal weiter.

Eine weitere Stunde Riesenpanda-Analyse folgte, ehe ich mich auch nur annähernd genug beruhigt hatte, um wieder einzuschlafen.

Und wieder ein Todesrasseln.

Und nochmal.

Bis sechs Uhr morgens, als er aufwacht und mich anschaut. Oder zumindest in meine Richtung schaut. Ich lege meinen Finger in seine runzlige kleine Hand, um ihn zu beruhigen, und er hält ihn fest. In diesem Moment weiß ich, dass ich immer alles für Jacob tun werde ... sofern es der Schlaf zulässt.

Sonntag, 6. Januar

Sieben Uhr. Frühstück im Bett für Isabel, die ziemliche Schmerzen hat, aber so tut, als ginge es ihr gut, um mich nicht zu beunruhigen. Ich frage sie, ob sie etwas über die Schlafgewohnheiten von Riesenpandas weiß, und sie fängt an zu lachen und schimpft dann mit mir, weil ich sie zum Lachen gebracht habe, was wirklich absolut nicht meine Absicht war, wo sie doch jede Sekunde wieder aufplatzen kann. Das sage ich ihr, und sie lacht schon wieder, also kriege ich wieder Schimpfe. Zur Strafe verbringe ich den Tag mit Schuften, indem ich Isabel dies und das bringe. Eine weitere Nacht völligen Schlafentzugs.

Montag, 7. Januar

«Deshalb haben Ali und ich nie Kinder bekommen», erklärt Johnson, mein zweitbester Freund, der anruft, um sich dafür zu entschuldigen, dass er keine Blumen geschickt hat – obwohl Ali das übernommen hat.

«Ich dachte, der Grund sei, dass du nicht riskieren wolltest, ein Mädchen zu bekommen, weil Mädchen manipulativ und kontrollsüchtig sind und du davon schon genug in deinem Leben hast?»

«Ja, auch das. Aber vor allem, weil man jahrelang nicht schläft und zum Haussklaven wird. Für *dich* freue ich mich aber natürlich. Du hast meinen Rat bezüglich des Heiratens in den Wind geschlagen und nun auch meinen Rat bezüglich der Fortpflanzung. Du kannst niemanden außer dir selbst verantwortlich machen, und ich werde genüsslich dabei zusehen, wie du während der nächsten Monate vor die Hunde gehst. Wollen wir heute Abend zusammen ein Bier trinken?»

«Nein.»

«Dachte ich mir schon.»

Jetzt bin ich so müde, dass ich Angst habe, womöglich so tief zu schlafen, dass ich keine Anti-Kind-Zerquetsch-Instinkte mehr habe, falls ich tatsächlich einnicken sollte. Isabel sagt, das ist Blödsinn. Ich lege den Fall des Pandas dar. Sie sagt, das ist Blödsinn: Ich bin kein Riesenpanda. Das Gute ist, dass sie und Jacob wunderbar schlafen und ich nur noch zwei Wochen Elternurlaub vor mir habe, bis auch ich wieder wunderbar schlafen kann, an meinem Büroschreibtisch.

Dienstag, 8. Januar

Ich liebe Jacob. Wirklich. Aber er ist so unendlich klein und zerbrechlich. Aufgrund der Bauch-Aufschlitz-Geburtsvariante kann Isabel ihn nicht so gut herumtragen. Also muss ich das tun. Jedes Mal, wenn ich ihn die Treppe hoch- oder runtertrage, nehme ich mir vor, ihn im Falle eines Sturzes zu schützen, statt reflexartig die Arme auszustrecken, um mich aufzufangen. Auf diese Weise bringe ich zwar vielleicht mich selber um, aber Jacob wird überleben. Dazu bin ich bereit.

Beim Mittagessen, das ich gekocht habe, weil Isabel immer noch nicht besonders viel im Haushalt machen kann und den Großteil des Tages mit Stillen zu verbringen scheint, sitze ich da und sehe meinen Nudeln beim Kaltwerden zu, weil ich Jacob auf dem Arm habe. Jedes Mal, wenn ich ihn hinlege, fängt er an zu schreien.

«Er hat Hunger», sage ich hoffnungsvoll.

«Ich habe ihn erst vor fünf Minuten gestillt. Ich nehm ihn dir gleich ab. Außerdem kannst du ihn doch mit der einen Hand halten und mit der anderen essen.» Isabel ist mir bei dieser ganzen Elterngeschichte weit voraus. Obwohl sie wund, müde und blass ist und entzündete Brustwarzen hat, betrachtet sie die Dinge bereits von einer vernünftigen Warte aus, verhält sich rational, wird zur Supermama.

«Nein, kann ich nicht. Ich könnte ihn fallen lassen.» Ich bin noch nicht ganz so weit.

«Nein, das wirst du nicht. Entspann dich einfach.»

Also entspanne ich mich und schiebe mir eine Gabel voll Nudeln in den Mund. Jacobs Kopf kippt plötzlich unerwartet zur Seite und knallt gegen die Tischkante. Es dauert zehn Minuten, bis er wieder aufhört zu weinen. Es dauert zehn Stunden, bis ich mir meine eigene blöde Blödheit nicht mehr zum Vorwurf mache. Isabel sagt, es ist nur eine kleine Beule. Ich sage, er hätte sterben können. Und auch wenn es nur eine kleine Beule ist, hat er zumindest einen blauen Fleck. Und morgen kommt die Dame vom Gesundheitsamt.

Mittwoch, 9. Januar

Der Besuch vom Gesundheitsamt ist Vorschrift. Die Gesellschaft lässt es nicht zu, dass Elternpaare in häusliche Anonymität abtauchen, ohne dass zuerst überprüft wurde, ob sie auch keine schrecklichen Dinge mit ihren neugeborenen Kindern anstellen.

Das ist unerfreulich, denn der blaue Fleck wirkt heute Morgen riesig. Es sieht aus, als hätte ich Jacob geboxt. Ich selbst sehe aus wie ein Junkie, weil ich seit drei Nächten nicht mehr geschlafen habe. Man wird uns als Missbrauchsfamilie abstempeln. Man wird uns Jacob wegnehmen und ihn bei entsetzlich strengen Pflegeeltern aufwachsen lassen, die aber zumindest nie versuchen werden, sich mit Nudeln vollzustopfen, während sie einen acht Tage alten Säugling auf dem Arm haben. Jahre später werden Jacob und ich wieder vereint werden, vielleicht im Rahmen einer Fernsehshow mit Esther Rantzen. Und ich werde versuchen zu erklären, dass ich nicht vorgehabt hatte, seinen Kopf auf den Tisch zu schlagen. Mir sei lediglich nicht klar gewesen, wie wackelig der Kopf eines Neugeborenen sein kann. Und die Menge wird mich ausbuhen. Und Jacob wird Esther erklären, dass es ihm trotz seiner streng christlichen Erziehung schwerfällt, mir zu verzeihen.

• • •

«Guten Morgen. Ich komme vom Gesundheitsamt.»

«Guten Morgen. Hallo. Kommen Sie doch rein. Wie geht es Ihnen? Kann ich Ihnen eine Tasse Tee anbieten?

Oder etwas Stärkeres? Nein. Wie dumm von mir. Natürlich nicht. Was rede ich denn da? Tee? Ja, kommt sofort. Isabel und Jacob sind vorne im Wohnzimmer. In Ordnung. Gut. Verstehe. In Ordnung.»

Na toll. Dasselbe schuldbewusste Gebrabbel, wie wenn ich durch den Zoll gehe. Weshalb ich auch immer durchsucht werde. Und jetzt wird diese Dame vom Gesundheitsamt uns Jacob wegnehmen.

«Hier kommt Ihr Tee. Hahahaha. Kann mich nicht mehr erinnern, ob Sie gesagt haben mit Milch oder ohne. Also habe ich beides gebracht. Ich meine Milch. Ich habe Milch gebracht.»

Beruhig dich, du Idiot.

Die Dame vom Gesundheitsamt erklärt Isabel, dass sie nicht co-schlafen sollte. Es sei gefährlich.

Isabel erklärt der Dame, das sei es nicht, und sie entscheide selbst darüber, wie sie ihr Kind großziehe.

Die Dame vom Gesundheitsamt macht sich eine Notiz.

Das läuft schlecht. Ich erkläre, ohne danach gefragt worden zu sein, dass der blaue Fleck ein Unfall war. Sie macht sich eine weitere Notiz. Isabel verdreht völlig theatralisch die Augen in meine Richtung, als wollte sie sagen: «Warum zum Henker hast du den blauen Fleck erwähnt?» Ich ziehe ein «Was-denn?!»-Gesicht, als wollte ich sagen: «Was denn?!» Die Dame macht sich eine weitere Notiz, also tue ich so, als hätte ich einige E-Mails zu beantworten.

Zehn Minuten später ist die Luft rein, und Isabel berichtet, dass die Dame wissen wollte, ob ich sie misshandle. Angeblich müssen sie das fragen. Und angeblich hatte Isabel darin eine gute Gelegenheit gesehen, einen Scherz über unsere Ehe zu machen. «Nur mental», hatte sie geantwortet und dabei gelacht. Anstatt ebenfalls zu lachen, hatte sich die Dame vom Gesundheitsamt eine weitere Notiz gemacht.

Samstag, 12. Januar

Ich glaube, wir haben eine Routine gefunden. Um zwanzig Uhr ins Bett. Um 5 Uhr 30 aufwachen. Mittagsschlaf um elf und um fünfzehn Uhr. Zumindest lässt es sich so überleben. Isabel und Jacob scheinen ziemlich wunderbar zusammen zu schlafen. Das weiß ich, weil ich mich immer noch nicht entspannen kann. Es ist nicht nur diese ganze Panda-Geschichte, sondern auch die Verantwortung. Diese überwältigende Wahnsinnsverantwortung, ein Baby zu haben, das vollkommen von einem abhängig ist. Also von uns. Also von ihr. Aber zumindest haben wir eine Routine.

Sonntag, 13. Januar

Wir haben keine Routine.

Montag, 14. Januar

Die Routine ist, dass ich um 5 Uhr 30 aufstehen muss, obwohl ich gar nicht geschlafen habe, um Jacob irgendwas von James Grover Thurber vorzulesen, während Isabel schläft. Sie muss sich noch erholen. Er zieht Thurber eindeutig Thomas Hardy vor – das erkenne ich daran, dass er schneller sabbert. Isabel meint, ich soll bei der *Kleinen Raupe Nimmersatt* bleiben, aber Jacob findet die unausweichliche pubertäre Fettleibigkeit der Raupe deprimierend.

Dienstag, 15. Januar

Ich kann nicht mehr. Ich kann nicht einkaufen, das Haus putzen, achttausend Windeln wechseln, Tee kochen, Kaffee kochen, Jacob in den Schlaf hüpfen, mich selbst wach hüpfen, wieder das Haus putzen, so tun, als würde ich Dankeschön-Karten an all die Leute schreiben, die uns billige Blumen, grellbunte Strampelanzüge und sinnloses, geräuschvolles, schrottiges Plastikspielzeug geschickt haben. Ich kann dann nicht schon wieder das Haus putzen, Frühstück, Mittagessen und Abendessen kochen, dann ein zweites Abendessen (denn wie inzwischen klar geworden sein sollte, ist Isabel am Stillen und braucht so viel Energie wie nur möglich, sprich in etwa so viele Kalorien wie ein olympischer Zehnkämpfer) und ein Mitternachtsfrühstück, dann wieder das Haus putzen. Ich kann nicht mehr.

Ich liebe es, Vater zu sein. Ich bin überglücklich, dass wir wohlauf sind und Jacob offensichtlich nicht nur wächst, sondern auch Interesse an gehobener Literatur zeigt. Aber mal ehrlich, das hier ist sogar noch schlimmer als das letzte Schwangerschaftsdrittel, als Isabel nur noch empfindlich war, beunruhigend sexgeil, extrem aufgedunsen und reizbar. Und zwar alles auf einmal.

Donnerstag, 17. Januar

Es ist doch nicht schlimmer als das letzte Schwangerschaftsdrittel. Ich habe geschlafen. Halleluja. Ich habe geschlafen. Gut, man hat mich aus meinem eigenen Bett vertrieben, aber das ist nur allzu verständlich. Die beiden brauchen sich. Ich brauche Schlaf. Das Ausklappsofa: meine Rettung.

Freitag, 18. Januar

Isabels Mutter hat beschlossen, dass Isabels Entscheidung, keinen Kinderwagen zu kaufen, weil sie Jacob überallhin tragen will, Blödsinn ist. «Du bist kein Höhlenmensch. Du schuftest nicht unter den harten Bedingungen der afrikanischen Steppe. Du lebst in Großbritannien. Ich bin nicht der Tyrannei des polnischen Kommunismus entflohen und habe deinen schneidigen, rechtschaffenen englischen Vater geheiratet, um Nachfahren zu zeugen, die sich so benehmen, als würden sie in einer Strohhütte leben. Deshalb, mein Schatz, war ich bei John Lewis und habe mit der Dame gesprochen, die dort für Kinderwagen zuständig ist, und euch einen Bugaboo gekauft.»

Der Bugaboo ist der Geländewagen unter den Kinderwagen: perfekt dazu geeignet, einen Berg hinaufgeschoben zu werden, aber ein bisschen sperrig, wenn man in einem kleinen Haus wohnt und sich der Großteil des Kinderwagenschiebens auf standardbreite Gehwege beschränkt. Trotzdem, er sieht cool aus. Und Caroline, die lautstärkste der Babygruppen-Mütter (ja, sie haben eine Art Bande gebildet, und sie ist die Anführerin), hat eine Schwester, die behauptet, ihre Kinder seien fünf Zentimeter größer als alle anderen Kinder im Kindergarten, bloß weil sie einen Bugaboo benutzt hat. Dies, dozierte Caroline, sei darauf zurückzuführen, dass es der einzige Kinderwagen ist, der es dem Kind erlaubt, flach zu liegen. Das helfe den Knochen beim Strecken. Als ich einzuwenden wagte, dass es auch an den Genen liegen könnte, erwiderte sie, das könne durchaus sein ... aber war es das Risiko wirklich wert? War es wirklich wert, einen Normalbuggy zu haben – oder ein Tragetuch, welches das Wachstum des Babys hemmen könnte?

«Ich wette, die Eltern vom Glöckner von Notre-Dame hatten keinen Bugaboo», warf Carolines Mann ein, um seine Frau abzulenken. Danach wandte sich das Gespräch dem Thema Dammrisse zu.

Samstag, 19. Januar

Nur noch zwei Tage, bis ich wieder zur Arbeit muss. Mutig biete ich morgens an, mit Jacob eine Stunde rauszugehen, damit Isabel ein bisschen Zeit für sich allein hat. Als frischgebackener Vater mit ziemlich quengeligem Baby strebe ich Richtung Park. Großmütter lächeln, als ich ihn aus dem Buggy hebe, um ihm zu zeigen, wie unsere Bäume aussehen. In ein paar Monaten wird er in der Babyschaukel dort sitzen. In ein paar Jahren auf der richtigen Schaukel daneben. Dann auf der großen Rutsche. Dann wird er mit einem anderen Teenager dort drüben rumknutschen. Dann wird er Zigaretten hinter der Hütte da rauchen. Dann wird er mit seinem eigenen Baby auf dieser Bank sitzen und über die Zukunft nachdenken.

Das ist das Hier und Jetzt. Das hier ist mein Leben. Es ist alles festgelegt. Mein Plan, meinen langweiligen Bürojob zu kündigen, als Seemann anzuheuern und an der Vendée-Regatta um die Welt teilzunehmen, ist auf unbestimmte Zeit verschoben. Dasselbe gilt für kündigen und in eine Jurte in der mongolischen Steppe ziehen. Oder kündigen und nach Buenos Aires ziehen, schweren Rotwein trinken und Tangotanzen lernen. Abenteuer und Unvorsehbarkeit sind verschwunden, oder vielmehr, sie haben sich in dem Kind vereinigt, das mich gerade von unten herauf anschaut. Ich vermute, das passt schon so.

«Suchen Sie nach der Erlösung?» Ein Mann im Anorak betrachtet mich durch flaschenbodendicke Brillengläser.

«Wie bitte?»

«Sie wirken traurig. Suchen Sie nach Erlösung?»

Ich sehe, dass er einen Stapel Faltblätter mit dem Titel *Lass dich von Jesus retten* in der Hand hält. In diesem Moment scheint mir das ziemlich unfassbar. Kann ein Vater nicht einfach nur friedlich dasitzen und über die verlorene Freiheit nachdenken, ohne gottesbelästigt zu werden? Ich erkläre ihm, dass ich sehr gerne erlöst werden würde, jedoch eine Windel zu wechseln habe, und zwar eine volle. Also zieht er ab.

Sonntag, 20. Januar

Alex, frisch homosexuell und voller *joie de vivre*, ist mit Geoff vorbeigekommen, um uns unser Babygeschenk zu bringen.

«Der Regenwald, den du ins Krankenhaus geschickt hast, war doch mehr als ausreichend», sage ich.

«Seid doch nicht albern, ihr Süßen. Dies ist der tollste Moment eures Lebens – überhaupt. Da würden Blumen allein niemals genügen. Geoff und ich haben lange überlegt und, nun ja, wir sind zu dem Schluss gekommen, euch etwas ganz Besonderes zu schenken.»

O Gott.

«Etwas, das diese wunderbare Zeit in eurem Leben würdigt.»

Das kann nicht gutgehen.

«In euren drei Leben.»

Er ergreift Geoffs Hand und dann Isabels. Als wäre er Madonna kurz vor dem Bühnenauftritt.

«Geoff und ich würden gerne euer Badezimmer für euch renovieren.»

«Aber –»

«Kein Aber, ihr Süßen. Das wolltet ihr doch schon gemacht haben, bevor das Baby kam, aber Willy hatte bei der Arbeit zu viel zu tun. Wir können das für euch übernehmen. Geoff und ich. Das neuste und heißeste Innenarchitektenteam des Landes. Und ich weiß, ihr werdet gleich einwenden, dass es ein schlechter Zeitpunkt ist, aber ich verspreche, ihr werdet von den Arbeiten kaum etwas mitbekommen. Ihr blinzelt einmal, und schon ist alles gemacht.»

«Aber –»

«Ihr Süßen, habe ich nicht gerade gesagt kein Aber? Ihr habt das Kinderzimmer selber gestaltet, und seht euch nur an, was *das* geworden ist. Ich kann nicht zulassen, dass ihr auch noch das Badezimmer ruiniert. Also, hier sind die Kataloge. Ich würde diese Badewanne hier vorschlagen und diese Wasserhähne. Geoff hat an einen LED-Spiegel mit eingebautem Sensor gedacht, nicht wahr, Geoff? Du supermoderner Designer, du.»

Das war Geoffs Stichwort. Bis dahin war er ungewöhnlich still gewesen, was er jetzt jedoch durch eine fünfundzwanzigminütige Rede darüber wettmachte, wie unser Badezimmer den neuen Standard für alle Badezimmer setzen würde. Und dann fing er an, mit einzelnen Wörtern um sich zu werfen. Licht. Raum. Luft. Bewegung. Energie. Ruhe. Länge. Umfang. Wasserwirbel. Tropfen. Bewegung.

«Bewegung hast du schon erwähnt», merke ich an.

«Bewegung. Bewegung. Bewegung», fährt er fort. Das kann nicht gutgehen.

Montag, 21. Januar

Isabel darf es um Gottes willen nicht erfahren. Niemand darf ihr etwas verraten. Das muss unser kleines Geheimnis bleiben. Aber, oh, was für eine Freude! Die Freude, das Haus zu verlassen, mich von meiner geliebten Frau und meinem geliebten, drei Wochen alten Baby zu verabschieden, an einem sonnig-kalten Wintermorgen zum Bahnhof zu spazieren, einen Kaffee zu kaufen, in den Zug zu steigen und ganze fünfundvierzig Minuten lang völlig unbehelligt dazusitzen – nein, mehr als fünfundvierzig Minuten, denn der Zug verspätet sich aufgrund der Verspätung eines früheren Zuges.

Himmlisch.

Soll der Zug doch den ganzen Tag Verspätung haben. Solange ich nur hier in dieser Bahn sitzen, in die Luft starren und ein wenig vor mich hin sabbern kann wie ein Baby, aber nicht *mit* einem Baby, um das ich mich die ganze Zeit sorgen muss. Selbst als die spitzgesichtige Frau neben mir ihre Tasche nicht auf den Schoß nimmt, obwohl ich sie höflich darum bitte, weigere ich mich, das himmlische Gefühl loszulassen. Ich öffne einfach meine Zeitung so gedankenlos wie nur möglich, sodass die Seiten in ihren persönlichen Bereich hineinflattern. Ich habe inzwischen hinreichend Übung im täglichen Pendlerkampf, um angesichts spitzgesichtiger Unverschämtheit gelassen zu bleiben.

Der himmlische Zustand dauert genau bis zu dem Moment an, als ich das Büro erreiche. Obwohl er nur zwei Tische entfernt sitzt, schickt Johnson mir eine E-Mail: ‹Willkommen zurück. Und, übrigens, ich weiß nicht, ob du in Sachen Media *Guardian* auf dem Laufenden bist, und es tut mir leid, dass ich es noch nicht erwähnt habe, aber ich wollte rücksichtsvoll sein, weil du doch ein Kind bekommen hast, aber wusstest du schon, dass man Anastasia zur Chefredakteurin gemacht hat?›

‹Flur. Sofort›, schreibe ich zurück.

Er macht keine Witze. Anastasia, die noch vor weniger als achtzehn Monaten hier Praktikum gemacht hat, ist zur jüngsten Chefredakteurin der *Life & Times*-Zeitschrift ernannt worden. Die junge Göre, über die ich mal eine Tasse (kalten) Tee gekippt habe, weil sie so nervig effizient war, ist nun unser Boss. Ich erwürge fast den Wasserspender.

«Wir werden doch nicht schon wieder Schwierigkeiten haben, unsere Aggressionen zu kontrollieren, oder, Walker?»

Sie ist es: unsere höchstens vierjährige Chefin.

«Nein, nein, hat er nicht», murmelt Johnson. «Er hat mir nur gerade erzählt, wie spaßig es ist, Vater zu sein. Wie sich herausstellt, nämlich gar nicht. Hahaha.»

«Johnson, ein Kind ist eine Lifestyle-Entscheidung. Wir müssen kein Mitleid mit Leuten haben, die sich zur Fortpflanzung entschließen. Selbst Schwachköpfe würden das Grundprinzip eines Kondoms durchschauen, wenn sie es denn wollten. Also, Besprechung in einer Viertelstunde.

Und ich will ein paar frische Ideen für die ersten Seiten. Die wirken müde. Müder als der arme Walker hier.»

Auf dem Heimweg am Abend frage ich mich, wie ich es Isabel am besten eröffnen soll. Letztlich entscheide ich mich für die direkte Variante.

«Isabel, ich fürchte, ich muss kündigen. Anastasia ist Chefredakteurin geworden.»

«O nein, das wirst du nicht tun. Du hast eine Familie zu versorgen. Vom Elterngeld können wir nicht leben. Und jetzt nimm Jacob. Ich hatte ihn den ganzen Tag.»

Und damit ist das Thema beendet.

Donnerstag, 24. Januar

Jetzt, wo ich Vater mit einer Hexe als Chefin bin, ist der Zug der einzige Ort, an dem ich mich entspannen kann. Zu Hause scheine ich eine Art Sensor an meinem Hintern zu haben, der eine Anweisung von Isabel auslöst. Jedes Mal, wenn ich mich hinsetze, egal, wie vorsichtig, betätige ich automatisch den Sensor: «Schatz, ich bin am Stillen. Kannst du mir mal ein Tuch reichen?»

Ich stehe auf, hole das Baumwolltuch aus dem ersten Stock, komme zurück, setze mich hin und löse den Sensor erneut aus.

«Tut mir leid, Schatz, und ein Glas Wasser.»

Wiederholung. «Und noch ein Kissen.»

Wiederholung.

«Könntest du deine Bitten nicht irgendwie zusammenfassen?», frage ich. Daraufhin entschuldigt sie sich vielmals, und ich fühle mich furchtbar. Aber, mal ehrlich.

Bei der Arbeit hat Anastasia es auf mich abgesehen. Sie sprengt ein Grüppchen von Leuten, die an meinem Schreibtisch das neue Babyfoto bestaunen. Sie schnauzt mich jedes Mal an, wenn ich so aussehe, als könnte ich gleich einnicken (was oft vorkommt, weil das Ausklappsofa doch nicht den erholsamen Schlaf bietet, auf den ich ursprünglich gehofft hatte). Sie kritisiert meine schlechte Grammatik, obwohl die gar nicht schlecht ist. Nicht wirklich.

Der Zug ist alles, was mir bleibt. Im Zug kann mich niemand anschnauzen. Und der Sensor an meinem Hintern befindet sich außer Reichweite. Deshalb lasse ich auch nicht zu, dass mich die spitzgesichtige Tussi in meinem Wagon, die weiterhin eineinhalb Plätze belegt, irgendwie ärgert. Sie ist klein. Sie hat rote Haare. Das Leben kann nicht einfach für sie sein. Auf diese Weise rächt sie sich an der Welt. Ich werde mich nicht darauf einlassen.

Samstag, 26. Januar

Am heutigen Tag fand unser erster Ausflug als Familie zu einem gesellschaftlichen Ereignis statt. Es handelte sich nur um ein Mittagessen bei Isabels Eltern, die gerade mal zehn Minuten Fußweg entfernt wohnen, aber es war doch eine Art Meilenstein. Ich glaube, wir hatten uns erhofft, dass es besser laufen würde, dass es Spaß machen würde, doch trotz eines militärisch genauen Schlachtplans tat es beides nicht.

Wir baten Isabels Mutter, das Essen um zwölf Uhr fertig zu haben, denn wenn wir überhaupt irgendeine Routine festlegen konnten – was nicht wirklich der Fall ist –, dann die, dass Jacob zwischen 14 und 15 Uhr in den Schlaf gewiegt werden muss, sonst schreit er bis abends um acht.

Wir kamen um 13 Uhr 20 an, denn als wir eine Stunde zuvor endlich loswollten, musste Jacob gestillt werden. Und gewickelt. Und wieder gestillt. Und wieder gewickelt. Dann fing es an zu regnen, und ich konnte mich nicht mehr erinnern, wo ich die wasserdichte Buggy-Abdeckung hingetan hatte, obwohl Isabel mich gebeten hatte, sie irgendwo griffbereit aufzubewahren. Als ich sie schließlich fand, hatte der Regen aufgehört, aber Isabel war vor lauter Hunger ganz grantig. Das kann bei stillenden Müttern schnell mal passieren. Also verlangte sie Toast, obwohl das Mittagessen nur zehn Minuten entfernt war. Schließlich zogen wir los.

Ganz ehrlich, Sherpas auf dem Weg zum Mount Everest schleppen weniger Gepäck. Ich trug mindestens neun Taschen, die von Windeln und Feuchttüchern über Spielsachen, Wickelunterlage, Stilleinlagen und Nippelcreme, Arnika, Müsliriegel, Strampelanzüge, Ersatzstrampelanzüge, Ersatzersatzstrampelanzüge bis hin zu einem Spülbecken alles enthielten. Den ganzen Weg zu den Schwiegereltern keuchte ich zehn Schritte hinter Isabel und Jacob her.

Es gab Hühnchen mit einem unablässigen Monolog

über Zeitmanagement von Seiten ihrer Mutter und Ratschläge zu sachlicher Kindererziehung von Seiten ihres Vaters. Isabel hatte wegen des Toasts keinen Appetit. Dann machten wir uns auf den Rückweg zum Hauptquartier, ich mit den neun Taschen plus vier Tupperschüsseln mit einer Art polnischem Eintopf und, unerklärlicherweise, einem sehr großen Fotoalbum aus Isabels Babytagen. Als wir schließlich zu Hause ankamen, musste Isabel mehr Toast essen und ich mich hinlegen.

«Du kannst dich jetzt nicht hinlegen. Jacob hat eine volle Windel.»

«Also echt, wie oft kann ein menschliches Wesen innerhalb einer Stunde in die Windel machen?»

«Liebling, du bist die ganze Woche über bei der Arbeit. Da kannst du dich über ein bisschen Kinderbetreuung am Wochenende echt nicht beschweren.»

Es hat angefangen. Das, wovor man mich gewarnt hatte. Mütter, die sich, völlig nachvollziehbar, darüber beschweren, wie viel leichter die Väter es haben, weil sie wenigstens ins Büro flüchten können.

Was sie, dem Himmel sei Dank, tatsächlich können.

Montag, 28. Januar

Ich flüchte ins Büro. Mit dem Zug, dem wunderbaren Zug. Und wieder wird meine gute Laune nicht von der spitzgesichtigen Frau getrübt, obwohl sie mir heute Morgen gegenübersaß und ein Laptop dabeihatte. Obwohl der

Laptopbildschirm ganz klar in meinen Luftraum hineinragte. Sie fing an, so laut zu tippen, als wäre ihr Computer ein Percussionsinstrument und als ob sie durch ihr lautes Tippen zum Ausdruck bringen wollte, dass das, was sie da tippte, viel wichtiger war als all die Dinge, die wir anderen tippen würden, sobald wir ins Büro kämen. Was nicht stimmte, denn beim Aussteigen konnte ich einen Blick auf ihren Bildschirm erhaschen und sehen, dass sie lediglich Tetris spielte.

Also hatte ich nicht wirklich schlechte Laune, als ich fünf Minuten zu spät kam und Anastasia mich wieder ermahnte, nicht nochmal zu spät zu kommen. Kann sein, dass ich mit ihr reden muss: Ich glaube, sie nimmt mir den (kalten) Tee-Vorfall immer noch übel.

Mittwoch, 30. Januar

Erster richtiger Elternstreit. Isabel möchte, dass ich noch eine Woche freinehme und uns ein Cottage in Devon miete. Das ist aus zwei Gründen der pure Wahnsinn:

1. Ich kann nach den letzten drei freien Wochen nicht so bald schon wieder eine ganze Woche freinehmen.
2. Wie zum Henker sollen wir es die ganze Strecke nach Devon runter schaffen, wenn uns der Besuch bei ihren Eltern, die im selben Ort wohnen, schon schier umgebracht hat?

Ich erwähne Isabel gegenüber nur den zweiten Punkt, doch sie reagiert unschön: «Das wird schon klappen.» / «Ich brauche einen Tapetenwechsel.» / «Für dich ist das ja einfach. Du kommst jeden Tag nach London.» Ich reagiere ebenfalls unschön, obwohl sie recht hat. Ich darf tatsächlich jeden Tag fliehen, auch wenn es sich bloß um ein schreckliches Büro mit einer Chefin handelt, die halb so alt ist wie ich und mich hasst. Nachdem wir beide unschön reagiert haben, bricht Jacob in Tränen aus. «Schau nur, was du angerichtet hast», schimpft Isabel, und ich merke plötzlich, wie müde sie aussieht. Also entschuldige ich mich und fühle mich den restlichen Abend über wie ein Arsch. Ich habe Angst, wir könnten die Sorte Eltern werden, die ihrem Nachwuchs bleibenden Schaden zufügen, weil sie pausenlos vor ihm streiten. Dann stimme ich einer Woche Devon zu, und zwar bereits in weniger als drei Wochen. Auf einem Bauernhof. Im Februar. Genau das, was einem niemand raten würde.

Donnerstag, 31. Januar

Anastasia runzelt die Stirn, als ich um eine Woche Urlaub bitte, lässt einen schneidenden Kommentar über mein mangelndes Engagement fallen und stürmt dann zu ihrer Mittagessensverabredung mit dem Dalai-Lama im Ivy davon. Ich stürme mit Johnson zum Mittagessen in den Pub, werde jedoch kurzzeitig durch eine SMS von Andy aufgemuntert, meinem besten Kumpel, der die vergangenen sechs Wochen seltsam beschäftigt war. Ob er sich zum Mittagessen zu uns gesellen dürfe.

«Hallo, Fremder», begrüße ich ihn, als er hereinkommt.

«Herzlichen Glückwunsch», antwortet er, aber er schaut mir dabei nicht in die Augen, was ihm gar nicht ähnlich sieht. Es heißt, wenn man ein Kind bekommt, verliert man Freunde, sogar beste Freunde, weil man über nichts anderes mehr reden kann als Windeln, Schlafgewohnheiten und Geburtsgeschichten. Freunde ohne Kinder haben wenig Interesse an solchen Dingen. Manche würden sogar am liebsten überhaupt nichts darüber hören. Sie würden diese ganzen unappetitlichen Details lieber so lange verleugnen wie möglich. Ich hatte angenommen, der Grund für Andys Funkstille seit der Geburt sei, dass er nicht wissen wollte, was ihn erwarten könnte, falls er irgendwann mal mit einer Frau lange genug zusammen wäre, um sie zu heiraten und Kinder mit ihr zu bekommen. Ich kann es ihm nicht verübeln. Wenn er mir lieber aus dem Weg geht, solange ich über nichts anderes als Eileiter und Windelausschlag reden kann, will ich das akzeptieren.

Aber hier sitzen wir im Pub – er, Johnson und ich – wie in alten Zeiten. Und er geht mir nicht aus dem Weg. Er ist bloß seltsam nervös.

«Ich habe auch ein paar Neuigkeiten», verkündet er, nachdem ich mich mühsam an einer Unterhaltung versucht habe, ohne Eileiter oder Ausschlag zu erwähnen. «Ich habe eine neue Freundin.»

Das sind keine wirklichen Neuigkeiten. Ich bin davon überzeugt, dass Andy, ein unheilbarer, aber feiger Romantiker, bloß deshalb eine Karriere im Diplomatendienst angestrebt hat, damit er sich in so viele Frauen in so vielen verschiedenen Ländern wie nur möglich verlieben kann.

«Dieses Mal ist es was Ernstes. Ich glaube, sie könnte die Richtige sein.» Auch das hat er schon oft gesagt, worauf Johnson und ich ihn prompt im Chor hinweisen.

«Ja, aber das hier ist anders.»

«... weil euch beide etwas Besonderes verbindet, obwohl sie nur Farsi spricht und du nur dummes Zeug?», erkundigt sich Johnson.

«... weil ihr beide die Grenzen der Geographie überschreitet, obwohl du in Tooting wohnst und sie in Islamabad?», füge ich hinzu.

«Nein, weil es Saskia ist», flüstert er in sein Bier.

FEBRUAR

‹Das, woran ich mich am deutlichsten erinnere, ist, dass es keine Übergangszeit gab. Von jetzt auf nachher bestand das Leben nur noch aus Windelnwechseln.›

Paul Reiser

Freitag, 1. Februar

Neuer Monat, neues Pech.

Von allen Frauen auf der Welt muss sich Andy ausgerechnet in diejenige verlieben, die fast meine Ehe zerstört hätte. Es ist ja nicht so, als wäre er nicht gewarnt worden. Sie heißt schließlich nicht umsonst Saskia, die *Beziehungszerstörerin*.

Sie war die aufregendste Frau, der ich je begegnet war. Vor einigen Jahren war sie bei einer Party aufgetaucht, hatte mir mitgeteilt, wir würden jetzt gehen, und zwang mich dann mehr oder weniger zu Sex am Hyde Park Corner. Die perfekte Männerphantasie, aber nach einigen weiteren unverbindlichen Treffen verwandelte sie sich in einen Albtraum. Die Affäre ging zu Ende, weil das mit Affären nun einmal so ist. Ich verliebte mich in Isabel, heiratete sie und dachte nicht mehr über Saskia nach oder wie lang ihre Beine waren oder wie kurz ihre Röcke – bis zu jenem Tag, als sie zufällig in die Wohnung unter unserer in Finsbury Park zog. Bloß dass das gar kein Zufall war: Sie hatte sich mit Alex zusammengetan, damals, als er noch nicht schwul war, um ihm dabei zu helfen, meine Ehe zu zerstören. Er wollte Isabel. Saskia wollte Rache. Angeblich war die Affäre Jahre zuvor gar keine Affäre gewesen ... ich war der erste Mensch, den Saskia je geliebt hatte, sagte sie, und ich hätte sie, ohne einen Gedanken daran zu verschwenden, einfach weggeworfen.

So zumindest stellte sie es dar. Sie war Glenn Close, ich war Michael Douglas. Das Kaninchen war meine Ehe, und es wurde fast zu Tode gekocht.

Nachdem Alex und Saskia ihre Machenschaften zugegeben hatten – und Isabel und ich einander langsam wieder vertrauten –, war Saskia verschwunden. Und jetzt ist sie wieder da.

«Was soll das heißen: ‹Sie ist wieder da›? Ich dachte, du hast sie umgebracht», witzelte Isabel.

«Sie ist, äh, mit Andy zusammen.»

«Was?!», stammelte Isabel. Jacob, der bis zu diesem Augenblick zufrieden an ihrer Brust genuckelt hatte, fing an zu weinen. Vielleicht war die Milch sauer geworden.

«Sie sind sich zufällig in einer Bar in Islington begegnet. Andy wollte ihr aus dem Weg gehen, aber sie und ihre Freundin wurden von einer Meute Halbstarker belästigt. Andy ging dazwischen. Die Halbstarken haben ihm gedroht und wurden daraufhin von den Türstehern hinausgeworfen. Saskia und Andy haben sich unterhalten, und jetzt sind sie total verliebt. Ende.»

«Ich fass es nicht.»

«Ich weiß.»

«Kannst du mir einen Kamillentee machen?»

Samstag, 2. Februar

Wochenende. Schwer zu sagen, ob es schlimmer als unter der Woche ist. Natürlich gibt es keine büromäßigen Schrecken, aber eben genauso wenig irgendwelche büromäßige Faulenzerei. Es ist viel einfacher, bei der Arbeit so zu tun, als sei man beschäftigt, als zu Hause. Man sitzt an seinem Schreibtisch und tut, als würde man tippen. Man wählt irgendwelche Phantasietelefonnummern und führt Phantasiegespräche über Phantasieartikel, die man nicht wirklich schreibt. So kann mit einem Minimum an Hirnaktivität ein kompletter Nachmittag verstreichen. Nicht so zu Hause. So tun, als würde man eine Windel wechseln, Tee machen, Abendessen kochen, die Spülmaschine ausräumen und Entscheidungen treffen, welche Art von Badezimmereinrichtung wir wollen – das ist für eine übermüdete Ehefrau leicht zu durchschauen.

«Hast du die Spülmaschine ausgeräumt?»

«Ja.»

«Schwindelst du?»

«Nein.»

«Bist du sicher?»

«Nein.»

Ob sie mich wohl auch am Wochenende ins Büro lassen?

Andy hat mir eine SMS geschickt und gefragt, ob ich mit ihm und Saskia was trinken gehen will, um das Eis zu brechen. Heute Abend. Selbst wenn wir mal die Tatsache außer Acht lassen, dass ich ein Neugeborenes und eine sehr müde Frau zu Hause habe und eine Stunde von London entfernt wohne, lässt sich nicht ignorieren, dass mein bester Freund mit meiner schlimmsten Ex zusammen ist. Also: Nein, kann ich nicht.

Er schreibt zurück: ‹Saskia möchte Gelegenheit haben, mit dir zu reden. Um zu erklären.›

Ich antworte nicht. Stattdessen singe ich immer wieder einschläfernde Kinderreime, während im Fernsehen die Lottoziehung (meine einzige Chance, an das Geld zu kommen, das ich für eine Vollzeitkinderfrau brauche) und *Casualty* läuft. Jacob liebt es, wenn ich singe. Weigert sich glattweg, etwas davon durch Einschlafen zu verpassen.

Sonntag, 3. Februar

Meine Eltern kommen mit einer Menge blauer Kleidungsstücke für Jacob vorbei. Isabel erklärt ihr Bedürfnis, dem armen Kerl eine geschlechterneutrale Erziehung angedeihen zu lassen. Dad verdreht die Augen und beißt sich auf die Zunge. Dann gehen sie wieder.

Zehn Minuten später kreuzen Alex und Geoff auf. Es ist Isabel nicht gelungen, ihnen die Sache mit dem Bad auszureden. Sie versprechen immer noch, dass das Ganze im Handumdrehen passiert sein wird und wir kaum etwas davon mitbekommen werden. Ich kann gerade noch die Bemerkung zurückhalten, dass ich bereits jetzt etwas davon mitbekomme, weil sie nämlich an einem Sonntag hier sitzen und etwas von Badewannenformen faseln. Außerdem handelt es sich um Jacobs Mittagsschlafzeit, die einzige

Zeit des Tages, in der ich wie tot auf dem Sofa liegen und so tun kann, als lese ich die Zeitung.

Geoff mag eiförmig.

Alex mag nach außen gebogene Ränder.

Isabel ist hin und her gerissen.

Als sie endlich gehen, bin ich unwirsch. Isabel fragt mich, weshalb ich so unwirsch wirke. Ich erkläre ihr, dass ich es nervig finde, wenn unser Sonntag von Alex und seinem extrem überheblichen Freund gestört wird.

«Liebling, ich weiß, er ist ein bisschen verrückt und hat letztes Jahr all diese schrecklichen Dinge getan, aber er versucht immer noch, es wiedergutzumachen. Ich dachte, du magst Badewannen. Findest du die Aussicht auf eine eiförmige denn gar nicht aufregend?»

«Nein, ich mag die, die wir haben.»

«Die ist schon ganz gelb, und du beschwerst dich die ganze Zeit darüber.»

«Ich male sie an.»

«Man kann eine Badewanne nicht anmalen.»

«Ich hab die Nase voll von Alex. Warum kann er uns nicht in Ruhe lassen?»

«Warum kann Saskia uns nicht in Ruhe lassen? Wenigstens ist Alex schwul. *Und* es tut ihm leid. Was sich ja von dieser Schlampe nicht behaupten lässt.»

Ich gebe auf. «Kamillentee, Schatz?»

Montag, 4. Februar

INHALT DES E-MAIL-POSTEINGANGS AM MONTAGMORGEN

1. Drei Mails von Andy, in denen er sich dafür entschuldigt, sich in die *Beziehungszerstörerin* verliebt zu haben, jedoch außerdem schreibt, Saskia werde völlig missverstanden und sei überhaupt keine Beziehungszerstörerin.
2. Zwei Mails von Isabel. In der ersten lässt sie sich erfreut darüber aus, dass Jacob richtig schläft, in der zweiten, wesentlich kürzer, beklagt sie die Tatsache, dass er es nicht tut. Und dass das Haus so gut wie unbewohnbar ist. Und ob ich bitte früh nach Hause kommen kann, wenn möglich.
3. Eine Mail von meiner Mutter, in der sie mich fragt, ob dies ein vireninfiziertes Attach–... ach, Mist.

Donnerstag, 7. Februar

Jacob hat gelächelt. Und ich hatte mich schon gefragt, ob er vielleicht dasselbe hat wie dieser Junge in der Reportage auf Channel Five – der, der fünf Operationen brauchte, bis er lächeln konnte. Oder war es der Junge mit dem gesichtsfressenden Virus, der neun brauchte? Ich weiß es nicht mehr. Aber die Sache ist die, wir hatten bisher kein Lächeln gesehen, und das Baby der Tochter der Gemüsehändlerin von Isabels Mutter hat schon nach dem ersten Monat gelächelt. Ich habe schon überlegt, ob ich den Stress durch eine unzumutbare Chefin, einen verräterischen besten Freund und einen psychotischen, aber frisch homosexuellen Badezimmerdesigner unbewusst an unser kostbares Kind weitergegeben habe. Aber es war eindeutig ein Lächeln. Und es kam um vier Uhr morgens.

VIER UHR MORGENS

Das war einst die Zeit, in der man sich entweder im Tiefschlaf oder in der Disko befand oder eine schrecklich gute Party schmiss oder, dann und wann, Geschlechtsverkehr hatte. Einst. Jetzt ist es die Stunde der Zombie-Eltern. Es heißt – auch wenn es keine verlässlichen statistischen Untersuchungen dazu gibt –, dass um vier Uhr morgens mindestens zwanzig Prozent aller Verkehrsteilnehmer auf der M25 erschöpfte Eltern sind, die versuchen, ihre schlaflosen Babys durchs Fahren zum Einschlafen zu bewegen. Die Zahl könnte noch weitaus größer sein. Es ist auf jeden Fall die Zeit, in der ich unseren verdammten Gelände-Bugaboo in der möglicherweise irrsinnigen Annahme um den Block schiebe, dass kalte Luft unser schlafloses Kind müde macht. Ich drehe zwölf oder vierzehn Runden um den Block und singe dabei so eintönig wie nur möglich Schlaflieder. Warum schläft er bloß nicht? Weiß er denn nicht, dass ich morgen früh so tun muss, als würde ich arbeiten? Endlich schließt er die Augen.

Und öffnet sie dann wieder.

Dies ist der Moment, der schrecklich dunkle Moment, in dieser schrecklich dunklen Stunde, in dem man sich fragt, ob es das wirklich alles wert ist. Wäre eine Adoption denn wirklich so schlimm? Vielleicht könnte ich ihn in einem Pappkarton vor den Toren des Krankenhauses ablegen? Mit einer Decke natürlich.

Dann lächelte er – ein wunderschönes Lächeln und direkt mir ins Gesicht –, und alles war es mehr als tausendmal wert. Ich hatte plötzlich die Energie für einige weitere hundert Runden um den Block. Oder die M25.

Als er schließlich einnickte, ging ich ins Haus, wo mich Isabel besorgt im Wohnzimmer erwartete. Sie schläft nie richtig, wenn Jacob nicht bei ihr ist.

«Er hat gelächelt!»

«Echt?»

«Ja. Ein richtiges Lächeln. Es war wunderschön.» Und Isabel wirkte plötzlich auch nicht mehr wie eine Zombie-Mutter. Sie wirkte glücklich, freute sich für mich und für Jacob. Wir umarmten uns, und sie nahm ihn mit hoch ins Bett, während ich im Kinderratgeber nachsah. Mit drei Monaten sollten sie anfangen zu lächeln. *Drei Monate!* Nicht fünf Wochen. Wir haben ein kleines Genie. Vergiss die Channel-Five-Reportage. Ruf Channel Four an. Wir drehen *Das Kind, das sieben Wochen früher lächelte.*

Freitag, 8. Februar

Nachdem Isabel einen Artikel über die Misere der Hummeln gelesen hat, sind wir jetzt Mitglieder im Hummel-Schutz-Verein. Trotz der Kosten für Windeln (die einmaligen Ausgaben für die aus Stoff plus die wiederkehrenden Ausgaben für die schrecklichen aus Plastik, die jahrhundertelang auf einer Müllhalde liegen werden – denn wie von mir prophezeit, kamen wir mit dem Windelnauskochen nicht wirklich hinterher), für Babykleider, Schwangerschaftskleider, Nach-Entbindungskleider und den Schleiereulen-Schutz-Verein, dem wir auf Isabels Drängen hin beigetreten sind, als sie gelesen hatte, dass Schleiereulen irgendwie gemähdrescht werden oder so was.

Als einziger Brötchenverdiener in diesem Haushalt, abgesehen vom kargen Mutterschutzgeld, bin ich gezwungen, ein Machtwort zu sprechen. Von jetzt an erhalten Schleiereulen und Hummeln unsere Unterstützung und unser Mitgefühl. Alle anderen gefährdeten Tierarten müssen selber schauen, wo sie bleiben ...

Samstag, 9. Februar

... außer vielleicht Korallen und Eichhörnchen. Und eine bestimmte Papageienart, die nur Zuckerschoten frisst. Im Tausch gegen mein Zugeständnis an zusätzliche Tierarten darf ich heute Abend in den Pub, aber nur von 19 bis 21 Uhr.

Es war Andys Idee, dass sie zu uns heraus aufs Land kommen. Er versucht offensichtlich, bei mir wieder gut Wetter zu machen. Johnson nicht. Bei seiner Ankunft beschwert er sich grummelnd über den langen Weg. Obwohl Andy ein Mistkerl ist und Johnson schlechtgelaunt, freue ich mich riesig. Ich bin im Pub. Ich bin ein freier Mann.

Das erste Pint verschwindet innerhalb von zwölf Sekunden. Die nächsten beiden folgen fast genauso schnell. Ich sollte vermutlich etwas langsam tun: Ich bin jetzt schließlich Vater. Doch Johnson erklärt, es sei wichtig, das Baby gebührend zu begießen. Außerdem muss ich ja sowieso in einer Stunde schon wieder weg, und sie sind extra hergekommen. Also trinken wir nochmal zwei Pints in schneller Abfolge. Wir unterhalten uns über nichts Spezielles, vor allem, weil Babythemen langweilig sind und das Thema Frauen Saskia ins Gespräch bringen würde, wonach keinem von uns der Sinn steht, weil wir doch ohnehin nur zwei Stunden haben.

Keinem außer Johnson.

«Andy?», meint er nach einem tiefen Schluck Pils. «Findest du es nicht seltsam, mit einer Frau zu schlafen, mit der dein Kumpel schon geschlafen hat? Ich meine nur, ich hab das mal gemacht, damals, als das Leben noch spaßig war. Und jedes Mal, wenn wir's getrieben haben, hatte ich plötzlich das Bild meines Kumpels vor Augen, nackt. Irgendwann musste ich immer mittendrin abbrechen, weil es so seltsam und irgendwie homoerotisch wurde. Ich musste mit ihr Schluss machen, weil es sich nach der falschen Sorte flottem Dreier anfühlte.»

Andy schaut zuerst Johnson an, dann mich. Er nippt gedankenverloren an seinem Bier und meint dann: «Saskia und William. Das ist fast fünf Jahre her. Ich denke, wir können alle davon ausgehen, dass das Schnee von gestern ist.»

Ist es nicht. Saskia ist immer noch Saskia. Andy ist immer noch Andy. Aber der Pub ist immer noch der Pub, deshalb erkläre ich, dass es mir nichts ausmacht, vorausgesetzt, ich muss nie wieder mit Saskia sprechen. Danach trinke ich noch schnell ein Bier und dann noch eines. Dann schlage ich vor, dass sie noch mit zu mir kommen, weil ich Bier im Kühlschrank habe.

«Und ein Baby im Wohnzimmer», meint Johnson. «Das lassen wir lieber sein.»

Das ist eine weise Entscheidung, wie sich herausstellt. Ich strebe im Zickzackkurs nach Hause, wo mich beim Türaufschließen folgende heimische Szene erwartet: Isabel, die immer noch versucht, sich etwas zu essen zu machen, halb angezogen, weil sie es zwischenrein aufgegeben hatte und ins Bett gegangen war, den brüllenden Jacob auf dem Arm, in der Hand einen Suppenlöffel, während die Küche aussieht, als hätten wütende Schimpansen darin herumgetobt.

«Vergiss die Korallen und die Papageien. Du wirst nie wieder abends weggehen», sagt sie. Und das meint sie nur halb im Spaß.

Sonntag, 10. Februar

Alle haben sich für eine eiförmige Badewanne entschieden. Alle außer mir. Es wird vier Wochen dauern, bis sie aus Schweden oder Dänemark oder irgend so einem designbesessenen Land geliefert wird, wo sie hergestellt wird. Alex verspricht, die Badezimmerrenovierung wird Mitte März beginnen und Ende März abgeschlossen sein.

Donnerstag, 14. Februar

Obwohl uns beiden nichts am Valentinstag liegt und obwohl es sich dabei um noch so eine dumme amerikanische Erfindung handelt, die uns zu verarmten Sklaven des Kapitalismus macht, obwohl ich letztes Jahr acht Millionen Mäuse beim Blumenladen *Budding Ideas* ausgegeben habe (Motto immer noch: ‹Blumen für jeden besonderen Anlass oder weil Sie einfach sagen wollen: Ich liebe dich›; kotz), bleibt mir keine andere Wahl, als dieses Jahr wieder dort hinzugehen und nochmal acht Millionen Mäuse für ein Dutzend langstieliger roter Rosen auszugeben.

Dann streiten wir uns, denn zwanzig Minuten nachdem ich sie Isabel überreicht habe, entdecke ich die Rosen in einer Vase im Schlafzimmer ... mit gekürzten Stielen.

«Ich wollte eben diese Vase benutzen.»

«Die kurze?»

«Ja, die kurze.»

«Also hast du die langen Stiele abgeschnitten?»

«Ja, ist das ein Problem?»

«Nun, ich hätte mir siebeneinhalb Millionen Pfund sparen können, wenn ich gewusst hätte, dass du die Stiele sowieso abschneidest.»

«Möchtest du, dass ich die Stiele aus dem Mülleimer hole, oder darf ich die Blumen, die du mir geschenkt hast, so genießen, wie ich das möchte?»

Um acht Millionen Pfund ärmer und als Lohn für meine Mühe noch ein Streit. Aber ich beschließe, vorsichtig zu bleiben. Wir sind beide sehr müde und sehr reizbar. Kein Wunder, dass selbst kleine Dinge eher Streit auslösen als früher. Ich muss gelassen bleiben. Ich muss gelassen bleiben, denn das ist der erste Schritt auf dem langen Zen-Weg zur Kunst des Elternseins.

DER ZEN-WEG ZUR KUNST DES ELTERNSEINS

Schritt eins: Bleibe angesichts kleiner ehelicher Unstimmigkeiten gelassen und lasse nicht zu, dass es zu einem echten Streit ausartet wie zu Zeiten vor den Kindern. Streiten erfordert Energie. Du hast keine Energie. Im Gegensatz zu früher, als du Tage damit verbringen konntest, dich über Marmite-Toast, Badezimmerbenutzung und nicht ausreichend gewürdigte langstielige Rosen zu zanken, musst du dich jetzt auf deine Mitte besinnen und zulassen, dass diese kleinen Ärgernisse einfach fortgespült werden.

Schritt zwei: Bleibe auch angesichts stressiger Situationen gelassen. Wenn du einen Strafzettel bekommst, akzeptiere ihn und denke nicht weiter darüber nach. Wenn jemand, ein Jemand namens Isabel, Rotwein auf dem teuren weißen Teppich verschüttet, den du zu Weihnachten gekauft hast, zucke mit den Schultern und biete an, ihn sauberzumachen. Wenn du im Sainsburys-Supermarkt plötzlich feststellst, dass du noch deine Schlafanzugshose trägst, weil du gerade mitten beim Anziehen warst, als dein Kind aufgewacht ist und angefangen hat zu brüllen (und wenn du eines gelernt hast, dann, dass sich das Brüllen nur stoppen lässt, wenn du das Kind innerhalb der ersten zehn Sekunden auf den Arm nimmst), in deinem Kopf jedoch fertig angezogen warst und es dir erst auffällt, als die Kassiererin dir einen komischen Blick zuwirft, schließ einfach die Augen, stell dir einen stillen Ort vor, einen Garten vielleicht, voller taufrischer Orchideen, dann bezahl den Einkauf und verschwinde rasch, bevor jemand die Polizei rufen kann.

Schritt drei: Bleibe auch dann noch gelassen, wenn es keinen Sinn ergibt. Zum Beispiel, wenn du in sechs Wochen nicht mehr als eine Stunde am Stück geschlafen hast, wenn du von der Arbeit nach Hause kommst und vier Stunden Hausputz vor dir hast, bevor du zu Abend essen kannst, was nicht möglich ist, weil du dann für das Baby zuständig bist, weil deine Frau so erschöpft ist und du dann herausfindest, dass die einzige Möglichkeit, das Kind zum Einschlafen zu bewegen, darin besteht, mit ihm gegen den Uhrzeigersinn in engen Kreisen zu rennen und dabei rückwärts mit der

Stimme von Barry White ‹Bi-Ba-Butzemann› zu singen. Eine Stunde lang.

Ich kämpfe immer noch mit Schritt eins.

Freitag, 15. Februar

Ich habe Isabel gebeten, jetzt mit dem Packen für unseren unglaublich schlecht geplanten Ausflug nach Devon am Samstag zu beginnen. Sie hat versprochen zu tun, was sie kann.

Wie sich herausstellt, ist das recht wenig, weil Jacob nämlich Fieber hat. Kein Schlaf – keine Sekunde – vor allem, weil ich nicht anders kann, als stündlich bei ihm Fieber zu messen, um zu überprüfen, ob er immer noch eine Temperatur von 37,9 °C hat und nicht etwa 38,5 °C oder 39 °C. Gott bewahre, dass es auf 39 °C steigt, obwohl Isabel ihre Ärztinnenmutter angerufen hat, laut der Babys gerne mal erhöhte Temperatur haben, was nicht zwangsläufig heißt, dass Jacob eines schrecklichen Fiebertods sterben wird. ‹Nicht zwangsläufig heißen› ist mir aber nicht genug. Er ist immer noch winzig. Sein kleiner Körper sollte überhaupt kein Fieber haben. Ich gehe da kein Risiko ein.

Samstag, 16. Februar

Wir fahren wegen Jacobs Fieber nicht in den Urlaub, obwohl es gesunken ist und es so aussieht, als würde er überleben. Der Schneesturm, der übers Land fegt, ist der Sache auch nicht gerade zuträglich. Ich verkneife mir ein ‹Ich hab's ja gleich gesagt›. Es reicht, dass ausnahmsweise mal ich mit etwas recht habe. Sie weiß es. Ich weiß es. Jacob weiß es.

Sonntag, 17. Februar

Wir fahren immer noch nicht in den Urlaub, weil sich der Schnee in Glatteis verwandelt hat und sowohl Isabels Mutter als auch meine Mutter angerufen und uns angefleht haben dazubleiben, bis es wieder sicher ist zu fahren. Sogar der doofe Wettermann warnt uns davor, irgendwelche nicht absolut notwendigen Fahrten zu unternehmen. Früher hat mir der Wetterbericht besser gefallen, bevor das Wetteramt den Hurrikan verpasst hat. Damals war man eher geneigt, alle Vorsicht in den Wind zu schlagen, sozusagen. Ich sagte: «Ich hab's ja gleich gesagt», einfach weil ich es mir nicht länger verkneifen kann.

Montag, 18. Februar

Und so beginnt, mit zwei Tagen Verspätung, der Walker'sche Familienurlaub. Es wird der erste von vielen sein. Zumindest in den nächsten zwei Jahrzehnten werden wir zusammen die Welt erkunden. Wir werden im Campingbus quer durch Europa fahren, Englands Kanäle entlangschippern, exotische Kulturen auf pädagogisch wertvolle und abenteuerliche Art erforschen. Und wir fangen mit Devon an. Wenn wir überhaupt so weit kommen. Wir sind um sechs Uhr früh aufgewacht, was als Ausschlafen gilt, und ich schlage vor, dass unsere VAZSMM (voraussichtliche Abfahrtszeit, sofern menschenmöglich) gegen zehn Uhr sein sollte. Wir starteten um dreizehn Uhr, was nicht schlecht ist, wenn man bedenkt, dass wir das gesamte Haus einpacken mussten, einen kompletten Supermarkt sowie jede Menge Gerätschaften, und dass wir nur fünf Tage zum Packen hatten.

Nach zwanzig Minuten schlief Jacob wider Erwarten ein. Zum ersten Mal seit sieben Wochen führten Isabel und ich eine normale Unterhaltung. Es war entspannt. Es gab kein Gefühl der Dringlichkeit. Die Unterhaltung war trivial, und das Leben keines Kindes hing davon ab.

«Guter Kaffee», sagte ich.

«Bekomme ich Bonuspunkte dafür, dass ich ihn eingepackt habe, mein Schatz?»

«Ja und nein. Was willst du zuerst hören?»

«Auch wenn ich dich vielleicht umbringen muss, aber rein aus Interesse würde ich gerne mit dem Ja anfangen.»

«Ja, weil du richtige Milch reingetan hast, nicht dieses

Ziegenmilch-Höllenzeug, und ausnahmsweise auch mal genug Zucker. Außerdem müssen wir keine 972 Pfund für schlechten Autobahnraststättenkaffee ausgeben.»

«Okay. Und das Nein?»

«Nein, weil es der Anfang vom Ende ist, eine Thermosflasche mit auf eine Autofahrt zu nehmen. Das tun nur ältere Leute. Hast du auch noch Bonbons im Handschuhfach parat? O Gott, das hast du. Das war's dann wohl.»

«Ich sag's ja nur ungern, mein Schatz, aber du zählst inzwischen auch schon zu den Älteren. Du hast die Fahrtroute drei Tage im Voraus geplant.»

«Hab ich nicht.»

«Hast du doch. Du hast Johnson angerufen und dich mit ihm darüber unterhalten. Nur ältere Leute können mehr als zwanzig Minuten damit verbringen, darüber zu diskutieren, ob die M 4 / M 5 schneller ist als die A 303.»

«Nun, Johnson hat Mist erzählt. Jeder weiß, dass die M4 / M5 am besten ist, wenn es keine Baustelle gibt.»

«Mir gefällt das.»

«Was gefällt dir?»

«Älter zu sein.»

«Wirklich?» Einen Augenblick lang dachte ich, sie zog mich auf, aber das tat sie nicht.

«Ja. Wir werden gesetzt. Wir wissen, was wir wollen. Wir wissen, wo es mit uns hingeht.»

«Ach ja?»

«Ja. Abgesehen von dieser ganzen Elternsache ... was wir meiner Meinung nach auch ganz gut meistern, findest du nicht?»

«Du auf jeden Fall. Du bist Spitzenklasse.»

«Du machst das auch gut. Ich finde, wir sind ein ziemlich gutes Paar mittleren Alters, wenn man sich's recht überlegt. Und jetzt sind wir unterwegs zu einem schönen Familienurlaub mit unserem wunderhübschen schlafenden Sohn.»

Sie hielt inne, lächelte und sah aus dem Fenster. Ich lächelte auch, vielleicht, weil alles ziemlich gut lief. Das war nicht zu leugnen: Wir fuhren in den Urlaub. Ein Familienurlaub. Der vielleicht sogar spaßig werden könnte.

Dann allerdings wachte Jacob auf und musste gestillt werden. Die zwanzig Kilometer bis zur nächsten Raststätte waren die längsten zwanzig Kilometer meines Lebens. Schreienden Babys zuzuhören ist an sich schon schlimm genug, aber wenn es sich um das eigene handelt, hat das Geschrei eine besonders durchdringende Qualität. Es bohrt sich direkt ins Zentrum deines Gehirns. Es ist fast unmöglich, irgendetwas zu tun, außer sich um diesen Lärm zu kümmern. Das ist ziemlich clever von Mutter Natur: Sie hat das so eingerichtet, damit der Nachwuchs zur Fütterungszeit nicht allein gelassen wird. Nur hat Mutter Natur leider nicht bedacht, dass wir uns im strömenden Winterregen mit einem sieben Wochen alten Kind auf dem Weg in den Urlaub nach Devon befanden. Und dass ich mich vielleicht aufs Fahren konzentrieren sollte.

... und tief durchatmen.

DER ZEN-WEG ZUR KUNST DES ELTERNSEINS (FORTSETZUNG)

Schritt vier: Sei dazu in der Lage, einen Wagen mit hoher Geschwindigkeit durch den Regen zu steuern, während dein Kind brüllt und die Tankanzeige auf Leer steht und deine Frau dich mahnt: «Beeil dich, er braucht eine frische Windel, und es sind noch fünfzehn Kilometer bis zur nächsten Raststätte», obwohl du selber weißt, dass er eine frische Windel braucht und es noch fünfzehn Kilometer bis zur nächsten Raststätte sind, und, o verdammt, da ist eine Polizeistreife, und er will, dass ich auf den Seitenstreifen fahre, und, o verdammt, soll ich einfach weiterfahren, weil es jetzt nur noch sieben Kilometer bis zum Rastplatz sind und er mir den Strafzettel auch dort geben kann?

Ich halte an. Isabel klettert auf den Rücksitz, um Jacob zu stillen, während ich mich der Befragung stelle.

«Guten Tag, Officer. Lassen Sie mich Ihnen versichern, wie unendlich leid es mir –»

«Wissen Sie, was die zulässige Höchstgeschwindigkeit auf Autobahnen ist, Sir?»

«Hundertzehn Stundenkilometer, Officer. Aber das hier ist unser erster –»

«Und sind Sie sich bewusst, wie schnell Sie gefahren sind?»

«Zu schnell, Officer. Aber, sehen Sie, Jacob war –»

«Hundertsechzig Stundenkilometer», unterbricht er mich wieder und späht dabei auf den Rücksitz, wo Isabel jetzt versucht, Jacob zu wickeln.

«Echt? O mein Gott, das tut mir leid. Diese ganze Elternsache ist noch ein bisschen ungewohnt –»

«Wie alt ist Ihr Kind?», unterbricht er mich zum vierten Mal, und ich frage mich langsam, ob der Polizeicomputer irgendwie mit dem Gesundheitsamtcomputer verbunden ist, weil wir auf Letzterem sicher schon einen Aktenvermerk haben und deshalb ein Vermerk in Ersterem zwei Vermerke insgesamt bedeuten würde. Ich frage mich, wie viele Vermerke man haben darf, bevor sie einem das Kind wegnehmen. Vermutlich nicht mehr als drei.

«Sieben Wochen», antwortet Isabel. «Und ich fürchte, so bald unternehmen wir keine längeren Fahrten mehr.»

Der Polizist zögert und schüttelt den Kopf. «Ich weiß, was Sie meinen. Meiner ist drei Monate alt, und wir schaffen's immer noch nicht weiter als bis zur M25.»

«Wenn Sie mich verhaften und ins Gefängnis stecken würden, wäre ich Ihnen sehr verbunden», versuche ich, auf unser gemeinsames Leid anzuspielen. «Mir ist alles recht, Hauptsache, ich entkomme den Windeln.»

«Das würde ich sehr gerne, darf ich aber leider nicht», erwidert er. Er ist nicht länger Polizeibeamter. Ich bin nicht länger Straftäter. Wir sind einfach nur zwei frischgebackene Väter, die versuchen, das Beste aus einer verrückten Welt zu machen, einer Welt der Tränen und des Stresses und des Schlafentzugs und der Notwendigkeit, dann und wann hundertsechzig Kilometer pro Stunde zu fahren.

«Ich darf Ihnen nur einen Strafzettel aushändigen.»

«Aber –»

«Wenn Sie innerhalb der nächsten zwei Wochen zahlen, müssen Sie nicht vor Gericht erscheinen, aber Sie bekommen drei Punkte, und das wird sich auf Ihre Versicherungspolice auswirken. Drei Stundenkilometer mehr, und Sie hätten für eine Weile den Führerschein abgeben müssen.»

«Aber ich dachte, Sie wären –»

«Es gibt keine Entschuldigung dafür, auf der Autobahn so schnell zu fahren. Sie könnten sich umbringen. Und ihr kleines Kind da ebenfalls. Und vielleicht das kleine Kind von jemand anderem. Meines, zum Beispiel.»

Unglaublich. Er kennt den schrillen Schrei, der sich einem direkt ins Gehirn bohrt, aber weil er ein Bulle mit einer nervigen Leuchtweste und einem Taser und einer Mütze ist, glaubt er, über den Gesetzen des Elternseins zu stehen.

«Aber er hat recht, Liebling. Du solltest wirklich nicht so schnell fahren», tönt Isabel erstaunlicherweise, als wir weiterfahren. Ich lasse mich aber nicht auf eine Diskussion ein. Sie ist müde. Ich bin müde. Wir müssen durchhalten. Ich werde mich damit begnügen, den gesamten Weg nach Devon vor mich hinzubrummeln.

Warum bezahlt man gutes Geld dafür, ein Haus zu mieten, das noch mieser ist als das eigene? Weil es auf dem Foto nett aussah? Weil man automatisch, wenn auch unerklärlicherweise, seine Ansprüche senkt, wenn man im Urlaub ist? Weil Urlaub mies sein muss? Denn wenn er das nicht wäre, würde man es nicht ertragen, am Ende wieder nach Hause zu fahren?

Ein Immobilienmakler würde das Cottage vermutlich als rustikal bezeichnen, ich eher als unbewohnbar. Die Zufahrt und der Garten sind von einer fünf Zentimeter dicken Schicht bedeckt, die ein Immobilienmakler vermutlich als organische Biomasse bezeichnen würde, ich hingegen Matsch nenne. Die Pfütze vor der Eingangstür, in die ich die siebte Tasche fallen lasse, die mit Jacobs Babyklamotten, ist einen Meter tief, was jedoch keiner hätte vorhersehen können, bevor eine Tasche hineinfiel. Ein Immobilienmakler würde sie vielleicht als gut ausgestatteten Pool bezeichnen.

Die Heizung würde ein Immobilienmakler als ‹Original› bezeichnen und die Holzscheite im Kamin als etwas klamm. Lügenpack. Im Backofen finden sich noch die Überreste einer Pizza vom Vormieter. Die Mikrowelle findet sich gar nicht. Im Obergeschoss stehen mehrere Betten herum, aber keines davon ist bequem. Die Fenster lassen sich öffnen, aber nicht wieder schließen. An der Badewanne klebt ein rosa-brauner Duschvorhang. Das Rosa ist die Originalfarbe, das Braun dessen bakterielle Umwandlung über die Jahre hinweg. Oder andersherum.

Wenn wir die elektrische Viertel-Kilowatt-Dusche gleichzeitig mit dem Wasserkocher, dem Fernseher, dem Radio oder dem Babyfon einschalten, gibt es einen Stromausfall. Um den Schalter wieder umzulegen, muss ich durch den Sumpf zu einem Schuppen laufen, wo sich die Hauptsicherung befindet.

Der Fernseher empfängt, im krassen Gegensatz zu allen anderen Fernsehgeräten des Landes, nur Channel Five.

Leider ist der Bauer sehr freundlich. Er bezeichnet

sich selbst als Biobauer. Er züchtet nicht genug Schweine und nicht genug Kühe und verkauft sie dann auf schicken Wochenmärkten zu höchst überteuerten Preisen an Leute wie Isabel. Und Leute wie Isabel können nicht anders, als Mitleid mit ihm zu haben, diesem letzten Beschützer des Bodens, obwohl er uns vierhundert Pfund für eine Scheune auf einem Bauernhof abgeknöpft hat, den er ganz offensichtlich kaum über Wasser halten kann.

Ich weigere mich, Mitleid mit ihm zu haben. Er könnte jederzeit aufhören, Bauer zu sein, und sich wie wir anderen einem Leben zwischen Büroheizung und zombiehaftem Pendlerdasein verschreiben. Er könnte Buchhalter werden. Isabel behauptet, ohne ihn würde eine ganze Lebensform aussterben. Und die Hummeln und Schleiereulen gleich mit. Wir müssen diese Woche nutzen, um ein gutes Leben zu führen ... Gespräche bei Kerzenschein, lesen, Backgammon spielen, dem Tropf-Tropf-Tropf des undichten Daches lauschen.

Die einzige Möglichkeit ist, ins Bett zu gehen.

Also gehe ich ins Bett.

Und Isabel geht ins Bett.

Und Jacob fängt an zu husten.

Dieser verdammte feuchte Schuppen ist schuld. Indem wir einem Traum vom Landleben hinterherjagen, das bereits im neunzehnten Jahrhundert ausgestorben ist, verdammen wir unseren winzigen, schutzlosen Sohn zu einem Husten wie aus dem neunzehnten Jahrhundert.

Dienstag, 19. Februar

Ich habe den Husten jetzt auch. In meinem Urlaub, wo ich dachte, mal nicht sofort krank zu werden («Das kommt daher, dass dein Körper entspannt, Schatz», sagt Isabels Mutter jedes Mal), werde ich krank. Es regnet so heftig, dass wir die Idee verwerfen, überhaupt rauszugehen.

Mittwoch, 20. Februar

Isabel ist nun ebenfalls dem rippenfellentzündungsähnlichen Infekt erlegen, mit dem Jacob und ich kämpfen. Das erwähnen die ‹Willkommen-in-Devon›-Broschüren natürlich nicht, die vergilbt und wellig in der obersten Schublade des einzigen Möbelstücks in unserem feuchten und muffigen Wohnzimmer liegen, also verbrenne ich sie. Und falls unser fröhlicher Bauer nicht innerhalb der nächsten Stunde trockenes Brennholz liefert, werde ich die Kommode, aus der sie kamen, ebenfalls verfeuern.

Donnerstag, 21. Februar

Es gibt nichts Schlimmeres als ein krankes Baby, außer wenn man auch noch selber krank ist und statt zu Hause mitten in Devon hockt, ungefähr eine Million Kilometer von einer Apotheke entfernt, und wenn einen nachts die verdammten Tiere draußen wach halten. In der vergangenen Nacht, in den wenigen Minuten, in denen Jacob nicht hustete, durch eine Krankheit, die er nicht hätte, wenn wir uns in einem schönen Haus mit Zentralheizung befänden, rief pausenlos eine Schleiereule, eine verdammte Schleiereule in der verdammten Scheune nebenan. Isabel, die Schleiereulenschützerin, bemerkte nichts davon. Sie hatte sich ein Kissen über den Kopf gezogen. Was für eine Schande. Selbst sie, die große Bauernhöfe liebende Romantikerin, sieht langsam ein, dass das einundzwanzigste Jahrhundert gewisse Vorteile bietet und dass ein Bauernhofurlaub vielleicht nicht das Richtige für (a) diese Jahreszeit, (b) eine junge Familie und (c) Spaß irgendeiner Art überhaupt ist. Wenn sie die ganze Nacht von einer verdammten Schleiereule am Schlafen gehindert worden wäre, hätte sie vielleicht auch erkannt, dass (d) Schleiereulen keines Schutzes bedürfen.

Freitag, 22. Februar

Ich habe eine unumstößliche Entscheidung getroffen. Wir reisen ab. Wir beenden unseren Urlaub, den wir zwei Tage zu spät angetreten haben, einen Tag zu früh. Das Geld ist mir egal. Es ist mir auch egal, ob es den freundlichen Bauern kränkt. Ich bin müde. Ich bin klamm. Der Großteil von Jacobs Kleidern – die, die ich in die Schlammpfütze habe fallen lassen – sind immer noch nicht richtig trocken. Die verdammte Scheiß-Schleiereule war gestern Nacht wieder mit ihrem höllischen Lärm zugange, und zwar so laut, dass ich Isabel geweckt habe, um mich zu beschweren. Die besaß dann die Frechheit, mich anzuschnauzen, weil ich sie geweckt hatte.

Als sie mit ihrem Anpfiff fertig war, lauschte sie der Schleiereule und meinte dann: «Wow, eine Schleiereule. Du hast recht. Wie faszinierend.» Dann schlief sie sofort wieder ein, zufrieden darüber, dass unser Jahresbeitrag beim Schleiereulenschutzverein gut investiert war.

Ich ging nach unten, um mir eine heiße Zitrone zu machen. Und weil ich vergessen hatte, zuerst den Nachttischwecker auszuschalten, flog die Sicherung raus. Auf dem Weg zum Schuppen trat ich in die metertiefe Pfütze. Dann sperrte ich mich aus. Ich warf Steinchen ans Schlafzimmerfenster, aber Isabel hörte mich nicht, weil sie vermutlich wieder das Kopfkissen über den Ohren hatte. Es hatte nämlich angefangen, lautstark aufs Blechdach zu regnen.

Sie wachte auf, als mein letzter Stein das Fenster zerbrach. Da bekamen wir den Streit, der zu meiner unumstößlichen Entscheidung führte. Er fing an wie ein ganz gewöhnlicher Mitten-in-der-Nacht-Schlagabtausch zwischen erschöpften Elternteilen, nur dass einer von uns draußen immer nasser und nasser wurde und der andere durch ein hübsches, frisches Loch im Fenster brüllte. Wie eine Migräne entwickelte er sich jedoch zu etwas Dunklerem, etwas Giftigerem, was sich nicht mehr abschütteln lässt. Er wurde einer dieser Streits, in dem schreckliche, halbverdaute Konflikte an die Oberfläche kommen, die eigentlich längst hätten vergeben und vergessen sein sollen.

«Du bist immer so negativ.»

«Nein, das bin ich nicht, verdammt nochmal.»

«Du hast auch alles negativ gesehen, als wir noch in Finsbury Park gewohnt haben.»

«Weil es da gefährlich war. Und unsere Nachbarn verrückt. Und dieser Mann mit dem Messer versucht hat, mich umzubringen.»

«Ein Junge, der behauptet hat, ein Messer zu haben, und behauptet hat, er würde dich vielleicht umbringen. Das ist nicht dasselbe.»

«Heutzutage ist es das.»

«Du siehst auch unser Leben außerhalb Londons negativ.»

«Das stimmt nicht. Ich mag es total. Ich liebe unsere Vorortidylle mit unseren neugierigen Nachbarn, unserem bald zerstörten Badezimmer und der endlosen Zugfahrt.»

«Siehst du, genau das meine ich. *Endlose Zugfahrt?* Beim letzten Streit erst hast du zu mir gesagt, die Zugfahrt sei der einzige Teil des Tages, wo du still dasitzen kannst, ohne von mir oder dieser Praktikantin, die jetzt deine Chefin ist, herumkommandiert zu werden. Du siehst alles negativ, sogar die Dinge, die du gut findest.»

«Tu ich nicht.»

«Sogar bei unserer Hochzeit.»

«Lass uns das nicht schon wieder aufwärmen. Ich war nicht negativ. Ich war emotional. Das ist nicht dasselbe. Die Tatsache, dass Alex die ganze Zeit hindurch missbilligend mit der Zunge geschnalzt hat, war ein kleiner Stimmungskiller. Vor allem, nachdem er mit all diesen Pferden ankam. Man sollte doch meinen, dass er sich die Mühe –»

«Wenn wir diese ganze Elterngeschichte überstehen wollen – und das sollten wir vermutlich, meinst du nicht, wenigstens Jacob zuliebe –, dann musst du dich zusammenreißen.»

«Ich *reiße* mich zusammen. Du bist diejenige, die es für eine gute Idee gehalten hat, im Februar in einem Moor Urlaub zu machen.»

«Ist alles in Ordnung?» Das war der fröhliche Bauer, der aus seinem vermutlich anständig isolierten Fenster auf der anderen Seite des Hofes herausschaute.

«Ja, alles in Ordnung. Bloß mal wieder ein Stromausfall. Verzeihen Sie die Störung», erwiderte ich und hielt nur für den Bruchteil einer Sekunde inne, um darüber zu staunen, dass ich, selbst in dieser furchtbaren Situation, noch so durch und durch englisch bin, dass ich mich bei der Person entschuldige, die die Hauptschuld an dieser furchtbaren Situation trägt. Würde ich mich bei jemandem entschuldigen, der mir hinten ins Auto reinrauscht, weil er zu dicht aufgefahren ist? Würde ich mich entschuldigen, wenn jemand mein Bier verschüttet? Würde ich mich bei einem Kapuzenpulli tragenden Teenager dafür entschuldigen, dass mein Blut sein Messer beschmutzt? Vermutlich.

«Können wir diese Unterhaltung drinnen fortsetzen, Schatz? Ich bin inzwischen völlig durchnässt und habe eine Bronchitis.»

Sie ließ mich rein. Wie nett. «Wo waren wir stehengeblieben?» Eines der Dinge, in denen man als Eltern viel Übung bekommt, ist, Unterhaltungen über viele Unterbrechungen hinweg fortzusetzen. Das funktioniert mit Streit besonders gut.

«Dieses Moor. Februar.»

«Oh, ja, richtig. Nun, dazu habe ich zwei Dinge zu sagen: Erstens, wir kommen nie wieder nach Devon; zweitens, wir fahren morgen heim. Ist dir das negativ genug?»

Am nächsten Morgen packten wir schweigend. Ich bedankte mich bei dem Bauern für den schönen Aufenthalt, entschuldigte mich für das zerbrochene Fenster und bot ihm dafür zwanzig Pfund, die er annahm. Dann war ich die gesamte Heimfahrt über stinkwütend auf mich selbst, dass ich jemandem zwanzig Pfund dafür gezahlt hatte, dass seine unzuverlässige Elektroinstallation mich nachts um vier ausgesperrt hatte, als ich bereits eine dreifache Lungenentzündung im Frühstadium hatte. Die gesamte Heimfahrt abzüglich der Zeit, in der wir mit 140 Sachen zur nächsten Raststätte brausten, weil wir mal wieder Jacobs Fütterungszeit falsch eingeschätzt hatten, und selbst die Aussicht auf noch einen Strafzettel mich nicht dazu veranlassen konnte, dieses Gebrüll auch nur eine Sekunde länger als nötig anzuhören. Und abzüglich der Zeit, die wir vor dem einzigen Wickelraum auf der gesamten M4 Schlange standen, weil Jacob gerne zweimal kurz hintereinander in die Windel macht, wenn er weiß, dass der Andrang am Wickelraum groß ist.

Samstag, 23. Februar

Wir sind alle wieder Freunde.

Jacob, der eine Woche lang nicht mehr gelächelt hatte – wer könnte es ihm verübeln? –, grinst schon den ganzen Morgen. So sehr, dass ich mich mittags gefragt habe, ob er wohl zu viel grinst. Gab es da nicht mal eine Channel-Five-Reportage namens *Der Junge, der nicht mehr aufhören konnte zu grinsen*?

Isabel ist genauso erleichtert darüber, zu Hause, zu sein wie ich. Wir entschuldigen uns beieinander, wir nehmen uns in den Arm und küssen uns. Ich kann mich nicht mehr daran erinnern, wann wir uns das letzte Mal geküsst haben ... Garantiert nicht letzte Woche. Aber das lag vermutlich am Husten. Vielleicht die Woche davor. Ich glaube, da haben wir es getan.

Wir haben seit dem ersten Weihnachtsfeiertag keinen Sex mehr gehabt. Da war sie in der vierzigsten Schwangerschaftswoche, ängstlich und Angst einflößend. Ich habe nicht vor, irgendetwas Sexähnliches mit Isabel zu veranstalten, bevor sie sich nicht voll und ganz von der Geburt erholt hat. Mein Richtwert in diesem Fall ist ein kompletter Monat nachdem sie das letzte Mal beim Versuch etwas aufzuheben «Auuuuaaaaa» gesagt und sich den Bauch gehalten hat. Wenn es sechs Monate dauert, dann ist das in Ordnung. Oder ein Jahr. Oder sogar zehn Jahre. (Nun ja, vielleicht nicht gerade zehn Jahre.) Aber küssen ... wir küssen uns immer. Zumindest haben wir das immer getan.

WIE OFT SOLLTE MAN SICH KÜSSEN, NACHDEM MAN EIN KIND ZUSAMMEN BEKOMMEN HAT?

Ich hatte immer angenommen, dass ein Gutenachtkuss zu den absoluten Grundfesten einer gesunden Ehe gehört. Morgendliches Küssen fiel bald nach den Flitterwochen weg, aber wenn man sich nicht einmal die Mühe macht, sich vor dem Schlafen einen Kuss zu geben, dann kann man genauso gut akzeptieren, dass die Beziehung rein platonisch geworden ist. Eine Affäre ist dann mehr oder weniger unvermeidbar.

Meine Annahme war falsch. Seit wir Jacob haben, sind Küsse, selbst abends im Bett, bestenfalls sporadisch geworden. Es reicht schon, es zu schaffen, den Tag zu überleben und/oder auch nur angezogen zu sein. Andere Dinge, die einem zuvor essenziell vorkamen, wie zum Beispiel Zähneputzen, Teetrinken, sich mehr als einmal in der Woche einrasieren, auf die Toilette gehen oder nicht im Stehen einschlafen, sind inzwischen ziemlicher Luxus geworden. Dem Küssen geht es ähnlich.

Ist das wichtig? Als ich Isabel frage, antwortet sie, dass sie sich noch keine Gedanken darüber gemacht hat, ob wir uns genug küssen, aber jetzt, wo ich es erwähne, hätte ich wohl recht. Aber andererseits haben wir auch andere Prioritäten, wie die, uns nicht gegenseitig umzubringen. Haha. Und außerdem hätten wir noch genug Zeit zum Küssen, wenn wir mal im Schaukelstuhl säßen. Ihhhhh. «Liebling», versichert sie mir, «momentan ist mir das Ziel, nicht im Schlafanzug einkaufen zu gehen, wichtiger.»

Und trotzdem geben wir uns heute abends bewusst einen Gutenachtkuss. Der Kuss ist ungeschickt, linkisch, schüchtern. Wir knallen mit den Nasen zusammen. Als wären wir wieder Teenager, bloß mit einem unbezwingbaren Kredit: einem beinahe unkontrollierbaren Baby und der entfernten Erinnerung daran, dass wir uns geschworen haben, den Rest unseres Lebens, in guten wie in schlechten Zeiten, zusammen zu verbringen.

Es ist meine Schuld. Ich habe uns das Küssen vermiest. Ich brauche noch nicht mal eine Schleiereule, um wach zu bleiben und mir Sorgen darüber zu machen.

Montag, 25. Februar

Johnson behauptet, er küsst Ali immer noch mindestens zweimal am Tag, aber erstens haben die beiden keine Kinder, und zweitens sind die Küsse so dermaßen frei von Gefühlen, dass Johnson genauso gut den Postboten küssen könnte. Seiner Meinung nach tut Ali genau das jeden Tag, wenn er zur Arbeit geht. Nicht zum ersten Mal frage ich mich, wie Ali es mit ihm aushält.

Ich frage meine siebzehn Freunde auf Facebook, wie oft sie küssen. Die meisten von ihnen sind Leute, die ich seit Jahren nicht mehr gesehen habe und wahrscheinlich nie wieder sehen werde. Sie sind virtuelle Freunde, und ich kann sie so ziemlich alles fragen, wünsche mir aber anschließend sofort, ich hätte es nicht getan. Die eine, mit der ich mit vierzehn mal Klarinettenduette gespielt habe und die jetzt drei Kinder, einen Hund, einen Goldfisch und einen Mann bei der Armee hat, küsst ihren Mann dauernd. Außer, wenn er im Einsatz ist (und vermutlich auch nicht, wenn sie bei Facebook ist, was die ganze Zeit zu sein scheint). Ich schreibe ihr zurück und frage, wie lange er denn normalerweise so unterwegs ist, was nicht nett von mir ist. Ich passe mich immer mehr an ein System sozialer Netze an, das irgendwann echte menschliche Interaktion zerstören wird, bis wir von Computern kontrolliert werden, an einen Großrechner angeschlossen, ohne Beine und über Schläuche ernährt.

‹Neun Monate›, schreibt sie auf Facebook zurück, gefolgt von einigen willkürlichen Schriftzeichen: :-(Was wohl unter den jungen Leuten heutzutage die Abkürzung für ein trauriges Gesicht ist. Das sind gute Neuigkeiten. Nicht für sie, aber für mich. Ich nehme an, Isabel und ich würden uns auch die ganze Zeit küssen, wenn ich neun Monate in Afghanistan gewesen wäre. Vielleicht sollte ich zum Militär gehen? In den Werbeanzeigen wirkt das ziemlich aufregend. Brücken aus Ölfässern bauen, aus Hubschraubern springen und wieder hinein, lauter so Zeug. Natürlich gibt's da auch die Schießereien und die Bombenattentate. Das ist klar. Aber es hat doch seine guten Seiten. Keine Windeln wechseln, zum Beispiel. Eine ganze Menge Küsse, wenn ich zurückkomme. Und keine unfassbar jungen, überprotegierten, Männer hassenden Chefinnen, die immer noch einen Groll gegen mich hegen, weil ich ihnen ein Mal, fast aus Versehen, eine Tasse Tee ins Gesicht gekippt habe. So einen Blödsinn würden sie in der Armee nicht zulassen.

«Sollten Sie nach noch einer Woche Urlaub nicht zu viel zu tun haben, um sich auf Facebook herumzutreiben?», erkundigt sich die unsäglich junge, überprotegierte, Männer hassende Chefin nach einer besonders schnellen Bürodurchquerung. «Alle anderen arbeiten fieberhaft daran, *Life & Times* wieder zu einer tollen Zeitschrift zu machen. Es wäre schön, wenn Sie wenigstens so tun könnten, als würden Sie sich daran beteiligen.»

Okay, das reicht. Ich gehe zur Armee.

Nein, werde ich nicht. Laut der blöden Website bin ich zu alt. Obwohl die Armee verzweifelt nach Rekruten sucht, ist jemand Anfang dreißig, jemand auf dem Höhepunkt seiner körperlichen und geistigen Fähigkeiten, zu alt.

Und als wäre das noch nicht genug, hat Andy, mein einziger richtiger Freund auf Facebook, ein Foto von sich und Saskia gepostet, wie sie sich gegenseitig in Paris abknutschen. Darunter steht: ‹Paris im Winter: wie in einem Film, einem wunderschönen Film. Die Luft flimmert vor Romantik. Man will sich immerzu küssen.›

Es war schon immer notwendig, Andy auf den Boden der Tatsachen zurückzuholen, wenn es um Frauen geht. Johnson und ich betrachten uns da als seinen emotionalen Anker. Jedes Mal, wenn er anfängt, romantischen Müll zu labern, gehen wir mit ihm ein Bier trinken und erklären ihm, dass er sich beruhigen, seinen Plan, mit der Sekretärin der chilenischen Botschaft nach Santiago auszuwandern, vergessen und sie vielleicht erst ein paarmal zum Abendessen ausführen soll. Danach regeln sich die Dinge meist von selbst. Bei Saskia haben wir es mit einer anderen Sachlage zu tun: emotional manipulativ, mit sehr langen Beinen. Es könnte also schwieriger werden, Andy am Kentern zu hindern.

Glücklicherweise befindet sich unter dem Foto ein kleines Kästchen, in das man Kommentare hineinschreiben kann. Ich tippe ‹*Man reiche mir den Sac de Brech*› und logge mich dann schnell aus, ehe Anastasia noch weitere sarkastische Kommentare von sich geben kann.

Dienstag, 26. Februar

Andys E-Mail: ‹Dein Kommentar auf Facebook hat mich ziemlich erschüttert.›

Meine Antwort: ‹Nimm's locker.›

Seine E-Mail: ‹Du musst dein Problem mit Saskia überwinden.›

Meine E-Mail: ‹Das habe ich, aber erwartest du wirklich, dass keine Reaktion kommt, wenn du ein kitschiges Bild von dir und meiner Ex im Internet postest?›

Seine E-Mail: ‹Sie war nicht deine Freundin. Du hattest eine Affäre mit ihr und hast sie dann abserviert. Gefühllos. Da solltest du mal drüber wegkommen, Mann.›

Ich beschloss, mich nicht zu einer Antwort herabzulassen. Das hielt ich ungefähr fünf Minuten durch. Dann schrieb ich zurück, wie enttäuscht ich von Andy sei, wo er doch dabei war, als wir entdeckten, was Saskia da mit Alex trieb, und dass ich nicht fassen könne, wie leicht er sich manipulieren ließe. Keine Antwort. Loser.

Mittwoch, 27. Februar

DIE DREI SCHRECKLICHEN DINGE, DIE HEUTE PASSIERT SIND

1. Isabel ist um 5 Uhr 30 aufgewacht, hat sich zu meinem Bettsofa heruntergeschlichen, während Jacob noch schlief, um mich zu wecken und dann hungrig zu küssen. Da ich geschlafen hatte, war ich immer noch halb benommen, als ich sie hungrig zurückküsste. Und ehe ich innehalten und darüber nachdenken konnte, was ich da tat, flüsterte Isabel: «Vorsichtig», und wir waren mittendrin im Post-OP-Sex. Weniger als zwei Monate nach dem Kaiserschnitt. Bis Isabel plötzlich meinte: «Ich glaube, wir sollten aufhören. Es tut weh.» Und mir plötzlich einfiel, dass ich mit Isabel erst wieder schlafen wollte, wenn sie sich tausendprozentig erholt hatte. Wie konnte das passieren? Wir hörten auf, und dabei wird es eine Weile bleiben.
2. Saskia versucht, sich auf Facebook mit mir anzufreunden. Ich kann nicht «Nein» anklicken, weil sie das dann ja weiß und Andy es weiß und es kindisch wirken würde. Und ich kann nicht Ja sagen, weil Saskia und ich dann Facebook-Freunde sind.
3. Als ich nach einer durch und durch scheußlichen Zugfahrt nach Hause kam, während der sich die rothaarige Frau mir direkt gegenüber ihre Fingernägel gefeilt und *mit Zahnseide ihre Zähne gereinigt*

hat, erwartete mich ein riesiges eihälftenförmiges Paket mitten in unserem Wohnzimmer.

«Hallo, Liebling», begrüßte mich Isabel, als stünde da kein riesiges, eihälftenförmiges Paket zwischen uns.

«Hallo. Wie geht's dir?» Konnte es außer mir niemand sehen?

«Ach, gut so weit. Jacob macht Theater, aber nichts Außergewöhnliches.» Vielleicht bildete ich es mir nur ein. Vielleicht hatte ich plötzlich eine eihälftenförmige Linsentrübung entwickelt.

«Schatz?»

«Ja.»

«Ich glaube, ich habe was an den Augen.»

«Wie bitte?»

«Entweder das, oder die Badewanne, die erst in zwei Wochen kommen sollte, ist schon da.»

«Ich weiß. Ist das nicht aufregend?»

«Bedeutet das, dass wir die nächsten zwei Wochen über eine Badewanne in unserem Wohnzimmer haben werden? Oder besteht eine winzige Chance, dass Geoff und dieser verdammte Alex früher als erwartet anfangen?»

«Nein, das können sie leider nicht. Sie fliegen doch nach Barbados. Und sie wollen dabei sein, wenn die Renovierungsarbeiten beginnen. Wegen der Filmcrew.»

«Filmcrew?»

«Ja. Um die Kosten für die ganze Installation zu decken, wird eine kleine Kamera-Crew was fürs Fernsehen machen. Nur fürs Tagesprogramm. *Bringen Sie Ihr Haus auf Vordermann* oder so ähnlich. Geoff und Alex sind die

Moderatoren. Das ist eine große Sache für die beiden, aber es sollte uns nicht weiter betreffen. Habe ich das nicht erwähnt?»

«Nein.»

«Oh, tut mir leid. Ist nichts Wildes, also mach dir keine Sorgen.»

«Aber –»

«Ich sollte wohl auch noch erwähnen, dass es eine kleine Planänderung bezüglich der Farbe gab.»

«Warum sprichst du wie jemand von einem Callcenter?»

«Sie ist fliederfarben.»

«Was?»

«Die Badewanne.»

«Was soll das heißen?»

«Die Badewanne ist fliederfarben. Nur ein bisschen. Es fällt kaum auf. Eine Art Fliederweiß. Sie dachten nur, es würde besser ins Farbschema passen und entspannender sein.»

«Wir haben eine lila Badewanne?»

«Fliederfarben. Fliederweiß. Möchtest du sie sehen?»

«Nein.»

MÄRZ

‹Ich glaube, ich sehe etwas Tieferes, Grenzenloseres, Unendlicheres als den Ozean in den Augen eines kleinen Kindes, wenn es morgens aufwacht und gluckst und lacht, weil es die Sonne auf seine Wiege scheinen sieht.›

Vincent van Gogh

Freitag, 1. März

GRÜNDE, GLÜCKLICH ZU SEIN

1. Ich bin Vater.
2. Ich bin noch am Leben.
3. Isabel ist noch am Leben.
4. Jacob ist noch am Leben, er ist ganze zwei Monate alt und wirkt nicht mehr so zerbrechlich, als könnte er die Nacht nicht überstehen. Laut der Dame vom Gesundheitsamt, die anscheinend akzeptiert hat, dass wir doch nicht vorhaben, das Leben unseres Kindes bei der erstbesten Gelegenheit zu beenden, ist er inzwischen überdurchschnittlich groß und schwer. Wenn wir es richtig anstellen, bedeutet das, dass er ein erfolgreicher Rugbyspieler wird und ich über seinen Verein Karten für die Auslandsspiele von Twickenham bekomme.

1. Aufgrund der Zwänge unserer modernen Gesellschaft sowie der unablässigen Werbeflut, der Kinder heutzutage von klein auf ausgesetzt sind, werden wir keine Chance haben zu verhindern, dass Jacob eines der neun von zehn Kindern sein wird, die bis zu ihrem fünften Geburtstag krankhaft übergewichtig sind.
2. In unserem Wohnzimmer steht eine Badewanne. Dadurch kann ich das Bettsofa nicht ausklappen. Deshalb muss ich entweder wieder im Schlafzimmer mit einem unruhigen Baby und einer unruhigen Ehefrau schlafen oder in der Badewanne.
   In der Wanne, aufgrund ihrer nervigen Eiform, liegt es sich sehr unbequem.
   Und sie ist rosa.
   Das ‹Geschenk›, das Alex und Geoff uns gemacht haben, kommt mit einer Filmcrew im Schlepptau und war deshalb gar kein richtiges Geschenk.
3. Ich rede nicht mehr mit meinem besten Freund.
4. Jedes Mal, wenn ich über Sex mit Isabel nachdenke, fühle ich mich schrecklich, weil sie die Mutter unseres Kindes ist. Sie ist verletzlich. Sie braucht Schutz und Pflege und Hilfe mit diesem ganzen Mutter-Kind-Ding. Nicht Sex. Sie behauptet zwar etwas anderes, aber ich bin mir ziemlich sicher, dass sie nur so tut, damit ich mich besser fühle. Es ist verwirrend.
5. Das wirkt sich jetzt auch aufs Küssen aus. Und

ich hatte mir ohnehin schon Sorgen ums Küssen gemacht.

6. Ich habe bloß siebzehn Facebook-Freunde, von denen nur einer ein echter Freund ist, und der ist für zwei Wochen, mitten während unseres Streits, in den Sudan gefahren.

Samstag, 2. März

In unserem Wohnzimmer steht immer noch eine Badewanne. Sie ist immer noch rosa. Ich schlafe darin.

Sonntag, 3. März

Isabels Mum hat angeboten, ein paar Stunden Babysitter zu spielen, damit wir uns ein bisschen erholen können. Jacob scheint dafür noch etwas klein zu sein, aber, ganz ehrlich, die Aussicht auf zwei ganze Stunden ohne Kind ist das Risiko wert. Isabel hat sich von Caroline eine Milchpumpe ausgeliehen. Ich bin mir nicht sicher, wie ich das finde. Vermutlich seltsam. Und trotzdem, es ist erstaunlich, wie lang Isabels Nippel werden, wenn sie die Pumpe benutzt. Ich ertappe mich bei der Überlegung, ob das bei Carolines Nippeln wohl auch so ist.

«Könnten wir nicht unsere eigene Nippelpumpe kaufen?»

«Ich wollte es zuerst mal ausprobieren. Manche Leute kommen damit nicht klar. Und es ist eine Milchpumpe, keine Nippelpumpe.»

«Verstehe. Tut das nicht weh?»

«Doch. Und jetzt pack die Taschen. Wir müssen um 12 Uhr 47 aufbrechen.»

Wir kommen eine halbe Stunde zu spät, was einen gewissen Rekord darstellt. Unter einer Stunde haben wir es bisher noch nie geschafft. Dann erklärt Isabel eine weitere halbe Stunde lang ihrer Mutter jedes noch so kleine Detail aus Jacobs Leben, ehe sie ihr die abgepumpte Milch überreicht. Dann bittet sie mich, ihrem Vater zu erklären, wie der Bugaboo funktioniert. Das ist schwierig, weil ich ihn selbst noch nicht ganz durchschaut habe und ihr Vater viel zu sehr damit beschäftigt ist, mir einen Vortrag darüber zu halten, dass seinerzeit ein Kinderwagen ein Kinderwagen war und nicht ein Designerteil. Wir hinterlassen ihnen schließlich neun unterschiedliche Notfallnummern und machen uns auf den Weg.

Wir sind frei. Und voller Freude. Wir sind zu spät dran für unsere Lunch-Reservierung in unserem Lieblingscafé aus Vor-Jacob-Zeiten, aber man hat unseren Lieblingstisch für uns freigehalten. Wir bestellen unseren Lieblingswein. Wir lächeln. Wir halten Händchen. Und wir reden über Jacob. Wie unglaublich er ist mit seinen kleinen Händchen und seinen kleinen Augen und seinem kleinen Lächeln. Wie viel toller er ist als all die anderen Kinder in unserer Babygruppe mit ihren furchtbaren kleinen Händchen und winzigen kleinen Augen und schiefen kleinen Lächeln.

Und wie viel Glück wir haben, dass er keines von den Babys ist, die den ganzen Tag und die ganze Nacht schlafen, denn obwohl es mitunter eine Herausforderung sein kann, sind wir doch mit einem ausdrucksstarken Kind besser dran.

Wir sitzen etwa zwölf Minuten beim Mittagessen, ehe ich vorschlage: «Sollen wir kurz anrufen, ob alles in Ordnung ist?» und Isabel erwidert: «Nein, es geht ihm sicher gut. Mum würde sich sonst melden.» Weitere sieben Minuten oder so vergehen, dann meint Isabel, ein kurzer Anruf könne ja nicht schaden. Somit bin ich an der Reihe, so zu tun, als hielte ich das für unnötig. Als schließlich unser Hauptgang serviert wird, haben wir über nichts anderes als Jacob geredet und halten es nicht mehr aus.

«Hallo, Mum. Tut mir leid, dass ich anrufe. Ich wollte nur – ... aha ... aha ... aha. Okay. Dann bis später. Danke. Tschüs.»

«Was ist passiert?», frage ich. «Das klang nicht gut. Wie geht's ihm? Ist was passiert?»

«Es geht ihm prima. Er hat die Milch getrunken. Sie haben ihm vier Geschichten vorgelesen. Sie waren mit ihm eine kleine Runde spazieren, und jetzt schläft er. Wir bräuchten uns nicht zu beeilen.»

«Nur eine kleine Runde spazieren?»

«So ist es. Ist sofort eingeschlafen, hat sie gesagt.»

«Mit Singen?»

«Von Singen war nicht die Rede. So, und jetzt iss schneller, damit wir nach Hause gehen und noch ein bisschen kuscheln können.»

• • •

Zwei Dinge haben mir den Rest unserer freien Zeit verdorben.

Erstens konnte ich nicht fassen, dass Jacob sich ausgerechnet die Zeitspanne ausgesucht hat, in der sich keiner von uns beiden um ihn gekümmert hat, um sich engelsgleich zu benehmen. Die ganze Erschöpfung, die anstrengenden ersten beiden Monate der Elternschaft mit diesem gejagten, gehetzten Ausdruck in unseren Augen, die Verzweiflung – Isabels Eltern müssen jetzt denken, wir hätten pausenlos dramatisiert. Ich konnte sie schon förmlich hören: «Jacob war ein kleiner Schatz. Er ist ja so süß. Wir passen jederzeit gerne wieder auf ihn auf.» Nerv.

Zweitens, das Kuscheln. Isabel meinte das als Euphemismus. Sie sprach von Sex, den sie jetzt auf jeden Fall haben wollte, und sie sagte, uns bliebe keine Zeit, uns Gedanken darüber zu machen, ob das eine gute Idee sei oder nicht. Also mussten wir nach Hause rasen, unsere Klamotten ausziehen und ‹kuscheln›. Allerdings ziemlich schnell, weil abgepumpte Milch eben nicht endlos reicht.

Ist es fair, unter diesen Umständen von mir zu erwarten, dass ich auf Knopfdruck – beziehungsweise in diesem Fall Knopföffnung – funktioniere? War es angemessen, unvermutet Sex von mir zu verlangen, wenn man in Betracht zieht, dass wir uns gerade Sorgen machten, ob es Jacob noch gut ging? Frauen scheinen in der Lage zu sein, sich Sorgen um etwas zu machen *und* Sex zu haben.

Was, wenn die Naht aufreißt?

Was, wenn Jacob die Milch ausgeht?

«Ich kann nicht», platzte ich heraus. «Ich kann nicht innerhalb so kurzer Zeit. Ich bin kein dressierter Seehund.» Und mit diesen Worten stand ich auf, zog mich rasch an, sah auf die Uhr und machte mich auf den Weg, unseren Sohn abzuholen. Jetzt ist es meine Schuld, dass wir's nicht getan haben. Ich habe ein posttraumatisches Sex-Syndrom.

Montag, 4. März

Johnson hat sechzig Freunde auf Facebook – dreimal so viele wie ich –, und ich habe ein Syndrom. Was für ein schrecklicher Start in die Woche.

Dienstag, 5. März

Vielleicht sollte ich mit Isabel drüber reden. Über das Syndrom, nicht über Facebook. Das blöde Facebook ist mir völlig egal. Ich weiß, dass es kein echtes Messinstrument für gesellschaftliche Wichtigkeit ist.

Mittwoch, 6. März

Die neue Praktikantin mit 500 Facebook-Freunden hat außerdem 600 ‹Follower› bei Twitter, denen sie von überall auf der Welt aus über ihr WAP–Handy Updates schicken kann. Ich weiß ja nicht, was das für eine Praktikantin sein soll, die überall auf der Welt unterwegs ist. Mal ganz zu schweigen von dem Besitz eines WAP-Handys, was auch immer das sein mag. Was ist bloß aus den guten alten, ehrlichen, verarmten Aushilfskräften geworden? Ist es möglich, eine Aushilfskraft ohne Doppelnamen zu bekommen und ohne den Ehrgeiz, noch vor ihrem fünfundzwanzigsten Geburtstag die Welt zu regieren? Bitte.

Sie hat auch einen Blog. Johnson, der auf Facebook mit ihr befreundet ist, sagt, der Blog sei sehr witzig.

Donnerstag, 7. März

Isabel hat bloß zwölf Facebook-Freunde. Hahahahahahaha. Aber sie ist frischgebackene Mutter und hat sich erst gestern angemeldet. Aber trotzdem, hahahahaha.

Freitag, 8. März

Isabel hat jetzt mehr Facebook-Freunde als ich. Ich frage sie, wie das sein kann, wo sie doch immer behauptet, sie habe keine Minute für sich Zeit. Sie wirft mir einen furchteinflößenden Leg-dich-ja-nicht-mit-mir-an-Blick zu, der immer furchteinflößender wird, je mehr sie sich zu einer richtigen Mutter entwickelt. Es bleiben uns zweifellos nur noch wenige Monate bis zum völlig ausgereiften Mutterblick. Die Art von Blick, die auf zwanzig Meter Entfernung einen Jungen davon abhalten kann, mit dem Löffel Joghurt auf die Tapete zu schmieren. Ich beschließe, dass dies ein schlechter Augenblick ist, um den fehlgeschlagenen Sexversuch anzusprechen, und gehe zur Arbeit.

Die Praktikantin hat nun einen sechsmonatigen Arbeitsvertrag. Sie darf eine eigene Kolumne zum Thema moderne Technik schreiben. Ich habe immer noch keine eigene Kolumne. Ich bin seit bald zwei Jahren hier und hatte ein einziges wichtiges Interview (aus dem nichts geworden ist, weil Hillary Clinton angeblich irgendwo hinfliegen und irgendwelche Friedensgespräche führen musste, während sie gleichzeitig eine humanitäre Krise bewältigte und mir meinen Durchbruch vermasselte). Bei *Cat World* hatte ich schon nach zwei Monaten meine eigene Kolumne. Ja, sie hieß ‹Gut genug für Ihren Teller?› und erforderte, dass ich echtes Katzenfutter verkostete. Aber man gewöhnte sich daran. Und es war eine Kolumne.

Sonntag, 10. März

Alex hat von Barbados aus angerufen, um uns zu sagen, wie überrascht er sei, dass die Badewanne schon geliefert wurde. Es handle sich zweifellos um ein gutes Omen. Er und Geoff fliegen morgen zurück. Das Team wird am Donnerstag anfangen. Das Team und die Filmcrew.

Montag, 11. März

Ich gehe Isabel nun aus dem Weg, wenn Jacob schläft, nur für den Fall, dass sie wieder ‹kuscheln› möchte. In der Mittagspause mit Johnson in den Pub. Er sagt, er hat einen Freund, der aus falschem Pflichtgefühl heraus während des Kaiserschnitts über den Sichtschutz geschaut hat. Wenn er und seine Frau sich jetzt auch nur küssen, bricht er sofort in Tränen aus.

Er persönlich, erklärt Johnson, hätte sich schlichtweg geweigert, der Geburt beizuwohnen. Man brauche der Frau doch nur weiszumachen, diese Entscheidung basiere auf irgendeinem fingierten uralten Indianerstamm-Blödsinn. Frauen stünden total auf so Zeug.

«Liebling, würde ich sagen. Liebling. Süße. Schätzchen. Also wegen der Geburt, da denke ich, wir sollten es halten wie die Stämme im Amazonasgebiet. Frauen ins Gebärzelt. Männer beten draußen die Götter an. Ich werde im Geist bei dir sein, aber nicht in Fleisch und Blut. Weil mein Biorhythmus nämlich mit dem mystischen Prozess des Gebärens nicht in Einklang zu bringen ist. Lass es uns so versuchen, und wenn du das Gefühl hast, du brauchst mich, schick mir eine SMS, und ich bin in zehn Minuten da.»

Manchmal sagt Johnson, zwischen all dem Schrott, den er von sich gibt, die Wahrheit. Allerdings nur manchmal, und meistens dann, wenn es schon viel zu spät ist, um daraus noch irgendeinen Nutzen zu ziehen.

Isabel, die nun doppelt so viele Facebook-Freunde hat wie ich, hat außerdem die Zeit gefunden, unsere Kleiderschränke neu zu sortieren. Jacobs Kleider belegen nun die kleine Kommode und Isabels Kleider die oberen vier Schubladen der großen Kommode. Meine Kleider befinden sich in der untersten Schublade und in einer großen Tüte, die ich bitte durchschauen soll, bevor sie zur Altkleidersammlung geht. Darin finde ich meine Lieblingshose, die ich mir vor zehn Jahren von meinem ersten richtigen Gehalt gekauft habe, noch dazu Marke Donna Karan. Ebenfalls in der Tüte ist mein Lieblings-T-Shirt – das, von dem eine junge Australierin mal gesagt hat, ich sähe darin so muskulös aus. Außerdem mein Lieblingshemd und mein Lieblingspulli, beides Geburtstagsgeschenke von meiner Mutter. Wenn das kein Kleider-Staatsstreich ist.

«Das ist ja ein Kleider-Staatsstreich», beschwere ich mich bei Isabel, die gerade Karotten schneidet. Jacob beobachtet mich misstrauisch. Er steckt da mit ihr unter einer Decke, ich weiß es genau.

«Liebling, du ziehst keines dieser Kleidungsstücke mehr an.»

Sie nennt mich immer ‹Liebling›, wenn sie will, dass ich mich ihrem Willen füge. Aber ich werde mich nicht fügen. «Nur weil sie dir beim Waschen eingegangen sind.»

«Liebling, mir ist ein einziges Mal ein Hemd von dir eingegangen. Und das war dieses lächerliche italienische, in dem du ausgesehen hast wie eine Frisbeescheibe.»

Sie macht mit den Karotten weiter. Und ich protestiere weiter: «Aber ich liebe dieses T-Shirt.»

«Ja, das weiß ich. Weil dir mal eine Australierin erzählt hat, du würdest darin muskulös aussehen. Und sie hatte recht, Schatz. Es ist ein magisches Muskel-T-Shirt. Aber jetzt hat es Löcher.»

Sie nimmt mir das T-Shirt aus der Hand und stopft es in die Putzschublade zu meiner Lieblingstrainingshose, die dort bei einer früheren Razzia gelandet ist. Auch diese Hose habe ich geliebt. Na gut, der Gummi war ausgeleiert, sie war an den falschen Stellen ausgebeult und dafür an anderen zu eng, aber sie war gemütlich. Und das kriegt man selten. Als ich es bemerkte, war sie schon zum Schuheputzen verwendet worden. Ich hatte um diese Hose getrauert. Soll ich nun auch noch das T-Shirt beweinen? Ich will gerade protestieren, da unterbricht mich Isabel mit einem süßen Lächeln.

«Liebling, es ist eng bei uns. Wir müssen Platz für unser neues Familienmitglied schaffen.»

Hmmm. Na gut, das ist wohl ein Argument.

«Außerdem müssen wir aufräumen. Die Fernsehleute kommen morgen zu einer ersten Ortsbesichtigung.»

Hmmm. Kein so gutes Argument, aber Jacob wirft mir einen Blick zu, der mir signalisiert, dass die Unterhaltung hiermit beendet ist. Ich ziehe mich schmollend ins Wohnzimmer zurück, einen Scotch in der Hand. Ich setze mich in die Badewanne, denn nur von dort aus sieht man den Fernseher. Auf der Suche nach etwas nicht zu Aufregendem schalte ich mich durch die Kanäle und lande bei einem Trailer für Alex und Geoffs neue Show. Die heißt nicht etwa *Bringen Sie Ihr Haus auf Vordermann.* Sie heißt *Alex & Geoff eilen zu Hilfe.* Ich finde unser Badezimmer wirklich nicht so schlimm.

Donnerstag, 14. März

Der Produzent der Show allerdings schon. Zu dritt – er, Alex und Geoff – kamen sie heute Abend vorbei und hatten eine Menge scheußlicher Dinge über die Badewanne, die Toilette und vor allem das Milchglasablagebord zu sagen. Es ist ja nicht so, als wäre das alles unsere Wahl gewesen. Das Milchglasablagebord war meine Wahl, aber nur als Übergangslösung, bis wir den ganzen Raum renovieren konnten. Und wir waren schließlich mit unserem Baby beschäftigt.

«Die müssen das so ausdrücken», beschwichtigt mich Isabel. «Im Fernsehen wird immer alles übertrieben.»

«Ja, aber es ist *unser* Bad. Es muss nicht die ganze Welt erfahren, dass wir ein hässliches Badezimmer hatten. Ich mag nicht, dass Geoff sich für etwas Besseres hält, nur weil er in Sachen Inneneinrichtung einen schlechten Geschmack hat.»

«Letzte Woche hast du noch gesagt, dass dich die Show nicht die Bohne interessiert, weil tagsüber sowieso niemand fernsieht.»

Warum sind Frauen in der Lage, solche Dinge auf Abruf parat zu haben, wenn ich mir nicht mal von einem Streit zum nächsten merken kann, was ich gesagt habe? Das ist, als würde man einen Goldfisch dazu zwingen, gegen einen Rechtsanwalt anzutreten. Es ist unfair.

«Ich weiß, was die vorhaben. Die werden uns hinstellen wie Idioten.»

«Jetzt nörgle doch nicht so rum. Das ist eine aufregende Sache für Alex. Genau das, was er jetzt braucht. Er hat ein schwieriges Jahr hinter sich, mit dem Stalking und dem Coming-out. Endlich kann er das tun, was ihm Spaß macht, noch dazu mit jemandem, den er liebt. Und wir bekommen dafür ein neues Badezimmer. Sie verlangen doch nur, dass sie etwas Besonderes daraus machen dürfen und wir am Ende unsere Begeisterung ein wenig übertreiben.»

«Wie bitte? Was soll das heißen, etwas ‹Besonderes›? Ich dachte, wir hätten uns für ein schlichtes, schickes, zeitloses Design entschieden.»

«Nun, das Format der Sendung hat sich seither etwas verändert. Sie haben ein Überraschungsmoment mit aufgenommen. Wir sind die Ersten in der Show, also sozusagen die, äh, Versuchskaninchen.»

Ich habe doch gesagt, das wird böse enden.

Samstag, 16. März

Was als ein typisch extravagantes Babygeschenk anfing, ist zu einer extrem nervigen Angelegenheit ausgeartet. Isabel und ich wurden gezwungen, Alex und Geoff vor laufender Kamera durchs Haus zu führen, so zu tun, als würden wir sie nicht kennen und als kämen wir ohne anständiges Bad kaum zurecht. Isabel trug mit ihrem Badezimmerleid unglaublich dick auf – es klang, als lebe sie in einem kanalisationslosen Slum in Kalkutta. Das wiederum erlaubte Alex und Geoff, grausame Witze darüber zu reißen, dass Isabel es doch sicher bereue, keinen handwerklich geschickteren Mann geheiratet zu haben. Alex nannte sie pausenlos ‹Süße›. Geoff ebenfalls. Ich habe wirklich etwas dagegen, dass Geoff Isabel vor laufender Kamera Süße nennt. Er kennt sie doch kaum. Es ist zu privat. Und auch, wenn ich vielleicht kein neues Badezimmer einbauen kann, so habe ich doch andere praktische Fähigkeiten.

ANDERE PRAKTISCHE FÄHIGKEITEN

1. Ich kann ein Papierflugzeug falten, das außer mir nur drei andere Menschen können.
2. Ich kann Skateboard fahren.
3. Ich kann Jo-Jo spielen.
4. Ich kann eine Vene auf meiner Hand Cancan tanzen lassen.
5. Ich kann eine ganze Packung Toast mit Marmite auf einmal essen.

Später, nachdem man uns gebeten hat, uns zu verkrümeln, damit Geoff, Alex und das Team anfangen können, lese ich Isabel meine Liste von Fähigkeiten vor. Sie weist mich darauf hin, dass jeder Punkt auf dieser Liste aus meiner Kindheit stammt. Als ich daraufhin niedergeschlagen wirke, erklärt sie mir, dass ich keine Liste brauche und dass ich viele andere Dinge gut kann. Dann nimmt sie mich in den Arm.

Ich brauche ihr Mitleid nicht. Na gut, vielleicht ein bisschen.

Sonntag, 17. März

Noch ein Tag des ziellosen Umherwanderns in Parks, mit Baby im Tragetuch, während Alex unser Bad zerstört.

Montag, 18. März

Habe den Tag damit verbracht herauszufinden, wie man eine asiatische Kampfsportart erlernt – und welche für einen Kindsvater mit wenig Freizeit am passendsten wäre. Karate fällt schon mal weg. Ich habe nicht monatelang Zeit, einen Zaun anzustreichen. Jiujitsu ist zu hart. Vielleicht also Kickboxen. Wie sich herausstellt, gibt es montags zur Mittagszeit in dem Fitnessstudio mit dem bescheuerten Namen (Avocado) einen Kickbox-Kurs, in dem noch ein Platz frei ist. Auf der Website ist ein Video, in dem ein Mann einem anderen einen Highkick versetzt, bevor er ihn dann mit einem schnellen, brutalen Doppelschlag niederstreckt. Ich bin nicht an Gewalt interessiert, aber Alex und Geoff hören vielleicht, auf mich zu veräppeln, wenn sie wissen, dass ich sie mit einem einzigen Rundumschlag bewusstlos hauen kann.

Dienstag, 19. März

Seit vier Tagen können wir unser Bad nicht mehr benutzen, und am Handwaschbecken einer Gästetoilette kann man sich nur bedingt waschen. Man sollte doch meinen, sie seien inzwischen fertig, aber anscheinend gab es ein paar technische Probleme. Wenigstens ist die Wanne aus dem Wohnzimmer verschwunden, sodass ich jetzt wieder den Luxus des Ausklappsofas genießen kann. Erstaunlich, wie ähnlich der Zustand des frischgebackenen Vaters dem der ehelichen Ungnade ist.

Donnerstag, 21. März

«William. Isabel. Schließt die Augen. Erzählt. Was war das Problem mit eurem alten Badezimmer?» Alex macht vor der Kamera einen auf Laurence Llewelyn-Bowen.

[Nichts, denke ich. Es war mehr oder weniger in Ordnung, bevor ihr euch eingemischt habt.]

«Es war eng. Es war stressig. Die Atmosphäre allein hat unser Baby zum Weinen gebracht», antwortet Isabel unwahrheitsgemäß. Oder halb wahrheitsgemäß – alles hat unser Baby zum Weinen gebracht.

«Und was habt ihr euch von eurem neuen Badezimmer erhofft?»

[Eine Wanne in einem Raum. Mehr nicht.]

«Wir wollten Licht und Luft und ein Gefühl von Glück. Im Grunde wäre alles besser als das zuvor. Ein Ort, wo wir positiv in den Tag starten können, würde unserer neuen kleinen Familie genügen.» Als wäre sie fürs Fernsehen gemacht. Ich bin so enttäuscht von ihr.

«Nun, William, Isabel. Ich freue mich, euch verkünden zu können, dass Geoff und Alex euch gerettet haben», tönt Geoff. «Ich zähle jetzt bis drei, und dann dürft ihr die Augen aufmachen. Eins, zwei, dr–»

«Verdammte Scheiße.»

«Schnitt», sagt der Regisseur. «Und nochmal von vorn.»

Die bescheuerte rosa Eierwanne steht mitten im Badezimmer, welches nun ebenfalls wie ein riesiges Ei geformt ist, weil man alle Ecken abgerundet hat. Es wirkt ein bisschen wie ein Kernspintomograph im Krankenhaus, bloß mit einer Badewanne in der Mitte. Wenn man auf einen speziellen Knopf drückt, spritzt Wasser aus Hunderten von Löchern in der Decke und im Boden. Wasser und Luftblasen.

Das Waschbecken befindet sich hinten im Raum in einer Nische, und Geoff hat bei der Lichtgestaltung freie Hand gehabt. Mit Hilfe einer Drehscheibe lassen sich die LED-Lampen von Rot («Sexy», kommentiert Isabel fernsehtauglich) auf Grün («Beruhigend», schnurrt sie) stellen. Wenn man in die Hände klatscht, ertönt Balzgesang von

Buckelwalen, und ich muss sofort an Isabels Wehen denken.

Jeder Zentimeter des Raumes ist mit Hilfe winziger Comic-Schablonen bedruckt worden.

Nicht einmal die Wasserhähne sehen aus wie Wasserhähne. Sie sehen aus wie Dildos. Man muss sie drücken, damit Wasser kommt.

Es ist das bescheuertste Badezimmer, das ich in meinem ganzen Leben gesehen habe. Als ich das ausspreche, sagt der Regisseur wieder: «Cut», und es gibt einen Riesenstreit. Dann behauptet Isabel, ich hätte Jacob geweckt, also könne ich nun auch seine Windeln wechseln. Ich frage, ob ich ihn im Kinderzimmer oder im Kernspintomograph wickeln soll.

Im Versuch, mich zu besänftigen, nennt Alex mich ‹mein Süßer›. Ich schnauze ihn an, ich sei nicht sein Süßer. Geoff nennt mich homophob. Ich erkläre Geoff, ich sei geoffophob, wünsche mir dann, mir wäre etwas Besseres eingefallen, und stürme aus dem Zimmer.

Eine Stunde später sind sie alle weg. Isabel betritt das Wohnzimmer, wo ich Jacob immer noch versichere, dass seine Mutter verrückt und ihre Freunde bösartig sind und dass er, wenn er mal größer ist, nie vergessen darf, dass sein Daddy kein eiförmiges Bad mit Dildo-Hähnen wollte.

«Lass uns erst mal abwarten, bis wir uns daran gewöhnt haben, Liebling. Wenn es uns dann immer noch nicht gefällt, kommt Alex und kümmert sich darum. Das hat er versprochen.»

Freitag, 22. März

Das Baden ist mir jetzt auch vergällt. Und Baden war, abgesehen vom Zugfahren, die einzige Zeit, in der ich wirklich entspannen konnte. Heute Abend saß ich ungemütlich in einem Ei, umgeben von einem größeren Ei. Ich hatte das Licht auf Rot geschaltet, weil mir vom Grün übel wurde. Die Walgesänge liefen, weil weder Isabel noch ich es geschafft hatten, sie auszuschalten, nachdem Alex und Geoff gegangen waren. «Zweimal klatschen für an, einmal klatschen für aus», hatten sie gesagt, aber bei einmal klatschen wird das Wal-Gebalze bloß lauter. Ich schloss die Augen und versuchte, alles auszublenden, und plötzlich wurde mir klar, weshalb ich mich so unwohl fühlte. Das hier war kein Badezimmer. Es war ein Uterus. Nicht mal drei Monate nach Isabels Beinahe-Desaster in Sachen Gebärmutter haben Alex und sein bärtiger Freund ein Eierstockmonster erschaffen. Und ich liege mitten darin.

Samstag, 23. März

Isabel sagt, ich sei lächerlich. Mir würde der Schlaf fehlen. Ich müsse mich beruhigen und sachlich denken. Wenn ich unser Badezimmer für eine gigantische Gebärmutter halte, dann habe ich ein Problem, nicht das Bad. Ich will ihr gerade sagen, dass sie völlig recht hat, weil ich in der Tat ein Problem habe und das Badezimmer dabei nicht gerade hilfreich ist, als meine Mum auftaucht. Sie hat mit Isabels

Mum gesprochen. Sie freut sich zu hören, dass Jacob so ein pflegeleichtes Kind ist. Isabel fängt an zu schmollen.

Ich setze Teewasser auf.

Mum nimmt Jacob. Jacob hört sofort auf zu quengeln und lächelt. Mal ehrlich, sind wir schuld? Schaffen wir eine Atmosphäre, in der kein Kind gedeihen kann? Oder hat Jacob schlicht einen sehr trockenen Humor? Verhält er sich bloß wie ein kleiner Engel, sobald Großeltern in der Nähe sind, um sich einen Spaß zu erlauben? Damit es so aussieht, als würden wir übertreiben?

«Ich bin schuld. Ich bin wohl eine schreckliche Mutter», jammert Isabel, kaum dass Mum gegangen ist und Jacob wieder zu quengeln anfängt. «Ich projiziere vermutlich mein mangelndes Selbstvertrauen auf ihn oder so was.»

«Du bist keine schreckliche Mutter. Du bist eine phantastische Mutter. Er liebt bloß die Mega-Aufmerksamkeit, die er von seinen Großeltern bekommt. Wahrscheinlich geben sie ihm hinter unserem Rücken heimlich Schokolade.»

«Es ist jedenfalls nervig.»

«Ich weiß. Gib ihn mir. Ich werde mich mit ihm darüber unterhalten, von Mann zu Mann.»

Montag, 25. März

Johnson wird ebenfalls misstrauisch bei der Vorstellung, sich in einem riesigen Uterus zu waschen. Er findet, es klingt ödipal. Das ist noch abscheulicher als die Erinnerung an das Trauma der Geburt.

Die Praktikantin, die sich nicht länger wie eine Praktikantin verhält, obwohl sie bloß einen Sechsmonatsvertrag hat, der jede Minute aufgelöst werden könnte, hat angeboten, die besten Szenen aus *Alex & Geoff eilen zu Hilfe* auf YouTube zu stellen, damit keiner von uns sie verpasst. Ich versichere ihr, das sei nicht nötig, weil Isabel die Sendung aufnehmen wird. Sie erwidert, es sei wirklich kein Problem.

Ich schicke Andy eine nette Waffenstillstands-Mail und erkundige mich, wie seine Reise in den Sudan war. Er schreibt zurück, es sei gut gelaufen, aber er könne nicht fassen, dass ich Saskia auf Facebook habe abblitzen lassen. Ich sage, das hätte ich nicht. Er sagt, hätte ich doch: Nicht auf das Facebook Freundschaftsangebot von jemandem zu reagieren sei dasselbe, wie es abzulehnen. Ich erkläre ihm, er sei überempfindlich. Er antwortet nicht und bestätigt damit meine Aussage.

Anastasia verkündet mir, ich müsse an einen anderen Schreibtisch umziehen, um für die Eigentlich-immer-noch-Praktikantin Platz zu machen.

Wenigstens habe ich heute Kickboxen. Man hat mein Haus in ein weibliches Fortpflanzungsorgan verwandelt, man hat mich bei der Arbeit gedemütigt, man hat mich betrogen und die letzten Reste meiner Selbstachtung zerstört, aber das wird allen noch leidtun. Es wird ihnen leidtun, wenn ich zurückkomme und mich mit Kung-Fu-Kampfkünsten wie Jean-Claude Van Damme räche. Ein letztes hyperdynamisches Abenteuer, um ein für alle Mal alte Rechnungen zu begleichen.

Nur dass es offensichtlich nicht ganz so läuft. Erstens: Sollte man nicht erwarten, dass ein paar Männer zum Kickboxen gehen? Im Werbevideo haben Männer gekämpft, aber meine Gruppe besteht aus mir und neun Frauen in engen Gymnastikanzügen. Anscheinend habe ich mich zu einem furchtbar weibischen Mittagspausen-Aerobic-Fitness-Albtraum angemeldet. Bestimmt mit Gymnastikbällen und Springseilen und Travolta-Musik und Spinning und Stepping und eins-zwei-drei-vier, zwei-zwei-drei-vier, und jetzt alle zusammen ...

Ich hatte mich getäuscht. Es war noch viel schlimmer. Ich war in einer Art feministischem Boot-Camp gelandet. Die Ausbilderin hieß Ingrid. Sie hatte einen Waschbrettbauch, keinen Busen und einen gemeißelten Kiefer, auf den selbst Jean-Claude Van Damme neidisch gewesen wäre. Sie lächelte angsteinflößend, brach mir zur Begrüßung einige Knöchelchen in meiner Hand und teilte mich einer Frau zu, die mir sofort bekannt vorkam.

«Hallo, ich bin William. Kennen wir –»

«Glaube kaum. Ich heiße Brenda», unterbrach sie mich herablassend. Sie war knapp über einen Meter fünfzig groß, höchstens. Das war ja, als würde man gegen ein Kind kämpfen.

Wir fingen mit einem Warm-up an, das aus Springen und Drehen und einer Menge Spice-Girls-Tanzbewegungen bestand. Und dann schlug Brenda mich zusammen.

Als ich am Abend in meiner riesigen Gebärmutter lag, war ich erstaunt, nicht mehr blaue Flecken zu haben. Mir tat alles weh. Isabel tat, als täte ich ihr leid, aber ich merkte, dass sie übertrieb. Es ist schwer zu glauben, dass jemand so Kleines so zuschlagen kann. Oder treten. Oder Schlag-Schlag-Tritt-Drehung-Bogenkick-Schlag-Demontage so kombinieren kann. Aber was sie an Körpergröße vermissen ließ, machte sie mit einer Art innerer Kraft wieder wett, die sie vermutlich entwickelt hatte, um gegen eine Gesellschaft anzutreten, die Zwerge generell unterschätzt. Und Menschen namens Brenda ganz besonders.

Dienstag, 26. März

Immer noch keine blauen Flecken. Sie muss mich an Stellen getroffen haben, die sich nicht verfärben.

Mittwoch, 27. März

Ich wusste doch, dass ich Brenda kenne. Sie ist die Nägel feilende, Zähne reinigende, rothaarige Platzräuberin aus dem Zug. Ich hatte sie in Lycra bloß nicht erkannt. Heute Morgen saß sie da, ganz gemütlich auf dem Platz, den sie bereits ein paar Haltestellen zuvor belegt hatte. Auf dem Sitz neben ihr stand ihre Tasche, um Leute abzuschrecken. Normalerweise hätte ich sie dazu veranlasst, diese wegzunehmen, aber heute Morgen entschied ich mich stattdessen für einen anderen Waggon.

Nicht, weil ich Angst vor ihr hatte oder so. Ich wollte bloß nicht sagen müssen: «Hallo, was für ein Zufall.»

Schon gar nicht zu einem gewalttätigen Zwerg. Außerdem, vielleicht übertrieb ich ja tatsächlich. Vielleicht hat Brenda mich gar nicht zusammengeschlagen. Schließlich war sie nur ein laufender Meter. Und noch dazu eine Frau. Ich hätte blaue Flecken, wenn es wirklich so wehgetan hätte, wie es mir vorkam. Vermutlich bin ich es bloß nicht gewöhnt, gehauen zu werden. Und beim Warm-up war ich ziemlich gut. Ich sollte also nicht so schnell aufgeben. Dass nur Frauen im Kurs sind, von Ingrid mal abgesehen, bedeutet ja nicht automatisch, dass es mir nicht guttut.

Donnerstag, 28. März

Heute Morgen war ich gerade dabei, an der Säule / dem Bassin / dem Oscar-Podium, das Alex unser Waschbecken nennt, meine Zähne zu putzen, als Isabel hereinstürmte und sagte: «Schnell, Jacob schläft noch. Lass uns kuscheln.» Schon wieder dieser verdammte Euphemismus. Also erwiderte ich: «Ich kann nicht, bin schon spät dran.» Das stimmte nicht – und ich glaube, Isabel wusste es. Sie sagte daraufhin bloß: «Okay, dann dusche ich stattdessen. Hör du auf Jacob.» Dann stellte sie das Regenwaldduschending an, und ich wurde komplett durchnässt, weil Alex und Geoff fanden, eine Nasszelle wäre passend für eine junge Familie. Dann verließ ich das Haus und kam eine halbe Stunde zu früh zur Arbeit, denn anscheinend gehe ich inzwischen lieber arbeiten, als mit meiner Frau zu ‹kuscheln›.

Anastasia kam zehn Minuten später und meinte: «Ausnahmsweise mal früh.» Und ich freute mich. Dann wurde mir elend. Inzwischen will ich schon das Mädchen beeindrucken, das mal Praktikantin war und jetzt Chefredakteurin ist, damit sie der Praktikantin, die immer noch Praktikantin ist, nicht meinen Job gibt. Das ist lächerlich.

Freitag, 29. März

Gott sei Dank ist Wochenende.

Samstag, 30. März

O Gott, es ist Wochenende.

Sonntag, 31. März

Es ist okay. Alles ist okay. Wir hatten Sex. Wir hatten postoperativen Sex. Ich habe alles ausgeblendet. Ich habe die Stimmen in meinem Kopf ausgeblendet, die mir zugeflüstert haben, ich dürfe mich nicht an der Mutter meines Kindes vergehen. Ich habe die Brüste komplett gemieden, für den Fall, dass Isabel die Worte ‹schmerzempfindlich› oder ‹voll› benutzen würde.

Und wir haben es getan. Wir hatten Sex. Ich meine, es

ging schnell, aber das musste es. Ich konnte nicht riskieren, dass sie so etwas wie ‹Sei sanfter› oder ‹Vorsichtig, es tut weh› oder ‹Mein Gott, die Narbe ist aufgeplatzt. Ruf einen Krankenwagen› von sich gab. Aber das ist egal – wir sind wieder dabei.

«Ist alles in Ordnung, Schatz?»

«Ja, Schatz.»

«Du hast nur so abwesend gewirkt.»

«Nein, ich hatte nur Sorge, Jacob könnte aufwachen.»

«Aber du hast die Titelmelodie der *Antiques Roadshow* gesummt.»

«Wirklich?»

«Ja, das war ziemlich seltsam.»

«Tut mir leid.» Aber wir hatten Sex, und das ist die Hauptsache. Zur Feier des Tages mache ich uns ein richtiges, warmes Frühstück. Danach verkündet Isabel, sie würde auf einen Kaffee bei ihrer Mutter vorbeischauen, ob ich mitkommen wolle. Ich erwidere: «Nein, ich werde mir einen Uterus, 'tschuldigung, ein Bad gönnen.» Offensichtlich bin ich wieder in der Lage, Witze über Fortpflanzungsorgane zu reißen. Hurra.

An den Ablauf der nächsten Ereignisse erinnere ich mich wie folgt:

Ich betrete den Kokon und massiere die Dildo-Wasserhähne.

Das Telefon klingelt. Es ist Isabel. Sie hat ihre Stilleinlagen vergessen und angefangen zu nässen. Ob ich ihr die kurz vorbeibringen könnte. Ich schlage vor, sie solle doch Küchenrolle verwenden. Sie schlägt vor, ich solle mich beeilen.

Also ziehe ich mir was über und spurte zu ihren Eltern.

Ich spurte zurück.

Ich mache mir einen vormittäglichen Kind-und-Weib-freien Kaffee und schaue ein bisschen Kind-und-Weib-frei fern. Rick Stein kocht eine ziemlich lecker aussehende Fischsuppe, und ich überlege mir, wie wunderbar es wäre, Isabel mit einer köstlichen Fischsuppe zu überraschen. Wir könnten sie zum Abendessen essen und die Woche über auch noch. Köstlich und effizient – Isabels Lieblingskombination.

Ich fahre schnell zum Laden, um die Fischsuppenzutaten zu besorgen.

Isabel ruft wieder an. Ihr Vater macht einen Braten. Sie bleibt zum Mittagessen dort. Ich solle doch auch kommen. So hatte ich das nicht geplant, aber ihr Vater macht wirklich einen leckeren Braten. Also fahre ich nach Hause zurück, um die Zutaten abzuladen, und stelle dort fest, dass ich mich vor lauter Kocheifer ausgesperrt habe.

Ich rufe Isabel an. Es ist kein Problem. Sie hat ihren Schlüssel mit. Ich soll doch einfach direkt herkommen.

Das tue ich. Der Fisch liegt immer noch im Kofferraum, aber das macht nichts. Es ist ein kalter Frühlingstag. Da wird er nicht schlecht.

Wir essen zu Mittag.

Isabels Dad drängt mich, den Claret zu probieren, den er extra aufgemacht hat.

Ich probiere den Claret.

Wir bereiten uns zum Aufbruch vor, aber Jacob muss zuerst gewickelt, gefüttert, gewickelt, gefüttert und herumgetragen werden.

Schließlich brechen wir auf.

Wir fahren nach Hause, und ich sehe Wasser unseren Gartenweg entlangrinnen.

Isabel reicht mir ihren Schlüssel.

Mit Mühe öffne ich die Tür, und ein heftiger Schwall Wasser ergießt sich über meine Füße. Voller Panik betrete ich den Flur und sehe, dass sich die Wohnzimmerdecke gefährlich durchbiegt. Ich trete einen Schritt zurück. Es kracht ganz fürchterlich.

Ich trete ein und sehe, dass die eiförmige Wanne wieder in unserem Wohnzimmer steht. Ich höre nichts außer Wasser und Walgesang. Dann gibt es einen Kurzschluss, und die balzenden Wale verstummen.

Ich hatte die blöden Dildo-Hähne den ganzen Tag laufen lassen.

Ich habe unser wunderschönes Heim zerstört.

«Jacob, lass uns zur Oma zurückfahren, während Daddy dieses kleine Missgeschick hier beseitigt», sagt Isabel mit gelassen klingender Stimme, die so gar nicht gelassen ist.

APRIL

‹Henry James definierte einst das Leben als jene missliche Lage, die dem Tod vorausgeht. Ganz sicher schuldet einem niemand Dankbarkeit dafür, ihn in diese missliche Lage gebracht zu haben. Ein Kind steht jedoch in der Schuld seines Vaters, wenn der Vater, nachdem er seinen Sohn in diese spezielle Situation gebracht hat, die Ärmel hochkrempelt und sich an die Arbeit macht, seinem Sohn zu zeigen, wie er sich am besten durchschlagen kann.›

Clarence Budington Kelland

Montag, 1. April

Der Feuerwehrhauptmann erklärte mir, er habe noch nie gesehen, dass ein einziger Wasserhahn einen solchen Schaden angerichtet hätte. Normalerweise läuft die Wanne über, und die Leute bemerken es. Es sei bedauerlich, dass ich beschlossen hatte, für mehrere Stunden das Haus zu verlassen, bemerkte er hilfreich. Und es war auch bedauerlich, dass es sich um besonders starke Wasserhähne gehandelt hatte. Ebenfalls bedauerlich war, dass sich der Abfluss für die überlaufende Wanne in der Nasszelle auf der falschen Seite befand, sonst wäre alles in Ordnung gewesen. Genauso, wenn die Überlaufleitung der Wanne selbst funktioniert hätte. Oder wenn nicht so viel Wasser in das Ei gepasst hätte. So jedoch war das Haus statisch nicht mehr sicher.

Ein Großteil des Bodens des ersten Stocks war ins Erdgeschoss hinabgestürzt. Schuld war das bloße Gewicht des Wassers, das sich in dem bescheuert geformten Bad gesammelt hatte und dann hinausgeschossen war. Die Elektrik war zerstört. Die Gastherme war zerstört. Die Treppe war eingebrochen, und da einige tragende Balken beschädigt worden waren, bestand auch eine hohe Wahrscheinlichkeit, dass das Dach ebenfalls einstürzen würde.

Wir verbrachten die Nacht bei Isabels Eltern. Ich habe nicht ein Auge zugetan. Am Morgen kehrte ich an den Ort meiner unmäßigen Dummheit zurück, um noch mehr Sachen zu holen. Zum Glück hatte der Wasserstand nur die unterste Schublade der Schlafzimmerkommode erreicht, ehe der Boden nachgab. Nur meine Kleider waren ruiniert.

Niemand, nicht einmal Isabels Vater oder Anastasia, hat mich bis jetzt einen Idioten genannt. Im Gegenteil, Anastasia hat mir so lange frei gegeben, wie ich brauche, um alles zu regeln. Das könnte eine Weile dauern, nach meinem ersten Gespräch mit der Versicherungsgesellschaft zu urteilen.

«Ja, hallo. Guten Morgen. Ich möchte gerne eine Überschwemmung melden.»

«Ihren Namen bitte ... und die Postleitzahl ... und die Hausnummer ... und die Nummer Ihrer Versicherungspolice. In Ordnung, Sir. Sind Sie denn momentan vor Ort, Mr Walker? Aha, und handelt es sich hierbei um eine Meldung in Bezug auf das Gebäude oder den Hausrat? Beides.

Aha, lassen Sie mich kurz nachschauen ... nein, es tut mir leid, aber Überschwemmungen sind in Ihrem Tarif nicht abgedeckt, Mr Walker. Darauf wird speziell in Absatz 37.22 hingewiesen und –»

Ich erkläre, dass ich mit Überschwemmung einen unabsichtlich verursachten Schaden durch Laufenlassen des Badewassers meine.

«Das Laufenlassen des Badewassers?»

«Ja, das Badewasser laufen lassen.»

«Wohin?»

«In die Wanne. Die Wanne ist übergelaufen. Ich habe die Wasserhähne nicht abgestellt.»

«Und nun, sagen Sie, sind Sie obdachlos.»

«Ja.»

Zwanzig Minuten vorspulen, während ich meine eigene Dummheit mehrfach erläutere.

«Und Sie sagen, der erste Stock ist ins Erdgeschoss heruntergebrochen?»

«Ja. Was passiert jetzt?»

«Ist das Haus unbewohnbar, Sir?»

«Nein. Wie gesagt, der erste Stock ist heruntergekracht.»

«Also sind die Schlafzimmer nicht mehr sicher.»

«Die Schlafzimmer befinden sich jetzt im Erdgeschoss.»

«Und Sie können nicht darin schlafen.»

Weitere zwanzig Minuten vorspulen bis zu dem Punkt, wo sich, nach einigen Schwierigkeiten, herausstellt, dass ich bis zu vier Wochen lang einen Anspruch auf fünfzig Pfund pro Nacht für eine Notfallunterkunft habe, WENN wir die Belege und ein Antragsformular und den Versicherungsschein und einen gelösten Zauberwürfel und eine vollständige Erklärung, weshalb genau E gleich MC im Quadrat ist, liefern. Danach wird die Versicherungsgesellschaft für die Ersatzunterkunft bezahlen, FALLS dies nötig sein sollte und FALLS der Versicherungsgutachter zu dem Schluss kommt, dass die Immobilie immer noch unbewohnbar ist, FALLS wir keine der Klauseln bezüglich Umbauten missachtet haben, als das neue Bad eingebaut wurde, und WENN wir fünfhundert Pfund Eigenanteil zahlen, WENN der Mond sich im vierten Quartal befindet und es sich um einen Dienstag handelt und ein Grashüpfer vor Sonnenuntergang zweimal unseren Weg kreuzt.

Der Gutachter wird morgen zwischen acht und sechzehn Uhr zur Begutachtung vorbeikommen.

«Könnten Sie das ein klein wenig präzisieren?»

«Ich fürchte, nein.»

«Ich habe eine obdachlose Frau und ein obdachloses Baby, und Sie können mir lediglich ein Zeitfenster nennen, bei dem sich selbst ein IKEA-Lieferant schämen würde?»

«Ich fürchte, ja.»

«Wird diese Unterhaltung aus rechtlichen Zwecken aufgezeichnet?»

«Ja, Sir.»

«Gut. Denn wenn sie das nicht würde, dann würde ich Sie ein Arschloch schimpfen. In diesem Fall jedoch begnüge ich mich mit Schwachkopf.»

«Mr Walker, ich mache hier nur meinen Job. Sie sind derjenige, der die Wasserhähne nicht zugedreht hat.»

Wenigstens habe ich eine gute Ausrede, mich nicht

beim Kickboxen von einem weiblichen Zwerg halb totschlagen lassen zu müssen. Ingrid sagt, ich habe keinen Anspruch auf eine Beitragsrückzahlung, aber sie kann mir eine Quittung ausstellen. Und sie hofft, dass ich nächste Woche nicht kneife. Ganz offensichtlich glaubt sie, ich hätte mir die ganze Überschwemmungsgeschichte ausgedacht, um mich vor dem Kickboxen zu drücken. Was ich getan hätte, wenn es mir eingefallen wäre.

Dienstag, 2. April

Alex hat angeboten, das Badezimmer neu zu machen, und versprochen, diesmal keine Fernsehcrew mitzubringen. Offen gesagt ist das alles seine Schuld. Bei unseren alten Wasserhähnen hätte ich gehört, dass das Wasser läuft, und wäre dadurch daran erinnert worden, sie abzustellen. Die neuen Dildo-Hähne waren lautlos. Das war das Problem. Das und die Tatsache, dass der Überlauf nicht funktioniert hat. Und dass Alex überhaupt damit zu tun hatte. Mir ist völlig egal, für wie schwul er sich hält – er ist weiterhin dafür verantwortlich, dass sich mein Eheleben in eine Katastrophe verwandelt.

Isabel jedoch ist während dieses ganzen Albtraums unglaublich umsichtig und nachsichtig geblieben. Wir können uns tagelang über Marmite-Toast streiten oder darüber, wer mit dem Wickeln dran ist und ob es anstrengender ist, so zu tun, als würde man im Büro arbeiten, oder mit dem Baby zu Hause zu sein, aber wenn es wirklich hart auf hart kommt, dann ist sie in dieser Familie der Fels in der Brandung. Sie hat auf Notfallbetrieb geschaltet. Sie hat uns alle drei im Gästezimmer ihrer Eltern untergebracht und verhält sich ein bisschen wie Sigourney Weaver in *Alien 3*. Wenn wir es zu allem Überfluss auch noch mit Killer-Aliens zu tun bekämen, wäre das kein Problem.

Weniger hilfreich ist, dass mich ihr Vater inzwischen als Idiot bezeichnet. Wenn auch auf eine nette Art.

«Ich kannte mal jemanden, der den Wasserhahn nicht zugedreht hat. Ein Freund meines Vaters. Ihm wurden im Krieg die Beine weggeschossen. Der arme Kerl hat sich nie davon erholt. Trotzdem ist er fast neunzig geworden. Sehr tapferer Kerl. Aber kurz vor seinem Tod hat er vergessen, dass er den Hahn an der Badewanne aufgedreht hat. Hätte sich in seinem Alter nicht mehr selber ein Bad einlassen sollen. Nicht ohne Beine. Und mit Altersdemenz. Und einem Ischiasleiden. Und Bauchspeicheldrüsenkrebs. Armer Kerl. Jedenfalls ließ er das Wasser laufen.»

«Was ist passiert?»

«Oh, es fiel ihm nach einer halben Stunde wieder ein. Kein großer Schaden. Außer, dass er eine Woche später starb. Ich glaube, der Schreck, dass ihm beinahe das Badewasser übergelaufen wäre, hat ihn dahingerafft. Er kam nicht damit klar, so dumm gewesen zu sein.»

Der Gutachter ist nur wenig intelligenter und hilfsbereiter als der Versicherungsmensch am Telefon. Er lässt mehrere Bemerkungen über die ganze Wasser-laufen-lassen-Sache fallen, stellt diverse Fragen, die darauf anspielen, ich hätte es mit Absicht getan. («Sind Sie in letzter Zeit mit Ihren

Kreditrückzahlungen im Rückstand, Mr Walker?» Nein. «Wie sieht es dann in der weiter zurückliegenden Vergangenheit aus?») Jetzt müssen wir auf seinen vollständigen Bericht warten und einige Handwerker kontaktieren, die uns einen Kostenvoranschlag für die Schadensbehebung machen. Das könne zwei bis drei Wochen dauern jetzt im Frühling, sagt er.

«Warum?», erkundige ich mich. «Überfluten viele Leute im Frühling ihre Häuser?»

«Hahahaha. Guter Witz, Sir. Nein. Sie sind mehr oder weniger der Einzige, dem das dieses Jahr gelungen ist. Alle anderen ziehen *Verschönerungsarbeiten* vor. Wie Vögel, die sich im Frühjahr ihr Nest bauen. So eine typische Frühlingssache. Da sind die Handwerker gut beschäftigt. Sie verstehen?»

Mittwoch, 3. April

Zurück im Büro. Anastasias Mitgefühl war nur von kurzer Dauer. Johnson erklärt mir, ich sei ein Idiot. Andy schickt eine E-Mail: Ich solle Laut geben, falls er mir irgendwie helfen könne.

‹Ich könnte ehrlich gesagt ein Bier vertragen›, schreibe ich schließlich zurück, denn auch wenn er mit der *Beziehungszerstörerin* zusammen ist, ist er doch mein bester Freund, und ich brauche dringend ein Notfall-Bier.

‹Tut mir leid, aber das geht nicht. Muss morgen für ein paar Wochen nach Stockholm. Und dann fahren Saskia und ich über Deutschland wieder zurück. Werde erst Mitte Mai wieder zu Hause sein.›

‹Also jegliche angebotene Hilfe müsste von Schweden aus leistbar sein? Na, herzlichen Dank.›

Freitag, 5. April

Isabel ist für die Familie immer noch der Fels in der Brandung. Aber nur gerade noch so. Ihre Mutter macht sie mürbe. Ich komme von der Arbeit nach Hause, und alle verdrehen die Augen.

«Hallo, mein Guter. Deine Frau findet, ihre Mutter hätte von Kindererziehung keine Ahnung.» Augenrollen.

«Hallo, Liebling. Sie hat mir erklärt, ich sollte einen geregelteren Tagesablauf einführen.» Augenrollen.

«Das würde euer aller Leben einfacher machen, meinst du nicht auch, William?» Augenrollen.

«Drei Monate alte Babys sind noch zu klein, um eine Routine auferlegt zu bekommen.» Augenrollen. Ich frage mich, wer von beiden sich wohl als Erste die Augen verrenken wird. Falls das überhaupt möglich ist.

«Wir haben es mit dir hinbekommen, und aus dir ist schließlich auch was geworden», fährt ihre Mutter fort.

«Ja, jetzt, wo ich mich von dem schweren psychischen Trauma erholt habe, weil ich wie ein rumänisches Waisenkind immer allein in meiner Wiege liegen gelassen wurde.» Isabel verschränkt die Arme.

«Ein bisschen Disziplin hat noch niemandem geschadet», verkündet ihr Vater, der schon immer ein Meister des Timings war. Ich habe noch nicht mal meine Tasche abgestellt oder Hallo gesagt, und alle drei rollen schon mit den Augen in meine Richtung.

«Guten Abend zusammen. Mit Jacob alles okay?»

«Ja.»

«Ja.»

«Er macht ein bisschen Theater.»

Samstag, 6. April

Dasselbe in Grün, aber ich bin bei der Arbeit, um dem aus dem Weg zu gehen.

Sonntag, 7. April

Dasselbe in Grün kombiniert mit dem Horrorerlebnis, dass mein mitternächtliches Pinkeln zufällig mit dem mitternächtlichen Pinkeln und Wind-Ablassen von Isabels Dad zusammenfällt. Er ist nackt. Und ich trage Isabels Nachthemd, weil mir kalt war und noch niemand Zeit hatte, sich um meine überschwemmungsbeschädigte Garderobe zu kümmern. Wir werfen uns gegenseitig einen misstrauischen Blick zu und tun am nächsten Morgen so, als wäre nichts passiert.

Montag, 8. April

Dem Himmel sei Dank fürs Büro. Mehr oder weniger. Ich bin versucht, das Kickboxen aufgrund meiner anhaltenden häuslichen Krise wieder sausenzulassen, aber wenn ich jetzt nicht hingehe, gehe ich gar nicht mehr. Und Ingrid hat mich gezwungen, für alle zehn Stunden im Voraus zu bezahlen. Vermutlich hätte sie eine hohe Ausfallrate, wenn sie das nicht täte.

«Hi, Brenda. Ich wusste doch, dass ich Sie kenne. Sie nehmen denselben Zug wie ich.»

«Richtig. Sie sind derjenige, der immer so missbilligende Geräusche von sich gibt.»

«Richtig. Sie sind diejenige, die immer versucht, zwei Plätze zu belegen.»

«Sie sollten früher einsteigen, wenn Sie einen Platz wollen.»

«Wie bitte? Sie meinen an einer früheren Station?»

«Ich tue das.»

«Aber ich wohne nicht an einer früheren Station.»

Mir ist klar geworden, dass Brenda nicht nur nervt, weil sie für eine kleine Person extrem selbstzufrieden ist, sondern auch, weil sie komplett durch die Nase spricht. Dadurch klingt sie beängstigend wie Miss Porritt, meine rachsüchtige Erdkundelehrerin, die unsere Klasse mit endlosen nasalen Monologen über Altwasserseen einschläferte und uns dann dafür bestrafte, dass wir nicht aufgepasst hatten.

Nach den Spice-Girls-Übungen fangen wir mit einer Lockerungsphase an. Ein paar sanfte Schläge, sagt Ingrid.

Also gebe ich Brenda ein paar Stupser, mehr nicht, und sie boxt mich richtig fest, direkt ins Gesicht, als ich gerade nicht darauf vorbereitet bin. Verdammt nochmal. Ich weiß, was hier läuft. Ich kriege den Frust einer Frau ab, die sich weigert zu akzeptieren, dass sie krankhaft kleinwüchsig ist. Sie will nicht in Bars und Diskos für Kleinwüchsige gehen, um andere Kleinwüchsige zu treffen. Sie will sich in der normalgroßen Welt durchschlagen und stößt auf nichts als Vorurteile, Zurückweisungen und Konservendosen, die außer Reichweite stehen. Sie hat nur zwei Möglichkeiten: Entweder sie schult auf rachsüchtige Erdkundelehrerin um oder bildet mit einer großen Person im Kickbox-Unterricht ein Paar und schummelt dann.

Nun, ich werde nicht zulassen, dass sie gewinnt. Ich werde die Faustschläge einstecken und wieder austeilen, obwohl es mir komisch vorkommt, eine Frau zu schlagen. Obwohl sie sich so verdammt schnell bewegt, dass es schwierig ist, sie richtig zu erwischen.

«Das mit dem Auge tut mir leid», höhnt sie am Ende der Stunde. «Bin mir meiner eigenen Kraft gar nicht bewusst.»

«Kein Grund, sich zu entschuldigen», erwidere ich. «Sieht schlimmer aus, als es ist.»

Das Gegenteil ist der Fall. Isabel sagt, sie kann kaum etwas erkennen, aber ich fühle mich, als hätte mich ein Bus angefahren, wie auch immer sich das anfühlen mag.

Dienstag, 9. April

Tut jetzt noch mehr weh. Bin mir ziemlich sicher, dass meine Nase gebrochen ist, aber laut Internet kann das nicht der Fall sein. Wenn das der Fall wäre, würde es sich angeblich zerschmettert anfühlen, und meine Augen wären blau. Aber wir wissen ja alle, wie unfassbar unzuverlässig das Internet ist.

Vielleicht ist sie nur angebrochen, oder ein Teil von ihr ist abgesplittert und bohrt nun ein Loch in meinen vorderen Hirnlappen. Das würde Isabel lehren, mich nicht mehr aufzuziehen. Und Johnson, der mir netterweise ein Bild von Johnny Owen gemailt hat, einem dünnen Boxer mit Segelohren aus Merthyr Tydfil, der als Bionic Bantum bekannt war und 1980 nach einem K.-o.-Schlag in Los Angeles verstarb. ‹Das bist du›, stand dabei. ‹Außer natürlich, dass Johnny nicht gegen Mädchen gekämpft hat.›

Mittwoch, 10. April

Immer noch kein Ton von der Versicherung zum Kostenvoranschlag des Handwerkers.

Eine meiner virtuellen Facebook-Freundinnen ist voll des Mitleids. Nicht wegen meiner schmerzenden Nase. Wegen der Überschwemmung. Ihr Mann hat mal die Gefrierschranktür offen gelassen. Das hat sie fast eine Packung Steaks gekostet, erklärt sie. Ich werde sie blocken.

Saskia, die ich inzwischen als Facebook-Freundin

akzeptiert habe, obwohl sie im echten Leben ein Albtraum ist, lässt sich endlos darüber aus, wie sexy Stockholm ist. Dann schreibt sie noch, sie hofft, dass es mir gut geht. Ich will nicht, dass sie hofft, dass es mir gut geht.

Die Praktikantin, die inzwischen keine Praktikantin mehr ist, möchte meine Facebook-Freundin sein, obwohl ich sie hasse. Kein Wunder, dass sie neuntausend andere Facebook-Freunde hat, wenn sie so wenig wählerisch ist.

Ich akzeptiere ihr Freundschaftsangebot. Man soll die Jugend von heute nicht zu sehr ablehnen.

‹WOW. Du hast ja wirklich nur einundzwanzig Freunde›, schreibt sie auf meine Facebook-Pinnwand, oder wie auch immer das heißt. ‹Süß.›

Verdammte Jugend von heute.

Donnerstag, 11. April

Nase ist nicht gebrochen, und Schmerz lässt nach. Niemand begreift, wie ernst das war. Anhand früherer Einträge auf der Facebook-Seite der Praktikantin kann ich erkennen, dass sie mich für alt und verklemmt hält. Ich erkläre ihr, von Angesicht zu Angesicht – nicht virtuell, weil wir schließlich im selben Büro arbeiten –, dass ich nicht verklemmt bin. Sie meint, sie hätte bloß Spaß gemacht und ich solle das locker sehen. Ich sage: «Meinst du das ernst?», und sie sagt «Was?», weil sie nämlich gar nicht zuhört, sondern SMS schreibt. Ich sage: «Kannst du mal eine Sekunde lang aufhören, SMS zu schreiben, während ich mit dir rede?» Und sie sagt: «Ich schreibe keine SMS, ich skype.»

Isabel interessiert sich nicht für meinen Frust bei der Arbeit. Sie will, dass ich die Versicherungsfuzzis dazu bringe, unser Bad zu reparieren. JETZT GLEICH. Ich rufe dort an, drücke die 4, dann die 2, dann die 7, gebe meine Personalien durch, den Mädchennamen meiner Mutter und erkläre mich damit einverstanden, dass der Anruf zu Trainingszwecken aufgezeichnet werden darf, und erfahre schließlich, dass nichts unternommen werden kann, weil Handwerker in den Osterferien nicht arbeiten.

Sonntag, 14. April

Ostern. Isabel, Jacob und ich. Frühlingsblumen im Park. Lämmer blöken verspielt. Eine entfernte Ahnung vom Sommer. Unser erster Sommer mit Baby. Wir werden auf einer Wiese liegen, während unser Kind wesentlich früher zu krabbeln lernt, als man das von Kindern erwartet. Wir werden Obst essen und uns unterhalten wie früher. Und jeden Abend in das Zelt kriechen, in dem wir zweifellos wohnen werden, weil die verdammten Handwerker nicht kommen, um unser Haus zu flicken, und Isabel es nicht mehr erträgt, im selben Haus wie ihre Eltern zu wohnen.

Montag, 15. April

Dem Himmel sei Dank für den Feiertag. Kein Mädchen-Kickboxen. Keine gewalttätigen Zwerge. Nun ein Schwiegervater, der Jacob, unserem vier Monate alten Sohn, erklärt, dass er schon zu alt sei, um so viel zu weinen. Viel zu alt. Und Isabel erkundigt sich, ob wir zu ihrem Geburtstag etwas unternehmen. Sie würde nur fragen, weil ihre Londoner Freundinnen aus Vor-Baby-Tagen, die immer noch auf Partys gehen und immer noch ein völlig sorgenfreies Leben führen, sie einen Abend lang ausführen wollen. Darauf ich: «Ja, wir unternehmen auf jeden Fall etwas.» Und sie: «Echt, das ist ja aufregend. Ist es in Ordnung, wenn ich dann den Samstag drauf ausgehe? Ich bleibe auch nicht lang, und ich bin sicher, Jacob kommt einen Abend ohne mich klar.» Und ich, der ich immer noch voller Panik überlege, was ich zu ihrem Geburtstag veranstalte, sage: «Klar, natürlich.»

Mittwoch, 17. April

«Liebling, es ist nicht so schlimm. Niemand wird es sich anschauen. Wer sieht schon tagsüber fern», verkündet Isabel, als hätte sie es den ganzen Tag lang geübt.

Habe ich nicht von Anfang an gesagt, dass dieser Einfall, Alex unser Badezimmer gestalten zu lassen, eine ganz, ganz schlechte Idee war? Habe ich das nicht gesagt? Ja, das habe ich. So haben wir nun ein Bad bekommen, das für unser hübsches Haus absolut unpassend und wie eine Gebärmutter geformt ist, was meinen tapferen Versuch, mich von dem psychischen Schaden der Geburtsbeiwohnung zu erholen, umso schwieriger macht. Gleichzeitig bedeutet dies, dass ich beim einzigen Mal, als Isabel und ich in den letzten vier Monaten richtig miteinander geschlafen haben, nebenher die Titelmelodie zu *Antiques Roadshow* gesummt habe. Das Badezimmer zerstört am Ende nicht nur das ganze Haus, sondern – und ich finde, das ist ein ganz gewaltiger Punkt – ich werde von diesem Mistkerl auch noch im Fernsehen gedemütigt.

«Du hast es gesehen», erwiderte ich wütend. «Du hast es gesehen und aufgenommen, und jetzt habe ich es gesehen. Deine Mutter hat's gesehen. Dein Vater hat's gesehen.»

«Die Mütter aus der Babygruppe auch. Sie fanden es gut.»

«Was? Wieso hat die Babygruppe es gesehen?»

«Nun, ich habe vielleicht mal erwähnt –»

«Na, herzlichen Dank.»

«So schlimm ist es gar nicht. Ich fand es sogar ganz witzig.»

Es war nicht witzig. Die Programmmacher sind in Sachen nervige Heimwerkershow über sich hinausgewachsen. Sie haben versucht, das Element der Komik mit hineinzubringen. Sie haben mir einen Superhelden-Namen verpasst, ‹Captain Unpraktisch›. Jedes Mal, wenn ich erwähnt werde, spielen sie einen kurzen Jingle ab. Die Szene zeigt Isabel, die erklärt, dass sie das Badezimmer seit Jahren renoviert haben wollte (Übertreibung), aber dass ich nicht sehr zielorientiert bin (noch mehr Übertreibung), wenn es um Reparaturen im Haus geht. Dann erzählt sie sehr ausgeschmückt die Regal-Geschichte. Und von meiner Begegnung mit einem IKEA-Schrank. Und einem Zaun. Die ganze Zeit spielen Alex und Geoff alles noch hoch. Zwischenrein kommen immer wieder Clips, die mich auf dem Sofa beim Nichtstun zeigen. Dann beim Zeitunglesen. Dann beim Schlafen.

«Sie machen nur ein bisschen Spaß, um es interessanter zu gestalten», kommentiert Isabel.

«Auf meine Kosten. Wo ist die Stelle vom Ende, als ich gesagt habe, dass dies das lächerlichste Badezimmer ist, das ich je gesehen habe?»

Das macht mir am meisten zu schaffen. Das Land muss erfahren, dass Alex und Geoff nichts taugen. Dass Alex bis vor wenigen Monaten gar kein Innenarchitekt war. Dass er noch nicht mal schwul war. Aber sie zeigen bloß den dritten Take, wo Isabel sich voller Begeisterung darüber auslässt, wie toll das Bad ist. Sie weint sogar ein bisschen, wie sie vom Produzenten gebeten wurde, als Alex ihr verkündet, dass es genau die Art von Badezimmer ist, die eine junge, schöne Familie haben sollte. Und anstatt dann mich zu zeigen, wie ich Alex und Geoff erkläre, dass sie unser Haus ruiniert haben, was ja auch stimmt, blenden sie einen Take von mir ein, wo ich zustimmend lächele, obwohl ich mich in einem ganz anderen Raum befinde und mein Lächeln gar nicht dem Badezimmer gilt.

«Hmm, ja, seltsam, dass sie in ihrer ersten Show nicht den schimpfenden, fluchenden, grantigen Ehemann zeigen. Jetzt hör auf, so albern zu sein, Liebling. Es ist vorbei. Keine große Sache.»

Es ist noch nicht vorbei.

Es endet mit noch so einem Captain-Unpraktisch-Jingle. Dann versprechen Alex und Geoff, all den armen Frauen zur Hilfe zu eilen, die mit handwerklichen Faulpelzen verheiratet sind. Abschließend ein Clip von mir, wie ich mich in Zeitlupe wieder auf das Sofa setze, während der Sprecher aus dem Off erklärt, dass ich wenige Tage später das Badezimmer zerstört habe, indem ich das Wasser habe laufen lassen.

«Meine Damen und Herren, Captain Unpraktisch schlägt wieder zu. Wenn Sie diesem Mann begegnen, sprechen Sie ihn nicht an. Er ist gefährlich.»

«Das ist wirklich keine große Sache», wiederholt Isabel.

Donnerstag, 18. April

Und es ist doch eine große Sache.

Aufgrund einer Zugverspätung wegen eines verspäteten früheren Zuges komme ich zu spät zur Arbeit (ich meine, kapieren diese blöden Bahnheinis eigentlich nicht, dass es keine ausreichende Erklärung ist, die Verspätung eines früheren Zuges als Grund für einen verspäteten Zug anzuführen?), und schon liegt auf meinem Schreibtisch ein Hammer mit einem Zettel, auf dem steht: ‹Lektion eins: Das ist ein Hammer.› Alle tun so, als würden sie arbeiten, kichern aber heimlich in sich hinein. Sie haben es gesehen. Sie haben die Sendung im Tagesfernsehen gesehen, von der Isabel behauptet hat, dass niemand sie anschaut. Wie kann das möglich sein?

Ich darf mich bei der ehemaligen Praktikantin bedanken. Sie hat eine noch grausamer verstümmelte Version von *Alex & Geoff eilen zu Hilfe* bei YouTube eingestellt. Alle bei der Arbeit haben sie gesehen. Sowie weitere 6427 andere Menschen, einige davon in Brasilien. Die Leute in Brasilien schreiben ‹Was für ein Loser› in die Kommentar-Box unter dem Video.

In der Mittagspause Notfall-Kneipenbesuch mit Johnson, meinem einzigen Freund auf der Welt. Wenigstens ist er echt, im Gegensatz zu den Facebook-Freunden der ehemaligen Praktikantin. Und er lacht sich auch nur die erste Hälfte der Mittagspause schlapp. Obwohl wir um 14 Uhr 10 wieder ins Büro kommen, besitzt Anastasia die Frechheit, uns zurechtzuweisen, wir würden die Arbeit wie ein gesellschaftliches Event behandeln. Dann lässt sie die Redakteurin eine Mail herumschicken, dass lange, alkoholisierte Mittagspausen der effizienten Zeitschriftenherstellung nicht zuträglich sind und deshalb von jetzt ab verboten werden.

Dann verlässt sie das Büro, weil sie sich zu einem (alkoholisierten) Abendessen mit George Clooney trifft. In Italien.

Ich rufe Isabel an, um ihr zu sagen, dass ich mit Johnson noch schnell ein Bier trinken gehe. Johnson ist ein guter Kumpel. Er versteht mich.

«Ich meine, das ist doch vollkommen irrsinnig. Alex zerstört immer noch mein Leben.»

«Der kann halt nicht aus seiner Haut.»

«Ich meine, wie kommt es, dass ich derjenige bin, der als nutzlos und unvernünftig hingestellt wird, wo doch Alex bei uns im Bad Dildos statt Wasserhähnen installiert hat?»

«Das ist einfach nicht fair.»

«Nein, ist es nicht.»

«Ich meine, das könnte jedem passieren.»

«Was?»

«Den Wasserhahn anzulassen und euer Haus zu zerstören. Ich meine, wir leben in so einer hektischen, verwirrenden Welt. Die Dinge sind kompliziert. Wie kann man da von uns erwarten, Sachen wie Wasserhähne noch im Griff zu haben?»

Jetzt rede ich auch mit Johnson nicht mehr.

Freitag, 19. April

Schrecklicher, schrecklicher, schrecklicher Start in den Tag. Ich war so spät zurück, dass ich es mir mit Isabel verdorben habe, hauptsächlich, weil ich versprochen hatte, früh genug nach Hause zu kommen, um Isabels Mutter davon abzuhalten, irgendwelche Erziehungsratschläge zu geben.

«Du hast gesagt, ihr trinkt nur noch schnell ein Bier nach der Arbeit», warf Isabel mir in diesem wütenden Flüsterton vor, den man benutzt, wenn man sich im Haus seiner Eltern streitet.

«Ich hab was zu trinken gebraucht.»

«Ich hab verdammt nochmal auch was zu trinken gebraucht.» Als sie das letzte Mal so mit mir geredet hat, war sie mitten in den Wehen.

«Hör zu, ich hatte einen schlechten Tag.»

«Wir hatten alle einen schlechten Tag.»

«Ja, aber du bist kein YouTube-Hit geworden, oder?»

«Mein Gott, krieg dich doch mal wieder ein. Du musst als Teil dieser Familie langsam mal erwachsen werden.»

Ich hab's voll und ganz verschissen. In Vor-Baby-Zeiten hätte das bedeutet, auf dem Sofa zu schlafen, aber im Haus von Isabels Eltern müssen wir unsere Ehestreitereien innerhalb des einen Gästezimmers austragen, das wir zu dritt zu bewohnen versuchen. Also bin ich gezwungen, auf dem Fußboden zu schlafen. Eigentlich schlafe ich sowieso schon da, weil Isabel und Jacob das winzige Doppelbett belegen – ganz eng zusammengekuschelt und gemütlich. Ich schlafe auf einer Luftmatratze. Also war das Beste an dieser Nacht vermutlich, dass es trotz der Ungnade keinen Unterschied im Schlafarrangement gab.

Weniger positiv hingegen war, dass Jacob um 4 Uhr 30 aufgewacht ist, exakt drei Stunden nachdem es mir endlich gelungen war einzuschlafen, weil ich mir so erbärmlich vorkam, eine Familie zu haben, aber nicht erwachsen zu werden. Er weinte nicht und brüllte nicht und gab auch nicht wie üblich seine erschreckend realistische Vorstellung eines Babys, das gerade am Ersticken ist. Er lag einfach nur da und gurgelte auf eine Weise vor sich hin, die man fast, aber dann doch nicht ganz ignorieren konnte.

«Er braucht eine frische Windel. Kümmer du dich um ihn, ich schlafe noch», tönte Isabels Stimme unter einem

Kissen hervor. Also stand ich auf, nahm ihn mit nach unten, wechselte seine Windel, scheiterte an dem Versuch, alle Knöpfe seines Strampelanzugs wieder korrekt zu schließen, und sang ihm dann ‹Die Eule und das Kätzchen› vor.

Er lächelte die ganze Zeit über, also fing ich nochmal von vorne an. Noch mehr Lächeln. Dann erreichte ich das Ende, und er hörte auf zu lächeln und fing an zu weinen. Also sang ich nochmal. Und beschloss, nicht damit aufzuhören, bis er genug hatte. Denn ich mag vielleicht ein schlechter Ehemann sein, ein nutzloser Heimwerker und das Gespött der Leute, aber ich kann meinen Sohn glücklich machen.

Plötzlich war es sieben Uhr morgens und Zeit, einen neuen Tag zu beginnen. Ich werde nie wieder vier Pints trinken.

«Hallo, hier spricht William Walker. Der mit der Badewanne im Wohnzimmer. Hören Sie, es ist jetzt Wochen her, seit –»

«Schadensnummer bitte, Sir?»

«467XP4 – 76565. V3423.128765.98AAF.»

«Entschuldigen Sie. War das ein Bindestrich oder ein Schrägstrich?»

«Wie bitte?»

«Nach den ersten sechs Ziffern?»

«Meinen Sie nicht, es wäre sinnvoll, kürzere Schadensnummern zu haben?»

«Wie meinen Sie, Sir?»

«Ich meine, ich habe diese Woche jeden Tag angerufen, und jedes Mal muss ich diese ganze Nummer aufsagen. Mit all den Buchstaben, damit Sie und Ihre Kollegen –»

«War das am Ende ein ‹F› oder ein ‹S›, Sir?»

«Ich meine, Sie müssen doch mehrere Billionen Schadensmeldungen am Laufen haben, um so lange Nummern –»

«Ja, Sir, wir sind im Moment sehr beschäftigt. Wie war Ihr Nachname?»

«Walker. Wie ich schon sagte.»

«Können Sie das buchstabieren?»

Sie glauben, die Handwerker kommen am Montag. Mit ziemlicher Sicherheit. Was bedeutet, dass ich zumindest etwas erreicht habe. Nach nur vier Stunden unterbrochenem Schlaf habe ich an meinem schrecklichen Freitag etwas erreicht. Anastasia war in Italien und hat ein Exklusivinterview samt Fotoshooting mit George Clooney erreicht. In derselben Zeit war ich im Pub, habe vier ganze Pints getrunken, eine weitere Nacht mit Baby durchgestanden und einen fast sicheren Zeitrahmen von der Versicherungsgesellschaft genannt bekommen. Es besteht kein Zweifel, wer größeres Ansehen verdient hat.

(Ich.)

Samstag, 20. April

Noch fünf Tage bis zu Isabels Geburtstag, und es ist ein runder. Ich habe ihr nie etwas Besonderes für diese ganze

Kindkrieg-Geschichte geschenkt, was umso mieser aussieht, wenn man bedenkt, dass es Carolines Mann gelungen ist, der Geburt ohne Ohnmachtsanfall beizuwohnen *und* ihr ein Paar «wunderschöne, absolut hinreißende» Diamantohrringe zu überreichen, bevor sie überhaupt wieder Gefühl in den Beinen hatte.

Das Problem ist, dass ich bereits zu spät dran bin, um noch etwas bei Amazon zu bestellen. Amazon würde sowieso nicht ausreichen. Ohrringe würden jetzt wie nachgemacht wirken. Und Isabel hat mir aufgetragen, dass es nichts Extravagantes sein darf, weil wir ja jetzt eine Familie mit nur einem Einkommen sind – noch dazu obdachlos. Die Zeit für extravagante Gesten ist vorbei.

Natürlich könnte ich den Nichts-Extravagantes-Hinweis übergehen. Ich weiß, dass sie lügt, weil Frauen immer lügen, wenn sie über Geburtstagsgeschenke sprechen. «Gib nichts für mich aus. Wir haben kein Geld» bedeutet «Ich werde sehr verletzt sein, wenn du glaubst, du kämst mit einem Seidenschal von Marks and Spencer davon». Ich weiß das, weil ich vor zwei Jahren versucht habe, mit einem Seidenschal von Marks and Spencer davonzukommen. Es ist der Gedanke, der zählt, und offensichtlich hatte ich mir keine Gedanken gemacht. Letztes Jahr, aufgrund äußerer Umstände außerhalb meines Einflussbereiches – Isabel hatte mich (vorübergehend) zugunsten von Trockenmauerreparaturarbeiten in den Waliser Bergen verlassen –, habe ich ihn komplett vergessen.

Also muss es dieses Jahr etwas ganz Besonderes sein.

Und ich habe bloß eine Stunde Zeit, in der ich mich unter dem Vorwand hinausschleiche, nachsehen zu wollen, ob am Haus auch nichts Weiteres eingestürzt ist. Doch mir bleibt keine Stunde, denn als ich ins Auto steige, muss ich sofort wieder aussteigen. Darin riecht es nämlich nach Leichen, was auch immer das genau für ein Geruch ist.

«Unser Auto stinkt ganz entsetzlich. Komm und riech mal.»

Sie riecht. «Igitt.»

«Hat es das letzte Mal, als du es benutzt hast, auch schon so gerochen?», erkundige ich mich.

«Ich habe es seit der Überschwemmung nicht mehr benutzt. Der Kindersitz passt besser in Mums Auto.»

«Vielleicht ist ein Vogel im Motor verendet?»

Es liegt kein Vogel im Motor, dafür aber eine Plastiktüte unter meinem Mantel im Kofferraum. In der Plastiktüte befinden sich die Zutaten für die Fischsuppe, die ich damals kochen wollte, als in meinem Leben noch alles relativ gut lief. Der Saft des verwesenden Fisches ist durch den Teppich hindurch ins Ersatzradfach gesickert. Überall ist Toter-Fisch-Saft.

«Ich kann nicht fassen, dass du das Auto nicht benutzt hast.»

«Ich kann nicht fassen, dass du das Auto nicht ausgeräumt hast.»

«Ich kann nicht fassen, dass du mir nicht gesagt hast, dass du das Auto von deiner Mutter benutzt.»

«Ich kann nicht fassen, dass du nicht nur das Haus, sondern jetzt auch noch das Auto zerstört hast.»

Also verbringe ich die Stunde damit, das Auto notreinigen zu lassen, statt das wirklich wichtige Ich-geb-nicht-so-viel-aus-aber-dann-doch-danke-schön-dassdu-mein-Kind-bekommen-hast-plus-dreißigster-Geburtstag-Geschenk für Isabel zu besorgen.

Sonntag, 21. April

Der Wagen riecht jetzt nach nassem Hund und totem Tier. Unmöglich, ihn zu benutzen. Darf Auto der Schwiegermutter nicht ausleihen. Gehe zu Fuß zum örtlichen Einkaufsparadies, welches eine Auswahl an Küchenfliesen bietet, sowie Anlagemöglichkeiten auf Zypern, vor Ort geschlachtetes Lamm und Second-Hand-Gegenstände, deren Erlös komplett dem WWF zugute kommt. In Anbetracht dessen, was wir schon für Schleiereulen und Hummeln tun, können wir es anderen Menschen überlassen, sich um die Pandas zu kümmern. Vermutlich muss ich das Geschenkekaufen auf morgen verschieben, was in Ordnung ist. Solange ich ruhig bleibe und keine Panikkäufe tätige wie an Heiligabend, wird alles gutgehen.

Montag, 22. April

Kickbox-Ingrid erklärt uns, dass wir diese Woche doppelt so hart trainieren müssen, weil wir die letzte Woche freihatten. Brenda nutzt die Gelegenheit, um mir gleich zu Beginn wieder ins Gesicht zu schlagen. Also boxe ich ihr, als Ingrid gerade nicht herschaut, in den Bauch. Nur dass ich sie, weil sie so klein ist, aus Versehen an der Brust erwische. Sie fällt zu Boden und quiekt: «Er hat mir auf die Brust gehauen. Er hat mir auf die Brust gehauen.» Und all die anderen Frauen halten inne, verschränken die Arme und nicken zustimmend, als Ingrid mich rügt.

Sobald alle anderen wieder mit Mädchenhauen beschäftigt sind, verpasst Brenda mir einen so festen Tritt in die Weichteile, wie ihre kurzen Beine es ihr erlauben. Was ziemlich fest ist. Ich falle zu Boden und schreie: «Sie hat mir in die Eier getreten! Sie hat mir in die Eier getreten!» Niemand schert sich darum.

Ich habe zu starke Schmerzen, um Isabel ein Geburtstagsgeschenk kaufen zu gehen. Außerdem hat sie auch gar keines verdient, weil sie eine Frau ist und alle Frauen schrecklich sind.

«Ich fass es nicht, dass du einer Frau auf die Brust gehauen hast», ist alles, was Isabel als moralische Unterstützung von sich gibt. «Kannst du dir vorstellen, wie schmerzhaft das ist?»

«Nicht so schmerzhaft wie ein Tritt in die Eier», erwidere ich müde. «Und ich habe ja auch versucht, sie in den Bauch zu treffen.»

«Vielleicht solltest du mit dem Kickboxen wieder aufhören. Ich habe nicht das Gefühl, dass es deine besten Seiten zum Vorschein bringt.»

«Kann ich nicht. Ich habe für den kompletten Kurs bezahlt. Das gönne ich denen nicht. Haben die Handwerker angerufen?»

«Nein.»

Dienstag, 23. April

Das Auto riecht jetzt nach totem Hund und nassem Fisch. Ehe ich dazu komme, die Reinigungsfirma anzurufen und nachzufragen, wie lange es normalerweise dauert, bis sich der Geruch verflüchtigt, ruft der Handwerker an. Er sei gerade am Haus. Ob ich zufällig vorbeikommen und ihn reinlassen könnte?

«Aber ich muss ins Büro. Ich dachte, Sie wollten vorher anrufen und einen Termin ausmachen.»

«Ja, tut mir leid. Ich hatte nicht damit gerechnet, es heute zu schaffen, aber es hat sich ein Zeitfenster aufgetan.»

«Sie sollten eigentlich vor drei Wochen kommen.»

«So ist es. Und Sie hätten die Wasserhähne zudrehen sollen, Captain Unpraktisch.»

«Sie haben die Sendung gesehen?»

«Klar. Die haben Ihr Badezimmer ein bisschen verhunzt, was? Schon bevor Sie's zerstört haben.»

«Ja, nun ja –»

«Hören Sie, können Sie jetzt vorbeikommen oder nicht?»

«Ja.»

Er schüttelt unablässig den Kopf, nuschelt irgendetwas in seinen Bart und runzelt die Stirn, während er durch die Ruine unseres früheren Heims stapft, sodass es mich kaum überrascht, als er «vier Monate» sagt.

Isabel jedoch wurde nicht durch Kopfschütteln vorgewarnt. «Wann können wir wieder einziehen?», will sie wissen, bevor ich richtig zur Tür hereingekommen bin.

«Vier –»

«Vier Wochen?! O mein Gott.» Jacob, der bis zu diesem Moment friedlich an Isabels Brust gefrühstückt hat, ist so überrascht, dass er schnell den Kopf dreht, um zu sehen, was da los ist. Isabels Brustwarze dehnt sich mit ihm mit, um dann wie ein nippelförmiger Tintenfisch zurückzuschnalzen. «Aua», sagt sie.

Worauf ich «Nein, vier Monate» sage und sie nochmal «Aua».

Anastasia, die sich für den George-Clooney-Artikel zwanzig Seiten zugeteilt hat, obwohl es darin wie immer um italienische Seen, Darfur und den Kampf gegen die Militärindustrie geht, ist wenig erfreut darüber, dass ich fünfundvierzig Minuten zu spät komme. Ich erkläre ihr, das sei ihr Problem. Sie erwidert: «Das werden wir ja sehen.» Darauf ich: «Ohhhh, jetzt krieg ich aber Angst.» Sie stürmt davon. Ich habe mich immer noch nicht daran gewöhnt, dass sie die Chefredakteurin ist. Meine Vorgesetzte. Und dass sie tatsächlich Dinge veranlassen kann, wenn sie das will.

Mittwoch, 24. April

Wieder spät dran, weil Isabel und ich uns darüber gezankt haben, wo wir mit der lächerlichen Summe, die die Versicherung uns für eine ‹Notfallunterkunft› zahlen wird, etwas mieten sollen. Wenn wir da bleiben, wo wir jetzt wohnen, können wir uns bloß einen winzigen Bungalow leisten, und ich hasse Bungalows. Isabel ist dafür, noch eine halbe Stunde weiter von London weg in irgendein entlegenes Dorf zu ziehen, wo wir mit unserem Geld ein richtiges Einfamilienhaus bekommen. Ich finde, wir sollten den Schaden begrenzen und übergangsweise wieder nach London ziehen. Wir sind uns lediglich darüber einig, dass wir die nächsten vier Monate nicht im Haus ihrer Eltern wohnen können.

«Ihr könnt doch bei uns wohnen», bietet meine Mutter fürsorglich an. «Dein Vater kann euch sein Zimmer überlassen. Er kann auf dem Sofa schlafen. Dann ist es genau wie früher.»

Also muss ich jetzt eine neue Behausung finden, mit ziemlicher Wahrscheinlichkeit auch ein neues, fischfreies Auto und, bis morgen früh, ein Geburtstags-plus-Geburtsgeschenk für Isabel. Es ist jetzt sechs Uhr abend, und alle schicken, kleinen Juweliere haben geschlossen, sodass mir bereits nur noch Kaufhäuser, Supermärkte und Tankstellen bleiben. Wenn ich die Kaufhäuser verpasse, stecke ich in echten Schwierigkeiten.

Also gehe ich zu Liberty, wo die Handtaschen sechshundert Pfund kosten und die Klamotten viel zu seltsam, modisch, nicht in der Maschine waschbar und nicht für Leute entworfen sind, die alle fünf Minuten von Babys angespuckt werden. Außerdem kosten sie ebenfalls alle sechshundert Pfund. Warum ist es hier drin so warm? Es ist doch jetzt Frühling? Können die den Thermostat nicht so einstellen, dass man beim Panikshoppen nicht auch noch ins Schwitzen kommt? Nebenher bekomme ich eine SMS von Isabel, die wissen will, wie spät ich heimkomme, weil ihre Mutter ihr beibringen will, wie sie Jacob richtig anzuziehen hat, denn anscheinend hat sie das bisher völlig falsch gemacht, und wenn ich nicht bald nach Hause komme, wird es mit Blutvergießen enden.

Inzwischen ist es schon halb sieben. Ich habe ein unglaublich langweiliges blumiges Geburtstagsbuch erstanden.

Jetzt ist es 18 Uhr 15. In zehn Minuten bleiben nur noch Supermärkte und Tankstellen. Ich muss eine Entscheidung treffen. Bleibe ich bei Liberty oder rase ich noch schnell zu John Lewis?

John Lewis. Nicht ganz so edel. Gute Chancen, ein liebevoll ausgesuchtes Geschenk zu finden. Besteck oder so was.

Jetzt renne ich.

Und bleibe in einer japanischen Stadtführungsgruppe stecken.

Werfe den gesamten *Evening-Standard*-Kiosk um.

Entschuldige mich.

Helfe der Frau am Kiosk wieder hoch.

Schlängele mich zwischen zwei Bussen durch, um dann auf der Verkehrsinsel mitten auf der Straße festzusitzen.

Schließlich erreiche ich mein Ziel. Und der Sicherheitsbeamte sagt: «Geschlossen.» Ich bin am Ende.

Ziemlich lange sitze ich elend auf einer Bank, den Kopf in den Händen vergraben. Ich hab's schon wieder getan. Ich habe Isabels Geburtstagsgeschenk versaut. Und dieses Mal ist es ihr Dreißigster. Diese Frau hat beschlossen, nicht nur den Rest ihres Lebens mit mir zu verbringen, sondern auch noch ein Kind mit mir zu bekommen. Ein wunderschönes Kind. Und sie ist eine perfekte, aufopferungsvolle Mutter, die unser perfektes, wenn auch ziemlich anspruchsvolles Kind mit Geduld und Hingabe aufzieht.

Und wie vergelte ich ihr das? Ich zerstöre unser Haus. Ich zerstöre das Auto. Ich zwinge uns dazu, wie Flüchtlinge durchs Land zu ziehen. Und um all dem noch die Krone aufzusetzen, besorge ich ihr ein Geschenk im Rund-um-die-Uhr-Tesco-Supermarkt.

Das ist nicht gut genug.

Das reicht nicht.

Ich werde das nicht zulassen.

Und dann habe ich eine Idee. Ich brauche dazu bloß ein Notizbuch, vorzugsweise nicht zu groß, aber idealerweise mit schönem, dickem Papier. Ich springe auf, als wäre ich Jason Bourne. Der WH Smith am Bahnhof wird noch offen haben. Dort kann man sicher Blanko-Tagebücher kaufen. Wenn ich auf diesen Bus dort springe, bringt er mich zum Bahnhof. Und die CIA wird auf keinen Fall in der Lage sein, mir zu folgen. So ungefähr.

Der Plan geht perfekt auf. Nachdem ich das Notizbuch erstanden habe, setze ich mich in den Zug und fange an zu schreiben. Das ist der schwierige Teil. Ich komme zu Hause an und entschuldige mich für mein spätes Erscheinen. Dann warte ich ungeduldig, bis alle im Bett sind, damit ich mich nach unten schleichen und weiterschreiben kann. Es dauert die ganze Nacht. Währenddessen kann ich nicht anders, als immer wieder zu denken, dass ein Paar Diamantohrringe viel einfacher gewesen wären. Aber egal ...

Donnerstag, 25. April

Ausschlafen bis sieben Uhr morgens (dem Herrn sei Dank, wenn man bedenkt, dass ich erst um fünf ins Bett gekommen bin). Geburtstagsfrühstück. Ein ziemlich altbackenes Nachthemd von ihrer Mutter. Ein Buch über japanische Kunst von ihrem Vater. Und von mir ein Notizbuch, in dem geschrieben steht, weshalb ich der glücklichste Mann auf der ganzen Welt bin, weil ich Isabel habe. Und ein Zettel, auf dem steht, dass sie mich um achtzehn Uhr bei unserem Haus treffen soll. Ja, dem kaputten. Ihre Eltern werden sich um Jacob kümmern.

Ich kriege entsetzliche Schwierigkeiten, weil ich bei der Arbeit früher Schluss mache. Ich hätte noch viel mehr Schwierigkeiten, wenn Anastasia mitbekommen hätte, dass ich den ganzen Tag damit verbracht habe, Immobilienmakler anzurufen. Tja. Meine Ehe und meine Familie sind wichtiger als die Arbeit.

Als Isabel hereinkommt, habe ich bereits die Picknickdecke auf dem Fußoden des wasserbeschädigten Esszimmers ausgebreitet. Wenn da nicht dieser modrige Feuchtigkeitsgeruch wäre, würden die Kerzen dem Ganzen fast eine romantische Atmosphäre verleihen. Ich habe noch nicht mal den Champagner geöffnet, und sie umarmt mich bereits.

«Das war das schönste Geschenk, das ich je bekommen habe. Ich meine, es war ziemlich lang und an manchen Stellen ein bisschen weitschweifig. Aber ich habe seit Ewigkeiten keinen echten Liebesbrief mehr bekommen.»

«Nun, ich meine es ganz ehrlich, Schatz.»

Dann küssen wir uns. Und dann frage ich sie, was sie denn sonst so an echten Liebesbriefen bekommen hat.

«Jetzt mach's nicht kaputt.»

«Nein, du hast recht. Ich wollte mich außerdem entschuldigen. Dafür, dass ich unserem Haus das angetan habe. Aber ich hoffe, das hier wird alles ein bisschen einfacher machen, während wir warten, bis es wieder repariert ist.» Mit diesen Worten überreiche ich ihr ein Foto unseres neuen (vorläufigen) Zuhauses.

Ich hatte beschlossen, die Dinge einfach in die Hand zu nehmen. Also habe ich ein Cottage in einem Dorf gemietet, das noch ein Stück weiter von der großstädtischen Zivilisation entfernt an der Bahnlinie liegt. Dort gibt es grüne Wiesen und Ställe und Obstgärten und schlecht bestückte kleine Dorfläden, die kein Marmite verkaufen, weil das zu neumodisch ist. Wir würden das Landleben führen, von dem die Leute immer reden, es dann aber doch nicht tun. Und Isabel, die im Herzen ein Mädchen vom Land ist, würde glücklich sein. Und ich auch.

«Wow», staunt Isabel. «Das sieht klasse aus. Wann hast du dir das angeschaut?»

«Hab ich noch nicht. Aber der Makler hat mir versichert, dass alles bestens ist. Außerdem war noch ein anderes Paar interessiert. Und es ist in einem Radius von fünfzehn Kilometern das einzige Haus, das kurzfristig vermietet wird, und –»

Isabels Handy klingelt. Ihre Mutter ist dran. Sie glaubt, Jacob zahnt. Also schlingen wir das wunderbare Picknick hinunter, das ich für viel Geld bei einem Können-die-wirklich-allen-Ernstes-acht-Pfund-für-ein-Lachsbrötchen-verlangen-Delikatessengeschäft erstanden habe, und eilen zurück.

Samstag, 27. April

Die Euphorie über meine sensible, liebevolle, atypische Herangehensweise an Isabels Geburtstagsgeschenk hält immer noch ungetrübt bis zum Wochenende an. Weder die Nachricht, dass Alex ihr ein Diamantarmband geschenkt hat (sollte er unter den gegebenen Umständen nicht eher Geoff eines schenken?), noch die Enthüllung, dass inzwischen 110 000 Menschen einen YouTube-Clip von mir als Captain Unpraktisch in Megazeitlupe angeclickt haben, kann meiner guten Laune etwas anhaben.

Wir besichtigen das neue Haus, und es ist hübsch. Ja, am Ende des sehr kleinen Gartens steht ein Mobilfunkmast, was niemand für nötig gehalten hatte zu erwähnen. Ja, das ruhige Landsträßchen ist in Wirklichkeit eine Rennbahn. Und ja, es liegt nicht eine halbe Stunde von unserem alten Zuhause entfernt, sondern eher fünfundvierzig Minuten. Aber es ist ja nur für vorübergehend. Und es ist ein Haus. Und das Badezimmer befindet sich bereits im Erdgeschoss, sodass ich nur begrenzten Schaden anrichten kann, sollte ich vergessen, die (Nicht-Dildo-)Wasserhähne zuzudrehen.

Sonntag, 28. April

Nicht einmal die Nackenschmerzen, die vom Schleppen unseres ganzen Krams ins Mietshaus stammen, können mein Glück trüben. Das ist seit einem Monat das erste Frühstück als Familie ohne Schwiegereltern. Wen kümmert's da, ob die Spülmaschine funktioniert? Wen kümmert's, dass aus der Matratze im Gästezimmer die Sprungfedern rausschauen? Allemal besser als der Fußboden. Und wen kümmert's, dass die Kneipe am Ort ziemlich unfreundlich wirkte, als wir zur Feier unseres neuen Hauses dort etwas trinken waren? Sie werden sich schon an uns gewöhnen.

Montag, 29. April

Was soll's, dass ich nun fast eineinhalb Stunden zur Arbeit brauche? Meine Familie ist glücklich. Isabel hat schon die erste Freundin gefunden. Eine andere Mutter mit einem Kind in Jacobs Alter. Sie werden am Mittwoch zusammen Kaffee trinken. Und vielleicht wird sie sogar zur Babygruppe dieser anderen Frau eingeladen. Solange Isabel glücklich ist, bin ich glücklich.

Was soll's, dass Brenda mich beim Kickboxen leise einen Loser nennt, als Ingrid gerade wegschaut?

«Was haben Sie gesagt?»

«Nichts, Dicker. Lass uns boxen. Oder hast du Angst?»

Und sie verpasst mir einen schnellen Doppelschlag ins

Zwerchfell, noch ehe ich meinen Mundschutz eingesetzt habe.

Ingrid bellt uns an, wir sollen das Tempo steigern. «Immer schön locker, Brenda. Vergiss nicht, das hier ist nicht *Rocky IV*. Und William ist nicht Ivan Drago. Hahahaha.» Vielleicht lag es daran, dass ich so gut drauf war. Vielleicht hatte ich auch einfach nur genug von diesem ganzen Theater hier. Was auch immer, irgendetwas in mir gab nach. Und ausnahmsweise war es mal nicht meine Nase.

Vielleicht habe ich ein bisschen zu weit ausgeholt, vielleicht ein bisschen zu fest gehauen und ein bisschen zu früh, nachdem Ingrid ihre Trillerpfeife hatte ertönen lassen. Ich erwischte Brenda mitten auf der Nase, und sie ging zu Boden. Da war kein Schiedsrichter, der bis zehn zählte. Nur Ingrid, die alle anwies, Platz zu machen und einen Arzt zu rufen.

Ich glaube, ich werde eine Weile nicht mehr zum Kickboxen gehen.

Und Isabel gegenüber werde ich den Vorfall wohl auch besser nicht erwähnen.

Dienstag, 30. April

Und trotzdem, es hat keinen Sinn, sich über umfallende Zwerge den Kopf zu zerbrechen. Die Handwerker haben bereits ihre Arbeit aufgenommen. Wir werden uns am Wochenende ein neues Auto anschauen. Anastasia macht ein verlängertes Wochenende und ist nicht im Büro. Außerdem ist heute unser zweiter Hochzeitstag. Ich habe es nicht nur geschafft, eine Ehe zwei Jahre lang aufrechtzuerhalten, sondern mich sogar auch daran erinnert, dass dies heute der Fall war.

Frühstück im Bett für meine Ehefrau. Mit frisch gepflückten Frühlingsblumen und Croissant und Co. Natürlich kein frisches Croissant – alles in diesem Dorf ist sechs Monate über das Haltbarkeitsdatum raus, denn obwohl wir nur etwas über eine Stunde von London entfernt sind, tut man hier so, als wäre es so abgelegen wie Svalbard. Isabel gefällt das. Ich halte es für beabsichtigt rückständig, aber es wird mich nicht ärgern. Nicht heute, wo ausnahmsweise mal alles gut läuft.

Was jedoch leider nicht stimmt. Als wir der Kneipe nochmal einen Besuch abstatten, entdecke ich die eine Person, der ich an meinem Hochzeitstag in meiner neuen Dorfkneipe nicht begegnen möchte. Abgesehen von Alex. Oder Saskia. Oder Anastasia. Oder irgendjemandem von der Versicherungsgesellschaft.

Dort in der Ecke, mit einer Weißweinschorle und einem leuchtenden blauen Auge, das rote, widerspenstige Haar struppig zurückgebunden, mit nasaler Stimme, die den allgemeinen Lärmpegel übertönt, mit Füßen, die kaum auf den Boden reichen, obwohl die Stühle in diesem Pub erstaunlich niedrig sind, sitzt Brenda.

Unsere Blicke begegnen sich. Sie wirkt überrascht, dann wütend, dann sieht sie weg. Ich überlege mir, ob ich etwas zu ihr sagen soll. Etwas wie «Mensch, wenn das kein unangenehmer Zufall ist» oder «Tut mir leid, dass ich Sie gehauen habe, aber wir waren nun mal beim Kickboxen» oder «Darf ich Ihnen noch einen lächerlichen Drink spendieren?», aber ich lasse es. Stattdessen versuche ich, sie zu ignorieren.

«Was ist los?», will Isabel wissen, als Brenda an die Bar geht, um sich noch einen Drink zu holen und mit dem mürrischen Besitzer zu sprechen.

«Nichts», erwidere ich, als der mürrische Besitzer mich anschaut und dann zu uns herüberkommt.

«Bist du sicher?», fragt Isabel, bevor der Besitzer wissen will: «Sie sind also der Mann, der meine Frau geschlagen hat?»

Und ich sage: «Also, jetzt mal ganz langsam –»

Und er sagt: «Als sie nicht mal hergeschaut hat?»

Und ich sage: «So ist es wirklich, ehrlich nicht gewesen –»

Und er sagt: «Würden Sie bitte gehen? Sie da kann bleiben. Das Baby auch. Aber Sie haben Hausverbot.»

Unter all den Dörfern, die gerade noch so im Pendlereinzugsgebiet liegen, musste ich mir das aussuchen, in dem Brendas Mann die Kneipe führt.

MAI

‹Wenn die Natur es so eingerichtet hätte, dass Männer und Frauen abwechselnd Kinder kriegen, dann gäbe es nie mehr als dreiköpfige Familien.›

Laurence Housman

Mittwoch, 1. Mai

GRÜNDE, GLÜCKLICH ZU SEIN

1. Ich habe mir selbst bewiesen, dass ich ein liebender Vater und Ehemann bin, indem ich meine Familie aus ihrer misslichen, obdachlosen Lage befreit und sowohl an einen Geburtstag als auch einen Hochzeitstag in schneller Abfolge gedacht habe.
2. Wenn Jacob nicht weint oder schläft, lächelt er. Und das ist pro Tag mindestens eine ganze Minute.

GRÜNDE, UNGLÜCKLICH ZU SEIN

1. Die missliche, obdachlose Lage habe hauptsächlich ich verschuldet.
2. Ich habe mich ausgerechnet in dem Dorf niedergelassen, wo ein Zwerg wohnt, der mich hasst.

3. Fast eine halbe Million Menschen haben inzwischen das Captain-Unpraktisch-YouTube-Video gesehen. Ich verstehe echt nicht, was daran so lustig ist. Was ist bloß aus unserer Gesellschaft geworden, wenn kindische Videoclips im Internet den Hauptteil der Unterhaltung darstellen?

Isabel startet gut in den neuen Monat. Nachdem sie schließlich akzeptiert hat, dass ich nicht einfach grundlos einen Zwerg geschlagen habe, ist sie zu ihrer Kaffeeverabredung mit Annabel abgezogen, die, wie sich herausstellt, ebenfalls ein Hippie ist, weil sie nämlich ebenfalls ihr Baby neben sich im Bett schlafen lässt (und mit einem Mann verheiratet ist, der wie ich auf dem Boden schlafen darf). Nicht nur das, sie benutzt sogar ein Tragetuch. Und hat noch nie einen verdammten Bugaboo besessen. Normalerweise werden solche Mütter in Brighton unter Verschluss gehalten, aber irgendwie muss Annabel entwischt sein.

Donnerstag, 2. Mai

Nachdem ich Versager es völlig versiebt habe, vor dem Umzug abzuklären, ob Brenda, der Kickbox-Zwerg, in meinem neuen Dorf wohnt, begegne ich ihr nun überall. Heute Morgen musste ich einen Zug sausen lassen, weil sie am Bahnsteig stand. Dadurch war ich noch später dran als sonst, was mir einen weiteren Rüffel von Anastasia einbrachte.

Das andere Gör im Büro, das eine eigene Kolumne hat, nur weil es weiß, wie Twitter, Skype und Facebook funktionieren, kann seine Freude kaum verbergen, mitzuerleben, wie ich so öffentlich zurechtgewiesen werde. Es ist demütigend. Ich sollte eigentlich überhaupt keine Rechenschaft ablegen müssen. Ich bin Journalist. Journalisten müssen sich nicht an feste Arbeitszeiten halten. Sie arbeiten mal pausenlos, dann wieder gar nicht, dann ein bisschen. Sie jagen Storys hinterher, verfolgen heiße Spuren, treffen Informanten in Tiefgaragen in Washington, D.C.

«Du bist beim *Life & Times* Magazin», gibt Johnson zu bedenken, als wir zur Mittagspause in einen zwergenfreien Pub flüchten. «Unsere letzte Cover Story war Dinner mit George Clooney, nicht Watergate II.»

«Das liegt nur an Anastasia. Wir selbst sind immer noch echte Journalisten.»

«Nein, sind wir nicht. Und jetzt beruhig dich und hol mir noch ein Bier.»

Samstag, 4. Mai

Ich dachte wirklich, ich wäre dazu in der Lage. Isabels Freundinnen hatten allesamt darauf bestanden, dass sie nicht dreißig werden konnte, ohne das mit einem Mädelsabend zu feiern (warum nicht?), und dass ich mich doch durchaus einen Abend lang um Jacob kümmern konnte. Das war vor drei Wochen. Heute ist der Sie-verlässt-uns-Abend. Wenigstens geht sie früh und nimmt das Auto.

Sie hat versprochen, direkt zum Restaurant zu fahren, zu essen und sofort wieder zurückzukommen. Zweieinhalb Stunden, maximal.

18 Uhr 25: Isabel fährt los.

18 Uhr 25 und zwölf Sekunden: Jacob fängt an zu schreien. Ich mache ihm eine frische Windel. Schreit immer noch. Ich hüpfe mit ihm auf dem Arm herum. Schreit immer noch. Ich gehe mit ihm eine Runde spazieren. Schreit immer noch. Ich setze mich mit ihm hin und versuche, vernünftig mit ihm zu reden. «Es ist alles in Ordnung, die Mami trifft sich nur kurz mit ihren Freundinnen», erkläre ich ihm so ruhig wie möglich. «Daddy ist bei dir, und wir zwei werden uns einen tollen Abend machen. Und ehe wir's uns versehen, ist die Mami wieder da.» Hat aufgehört zu schreien, wirkt aber schwer traumatisiert. Es ist ja nicht so, als wäre er noch nie mit mir alleine gewesen. Er spürt vielmehr, dass Isabel nicht im Zimmer nebenan ist.

18 Uhr 52: Es kommt mir vor, als wäre sie schon Ewigkeiten weg. Dabei sind es gerade mal siebenundzwanzig Minuten. Noch nicht mal eine halbe Stunde. Er hat keinen Hunger. Isabel hat ihn bis zum Anschlag gestillt, bevor sie ging. Aber jedes Mal, wenn ich ihn ablege, fängt er wieder an zu schreien. Er erinnert mich an den alten tragbaren Fernseher, den wir damals in London hatten. Die einzige Möglichkeit, Empfang zu haben, war, auf einem Bein zu stehen, den rechten Arm ausgestreckt, ein Auge zugedrückt. Irgendwie merkte der Fernseher, ob man mit

beiden Augen schaute, und fing sofort an zu rauschen. Mit Jacob ist es genauso. Wenn ich ihn mit exakt siebenunddreißig Schauklern pro Minute wiege, ist er glücklich. Aber nur, solange wir uns in einem komplett abgedunkelten Zimmer befinden, Lied Nummer vier vom zweiten Album der Gorillaz auf Endlosschleife läuft und vor der erneuten Wiedergabe nicht mehr als zwei Sekunden Pause liegen. Und auch nur, wenn das Schaukeln und die Musik im selben Takt laufen und ich den tiefsten Ton summe, den ich zustande bringe, meine Wange an seine gedrückt, nicht zu fest, aber auch nicht zu sanft.

19 Uhr 21: Er ist eingeschlafen. Meine Arme und mein Rücken ebenfalls, aber ich muss wenigstens nicht mehr schaukeln. Ich muss ihn nur vorsichtig auf dem Sofa ablegen, und der Abend ist –

19 Uhr 22: Aufgewacht. Bereitet sich wieder aufs Brüllen vor. Zurück ins dunkle Zimmer. Gorillaz, schaukeln, summen.

19 Uhr 31: Wieder eingeschlafen. Werde das mit dem Sofa nicht wagen. Das war ohnehin nicht nett von mir. Ich werde mich einfach an den Kamin lehnen und von dort aus fernsehen. Abendessen kann ich auch noch später oder morgen. Nur noch eineinhalb Stunden oder so.

20 Uhr 12: Ich glaube, die Musik von *The Bill* hat ihn irgendwie erschreckt. Vielleicht hat er auch Hunger. Die Flasche scheint ihn jedoch nicht zu interessieren. «Das ist

dasselbe Zeug, das bei der Mami aus der Brust kommt, ich schwör's», versichere ich ihm. Aber das macht ihn bloß wütend.

20 Uhr 15: Richtiges Gebrüll. Nicht mal das Schaukeln hilft mehr. Davon haben wir beide genug. Vielleicht sollte ich etwas anderes ausprobieren, aber es ist sehr, sehr schwierig, bei dem Geschrei klar zu denken.

20 Uhr 18: Ich rufe Isabel an. «Hallo, Schatz», sage ich so locker wie möglich. «Oje, ist alles in Ordnung?», fragt sie zurück, weil mein «Hallo, Schatz» alles andere als locker war und sie das Gebrüll im Hintergrund hören kann. «Ja, alles prima. Er will nur einfach nicht aufhören zu schreien.»

«Hast du's mit dem Fläschchen versucht?»

«Kein Interesse.»

«Was ist mit Schlafen? Hast du versucht, ihn in den Schlaf zu schaukeln?»

«Bitte hör auf, so blöde Fragen zu stellen.»

«Ich will doch nur helfen.»

«Nun, abends fortzugehen ist offensichtlich nicht sehr hilfreich, was?»

«Vielen Dank, Liebling. Seit vier Monaten mein erster Abend außer Haus, und du musst mir –»

«Tut mir leid, Schatz. Ich bin nur so angespannt.»

«Ist schon in Ordnung. Du machst das super. Muss er gewickelt werden?»

«Nein, natürlich muss er nicht ... natürlich muss er das. Ja. Okay, gut. Tut mir leid, dass ich gestört habe. Bitte komm nicht zu spät. Hab dich lieb. Tschüs.»

Als Isabel zurückkommt, schlafen Jacob und ich beide tief und fest. Keiner von uns hat etwas gegessen. Keiner von uns trägt seinen Schlafanzug. Im Haus herrscht das reinste Chaos: Überall liegen Spielsachen herum – die er sowieso nicht mag. Ich darf mich nie, nie wieder mit Isabel darüber streiten, wer härter arbeitet. Zwei Stunden mit Jacob entsprechen zwei Monaten im Büro.

Sie nimmt uns beide in den Arm. Jacob lächelt sie selig an, als sie verkündet: «Meine Brüste platzen gleich.» Und die beiden ziehen ab Richtung Bett. Ich gönne mir einen Whisky, dann noch einen, dann einen Toast mit Marmite, dann noch einen Whisky. Vier Stunden später wache ich im kalten Licht des Fernsehers auf, der schon lange nichts Sehenswertes mehr sendet.

Sonntag, 5. Mai

Die Frau, die den Dorfladen betreibt – die, die so tut, als wären wir ein so abgelegenes Dorf wie Svalbard, obwohl wir nur eine Stunde von London entfernt sind –, weigerte sich, meine Zwei-Pfund-Münze als Bezahlung für meine Zeitung zu akzeptieren, und zwar mit der Begründung, sie sei gefälscht. Sie sagte, sie hätte hier in der Gegend noch nicht viele Zwei-Pfund-Münzen gesehen, und diese hier hätte keine Datumsprägung. Ich wies sie darauf hin, dass selbige Prägung sich am Rand befände, doch sie gab nicht nach. Ich erklärte ihr, es sei illegal, völlig legales Geld zu verweigern, woraufhin sie mir nahelegte, einen weniger streitlustigen Ton anzuschlagen, weil sie mir sonst Hausverbot erteilen würde, genau wie die Kneipe. «Wir dulden hier niemanden von der gewalttätigen Sorte», fügte sie von oben herab hinzu. Ich war den gesamten Heimweg über sprach- und zeitungslos.

Der Versuch, ein Auto zu kaufen, war ebenso wenig erfolgreich, vor allem da Isabel eine Antipathie gegen den Verkäufer beim Skoda-Händler entwickelte. Ich konnte es ihr nicht verübeln. Man sollte doch annehmen, dass Leute, die einen Skoda kaufen wollen, eher Familientypen sind, oder? Und dass sie mit Baby im Schlepptau aufkreuzen? Und dass das Baby vielleicht genau während der Probefahrt gestillt werden muss? Und dass man dazu mal zehn Minütchen oder so eine Haltebucht anfahren muss? Das ist doch wohl kaum zu viel verlangt. Aber nein, Mr Skoda musste darauf bestehen, dass die Probefahrt fortgesetzt wurde. Also fing Jacob an zu brüllen. Und Isabel blieb mit der Stoßstange hängen, als sie etwas zu dicht um einen Kreisverkehr fuhr. Woraufhin Mr Skoda sie anschrie.

«Wir werden uns lieber woanders umschauen», verkündete ich wütend.

«Sehr gut», erwiderte er. «Wir mögen hier nämlich keine von der gewalttätigen Sorte.»

Ehe ich ihn fragen konnte, was genau er damit meinte, hatte Isabel mich bereits zur Seite gezogen und mich daran erinnert, dass wir dringend ein Auto brauchen, weil das alte nach Fisch stinkt. Also versuchte ich eine andere Verhandlungstaktik.

«Na gut, wir nehmen es, vorausgesetzt, dass Sie die Stoßstange reparieren.»

«Kommt nicht in Frage», erwiderte er.

«Nun kommen Sie, seien Sie doch vernünftig.» Manchmal muss man zu diesen Autohaien besonders freundlich sein.

«Warum? Boxen Sie mich sonst ins Gesicht?» Das hat er gesagt. Und obwohl der Skoda-Händler zwölf Kilometer von unserem Dorf entfernt ist, wurde mir in dieser Sekunde klar, dass Brendas Wirkungskreis bei weitem das übersteigt, was man von einem Zwerg erwarten würde.

Wir kauften den Skoda ohne Stoßstange. Auf dem Heimweg sagte Isabel zu mir, ich solle mir die Brenda-Sache nicht so zu Herzen nehmen. Ich müsse über solchen Dingen stehen.

Ich versprach, mir Mühe zu geben.

Blöder Zwerg.

Montag, 6. Mai

Kein Kickboxen heute, weil erstens Feiertag ist und man mich zweitens sowieso gebeten hat, nicht mehr zu erscheinen. Ist mir nur recht. Ich werde meine Energien an anderer Stelle einbringen. Wir hatten in den letzten knapp fünf Monaten nur einmal Sex, und dieses Ereignis ist inzwischen als die *Antiques-Roadshow*-Nacht bekannt. Das reicht nicht. Nach einem Nachmittagsspaziergang durch die Felder, der mit einem Bier im Pub hätte abgerundet werden können, wenn ich dort nicht Hausverbot hätte, koche ich das Abendessen, während Isabel Jacob badet.

Zwischendurch flüstere ich Isabel süße Nichtigkeiten ins Ohr. So was wie: «Können wir bitte heute Nacht miteinander schlafen?» Und sie flüstert zurück: «In Ordnung, solange du dich nicht wieder total seltsam verhältst.» Daraufhin fallen mir sofort wieder all die Gründe ein, aus denen ich mich seltsam verhalten habe. Das gurgelnde Geräusch von Jacobs ablaufendem Badewasser tut sein Übriges. Plötzlich befinde ich mich wieder im Kreißsaal. Er ist heiß, stickig und grell erleuchtet. Wir sind alle in blaue Kittel gehüllt, und hinter dem blauen Schirm sind nichts als Saug- und Schlürfgeräusche zu hören. Isabels Körper bewegt sich im Takt der Geräusche. Dann ertönt ein letztes Schlürfen, gefolgt vom wunderbaren, durchdringenden Schrei unseres bezaubernden Sohnes. Völlig blutverschmiert.

«William? William? Hörst du mich, William?»

«Tut mir leid, Schatz. Ich war gerade in Gedanken ganz woanders. Was hast du gesagt?»

«Ich sagte, ich bringe jetzt Jacob ins Bett, und dann treffen wir uns in zehn Minuten in der Küche.»

«Was?»

«Sex, William. Sex. Wenn du Sex willst, dann musst du in die Gänge kommen.»

Ich reiße mich zusammen und warte, nackt, in der Küche auf Isabel. Schließlich taucht sie auf und ist ebenfalls nackt. Sie küsst mich. Es ist genau wie früher, nur besser, weil wir jetzt so selten Zeit für uns haben. Wir küssen uns noch ein bisschen weiter, und es ist immer noch prima und ehrlich gesagt ziemlich aufregend, meine nackte Frau wieder in den Armen zu halten. Alles wird gut, bis ...

«Hast du was gehört?»

«Nein, alles in Ordnung. Mach dir keine Sorgen.»

«Ich habe aber wirklich was gehört.»

Jacob ist aufgewacht. «Warte hier», befiehlt Isabel und verschwindet nach oben. Mir bleibt nichts anderes übrig, als nackt und allein in der Küche herumzustehen. Eine Weile überlege ich, mir einen Tee zu kochen, verwerfe die Idee dann aber wieder, weil sie auf so lächerliche Weise typisch englisch ist: nacktes Teezubereiten, während man auf die entfernte Möglichkeit des Beischlafes wartet. So weit bin ich noch nicht.

Es kommt mir vor wie fünfundzwanzig Minuten – weil es nämlich tatsächlich so lange dauert –, bis Isabel in ein Nachthemd gehüllt zurückkommt. In Sachen Nacktheit haben wir jetzt einen Schritt zurück gemacht.

Ich küsse sie.

Sie küsst mich.

Die Dinge entwickeln sich.

Das Telefon klingelt.

«Lass es klingeln.»

«Aber es ist schon spät. Wer könnte das sein?»

«Lass es klingeln.»

Das Telefon hört auf zu klingeln.

Wir küssen uns wieder.

Ich reiße Isabel geschickt ihr Nachthemd vom Körper (sprich: wild genug, um den Eindruck zu erwecken, wir seien immer noch jung, sorglos und leidenschaftlich, aber nicht so wild, dass ich Isabel verärgern könnte, indem ich tatsächlich eines ihrer Kleidungsstücke beschädige).

Das Telefon klingelt wieder.

«Geh ran», sage ich, denn unsere Familien und Freunde wissen alle, dass man uns nur dann nach 20 Uhr 30 anruft, wenn jemand gestorben ist oder im Sterben liegt oder sterben will. Wieder stehe ich da, nackt und allein, und frage mich, weshalb Leute sich solche auf antik gemachten Küchenschränke kaufen, während Isabel mit ihrer Mutter plaudert.

Schließlich ist das Gespräch beendet.

«Lag sie im Sterben?»

«Nein. Aber sie fahren in den Urlaub. Da wollten sie sich verabschieden.»

«Magst du einen Tee?»

«Ja.»

Mission unerfüllt.

Dienstag, 7. Mai

Anastasia kehrt wieder mal von einem langen Wochenende zurück (sie hat bei archäologischen Ausgrabungen im Nordosten Kolumbiens mitgeholfen, weil man ja schließlich seine Hobbys nicht vernachlässigen darf, bloß weil man einen anspruchsvollen Job hat) und hatte zwischendurch noch genug Zeit, eine neue Liste von Anforderungen (abgesehen von Pünktlichkeit) für ihr Team aufzustellen. Sie hat beschlossen, dass wir jetzt twittern und bloggen und eine Facebook-Seite führen sollen, weil wir die jüngere Generation erreichen müssen. Wir müssen eng mit der IT-Abteilung zusammenarbeiten, weil im Internet die Zukunft liegt. Johnson glaubt, das sei ihre Art, altes Eisen wie uns auszusortieren. Ich mag mich nicht als ‹altes Eisen› bezeichnen lassen. Ich bin einunddreißig. Das ist nicht alt.

«Heutzutage ist es das, Kumpel.»

Mittwoch, 8. Mai

Das junge Mädel, das mal Praktikantin war und nun zum Liebling der Chefin aufgestiegen ist, veranstaltet in der Mittagspause ein Seminar namens ‹Wie man bei Twitter innerhalb einer Woche 1000 Follower bekommt›. Ich frage sie, wie viele echte Freunde sie hat. Sie sagt, Hunderte. Ich frage sie, wie viele von denen echte, echte Freunde sind. Sie sagt, Hunderte. Das kommt davon, wenn man ab vierzehn in einem Club arbeitet, erklärt sie mir herablassend. Da lernt man den Unterschied zwischen echten Freundschaften und falschen Netzwerk-Freundschaften kennen. Seit wann ist es das größte Ziel auf Erden, echte Freunde zu haben, frage ich und versuche dann, ganz cool an meinen Tisch zurückzuspazieren, aber in Wirklichkeit ärgere ich mich über mich selbst: Welchen Sinn hat es, diese Kinder aufzuziehen, die wir anheuern, um unsere Zeitschrift zu leiten? Warum kann ich nicht mein eigenes Ding machen?

Donnerstag, 9. Mai

Zum ersten Mal in meinem Leben denke ich rechtzeitig daran, dass es sich um eine Feiertagswoche handelt und deshalb die Müllabfuhr einen Tag später kommt. Ha! Niemand sonst im Dorf scheint so organisiert zu sein ...

Die Müllmänner kommen trotzdem. Die sind hier offensichtlich sehr gut organisiert. Vielen Dank, Rest vom Dorf, dass ihr mir das nicht gesagt habt.

Freitag, 10. Mai

Heute habe ich gebloggt. Nächste Woche twittere ich vielleicht. Wie Anastasia glauben kann, dass dadurch mehr Menschen unsere einstmals tolle Zeitschrift lesen werden, ist mir schleierhaft.

Samstag, 11. Mai

Grillparty bei Hippie-Annabel mit dem Rest der Babygruppe. Das hier, denke ich anfangs, ist der Traum aller Eltern. Späte Frühlingssonne. Großer Garten. Babys auf Picknickdecken. Bier. Unterhaltung. Doch dann fängt Teresa, eine der Mütter, an zu erklären, dass feste Tagesabläufe die einzige Möglichkeit sind, ein Kind richtig zu erziehen, und zwar vom ersten Tag an. Und Isabel kann sich nicht lange genug auf die Zunge beißen. «Ja, diese schrecklichen kleinen Babys», sagt sie. «Denen dürfen wir auf keinen Fall irgendwas durchgehen lassen, nicht wahr?»

Von diesem Moment an teilt sich die Gruppe in zwei Parteien: Hardcore-Erziehungsmütter auf der einen Seite, Hippies auf der anderen. Die Väter verbleiben im Niemandsland, da sie sich weder einmischen noch später Ärger mit ihren Frauen kriegen wollen, weil sie sich nicht eingemischt haben.

Dann fängt es an zu regnen. Und die Babys werden knatschig. Alle entschuldigen sich und verschwinden.

Sonntag, 12. Mai

Meine Eltern besuchen uns zum Mittagessen. Wir hatten vor, Jacob durch monotones Herumfahren zum Einschlafen zu bewegen, bevor sie ankommen. Um ganz gelassen zu wirken und so, als hätten wir die Dinge unter Kontrolle. Hat nicht funktioniert. Eine halbe Stunde nachdem sie geklingelt hatten, fuhr ich immer noch ziellos durchs Dorf, während Jacob zufrieden auf dem Rücksitz vor sich hinbrabbelte, als wolle er sagen: «Wie nett von Daddy, dass er mich durchs Dorf fährt, als wäre ich Lord Mountbatten und er mein Chauffeur. Da schlafe ich lieber mal nicht ein, sonst verpass ich noch was von der Tour.»

Als ich schließlich aufgab und ihn nach Hause brachte, brüllte er so lange, bis wir ihn wie eine Fernsehantenne behandelten: ich auf einem Bein (weil er weinte, wenn ich beide benutzte) mit ihm in einem Winkel auf dem Arm, den er einschläfernd, ich aber höchst schmerzhaft fand. Das Mittagessen lief in Etappen ab, weil jeder mal mit Schaukeln und Singen dran war. Und zwar ‹Die Eule und das Kätzchen› mit französischem Akzent, weil Jacob darauf seit neuestem am besten ansprach.

«Schwieriger kleiner Kerl, was?», meint Dad. «Schläft er denn schon durch?»

«Heutzutage wird das anders gehandhabt, Schatz», erklärt ihm meine Mutter.

Und ich bin mehr denn je überzeugt davon, dass Isabel mit unserem anspruchsvollen, schlaflosen Superkind alles richtig macht.

Montag, 13. Mai

Da ist sie wieder, in meinem Zug. Und in meinem Waggon. Brenda. Die nervigen Haare zu einem engen Dutt zurückgezwirbelt, vermutlich für den Kickbox-Unterricht, aus dem sie mich hat rauswerfen lassen. Es kommt mir vor, als wisse sie Bescheid. Sie weiß, dass das mein Zug ist. Sie weiß, dass ich ihn verpassen und den nächsten nehmen muss, was mir prompt Ärger mit meiner neunjährigen Chefin einbringt, die anscheinend Leute nur noch anhand ihrer Pünktlichkeit, beziehungsweise deren Mangel, beurteilt.

Der Kickbox-Unterricht, meine Kneipe am Ort, mein 7-Uhr-56-Zug nach London. Wo werde ich, dank Brenda, als Nächstes nicht mehr hingehen können?

Dienstag, 14. Mai

Die Antwort lautet: der Dorfladen. Da steckt garantiert auch Brenda dahinter. Ich bin hingegangen, um mich über Müllbeutel zu beschweren, die ich gekauft hatte.

«Diese Müllbeutel hier ... die reißen, wenn man versucht, sie aufzumachen.»

«Ach, Sie sind's wieder.»

«Dafür wollen Sie drei Pfund, was ungefähr dreimal so viel ist wie im Supermarkt.»

«Nun, wir kaufen eben in geringeren Mengen ein als diese großen –»

«Hören Sie, ich will keine Bitte-unterstützen-Sie-den-Einzelhandel-am-Ort-Mitleidsgeschichte hören. Ich habe den Einzelhandel am Ort unterstützt, als ich diese –»

«Indem Sie eine Packung Mülltüten gekauft haben? Vermutlich weil Sie vergessen hatten, sie im Supermarkt zu besorgen?»

«Ich *habe* den örtlichen Einzelhandel unterstützt, das Dreifache des normalen Ladenpreises für diese Müllbeutel bezahlt, und jetzt funktionieren sie nicht.»

«Aha.»

«Deshalb möchte ich gerne mein Geld zurück.»

«Das möchten Sie also?»

«Ja.»

«Aber Sie haben die Hälfte davon benutzt.»

«Ich habe drei Stück benutzt. Die anderen vier sind gerissen. Wenn man's also recht bedenkt, zahle ich für Mülltüten, um sie mit kaputten Mülltüten zu füllen. Bekomme ich nun bitte mein Geld zurück?»

«Nein. Und ich möchte, dass Sie jetzt gehen. Sonst rufe ich Bob und Brenda.»

«Von der Kneipe?»

«Von der Kneipe.»

Kickboxen. Kneipe. Zug. Dorfladen.

Freitag, 17. Mai

Anastasia ruft mich zu einem Gespräch in ihr Büro. Der Redaktionsleiter ist ebenfalls anwesend. Sie möchte zu Protokoll geben, dass es sich hierbei um meine erste offizielle Verwarnung handelt. Ja, fürs Zuspätkommen. Ja, meine Karriere hat einen neuen Tiefpunkt erreicht, an dem ich fürs Zuspätkommen gerügt werde. Ich bitte darum, ebenfalls ins Protokoll aufzunehmen, dass ich Besseres zu tun habe, als mir Sorgen darüber zu machen, nicht später als drei Minuten nach neun im Büro zu erscheinen. Außerdem seien die Dinge zu Hause momentan ein wenig chaotisch.

Der Redaktionsleiter und Anastasia werfen sich wissende Blicke zu.

«Müssen wir Sie daran erinnern, dass Sie beim letzten Mal, als Sie offiziell verwarnt wurden, Ihr unstetes und zeitweise gewalttätiges Verhalten ebenfalls häuslichen Schwierigkeiten zugeschrieben haben? Der Chefredakteur damals war solchem Unsinn gegenüber wesentlich toleranter, als ich es sein werde.»

«Das ist alles noch wegen des Tees, stimmt's?»

«Seien Sie doch nicht so kindisch.»

«Seien Sie doch nicht so erwachsen.»

«Dürfte ich fragen, wie Sie auf meine Anweisungen vom vergangenen Dienstag reagiert haben?»

An dieser Stelle könnte ich ehrlich sein. Eine solche Frage schreit ja förmlich nach einer ehrlichen Antwort. Aber ich spüre, dass Anastasia genau darauf wartet, also beiße ich mir auf die Zunge.

«Letzte Woche habe ich gebloggt. Und gestern habe ich gezwitschert.»

«Getwittert.»

«Wie bitte?»

«Man twittert. Man zwitschert nicht, man twittert.»

«Du meine Güte.»

«Sie müssen schon die richtige Ausdrucksweise verwenden, wenn Sie ein überzeugendes Mitglied im Team sein wollen, das diese Zeitschrift in die Zukunft führt.»

Wenn Brenda nicht wäre, säße ich jetzt nicht hier. Kickboxen. Kneipe. Zug. Dorfladen. Möglicherweise Job.

Mit Johnson und Andy in einem Pub, zu dem ich Zutritt habe. Es ist wie in alten Zeiten, abgesehen davon, dass ich um 21 Uhr zu Hause sein muss und die Frau, von der Andy pausenlos schwärmt, immer noch Saskia, die *Beziehungszerstörerin,* ist.

«Ich weiß, du willst das nicht hören, aber Schweden war ein Traum. Wir konnten wirklich wir selbst sein.» Er hat dieses Glänzen in den Augen. Johnson und ich kennen diesen Gesichtsausdruck gut. Den Andy-Blick. Er ist gefährlich, verschwindet aber normalerweise nach den ersten paar Tagen, ungefähr zu dem Zeitpunkt, wenn die Auswanderungspläne nach Sydney, Somalia oder – wie jüngst – in die Schweiz auf Hindernisse wie Visa, Geld oder eine unüberwindbare Sprachbarriere stoßen. Dann hängt unser Andy ein paar Tage wie ein Trauerkloß herum, versucht dann und wann, von irgendetwas herunterzuspringen, trifft schließlich in einer anderen Stadt eine andere Frau, und allen geht's wieder gut. Aber mit Saskia ist er jetzt seit ein paar Wochen zusammen. Und er hat immer noch den Andy-Blick.

«An dem einen Strand haben wir eine ganze Woche lang keine Klamotten getragen. Erst wenn man nackt ist, wird einem klar, wie sehr wir uns als Menschen einengen. Ich meine, es war nicht mal warm, aber da hatten wir uns bald dran gewöhnt. Nur wir. Der Strand. Der Wald. Unsere Haut. Die frische skandinavische Luft.»

Ich werfe Johnson einen hilfesuchenden Blick zu.

«Ich weiß, du hast Probleme mit ihr gehabt, William.» Johnson zuckt mit den Schultern. «Aber sie ist ziemlich klasse. Ich meine, eine ganze Woche ohne Klamotten. Ali lässt mich ja nicht mal mehr ins Bad, wenn sie nackt ist.»

«Können wir jetzt bitte aufhören, übers Nacktsein zu sprechen, und uns stattdessen über meinen Job unterhalten?»

«Du musst halt pünktlich zur Arbeit erscheinen.» Das war alles, was Andy an hilfreichen Kommentaren auf Lager hatte.

Sonntag, 19. Mai

Aus reiner Gutherzigkeit und weil ich sowieso schon wach war, gehe ich mit Jacob eine Runde durch die Grünfläche des Dorfes drehen, damit Isabel noch ein bisschen liegen bleiben kann. Der Mann von Teresa, der Nicht-Hippie-Mama, spaziert dort bereits herum.

«Morgen», grüße ich ihn.

«Morgen», antwortet er.

Wie sich herausstellt, nimmt Pete jeden Sonntagmorgen zwischen acht und zehn, je nach Wetter, die gemeinsame Tochter mit nach draußen. Das gehört bei denen zur festen Abmachung. Während er das erklärt, kommt es mir kurz so vor, als wollte er mir eigentlich etwas anderes sagen. Als würde er versuchen, mir indirekt zu signalisieren: «Hilfe, wir werden von meiner verrückten Frau als Geiseln gehalten. Rufen Sie die Polizei. Sagen Sie denen, dass wir nicht zu Abend essen dürfen, wann wir wollen.» Dann, als hätte er Angst, schon zu viel verraten zu haben, verändert sich sein Gesichtausdruck. Er muss schnell heim, weil er sonst zu spät zur zweiten Fütterung kommt. Wir verabschieden uns, er eilt davon, und ich überlege, ob ich es schaffe, mir im Dorfladen die Sonntagszeitung zu kaufen.

Ich schaffe es nicht.

Montag, 20. Mai

Isabel möchte in den Urlaub fahren. Mit Baby. Schon wieder. Sie scheint die grauenhafte Devon-Fahrt bereits vergessen zu haben, genau wie die Tatsache, dass sie es eigentlich für die beste Art der Erziehung hält, die Kinder zu Hause gedeihen zu lassen, statt sie an Orte zu schleppen, von denen nur die Eltern etwas haben.

«Hast du die grauenhafte Devon-Fahrt schon wieder vergessen?»

«Ach, komm, so schlimm war's doch nicht.»

«Ich musste beinahe ins Gefängnis. Es gab einen Hurrikan. Wir sind zwei Tage später gefahren. Wir sind einen Tag früher zurückgekommen. Dann war da noch die Schleiereule. Das waren die fünf schlimmsten Tage meines Lebens.»

«Nun, dann lass uns doch irgendwo ans Mittelmeer fahren. Da ist das Wetter besser, und in Italien sind sie auch viel kinderfreundlicher. Dort wird man uns nicht wie Aussätzige behandeln. Vielleicht können wir mit Jacob sogar in ein Restaurant gehen.»

Die Vorstellung, schön essen zu gehen, war in der Tat verlockend. Wir hatten das dieses Jahr erst einmal getan und dabei die ganze Zeit hysterisch aufs Handy gestarrt. Gegen ein richtiges italienisches Lokal mit Wein und Brotkörben und vielleicht etwas Öl zum Tunken hätte ich durchaus nichts einzuwenden. Und Isabel hatte recht: Die Italiener lieben Kinder. Ging es in *Der Pate*, wenn sie sich nicht gerade gegenseitig umbrachten, nicht dauernd um die Familie? Man würde uns mit offenen Armen empfangen. «Ahhhh, *bambino*!», würden sie rufen und uns sogleich an den besten Tisch des Hauses führen. Das Problem war, wir mussten erst mal nach Italien kommen.

«Ich fahre nicht die lange Strecke bis nach Italien.»

«Nein, wir fliegen.»

Da verschluckte ich vor Erstaunen fast meine Zunge. «Was, wir in einem Flugzeug, mit zweihundert anderen Leuten, die sich alle insgeheim aufregen?»

«Hör zu, das sind doch nur zwei Stunden. Jacob wird brav sein. Ich brauche Urlaub. Du brauchst Urlaub. Es wird uns unheimlich guttun.»

Mittwoch, 22. Mai

Sie hat gebucht. Kaum eine Sekunde nachdem ich Anastasia davon überzeugen konnte, dass ich Anrecht auf zwei freie Wochen am Stück habe. Eine kleine Villa in den Hügeln über Lucca. Uns bleiben nun kaum zwei Wochen, um Jacob beizubringen, nicht mehr zu brüllen. Ich bestehe auf British-Airways-Flüge, denn wenn ich etwas intuitiv weiß, dann, dass Ryanair nichts für eine junge Familie ist.

Sowohl Annabel als auch Teresa halten es für eine geniale Idee. Das muss das erste Mal sein, dass die beiden sich über etwas einig sind.

Beide Ehemänner halten es für eine furchtbare Idee, denn alle frischgebackenen Väter entwickeln rasch einen ausgeprägten Überlebensinstinkt. So ausgeprägt wie der Spuckreflex eines Babys. Und zwar durchgängig.

WAS FRISCHGEBACKENE VÄTER INNERHALB WENIGER WOCHEN NACH DER GEBURT LERNEN

1. Kenne deine Grenzen. Ja, du kannst Windeln wechseln. Nein, du kannst keine Strampelanzüge anziehen.
2. Länger arbeiten ist manchmal besser als rechtzeitig zur Badezeit heimkommen.
3. Sex ist weniger wichtig als Schlaf.
4. Fliege niemals irgendwohin, solange deine Kinder jünger als fünf sind, selbst wenn deine erschöpfte Frau betont, dass sie ganz, ganz, ganz dringend Urlaub braucht.

«Das wird ganz prima», sagt Isabel. Genau dasselbe hat sie auch über die Hausgeburt gesagt.

Samstag, 25. Mai

Es ist alles in Ordnung. Mit Isabel und mir ist alles in Ordnung. In Sachen Sex. Wir haben erfolgreich kopuliert. Jacob ist auf dem Heimweg vom Mittagessen plus Urlaubs-Diashow bei Isabels Eltern eingeschlafen. Ganz ehrlich, wer könnte es ihm verübeln? Wir haben ihn bei halb geöffneten Fenstern im Auto gelassen, weil wir inzwischen lange genug Eltern sind, um zu wissen, dass es manchmal das einzig Vernünftige ist, sein Kind wie einen Hund zu behandeln.

Ich hatte nicht das Bedürfnis, die Titelmelodie von der *Antiques Roadshow* zu summen. Und ich musste auch nur zweimal nackt zum Auto hinausrennen, weil Isabel zuerst den Schrei einer Möwe und dann eine leichte Brise für das Gebrüll eines fünf Monate alten Säuglings hielt.

Niemand hat mich gesehen.

Mission erfüllt.

Montag, 27. Mai

Habe mich tatsächlich heute Morgen auf dem Weg zur Arbeit dabei ertappt, wie ich vor mich hingepfiffen habe. Sozusagen auf traditionelle Art gezwitschert.

Mittwoch, 29. Mai

Das Zwitschern ist mir voll und ganz vergangen – und zwar aus drei Gründen.

1. Jacob hat schon wieder eine Erkältung. Er kann nur in der Senkrechten schlafen. Das erfordert viel nächtliches Herumstehen.
2. Wurde von einer Konkurrenzzeitschrift angesprochen, ob man ein Interview mit mir machen dürfte: Wie es sich anfühlt, das Thema eines Über-eine-Million-Zuschauer-YouTube-Hits zu sein. Ich

habe abgelehnt. Journalisten sollten niemals selbst zur Story werden.

3. Geoff, der mit Alex zum Abendessen vorbeigekommen ist und unser gemietetes Haus beleidigt hat, obwohl es seine Schuld ist, dass wir hier wohnen, findet, ich sollte dankbar dafür sein, zu einer YouTube-Sensation geworden zu sein. Er würde für solche Publicity alles geben. Muss mich schwer beherrschen, mir nicht das Steakmesser zu schnappen und hundertmal auf ihn einzustechen. Wieso gibt es überhaupt Steak? Und wieso ist Jacob früher als sonst eingeschlafen, während die beiden hier sind? Heimtückisches Kind.

Donnerstag, 30. Mai

Dafür hat er aber angefangen, sich umzudrehen. Ich habe ihn heute Morgen auf dem Bauch liegend kurz allein gelassen, um mir in der Küche schnell einen Kaffee zu kochen. Als ich zurückkam, lag er auf dem Rücken und hat gegrinst, als könne er kein Wässerchen trüben. Ist vor zwei Tagen schon mal passiert, aber da war ich mir nicht 100 %ig sicher, wegen seiner Erkältung und meines Schlafmangels. Dieses Mal gab es keinen Zweifel. Mein Kind, vier Monate und neunundzwanzig Tage alt, beherrscht die Kunst des Umdrehens.

Im Vergleich zur Tierwelt ist das lächerlich, ich weiß. Affen brauchen dazu bestimmt nicht so lang. Sogar Schafe sind schneller. Aber verglichen mit Teresas Kind, das bisher noch keinerlei diesbezügliche Anzeichen gezeigt hat, ist Jacob meilenweit voraus.

«Kinder lernen jedes in seinem eigenen Tempo», erklärt Isabel, um mir meine gute Laune zu verderben. «Das hier ist kein Wettbewerb.»

Ist es doch.

Freitag, 31. Mai

Er hat's wieder gemacht. Immer bei mir, gleich frühmorgens. Aber immer, wenn ich nicht im Zimmer bin. Jetzt muss ich ihn nur noch tatsächlich dabei beobachten, dann kann ich ans Guinness Buch der Rekorde schreiben, dass wir das intelligenteste Kind der Welt haben. Dieses Wochenende passiert es, ich weiß es genau, denke ich so bei mir, als ich mich schön rechtzeitig auf den Weg ins Büro mache und dabei ganz altmodisch vor mich hinzwitschere.

Und als ob der liebe Gott wüsste, dass eigentlich eine andere Art des Zwitscherns von mir erwartet wird, fängt er sofort damit an, mir den Tag zu versauen.

1. Als Erstes überreicht mir der Postler am Ende unserer Einfahrt einen Brief und macht dabei deutlich hörbar ein missbilligendes Geräusch.
2. Ich öffne den Brief, der keine Briefmarke trägt, und sehe, dass es sich um ein offizielles Schreiben des Kirchenvorstandes handelt.

«Sehr geehrter Mr Walker», fängt das Schreiben äußerst förmlich an. «Man hat uns zur Kenntnis gebracht, dass Sie nackt in Ihrem Vorgarten herumgesprungen sind – was an sich ja bereits beunruhigend genug ist –, noch dazu auf offensichtlich ‹angeregte› Weise. Solches Verhalten mag vielleicht an Ihrem dauerhaften Wohnsitz als normal gelten, wir jedoch möchten Sie bitten, sich zu beherrschen, solange Sie sich hier bei uns aufhalten. Bei weiteren Vorkommnissen dieser Art werden wir die Angelegenheit der örtlichen Polizei übergeben.»

3. Im Briefkopf stehen aufgelistet: Bob, der Kneipenwirt, als Vorsitzender, Brenda als Schatzmeisterin, die Dorfladenbesitzerin als Sekretärin und der verdammte Postler als, nun ja, als Postler.
4. Ich bin von diesem Brief so schockiert, dass ich ihn sofort Isabel zeigen muss.
5. Sie findet das Ganze zum Brüllen komisch. Sie lacht so lange, dass ich den frühen Zug verpasse.
6. Brenda fährt ebenfalls mit dem nichtfrühen Zug, und statt sie unvorbereitet zur Rede zu stellen, kneife ich und steige in einen anderen Waggon ein. Einen, in dem es nie freie Plätze gibt.
7. Während ich im alles andere als frühen Zug stehe, ruft mich der Bauleiter an. Ich erkläre ihm, dass ich nicht reden kann, weil ich im Zug bin. Er sagt, das sei kein Problem, er wolle mich nur vorwarnen, dass August (obwohl es bis dahin noch drei Monate sind) kaum machbar sein wird, was die Hausreparaturen betrifft.

8. Auf meinem Schreibtisch wartet ein weiterer Brief für mich, als ich schließlich im Büro ankomme. Es handelt sich um eine schriftliche Verwarnung. Anastasia, meine engstirnige, kleinkarierte Höllen-Chefin, will mich innerhalb eines Monats rauswerfen.

JUNI

‹Männer vergessen alles. Frauen denken an alles. Deshalb brauchen Männer beim Sport auch sofortige Wiederholungsspiele.›

Rita Rudner

Samstag, 1. Juni

GRÜNDE, FRÖHLICH ZU SEIN

1. Wir fliegen nächsten Samstag in den Urlaub.

GRÜNDE, KREUZUNGLÜCKLICH ZU SEIN

1. Isabel wird bis in alle Ewigkeit bei der Formulierung ‹öffentliche Zuneigungsbezeugung› anfangen zu kichern.
2. Job. Haus. Nachbarn.
3. Ich glaube, mir gehen die Haare aus.
4. Wir fliegen nächsten Samstag in den Urlaub.

Sonntag, 2. Juni

Weigere mich, das Haus zu verlassen, da sich die Dorfoberen in einer Kabale gegen mich verschworen haben. Beobachte, wie Brenda auf der örtlichen Grünfläche ihren kleinen Windhund spazieren führt und seelenruhig zusieht, wie er direkt bei den Kinderschaukeln einen riesigen Haufen macht. Dann schaut sie sich um, ob es auch niemand beobachtet hat, und spaziert davon, ohne ihn wegzuräumen. Und *ich* bekomme einen Brief fürs Nacktsein.

Montag, 3. Juni

Muss mich jetzt verstecken, wenn der Postler kommt. Bin am Überlegen, ihn bei der Royal Mail zu melden. Es ist doch sicher nicht erlaubt, postfremde Sendungen gleichzeitig mit den posteigenen auszutragen. Isabel beharrt darauf, ich solle die Dorfpolitik nicht so ernst nehmen. Außerdem seien wir ja nur noch drei Monate hier. Ich habe ihr noch nicht gesagt, dass die Handwerker diesbezüglich pessimistisch sind. Oder dass die Frau, über die ich mich ihrer Meinung nach nicht so aufregen soll, schuld daran ist, dass die Kinderschaukeln voller Hundekot sind. Wir müssen ja nicht beide schlecht in die Woche starten.

Mittwoch, 5. Juni

Habe Teresas verängstigt wirkenden Mann Pete auf dem Heimweg im Zug getroffen. Sind ins Gespräch gekommen. Ich frage ihn, ob er Bob, den Kneipenwirt, kennt. Tut er nicht, aber er weiß von Teresa, die es von der Ladenbesitzerin weiß, die es von der Kellnerin hat, dass er verdammt launisch ist. War mal bei der Polizei. Hat sich da hochgearbeitet. Weiß, wie man etwas durchsetzt. Kein einfacher Mensch, wenn etwas nicht so läuft, wie er will.

Ich bin ehrlich gesagt froh, dass wir in den Urlaub fahren. Dann kann sich diese ganze Nacktheitsgeschichte beruhigen.

«Ja, dann kann sich die Erregung wieder legen», witzelt Isabel, die das Ganze immer noch zum Brüllen komisch findet.

Freitag, 7. Juni

Die ganze Woche war ich im Internet aktiv. Die ganze Woche habe ich versucht, pünktlich zu sein. Die ganze Woche habe ich mich um eine positive Einstellung bemüht. Dann, als ich gerade gehen will, entdecke ich, dass die junge Göre, die mal Praktikantin war und jetzt eine zunehmend beliebte Technik-Kolumne hat, über einen Typen in ihrem Büro mit nur sechsundzwanzig Facebook-Freunden geschrieben hat.

Wie kann man von jemandem, der einem so egal ist,

mit etwas, das einen nicht im Geringsten juckt, so unterminiert werden? Trüber Stimmung ziehe ich los, werde auf dem Heimweg vom Regen komplett durchnässt, trete dreißig Meter vor der Haustür in gelbe Hundekacke und stelle daheim fest, dass Isabel noch nicht angefangen hat zu packen. Dummerweise frage ich: «Hast du noch nicht angefangen zu packen?»

DINGE, DIE MAN ZU SEINER FRAU NIE SAGEN SOLLTE, WENN MAN VON DER ARBEIT HEIMKOMMT UND SIE SICH DEN GANZEN TAG UMS KIND GEKÜMMERT HAT

1. «Hast du noch nicht angefangen zu packen?»
2. «Hast du noch nicht mit dem Kochen fürs Abendessen angefangen?»
3. «Warum ist unser Kind noch nicht im Bett?»
4. «Warum ist das ganze Wohnzimmer voller Klopapier?»
5. «Ich hatte einen echt schlechten Tag.»

Isabel braucht mindestens fünfzehn Minuten, um mir – mit extrem gellender und lauter Stimme – zu erklären, weshalb sie noch nicht mit dem Packen angefangen hat. Während dieser Zeit fällt mir auf, dass sie (a) voller Babykotze, (b) sehr, sehr müde und (c) am Ende ihrer Kräfte ist.

Es dauert weitere fünfzehn Minuten, bis ich mich genug entschuldigt habe, sodass sie endlich aufhört, die Spülmaschine einzuräumen, als würde sie Holz hacken. Und nochmal fünfzehn Minuten Fußmassage, nachdem Jacob eingeschlafen ist, bis sie wieder mit mir spricht.

Merke: Ein ganzer Tag Babykotze schlägt fünf Minuten Hundescheiße.

Samstag, 8. Juni

Lasst uns nie wieder über diesen Flug sprechen. Lasst uns weder die Tränen, das Gebrüll noch das Schwitzen erwähnen, oder den rotgesichtigen Mann, der seine Rückenlehne nach hinten klappen musste, obwohl wir nur nach Italien geflogen sind. Lasst uns nicht darüber sprechen, was mit dieser Windel, dieser Toilette und der Schlange wartender Leute passiert ist. Lasst uns die Erinnerung an den gemieteten Kindersitz verbannen, an den Versuch, die Flughafenausfahrt zu erreichen, ohne quer übers Feld zu fahren, an die vielen Male, die wir beinahe durch Frontalzusammenstöße ums Leben kamen, die definitiv nicht unsere Schuld gewesen wären. Ich meine, warum müssen die Italiener so rasen? Aber nein, vergessen wir das alles. Wir sind da. Wir sind in der Toskana. Keine der Einheimischen heißt Brenda. Im Kühlschrank steht eine Flasche Rosé. Wir haben eine Terrasse, von der aus man einen sagenhaften Blick auf die Weinberge hat, und das Einzige, was man hören kann, ist eine selbstzufriedene englische Familie, die sich gegenseitig dazu gratuliert, die perfekte kleine Villa gefunden zu haben.

Sonntag, 9. Juni

Frühstück auf der Terrasse. Spaziergang. Mittagessen (Schinken, Käse, Oliven). Schläfchen. Spaziergang. Gin Tonic. Pasta. Wein. Um halb zehn ins Bett.

Montag, 10. Juni

Frühstück auf der Terrasse. Spaziergang. Unterhaltung. Mittagessen (Schinken, Käse, sonnengetrocknete Tomaten). Spaziergang. Schläfchen. Gin Tonic. Pasta. Um halb neun ins Bett.

Dienstag, 11. Juni

Frühstück auf der Terrasse. Schläfchen. Spaziergang. Schläfchen. Mittagessen (Schinken, Käse). Schläfchen. Pasta. Um halb acht ins Bett.

Mittwoch, 12. Juni

Vermutlich könnten wir den ganzen Tag verschlafen, wenn wir wollten. Zu dritt liegen wir unter den dünnen Laken, während das Sonnenlicht durch die offenen Fensterläden des Schlafzimmers fällt und uns wärmt. Nichts würde uns von unserem luxuriösen Schlummer abhalten. Außer vielleicht der Gedanke an ein weiteres perfektes spätes Frühstück auf der Terrasse.

Donnerstag, 13. Juni

Das ist der natürliche Rhythmus einer jungen Familie. Leben ohne die Einmischung des Büros. Das Komplizierteste, was ich leisten muss, ist, Schinken und Mozzarella im Laden zu besorgen. Isabel macht es sich solange mit Jacob gemütlich. Ich kehre von meinem stressarmen Abenteuer zurück, und wir tragen Wein, Weingläser, Teller und die einfachen Mittagessenszutaten raus zum Tisch. Dort sitzen wir dann, unterhalten uns und dösen immer mal wieder weg. Jacob war noch nie so gut gelaunt. Isabel sieht zum ersten Mal seit einem Jahr nicht mehr erschöpft aus. Und ich war noch nie so glücklich. Selbst wenn ich nie wieder so glücklich sein sollte, macht das nichts.

Freitag, 14. Juni

Frühstück. Schlafen. Etc.

Samstag, 15. Juni

«Meinst du nicht, wir sollten uns mal das Städtchen anschauen oder so?», fragt Isabel.

«Nein», sage ich. Aber ich weiß, damit ist der Anfang vom Ende unseres paradiesischen Zustands eingeläutet.

Sonntag, 16. Juni

«Wir könnten doch heute Morgen hinfahren. Nach dem Frühstück.»

«Nein.»

«Wie wäre es zum Mittagessen? Ich glaub, wenn ich noch eine Mozzarella-Kugel in Scheiben schneiden muss, dreh ich durch.»

Also einigen wir uns auf einen Spaziergang zur nächsten Ortschaft zum Mittagessen. In der Trattoria geben wir Jacob am Eingang ab, als wäre er eine Handtasche und das hier eine schicke Disko. Er verschwindet in einer Wolke aus Küssen und Umarmungen und «Ahhh, *bambino*», während man uns ein neungängiges Festmahl serviert. Das Paradies dauert an.

«Meinst du, wir sollten mal schauen, ob es ihm gut geht?»

«Nein, das ist schon in Ordnung. Lass ihn ruhig.» Ich liebe die Tatsache, dass Isabel zu den Müttern gehört, die ihr Kind für länger als eine Sekunde aus den Augen lassen können, ohne gleich hysterisch zu werden. Während ich jede Minute an jedem Tag dieses Urlaubs versucht habe, jegliche Möglichkeit, wie unser kostbarer Sohn sich umbringen könnte (Kopf an spitzer Villa-Treppenstufe anschlagen, tödlichen Killer-Bergpilz grapschen und essen, drei Monate zu früh laufen lernen, und das genau in dem Moment, als wir ihn an der Kante des höchsten Terrassenteils über den spitzesten Steinen ablegen), vorherzusehen und zu verhindern, lässt sie ihn einfach in Ruhe.

Er taucht mit unseren Espressi wieder auf, mit Mamas pinkfarbenem Lippenstift verschmiert und weder verbrüht noch im Sklavenhandel verhökert.

Wir spazieren durch die Weinberge zurück, Mission erfüllt. Und dann fängt Isabel an, sich zu übergeben.

Montag, 17. Juni

Laut Isabels Mutter, die ich in meiner Panik anrufe, kann eine Lebensmittelvergiftung nicht über die Muttermilch übertragen werden. Sind Frauenkörper nicht clever? Das bedeutet, dass Jacob immer noch trinken kann. Die restliche Zeit über bin ich für ihn verantwortlich. Und plötzlich verwandeln sich unsere Ferien purer Idylle in etwas, das selbst Sisyphus als unerträglich eintönig empfunden hätte. Ich schiebe Jacob im Buggy den Berg hinauf. Der Buggy rollt wieder herunter. Ich schiebe ihn wieder hoch. Je höher die Sonne steigt, umso beschwerlicher wird die Aufgabe. Der Winkel, in dem schiebe, wird immer flacher, das Tempo immer langsamer.

Muss. Weiter. Machen.
Muss. Draußen. Bleiben.
Muss. Isabel. Schlafen. Lassen.

Dienstag, 18. Juni

Während Isabel ausgestreckt im Bett liegt und versucht, nicht darüber nachzudenken, ob es die Wildschweinpastete, die Pilznudeln oder die geräucherte Salami war, bin ich weiterhin für die kompletten Elternpflichten zuständig. Es ist banal, eintönig, ermüdend, langweilig, ergebnislos. Bis zur Mittagspause frage ich mich, wie jemand das in Vollzeit machen kann. Nach dem Mittagessen jedoch verändert sich etwas. Jacob lächelt mich häufiger an. Fast so oft, wie er Isabel anlächelt.

Ich füttere ihm etwas Obstbrei. Er lächelt.

Ich erzähle ihm eine Geschichte von einem Zwerg, der in einer Kneipe wohnt. Er lacht. Und zwar ziemlich genau am Höhepunkt der Story, wo der Zwerg vom Postler überfahren wird. Dann brechen wir zu einem weiteren Sisyphus-Spaziergang auf, und er fängt an zu brabbeln. Oben auf dem Hügel halten wir an. Ich hebe ihn aus dem Buggy, und er sagt: «Dada.» Ganz klar und deutlich. «Dada.» Dann sagt er: «Dadadadadadadada.» Was weniger beeindruckend ist, aber trotzdem bin ich der Meinung, dass Jacobs erstes Wort «Daddy» war.

Isabel schläft, und ich wage nicht, sie zu wecken. Ich sitze einfach nur neben meinem Lieblings-Babykäfer auf der Terrasse und frage mich nicht länger, wie man das in Vollzeit machen kann. Vielleicht kann ich kündigen, wenn Isabels Mutterschutz zu Ende ist, und Hausmann werden. Viel schlimmer als Vollzeitpapa in der Toskana kann das ja nicht sein.

Mittwoch, 19. Juni

Also mal ehrlich, wie lange kann es denn dauern, sich von einer leichten Lebensmittelvergiftung zu erholen? Ganze zwei Stunden habe ich heute Nacht geschlafen. Zwei Stunden. Jacob wollte zwischen zwei und vier Uhr spielen. Isabel brauchte zwischen vier und sechs jemanden, der ihr die Stirn mit einem kalten Waschlappen abtupfte. Um sechs war Jacob wieder fit, und so weiter. Es ist schön, gebraucht zu werden. Es ist noch besser, nützlich zu sein. Aber bin ich die verdammte Margaret Thatcher?! Jeder, der mit weniger als sieben Stunden Schlaf pro Nacht auskommt, ist bestimmt kein Mensch.

Donnerstag, 20. Juni

Sie ist bereit, wieder zu essen, will aber nichts, was Nudeln, Schinken, Pizza, Tomaten, Basilikum, Mozzarella oder Oliven enthält. Ich muss kilometerweit fahren, bis ich einen Laden finde, der Haferflocken und Nutella verkauft. Als ich schließlich zurückkomme, einige Monate später, geht es ihr besser. Dem Herrn sei Dank.

Samstag, 22. Juni

Isabel hat geschworen, dass sie sich auf der Rückreise während des Fluges um alle Windeln kümmern wird. Nervigerweise pinkelt Jacob nicht mal. Er ist inzwischen ein versierter Reisender, und wir haben großes Vergnügen daran, den Kopf über die Familie vor uns zu schütteln, deren unversiertes Baby während des gesamten Rückflugs nach London brüllt. Ts, ts, ts.

Sonntag, 23. Juni

Massiver Ferienend-Blues. Trotz des wunderbaren ersten Marmite-Toasts, der vertrauten Kuhle des schlecht gepolsterten Sofas, der zweifelhaften Freude daran, die Post durchzusehen, lässt sich die Tatsache nicht ignorieren, dass nicht alles in Butter ist. Wir sitzen wieder in dem Dorf, das so tut, als befände es sich im entlegensten Winkel Devons, obwohl es nur eine Stunde von London entfernt ist, und sobald ich zu einem vormittäglichen Spaziergang mit Jacob nach draußen gehe, spüre ich die Feindseligkeit. Die Ladenbesitzerin zuckt abweisend mit den Schultern. Der Postler ignoriert mich. Bob, der im Biergarten Tische abwischt, schaut wütend drein. Er hat mich nicht gesehen, also muss sich sein Zorn auf irgendein anderes unschuldiges Wesen beziehen. Oder vielleicht sieht sein Gesicht einfach immer so aus. Was für eine unschöne Art, sich zu verhalten. Und wie herzlos, mich aus der Dorfkneipe zu verbannen, vor allem jetzt, wo die Sonne scheint und ich ein heimliches Vor-Mittagessen-Bier gut vertragen könnte.

Verärgert drehe ich mich um und mache mich auf den Heimweg. Dabei spüre ich instinktiv, dass Bob aufgehört hat, die Tische abzuwischen. Ich werfe einen Blick über die Schulter. Sein Gesichtsausdruck hat sich von Wut in bösartige Zufriedenheit gewandelt. Ganz offensichtlich freut es ihn diebisch, dass er einem Engländer sein gottgegebenes Recht auf ein Bier im Sonnenschein verwehren kann.

«Wir fahren jetzt zu einer anderen Kneipe in einem anderen Dorf», erkläre ich Isabel, sobald ich nach Hause komme.

«Aber ich muss noch eine Ladung Wäsche in die Maschine werfen.»

«Bitte.»

«Okay.»

Als wir zurückkamen, wartete der Polizist tatenlos neben seinem Auto in der Haltebucht am Rand unseres Dorfes, doch sobald er unseren absolut harmlosen, gesetzestreuen Skoda sah, gebot er mir anzuhalten. Eine Sekunde lang dachte ich, es handle sich um den Postler, aber als er zu meinem Fenster herüberspazierte, wurde deutlich, dass seine Nase ein bisschen größer war.

«Bitte steigen Sie aus, Sir.»

«Gibt es ein Prob–»

«Ihren Führerschein, bitte, Sir.»

«Ich weiß, dass ich nicht zu schnell gefahren bin. Meine Frau lässt mich nicht –»

«Ich habe Anlass zu der Annahme, dass Sie unter dem Einfluss von Alkohol oder Drogen stehen.»

«Drogen? Wovon reden Sie über–»

«Ihr Atem riecht nach Alkohol.»

«Ich hatte ein kleines Bier.»

«Ein Stella, Sir?»

«Nein, ein IPA.»

«Pusten Sie doch bitte mal hier rein, Sir.»

«Ich fass es nicht. Weshalb haben Sie mich angehalten? Haben Sie auf mich gewartet?»

«Weigern Sie sich, sich dem Test zu unterziehen, Sir? Falls ja, müssen Sie mich auf die Wache begleiten.»

Das Ergebnis war natürlich negativ.

«Sind Sie zufällig mit einem Postler verwandt?», frage ich, nachdem der Polizist unseren Wagen inspiziert und einen sarkastischen Kommentar darüber abgegeben hat, dass wir ohne Stoßstange unterwegs sind.

«Das geht Sie überhaupt nichts an. Fahren Sie jetzt bitte weiter, Sir. Und verzichten Sie auf Alkohol am Steuer. Wir wollen ja keine Unfälle, nicht wahr? Nicht mit einem Baby auf dem Rücksitz.»

Nichts von alledem wäre von Bedeutung, wenn ich einen tollen Job hätte, zu dem ich flüchten könnte, doch das habe ich nicht. Wie es scheint, habe ich nicht einmal mehr einen tollen Schreibtisch.

«Warum sitzt du an meinem Schreibtisch?», will ich von dem Gör wissen, das mal Praktikantin war, dann aber von der anderen jungen Dame befördert wurde, die ebenfalls mal Praktikantin war, dann aber einen Job bekommen hat, weil ihr Vater Bill Clinton kennt. «Ich kann nicht fassen, dass eine Praktikantin an meinem Tisch sitzt.»

«Ich habe übrigens auch einen Namen. Ich heiße Evangeline, und falls es Sie interessiert, ich bin keine Praktikantin mehr. Anastasia hat nochmal eine neue Tischverteilungsrunde gestartet, während Sie weg waren. Sie sitzen jetzt da drüben. Ich hoffe, das passt so.» Sie zeigt auf die tiefste, dunkelste, fensterloseste Ecke des Büros.

Ich werde nicht zulassen, dass die Praktikantin gewinnt. Selbst wenn sie einen Namen hat. Mit bewundernswerter Selbstbeherrschung spaziere ich in die tiefste, dunkelste, fensterloseste Ecke des Büros hinüber und fange an zu arbeiten. Beziehungsweise fange ich an, zu bloggen und zu twittern und zu ‹facebooken›, weil das ja angeblich unsere Arbeit darstellt.

«Ich weiß echt nicht mehr, was ich hier überhaupt noch soll», beklage ich mich in der Mittagspause im Pub bei Johnson.

«Du bist wie eine Eintagsfliege. Du hast deine Fortpflanzungsverpflichtungen erfüllt. Du bist über die Nützlichkeit für deine Spezies hinweg. Du hast keine Existenzlegitimation mehr. Nun geht es nur noch bergab bis zum Tod, falls du nicht beschließen solltest, dich noch einmal fortzupflanzen. Das jedoch wäre nicht umweltfreundlich, deshalb bezweifle ich, dass Isabel sich darauf einlassen wird. Nein, für dich naht das Ende, mein Sohn. Sei bloß froh, dass du keine Spinne bist. Spinnen sind noch schlechter dran als Männer. Die haben zuerst Sex. Dann werden sie gefressen. Wenn ich eine Spinne wäre, würde ich mich von vornherein weigern, Sex zu haben. Gib doch deinen Verhandlungsspielraum nicht auf, Spinne. Oder mach zumindest zur Bedingung fürs Techtelmechtel, anschließend nicht gefressen zu werden.»

«Ich meinte meinen Job. *Unseren* Job. Seit wann muss alles Internet-dies, Cyberspace-das und Blogosphär-jenes sein?»

«Ich habe fast siebenhundert Follower bei Twitter.»

«Jetzt fängst du auch noch an. Haben sie dich geködert.»

«Willst du ’ne Runde *Wer wird Millionär?* spielen?», fragt Johnson. «Als du weg warst, hab ich fast ein Pfund gewonnen.»

Dienstag, 25. Juni

Johnson mag das vielleicht alles locker nehmen, aber er hat die Sache nicht bis zum Ende durchdacht. Das hier ist Anastasias Revolution. Sie schaltet alle Leute mit normalen Namen aus und ersetzt uns durch Evangelines. Ich bin in den letzten Monaten lediglich ein paarmal zu spät gekommen. Die restliche Zeit über bin ich so kooperativ und produktiv wie nur möglich gewesen. Und wie wird mir das gedankt? Indem mir mein Fensterplatz entzogen wird. Pünktlich zum Sommer.

Mittwoch, 26. Juni

Evangeline aalt sich in der Sonne, die durch *mein* Fenster fällt. Aber heute Morgen bin ich derjenige, der zuletzt lacht. Ich habe nämlich gebloggt – soll heißen, ich hab etwas getippt, und das wurde dann ins Internet gestellt. Und die Leute lesen es. Es ist der neuntbeliebteste Eintrag auf der *Life-&-Times*-Website. Und ich hab's ganz clever angestellt: In meinem ersten richtigen Blog geht es darum, wie viel besser das Leben vor dem Internet war. Ich werde die Anastasia-Revolution mitmachen, aber auf eine Art und Weise, die aufzeigt, wie lächerlich sie eigentlich ist.

Donnerstag, 27. Juni

Mein Blog ist der sechstbeliebteste Eintrag auf unserer Website. Ich bin die Zukunft. Ich bin Technoman. Ich schreibe einen zweiten Blog darüber, dass virtuelle Popularität entgegengesetzt proportional zu echter Beliebtheit ist, und erhalte sofort Kommentare von Leuten, die mir zustimmen. Diesen ganzen Internetkram kann jeder, aber wie vielen gelingt ein ironischer Dreh?

Evangeline sieht ein bisschen verschwitzt und matt aus in der sonnigen Ecke meines Tisches. Sie hat Konkurrenz bekommen.

Anastasia wirkt missgestimmt, als sie das Büro verlässt. Der alte Esel hat gelernt zu bloggen – und unseren Lesern scheint es zu gefallen. Ha, ha, ha!

Freitag, 28. Juni

Ich komme ins Büro und stelle fest, dass Evangeline drei neue Praktikantinnen mitgebracht hat: Octavia, Cordelia und Maybelline. Und weil es keine freien Tische mehr gibt, sitzen sie alle direkt neben meinem Tisch und tippen in ihre iPhones. Ich sehe nicht ein, weshalb Kinder neben mir tippen müssen, aber Evangeline sagt, sie braucht den Platz, um einen neuen virtuellen Computer zu testen. Und dann hat sie plötzlich so einen silberfarbenen Catsuit an und macht etwas, das aussieht wie Tai Chi. Und die drei Praktikantinnen auch. Sie schweben alle lachend um meinen Tisch herum und schieben Hologramme durch die Luft. Ich blicke auf meine Hände hinunter, die komplett aus Kabeln und Mikrochips bestehen. Dann wache ich auf dem Bauch liegend mit unter mir verschränkten Armen in meinem Bett zu Hause auf.

Während ich darauf warte, dass wieder Gefühl in

meine Arme zurückkehrt, fällt mir auf, dass es bereits 9 Uhr 30 ist und ich immer noch im Bett liege. Also nicht im echten Bett. Im Klappbett-Bett. Jetzt fällt mir auch wieder ein, was passiert ist, bevor die Außerirdischen angegriffen haben ... Jacob hat geweint und Isabel mich ins Gästezimmer geschickt. «Es hat ja keinen Sinn, dass wir beide wachliegen, wo du doch morgen zur Arbeit musst», hatte sie gesagt. Im Halbschlaf schleppte ich mich ins Gästezimmer, machte es mir auf dem Ausklappbett bequem, dachte noch bei mir, dass ich auf gar keinen Fall einschlafen durfte, bevor ich den Wecker gestellt hatte, und schlief ein, ohne den Wecker zu stellen.

Neun Minuten nachdem ich wieder Gefühl in den Armen habe, stehe ich am Bahnhof, ungefrühstückt, unrasiert, untoilettiert und leicht hysterisch.

Neununddreißig Minuten später stehe ich immer noch am Bahnhof, weil es anscheinend von diesem blöden Dorf aus außerhalb von Stoßzeiten kaum Züge gibt.

Irgendwann nach elf komme ich im Büro an. Um eine weitere unerträgliche Zurechtweisung von Anastasia zu vermeiden, habe ich beschlossen zu behaupten, ein LKW sei in unser Wohnzimmer gebraust, denn eines habe ich über das Lügen gelernt: Je lächerlicher es klingt, desto weniger Zweifel haben die Leute.

Es sind keine Maybellines oder Cordelias in Sicht. Lediglich eine Evangeline, und die grinst vor sich hin, als ich an ihr vorbeigehe. Ich bereite mich innerlich auf Anastasia vor, aber sie ist nicht da. Stattdessen erwartet mich ein internes Memo, das auf meinem miesen, künstlich beleuchteten Schreibtisch an die Tastatur geklemmt ist.

Ich war die ganze Woche positiv und optimistisch eingestellt, habe mich nicht beschwert, sondern mich brav an der Revolution beteiligt. Und beim ersten Mal, wo etwas schiefläuft, noch dazu ohne mein Zutun, kriege ich schon wieder so ein blödes Memo. Anastasia wartet nicht einmal ab, um herauszufinden, was schiefgelaufen ist. Ich meine, es könnte ja ein LKW in unser Wohnzimmer gerast sein.

Ich starte meinen Computer und hole tief Luft. Ich werde das Memo anschauen, sobald ich einen Kaffee intus habe.

Ich stehe auf, um Kaffee zu holen, und erst da bemerke ich, dass mir jemand meinen Stuhl weggenommen hat. Den speziellen blauen, extra ergonomisch, der von der Personalabteilung für mich abgesegnet wurde, damit ich mich nicht vor meinem vierzigsten Geburtstag in einen Buckligen verwandle. Stattdessen steht da jetzt ein roter, der ganz und gar nicht ergonomisch aussieht. Ich schaue zu der grinsenden Evangeline hinüber, und da ist er – mein Stuhl.

«Das ist mein Stuhl.»

«Ach, ja. Nun, man hat mir gesagt, ich kann ihn ausprobieren, weil du ja sowieso nicht hier warst. Um zu schauen, ob ich auch gerne so einen hätte.»

«Es hat mich drei Jahre gekostet, diesen Stuhl zu bekommen.»

«Er ist schon sehr bequem. Viel besser als diese alten roten da. Du kannst ihn wiederhaben, sobald die Dame von der Personalabteilung da war, um mich zu begutachten.»

Irgendwann reicht's. Es kommt ein Punkt, an dem man für sich selbst aufstehen muss. Wenn Anastasia mich raushaben will, dann zu meinen Konditionen. Und meine Konditionen lauten folgendermaßen: Ich bin derjenige, der hier Briefe schreibt. Ich fege ihr Memo zur Seite, tippe wütend einen wütenden Kündigungsbrief, marschiere in ihr Büro und lege den Brief auf ihre Tastatur.

Ganz cool suche ich meine Sachen zusammen und spaziere hinaus. Johnson versucht, etwas zu mir zu sagen, aber es ist zu spät. Ich höre nicht zu. Ich bin frei. Ich bin Braveheart. Nein, zu viel. Ich bin Jerry Maguire. Nein, ich bin Michael Douglas in *Falling Down – Ein ganz normaler Tag*. Außer, dass ich nicht mordend durch Los Angeles ziehe, sondern saufend durch London. Außer, dass ich nicht wirklich saufe, weil ich nach einem halben Bier plötzlich zu mir komme.

Was hast du getan, du Idiot? Du hast eine Familie. Du hast eine Familie in einer Übergangsunterkunft. Du kannst nicht einfach kündigen. Was willst du denn jetzt machen? Aber ich musste kündigen. Ich wurde rausgedrängt. Das wird Isabel verstehen.

Nein, wird sie nicht. Natürlich wird sie das nicht. Sie wird denken: Du hast mal wieder einen Trotzanfall bekommen, weil jemand anders eine Kolumne hat und du nicht.

Warum sollte sie das denken?

Weil es stimmt. Du hast deinen Job hingeschmissen, weil du neidisch bist. Und das macht dich zum Idioten.

Scheiße.

Vielleicht ist es noch nicht zu spät. Vielleicht hat Anastasia den Brief noch gar nicht gesehen. Verzweifelt wähle ich Johnsons Nummer.

«William, was zum Henker –»

«Ist sie zurück?»

«Wer?»

«Na, wer wohl, verdammt nochmal ... Anastasia natürlich.»

«Ja.»

«Hat sie den Brief gesehen?»

«Natürlich hat sie das. Sie hat die Personalleute schon deinen Tisch räumen lassen.»

Es kommt mir wie Stunden vor, während deren ich ziellos durch die Straßen wandere. Mir ist schlecht. Mir ist schwindelig. Ich versuche, meine Gedanken zu sammeln, aber ich weiß nicht, wo ich anfangen soll. Was habe ich getan? Was habe ich mir dabei gedacht? Wie soll ich das Isabel sagen? Ohne irgendeine Antwort gefunden zu haben, nehme ich meinen üblichen Zug nach Hause und spaziere zur Tür hinein wie immer. Und sie sagt: «Du bist wieder da. Wir haben dich vermisst. Wie war dein Tag, mein Schatz?»

Das wäre der richtige Zeitpunkt, ihr zu erzählen, was passiert ist, aber sie wirken beide so erfreut, mich zu sehen, so glücklich, dass der Brötchenverdiener nach Hause gekommen ist, dass ich stattdessen antworte: «Prima.»

Idiot.

Samstag, 29. Juni

Sag's ihr. Sag's ihr. Sag's ihr. Sag's ihr.

Idiot. Idiot. Idiot.

Sonntag, 30. Juni

Ich meine, was soll man machen? Soll man ein Doppelleben führen? Sich jeden Morgen für die Arbeit richten, das Haus verlassen, den Zug nehmen und den ganzen Tag in einem Coffeeshop sitzen? Sie wird es merken. Frauen merken so was immer, spätestens wenn kein Geld mehr auf dem gemeinsamen Konto ist. Außerdem musst du es ihr sagen. Das hier ist keine dieser seltsamen Ehen, wo keiner dem anderen etwas erzählt.

Sag's ihr. Sag's ihr. Sag's ihr.

Also gut.

«Was?! Bitte sag mir, dass das ein Witz ist ...»

Warum hast du es ihr erzählt? Idiot.

«... du kannst nicht einfach kündigen. Wir haben ein Baby. Du hast Verantwortung.»

Diesen Gesichtsausdruck habe ich bei ihr zuvor noch nie gesehen – und ich dachte wirklich, dass ich nach zwei Jahren Ehe und sechs Monaten Mutterschaft ihre Gesichtsausdrücke alle kennen würde. Er besteht aus siebzig Prozent Ungläubigkeit, zwanzig Prozent Traurigkeit und zehn Prozent Verrat. Ich erkläre ihr, dass irgendwann ein Punkt kommt, an dem ein Mann es einfach nicht mehr ertragen kann. Dass man mich aus meinem Job rausgedrängt hat. Dass der Job mich unglücklich gemacht hat. Dass ich lieber arm, aber glücklich als reich und unglücklich bin. Genau das sagt Isabel doch auch immer.

«Ich will ja auch nicht, dass wir reich sind, aber wir müssen den Kredit fürs Haus, in dem wir nicht wohnen können, abbezahlen. Ich meine, das ist doch lächerlich.

Hättest du nicht noch ein paar Monate warten können? Hättest du es nicht noch ein bisschen länger aushalten können? Hätten wir nicht wenigstens vorher drüber reden können?»

Also erkläre ich ihr, dass es ohnehin nur eine Frage der Zeit war, bis man mich gefeuert hätte. Sie sagt, das sei Unsinn. Ich ziehe den Brief von Anastasia aus der Tasche. Beweisstück A.

Als sie ihn öffnet, sehe ich, wie ihre Hände zittern. Ich habe ihre Hände nicht mehr zittern sehen, seit sie vor mir am Altar stand. Das hier ist ein bisschen anders. Mir ist schlecht. Warum habe ich ihr das angetan? Warum tue ich meiner Familie das an?

«Lieber William», liest sie mit angespannter, aber beherrschter Stimme vor. «Trotz der jüngsten Probleme möchte ich hiermit zum Ausdruck bringen, dass es mich sehr freut, dass Sie beschlossen haben, beim Online-Business der Zeitschrift mitzuziehen. Ihr Blog, auch wenn er kontrovers ist, gehört genau zu den Dingen, die wir brauchen, um vorwärtszukommen.

Das ist extrem wichtig für unseren weiteren Erfolg auf einem immer härteren Markt. Ich hoffe, dass wir beide nun unsere Schwierigkeiten hinter uns lassen können und dass Sie weiterhin solch positive Beiträge leisten. Ich habe die Beurteilungen der Angestelltenleistung in diesem Jahr abgeschlossen, und es freut mich, Ihnen mitteilen zu können, dass es durchgehend eine dreiprozentige Bonuszahlung geben wird. Mit den besten Wünschen, Anastasia.»

Verdammt.

JULI

‹Leute, die behaupten, sie würden schlafen wie ein Baby, haben normalerweise selber keines.›

Leo J. Burke

Montag, 1. Juli

Neuer Monat, neues Glück? Neue Pleiten, neues Pech! Ich bin ein Idiot. Nach Isabels zwanzigminütigem Ausbruch, inklusive Flüchen, denen ein sechs Monate altes Kind meiner Meinung nach nicht ausgesetzt werden sollte, fiel meiner geliebten Frau wieder ein, dass sie im Grunde ihres Herzens ein romantischer Hippie ist. Sie versicherte mir, alles würde gut werden (wird es nicht), wir hätten genug Geld auf dem Notfallsparbuch ihrer Eltern, um über die Runden zu kommen (haben wir nicht, es wäre in drei Monaten aufgebraucht, und außerdem war ich damals ziemlich beleidigt, als sie es für Isabel eingerichtet hatten; ich hatte mir geschworen, dass wir es nie brauchen würden), und wir könnten ja in eine walisische Hütte ziehen (konnten wir nicht, nicht nach dem unglücklichen Trockenmauerbau-Abenteuer in Llllanlleydolloo vergangenes Jahr).

Dann unternahm sie mit Jacob einen sehr langen Spaziergang und hat seit ihrer Rückkehr nicht viel gesagt. Das ist noch schlimmer als ihr Schimpfen. Jetzt versucht sie, gute Miene zum bösen Spiel zu machen, um ihren unzuverlässigen Gatten zu unterstützen, ist dabei aber so gestresst, dass sie lange Spaziergänge machen muss und nicht wirklich mit mir reden kann. Beim Einschlafen verfluche ich mich selbst, wache jedoch mit einem frischgefassten Entschluss auf: Innerhalb einer Woche werde ich einen neuen Job finden.

Ob meines trotz unserer Lage fröhlichen Morgengrußes ringt Isabel sich ein Lächeln ab. «Da du ja beschlossen hast, Hausmann zu werden», erklärt sie, «lässt Jacob fragen, ob du ihn vielleicht gerne zur Schwimmstunde begleiten möchtest.»

«Aber ich muss doch auf Jobsuche gehen.»

«Es ist seine allererste Schwimmstunde.»

«Na gut.»

Genau wie beim Kickboxen bin ich der einzige Mann beim Babyschwimmen, und hier fühlt es sich noch komischer an. Bei unserem Eintreffen hat Teresa bereits die Kursleiterin am Wickel und will wissen, was im Zuge des sechswöchigen Kurses erreicht werden soll und was nicht. Annabel kommt noch später als wir.

Theoretisch sollte man seinen Kindern das Schwimmen beibringen, solange die Erinnerung an ihr Leben als Fötus im Fruchtwasser noch frisch ist. Theoretisch halten Babys außerdem unter Wasser automatisch den Atem an. Also tunkt bereits nach fünf Minuten jede Mutter abwechselnd ihr Kind unter. Käme man von einem anderen Planeten auf die Erde, würde man wahrscheinlich annehmen, dass es sich hierbei um eine Art Folterritual handelt, denn die Babys scheinen diese Theorie nicht zu kennen. Sie tauchen prustend wieder auf, und ihr erstaunter Gesichtsausdruck scheint zu sagen: «Wie kannst du mein Vertrauen nur so missbrauchen?»

Isabel will von der Leiterin wissen, ob es in Ordnung ist, dass Jacob hustet und prustet wie ein ertrinkendes Baby. Die sagt, das sei völlig normal. Unsicher reicht Isabel Jacob an mich weiter. Als ich ihn untertauche, ist es noch schlimmer. Er braucht ewig, um sich zu erholen. Teresa tunkt ihr Kind doppelt so oft wie alle anderen und wird immer frustrierter, weil ihre Tochter sich partout weigert, die Luft anzuhalten. Eines der älteren Babys lacht vor Erleichterung, den ersten Tauchgang überstanden zu haben, so sehr, dass es auf den zweiten überhaupt nicht vorbereitet ist und weinend wieder hochkommt.

Ich kann es nicht fassen, dass Mütter solche Sachen machen, während die Väter bei der Arbeit sind. Sie waterboarden ihre Kinder. Ich schaue auf meinen armen, hilflosen Engel hinunter, und er sieht mich mit demselben trauernden Blick an. Wir teilen ein plötzliches, tiefgehendes Verständnis für die Lage des jeweils anderen. Beide gehen wir in einer grausamen, gefühllosen Welt unter. Dabei wollen wir doch nur in unserem eigenen Tempo gedeihen. Ist das zu viel verlangt?

«Und eins, zwei, drei, tauchen!», ruft die Kursleiterin, eine Frau mit kräftigen Armen, wasserfestem Lippenstift und abgewetztem Badeanzug. Sie sieht ebenfalls ein bisschen wie der Postler aus, aber ich frage lieber nicht nach.

«Komm, Isabel, wir hauen ab», flüstere ich, denn auch wenn ich Michael Douglas in *Falling Down* bin, so macht mir die Frau mit dem wasserfesten Lippenstift doch Angst.

«Wollte ich auch gerade sagen», antwortet sie, und trotz allem, was in den letzten Tagen passiert ist, sind wir uns einig. Ich gebe als fadenscheinige Ausrede an, ich sei seekrank, und wir verlassen das Schwimmbad. Teresa sieht sehr zufrieden aus, als wir das tun. Ihr Baby hat gewonnen, auch wenn es schon ganz blau im Gesicht ist.

Mittwoch, 3. Juli

Nachdem ich zwei ganze Tage damit verbracht habe, erfolglos nach einem Job zu suchen, schlägt Isabel ein Treffen mit Anastasia vor, bei dem ich ihr erklären soll, dass alles ein großes Missverständnis war. Wir streiten uns darüber, ob männlicher Stolz die Ursache allen menschlichen Leidens im Lauf der Jahrhunderte gewesen ist. Ich gewinne. Sie behauptet, damit sei ihre These bewiesen, und stürmt zu einem weiteren Kaffeeklatsch mit ihrer Babygruppe aus dem Haus.

Ich gebe die Suche nach einem Job auf und sehe mir stattdessen Werbespots für Badewannen mit eingebauter Tür an.

Dann gönne ich mir ein heimliches Tagsüber-Bier.

Dann schaue ich noch ein bisschen Werbung.

Dann trinke ich ein zweites Bier, denn die erfolglose Suche nach Arbeit in wirtschaftlich schwierigen Zeiten kann einen Mann zu selbstzerstörerischem Verhalten verleiten.

Dann trinke ich noch ein Bier.

Dann kommt Isabel heim und ist wütend, weil ich nichts im Haushalt erledigt habe.

«Ich habe nach einem Job gesucht», antworte ich unverfroren.

«Auf dem Boden einer Bierdose?», will sie wissen, und plötzlich befinden wir uns mitten in unserer ganz persönlichen Vorabendserie.

Donnerstag, 4. Juli

Unabhängigkeitstag für Amerika – und für mich. Denn schließlich wollen wir nicht vergessen, dass ich der Fron der Erwerbstätigkeit entkommen bin. Zumindest im Augenblick kann ich tun und lassen, was ich will. Solange es sich bei dem, was ich will, um die Wäsche handelt. (Muss dieser Strampelanzug wirklich gewaschen werden? Jacob hat ihn gerade mal zwei Stunden angehabt, und das Teil ist wirklich nicht *so* feucht.) Oder ums Bügeln. (Machen wir uns immer noch die Mühe, Stilltücher zu bügeln?) Und ums In-den-Schlaf-Wiegen. (Könnten wir ihn sich nicht einfach in den Schlaf weinen lassen? Du meine Güte, er ist schließlich schon ein halbes Jahr alt.)

Freitag, 5. Juli

«Hallo, könnte ich bitte mit Anastasia sprechen? ... Hier ist William ... Walker ... William Walker. Der Typ, der den übernächsten Schreibtisch von dem hatte, an dem du jetzt sitzt, du dummes Huhn ... Nein, das sollte bloß ein Witz sein. Nein, hör zu, es tut mir leid, kann ich ... hallo? Hallo?»

Samstag, 6. Juli

«Nein, Dad, William hat sein Job keinen Spaß gemacht ... ja, es war eine gute Stelle, aber es gab personale Differenzen ... nein, sie war ... nein, hat sie nicht ... ja, wir kriegen das hin ... zwei Monate ... nein, er hat verschiedene Optionen.»

Ich fühle mich krank. Ich fühle mich nutzlos. Ich bin müde.

«Du kannst jetzt nicht schlafen. Wir müssen zu Teresas Grillparty.»

Davon wird es auch nicht gerade besser. Pete, der gequälte Ehemann, wird bei unserer Ankunft bereits körperlich misshandelt. «Ich ... hab ... dir ... doch ... gesagt ... wir ... brauchen ... mehr ... Gin», schreit Teresa ihn im Flüsterton an und bohrt dabei ihren fiesen Zeigefinger immer tiefer in seine Brust. Die komplette Familie ist in aufeinander abgestimmte Outfits gekleidet, und in Anbetracht der aufgetischten Leckereien müssen sie die ganze

Nacht damit beschäftigt gewesen sein, aufwändiges Fingerfood vorzubereiten. Die Platten mit Häppchen würden selbst einen afrikanischen Diktator alt aussehen lassen. Die Champagnerflöten sind so übertrieben langstielig, dass es fast unmöglich ist, keine davon versehentlich umzuwerfen. Und auf dem Grill ist kein Platz mehr für Würstchen, weil alles von Langusten und Spargel und leicht gegrillten neuen Kartöffelchen belegt ist.

«So stelle ich mir ein Mittagessen bei einem Fußballer aus der ersten Liga vor», flüstert Annabels Mann. Ich lache, aber nicht zu laut, weil Teresa uns hinter einer Obstpyramide hervor beobachtet. Man sollte meinen, sie sei voll in ihrem Element, aber unter einer sehr dünnen Schicht Gelassenheit ist sie offensichtlich enorm gestresst. Ihr rechtes Auge zuckt besorgniserregend.

«Tolle Party, Pete. Wahnsinnsessen. Du hast nicht zufällig ein Bier da?», erkundigt sich Annabels Mann.

«Nicht erlaubt», antwortet Pete nervös. «Sie sagt, Bier passt nicht zum Hummer. Tut mir leid. Wie läuft's bei der Arbeit?»

Als ich an der Reihe bin, auf diese Frage zu antworten, weiß ich auf einmal nicht, was ich sagen soll. Die beiden warten auf eine banale Samstagnachmittagserwiderung, und die könnte ich ihnen liefern, aber das wäre gelogen. Ich könnte ehrlich sein, aber das würde vielleicht den Hummer mehr verderben als ein Bier. Teresa könnte mich mit einer Grillgabel erstechen. Nein, am besten brummele ich ein bisschen was von wegen lästiger täglicher Zugfahrt und flüstere verschwörerisch, dass es wenigstens angenehmer ist, als mit dem Baby zu Hause zu sitzen, um schließlich auf ein weiteres, ähnlich fades Thema wie zum Beispiel Windeln umzuschwenken.

«Ich habe gekündigt.»

Es kam ein bisschen lauter raus als beabsichtigt. Und ein bisschen trotziger. So ziemlich alle Gäste unterbrechen ihre Gespräche, um mich anzustarren.

«Ich habe gekündigt», wiederhole ich, aber diesmal mehr für mich selbst. Das einzige Geräusch ist das Geplapper unbeaufsichtigter Babys, das Zischen unbeaufsichtigter Hummerschwänze und das Zerbersten von Kristall auf Verandafliesen, nachdem Teresa vor Schreck ihr Champagnerglas hat fallen lassen.

Ich hätte mit der Sekretärin durchbrennen sollen. Wesentlich salonfähiger.

Montag, 8. Juli

Nachdem ich noch einen unergiebigen Tag die Zeitungen nach nicht beschissenen Jobs abgesucht habe, verhalte ich mich noch verantwortungsloser, indem ich den weiten Weg nach London fahre, um mit Johnson und Andy ein Bier zu trinken. Anfangs hatte ich versucht zu verhandeln, dass zwei Kaffeekränzchen einem Kneipenabend entsprechen, doch damit kam ich nicht weit. Also fing ich an zu betteln. Keine Ahnung, weshalb ich mir die Mühe gemacht habe, in Anbetracht von Andys Gesprächseröffnung.

«Kann man zu viel Sex haben?»

«O Gott, Andy. Ich will nichts über dich und die verdammte Saskia wissen. Ich bin mitten in einer Rezession arbeitslos, und meine Familie muss ernährt werden. Ich habe eine echte Lebenskrise.»

«Ich hab auch eine Lebenskrise, okay? Ich glaube, ich bin irgendwie krank. Ich leide unter einer Art Sexsucht.»

«Das kommt schon mal vor», meint Johnson mit einem müden Seufzer. «Medizinisch gesehen besteht kein Risiko. Psychologisch kann es schon zu einem Problem werden.»

«Ich weiß. Man hat so viel Sex, wie man sich nur wünschen kann. Dann wird es langsam zu etwas, ohne das man nicht mehr funktionieren kann. Und ehe man es sich versieht, richtet man seinen ganzen Tag danach aus. Und es macht gar keinen Spaß mehr und ist auch nicht mehr aufregend. Es ist bloß Sex.»

«Gib der Sache noch ein paar Wochen. Das nutzt sich ab», rät Johnson.

«Genau davor habe ich ja Angst», meint Andy.

«Hört zu, können wir vielleicht aufhören, so viel über Sex zu reden? Ich habe fast gar keinen und noch dazu meinen Job verloren.»

«Du hast gekündigt», verbessert mich Johnson.

«Vielen Dank. Ja, ich habe gekündigt.»

«Ich finde, du hast das Richtige getan», sagt Andy. «Viel zu oft verharren wir in Jobs, die wir hassen, wegen Geldes, das wir nicht brauchen. Saskia sagt immer –»

«Verzeihung, aber können wir Saskia mal kurz außen vor lassen? Und ich habe das nicht getan, um irgendein proletarisches Zeichen gegen den militärisch-industriellen Komplex zu setzen.»

«Warum dann?»

«Ich habe keine Ahnung, verdammt nochmal.»

«Du hast das Richtige getan», brummt Johnson in sein Bierglas. «Die Zeitschrift geht vor die Hunde. Es war der richtige Zeitpunkt, um abzuhauen.»

Dienstag, 9. Juli

Johnson ruft mich an, um mir mitzuteilen, dass seine ursprüngliche Einschätzung falsch war.

«Was, dass ich das Richtige getan habe?»

«Nein, man kann von zu viel Sex doch gesundheitliche Probleme bekommen. Frauen macht zu viel Sex nichts aus, aber laut Internet ist das bei Männern was anderes. Wenn das Penisgewebe keine Ruhephasen und frischen Sauerstoff bekommt, kann die Erektion über ein ungefährliches Maß hinauswachsen. Das kann zu Schmerzen und/oder Taubheitsgefühl führen.» Er macht sich Sorgen, Saskia könne eine Art schwarze Witwe sein. Zuerst hat sie versucht, mit ihren sexuellen Reizen meine Ehe zu zerstören. Jetzt versucht sie Andy mit der einzigen Waffe, die sie wirklich beherrscht, umzubringen.

«Meinst du nicht, du solltest etwas Richtiges arbeiten, statt von Saskia zu phantasieren?»

«Nein, das passt schon. Anastasia ist heute nicht da. Sie bereitet sich auf irgendeine Auszeichnung vor, für die wir nominiert wurden.»

«Ich dachte, du hättest gesagt, die Zeitschrift geht vor die Hunde?»

«Nun, ähm, ja. Du weißt doch, was diese Preisverleihungen wirklich bedeuten?»

«Tschüs, Johnson.»

Mittwoch, 10. Juli

Isabel und Jacob sind beim Mittwochmorgen-Babygruppen-Kaffeekränzchen. Nicht zu verwechseln mit dem am Dienstagnachmittag, dem am Freitagmorgen und dem an jedem zweiten Donnerstag zum Mittagessen. Das verschafft mir drei volle Stunden für die Jobsuche. Nach zwanzig Minuten bin ich zu dem Schluss gekommen, dass es in meinem Fachbereich keine Stellen gibt. Ich beschließe, diesen kleineren Karriereknick als Chance zu betrachten. Vielleicht sollte ich einen ganz anderen Weg einschlagen.

Nach weiteren zwanzig Minuten Recherche in den falschen Sparten der Stellenangebote (könnte ich Fahrzeugschaden-Gutachter sein oder führender Fachberater oder Obsoleszenz-Ingenieur?) gebe ich endgültig auf und schaue noch ein paar Werbespots für Badewannen mit Einstieg an. Dann mache ich mir ein paar Toasts. Danach aktualisiere ich meinen Facebook-Status: William sucht einen Job :(

Isabel kommt erst in zwei Stunden zurück, also beschließe ich, etwas frische Luft zu schnappen. Ich spaziere an der Kneipe vorbei. Ich spaziere am Dorfladen vorbei. Ich gehe wieder nach Hause. Immer noch mehr als eine Stunde. Ich logge mich bei Facebook ein. Wie zu erwarten, hat die Bekannte, mit der ich mit vierzehn mal Klarinette gespielt habe, geantwortet. Ist sie irgendwie ununterbrochen an ihren Computer angeschlossen? Sie erklärt mir, sie würde gutes Geld damit verdienen, von zu Hause aus Aloe-vera-Produkte zu vertreiben. Ich tippe ‹Ich will verdammt nochmal kein beschissenes Aloe-vera-Zeug verkaufen›, entscheide mich dann aber dafür, es zu löschen, bevor ich ‹senden› anklicken kann. Hat keinen Sinn, meinen Frust an einer ehemaligen Klarinettenspielerin auszulassen.

Ich schaue mir gerade eine Wiederholung von *Wer wird Millionär?* an, als Isabel zurückkommt. «Wie geht's dir, mein Schatz?», will sie wissen.

«Gut. Ich versuche gerade herauszufinden, ob es noch sinnloser ist, eine Wiederholung von *Wer wird Millionär?* anzuschauen, als das Original zu sehen. Das sollte es eigentlich nicht sein – schließlich ist es dasselbe Spannungslevel, derselbe Einsatz, dieselben Fragen. Und ich hab's ja auch noch nicht gesehen. Oder falls doch, kann ich mich nicht daran erinnern. Im Grunde ist die Sendung mir also vollkommen neu, darum sollte es sich auch genauso anfühlen. Und doch sitze ich hier und denke mir, dass dieser Typ, dieser Idiot, der da gerade mühsam herumrätselt, ob eine Cantaloupe eine Elefantenart oder eine Frucht ist, bereits weiß, wie die Dinge für ihn gelaufen sind. Vielleicht fährt er in einem Ferrari durch Stoke. Oder er sitzt in irgendeiner scheußlichen Hochhausferienwohnung an der Costa Blanca, weil ich mir kaum vorstellen kann, dass er über die 5000-Pfund-Marke rausgekommen ist, was vermutlich gerade mal für eine Anzahlung reichen würde, meinst du nicht? Oder vielleicht sitzt er in diesem Augenblick auf seinem Sofa und sieht sich auch das hier an. Beißt sich selbst in den Hintern, weil er Elefant gesagt hat, und denkt sich, wenn er Frucht geantwortet hätte, wäre er jetzt möglicherweise an der Costa Blanca.»

Nach einer langen, nachdenklichen Pause sagt Isabel: «Kannst du Jacob aus dem Auto holen? Er braucht eine frische Windel.» Ich gehe raus zum Auto, und obwohl ich vollständig bekleidet bin, beschleunigt eine alte Dame, die gerade an unserem Haus vorbeispaziert, merklich ihre Schritte, als sie mich sieht.

Ich gehe wieder hinein und stelle fest, dass ich recht hatte: Er hat ‹Elefant› gesagt.

Donnerstag, 11. Juli

Habe mich zum Rasieren eingeseift und dann beschlossen, dass es ohnehin keinen Sinn hat. Außerdem sind Rasierklingen teuer. Und was hat schon Sinn?

Wieder zieht es mich vor den Fernseher. Australische Vorabendserien. Amerikanische Serien. Alex und Geoff, wie sie das Haus von jemand anderem ruinieren. Ich sollte ein Exposé schreiben. Die Wahrheit hinter A und G: Wie die Kamera bei Hausverschönerungs-Sendungen immer lügt.

Freitag, 12. Juli

Das war mit Sicherheit die längste Woche meines Lebens. Das Aufregendste, was passiert ist, war, dass mir die revolutionäre Aloe-vera-Antifaltencreme, die ich bei Louise bestellt habe, von einem grinsenden Postler gebracht wurde (öffnet er meine Post?).

Sonntag, 14. Juli

Bin mit Jacob draußen, damit Isabel ausschlafen kann. Meine Welt ist auf die Größe eines Dorfes geschrumpft, ein Dorf, in dem ich nicht willkommen bin. Und da ist Pete mit dem Kinderwagen, die Augen noch tiefer eingesunken, mit schlurfendem Schritt, wie ein Mann, der sich in ein Leben voller Elend und Mühe ergeben hat. Teresa muss letzte Nacht besonders grausam zu ihm gewesen sein.

«Hallo, Pete.»

«Hallo, William. Was macht die Jobsuche?»

«Schrecklich.»

«Was ich noch sagen wollte, meine Schwägerin ist sehr gut im Geschäft mit irgendwelchem Aloe-vera-Zeug. Ich kann mal Genaueres erfragen, wenn du möchtest?»

«Sie hat nicht zufällig früher Klarinette gespielt, oder?»

«Ich glaube, nicht.»

Unfassbar.

Montag, 15. Juli

Zwei Wochen. Seit zwei Wochen arbeitslos.

Dienstag, 16. Juli

Zwei Wochen und ein Tag.

Mittwoch, 17. Juli

Zwei Wochen und zwei Tage.

«Kann ich bitte mit Anastasia sprechen? Hier ist William Walker ... Hallo, Anastasia. Hören Sie, dieser ganze Blödsinn tut mir leid. Wissen Sie, ich habe das einfach falsch ver–... oh, ach so. Aha ... nein ... nein ... in Ordnung. Natürlich ... ja. Gut ... gut ... okay ... danke. Auf Wiederhören.»

Anastasia stellt momentan niemanden ein. Muss die Belegschaft um zwanzig Prozent reduzieren. Die Rezession. Gut, dass ich gegangen bin, denn sonst hätte sie Prinzessin Evangeline entlassen müssen. Wer zuletzt kommt, geht zuerst und so. Das wäre doch eine Schande gewesen, nicht wahr, wo sie doch noch ihre ganz Karriere vor sich hat? Aber wenn ich Interesse daran hätte, einen Artikel darüber zu schreiben, wie es ist, während einer Rezession arbeitslos zu sein, wäre das klasse.

Donnerstag, 18. Juli

Freelance-Artikel für die *Life & Times*. ‹Ich liebe die Arbeitslosigkeit› von William Walker.

~~Die Leute denken, dass jeder, der mitten in einer Rezession einen mehr als akzeptablen Job aufgibt, verrückt sein muss. Nun, es mag vielleicht verrückt sein, aber ist Verrücktheit denn wirklich so schlecht? Ist sie nicht vielmehr ein Zeichen dafür, dass man immer noch am Leben ist?~~

~~Die Leute denken, dass jeder, der mitten in einer Rezession einen mehr als akzeptablen Job aufgibt, verrückt sein muss. Nun, sie täuschen sich. Wenn jeder während einer Rezession kündigen würde, wäre die Welt ein besserer Ort.~~

~~Die Leute denken, dass jeder, der mitten in einer Rezession einen mehr als akzeptablen Job aufgibt, verrückt sein muss. Nun, die sollen sich verpissen.~~

Freitag, 19. Juli

Die Aloe-vera-Antifaltencreme scheint Wunder zu wirken. Vielleicht liegt es auch daran, dass ich nicht arbeite. Nach nur wenigen Tagen hat sich mein Gesicht von den harten Mühen der Büroarbeit erholt. Ich sehe jünger, fitter, glücklicher aus. Wenn ich weiterhin im Haus herumhänge und Obst esse (natürlich nicht aus freien Stücken, sondern weil Isabel jede Woche eine Bioobst-Kiste bestellt, und wenn Jacob und ich nicht kiloweise knubbelige Äpfel und unreife Birnen vertilgen, werden wir mächtig gescholten), könnte ich ewig leben. Ich könnte einer dieser kleinen, faltigen 127-Jährigen werden, wie man sie in den entfernten Hügeln Aserbaidschans findet und die, wenn man sie nach dem Geheimnis ihres Langlebigkeits-Weltrekords fragt, so Dinge antworten wie: ‹Ich rauche mindestens neun Zigarren am Tag, aber Butter habe ich noch nie angerührt› oder ‹Ich gehe immer zum Granatapfelbaum und hole vier Granatäpfel, die ich dann auf einmal esse›, woraufhin der Zigarren- und Granatapfelkonsum rapide ansteigt.

Wenn sie mich interviewen, werde ich sagen: «Arbeitslos sein und gegen meinen Willen Obst essen.» Und vielleicht würde ich noch hinzufügen: «Jeden Morgen vierzig Minuten Kopfstand machen», nur so zum Spaß.

Samstag, 20. Juli

Da Isabel Geld für Sachen ausgibt, die wir nicht brauchen – wie Zeitschriften, Markenkekse, ausländischen Alkohol und Bio-Ziegenmilch –, erstellen Jacob und ich eine Wirtschaftlichkeitstabelle, weil das mehr Spaß macht, als zu versuchen, einen Artikel darüber zu schreiben, wie toll Arbeitslosigkeit nicht ist.

Unser Ziel ist es, übermäßige Ausgaben zu vermeiden, um nicht nur für mich den Druck der Jobsuche etwas zu mildern, sondern gleichzeitig den Zwang, bis weit über die Siebzig hinaus als Arbeitssklave zu schuften, zu reduzieren. Vielleicht könnte ich von zu Hause aus arbeiten, wenn es uns nur gelingen würde, unsere Kosten entsprechend zu senken. Ich könnte das männliche Pendant zum Aloe-vera-Verkauf finden, es mit schlechtbezahlten, aber unterhaltsamen Schreib-Jobs aufbessern und genug Zeit im Garten verbringen, um ausreichend Lebensmittel zu produzieren, sodass wir Isabels schmerzhaft teure Supermarkteinkäufe reduzieren könnten.

«Wir müssen unsere Ausgaben senken, Liebling.» Im Nachhinein ist mir auch klar, dass ich – da das alles nun mal meine Schuld ist – das Konzept etwas vorsichtiger hätte einführen können.

«So, so», erwidert sie streitlustig und lässt alle Tüten auf den Boden fallen. Aber es ist wichtig, deshalb fahre ich fort.

«Momentan geben wir pro Woche 127 Pfund für Essen aus. Mit etwas Planung lässt sich das auf 18 Pfund reduzieren.»

«So, so.» Ich werde mich nicht von ihrem Widerstand gegen Veränderung aus dem Konzept bringen lassen.

«Da unsere aktuelle Behausung nur eine Übergangslösung ist, habe ich vor, all unser Gemüse in tragbaren Blumenkübeln zu ziehen.»

«Okay.» Ich nehme mal an, es ist verständlich, dass sie nicht sofort Feuer und Flamme ist. Die Menschen sind so vom System beeinflusst, so sehr in eine Matrix eingebunden, die von uns verlangt, wie Sklaven zu schuften, um Dinge zu kaufen, die wir nicht brauchen, damit sich das

Rad des Kapitalismus weiterdreht, dass sie es schlichtweg nicht durchschauen.

«Wir könnten außerdem ein Eglu kaufen.»

«Ein *was*?»

«Jacob und ich haben im Internet ein bisschen recherchiert. Für die zumutbare Summe von 388 Pfund einschließlich Lieferung kommt ein Mann zu uns ins Haus und installiert ein extrem cooles Hühnergehege, inklusive zweier Hennen, und erklärt uns, wie wir ihnen die Flügel stutzen. Wir bekommen pro Huhn pro Woche etwa sechs Eier, solange wir sie nicht erschrecken. Das macht sechshundert Eier pro Jahr, und Hühner leben zwischen vier und fünf Jahren. Wenn man bedenkt, dass Bioeier bei Waitrose 1,50 Pfund für sechs Stück kosten, macht das 150 Pfund in Eiern pro Jahr. Da haben wir die Kosten in ... weniger als drei Jahren wieder drin.»

«Und was ist mit den Kosten für das Biofutter?» Hindernisse. Sie sieht nichts als Hindernisse. So typisch.

«Nun, die werden nicht sonderlich hoch sein, wenn wir in größeren Mengen kaufen, und außerdem backe ich ab jetzt unser eigenes Brot, und ich werde nur noch kalt baden.»

«Prima.»

«Was?»

«Prima.»

«So, so.»

Sonntag, 21. Juli

Und prompt bin ich Isabel in die Falle gegangen. Sie hat mich in ein Hippie-Leben gelockt. Es ist eine geniale Falle, weil sie immer noch so tut, als sei sie selbst nur halb davon überzeugt. Also muss ich weiterhin darauf beharren, dass es sich um den Weg der Zukunft handelt. Aber wenigstens hat mein Leben einen neuen Sinn. Die Hühner kommen am Mittwoch. Ich habe Kübel gekauft und Endiviensalat, roten Eichblattsalat und Zwergerbsen gepflanzt. Konnte uns außerdem vier halbwüchsige Auberginenpflanzen sichern. Ich mag keine Auberginen, aber es ist bei Waitrose das teuerste Gemüse.

Kaltes Bad, ein echter Genuss, vor allem, weil Isabel zusah und darauf wartete, dass ich heißes Wasser hinzufüge, was ich nicht getan habe. Stattdessen nutzte ich die Gelegenheit, um zu erklären, dass ich nicht nur Geld für Strom spare, sondern als Kalt-Bader generell eine bessere Gesundheit als alle anderen genießen werde.

Sie sagt, sie sei hocherfreut. Sie habe schon immer gesagt, heiße Bäder täten mir nicht gut.

Nervig.

Montag, 22. Juli

Hurra! Habe Vorstellungsgespräch beim Hauptkonkurrenten von *Life & Times*. Denn selbstverständlich bedarf es eines Gleichgewichts zwischen dem Entschluss, einem

Leben als Hamster im Rad des militärisch-industriellen Komplexes zu entkommen, und der Notwendigkeit, Geld zu verdienen. Jedoch kein Geld für Eier oder Auberginen.

Heimliches heißes Bad, um zu feiern.

Dann Artikel für Anastasia runtertippen.

Provisorischer Titel: ‹Weshalb Arbeit nicht das Maß aller Dinge ist›.

Provisorischer Untertitel: ‹William Walker feiert das karge, aber glückliche Leben eines befreiten Lohnsklaven›.

Ha!

Dienstag, 23. Juli

Kaltes Bad, weil es erbärmlich ist, zu jenen Menschen zu gehören, die etwas anfangen und dann nicht durchziehen. Nicht so spaßig wie das erste.

Anastasia gefällt der Artikel. Sie freut sich, dass ich glücklich bin, jetzt, wo ich die *Life & Times* verlassen habe. Ich bin froh, dass ich den Eindruck erweckt habe, glücklich zu sein.

Mittwoch, 24. Juli

Das Eglu ist geliefert worden. Der Eglu-Kurier versichert uns, dass das Flügelstutzen unseren beiden Hennen nicht wehtut. Es sei genau wie Zehennägel oder Hufe schneiden, nur dass es sich eben um Flügel handelt. Kein bisschen überzeugend, aber wenn wir bereit sind, Hühner zu essen, dann sollten wir auch in der Lage sein, Flügel abzuhacken.

«Ich mach das nicht», verkündet Isabel.

«Ich auch nicht», erwidere ich.

«Du hast doch die Dinger gekauft.»

«Das sind keine *Dinger*. Das sind Hühner. Und hast du nicht immer gesagt, du wünschst dir, du hättest dich in jemand praktisch Veranlagtes verliebt, in einen Bauern zum Beispiel.»

«Ja, weil ein Bauer in der Lage wäre, die Flügel eines Huhns zu stutzen. Und der würde auch keinen Hühnerstall für 388 Pfund im Internet bestellen.»

«Ich dachte, du hältst das für eine gute Idee.»

«Hör zu, mein Schatz, ich liebe dich. Ich weiß, dass du's zurzeit nicht leicht hast. Und ich werde alles tun, was dir hilft, das durchzustehen. Ich schaue dir sogar dabei zu, wenn du so tust, als fändest du kalte Bäder toll. Aber ich habe nie behauptet, dass ich 388 Pfund für zwei Hühner für eine sinnvolle Investition halte.»

Sie glaubt, ich habe eine Midlife-Crisis. Konzentration ist für den Rest des Tages im Eimer. Habe wohl den Lebensabschnitt erreicht, in dem meine Frau glaubt, ich werde verrückt. Ich bin sicher, das sollte jetzt noch nicht passieren. Als sie zu einem weiteren nachmittäglichen Kaffeekränzchen aufbricht, beschließe ich, ein Bier zu trinken und mir *Countdown* anzuschauen. Werde innerhalb einer Woche einen Job finden. Da kann ich genauso gut das Arbeitslosendasein genießen, solange es noch geht.

Und noch ein Bier.

Und noch ein Bier.

Schon vor 18 Uhr betrunken. Isabel kommt gleich zurück. Vier Dosen sehen schlecht aus. Verstecke Dosen draußen im Müll und putze Zähne. Erbärmlich.

Donnerstag, 25. Juli

WAS SIND DIE ERSTEN ANZEICHEN VON ALKOHOLISMUS?

‹Dies ist ein Selbsttest, der Ihnen dabei helfen wird herauszufinden, welche Rolle Alkohol in Ihrem Leben spielt›, heißt es, als ich ‹Was sind die ersten Anzeichen von Alkoholismus?› bei Google eingebe.

Frage 1: Trinken Sie je übermäßig, wenn Sie enttäuscht sind, unter Druck stehen oder sich mit jemandem gestritten haben?

Ja.

Frage 2: Vertragen Sie jetzt mehr Alkohol im Vergleich zu dem Zeitpunkt, als Sie anfingen, Alkohol zu trinken?

Natürlich. Als ich das erste Mal getrunken habe, erbrach ich mich auf den partout nicht zu öffnenden BH eines Mädchens. Weil es nämlich Malibu war und ich erst vierzehn.

Frage 3: Wenn Sie mit anderen Leuten trinken, versuchen Sie dann zwischendurch noch etwas zu trinken, von dem die anderen nichts merken sollen?

Ab und zu habe ich mir mal heimlich am Kühlschrank einen Schluck genehmigt.

Frage 4: Fühlen Sie sich manchmal ein wenig schuldbewusst ob Ihres Alkoholkonsums?

Nein, nicht manchmal. Immer.

Frage 5: Haben Sie es eiliger als früher, an Ihren ersten Drink des Tages zu kommen?

Also, ist das nicht ein bisschen übertrieben? Ich meine, das war doch nur einmal, dass ich heimlich am Nachmittag getrunken habe.

Frage 6: Hat ein Familienmitglied oder guter Freund je Bedenken ob Ihres Trinkverhaltens geäußert?

Nein, weil sie nichts davon wissen. Tagsüber Bier trinken ist mein schreckliches Geheimnis.

Frage 7: Versuchen Sie, Familienmitgliedern oder guten Freunden aus dem Weg zu gehen, wenn Sie trinken?

Können wir jetzt bitte aufhören?

Frage 8: Haben Sie durch Ihr Trinkverhalten mehr Probleme im finanziellen Bereich, bei der Arbeit, in der Schule und/oder mit der Familie?

Ha! Nein! Es ist genau andersherum. Du hast verloren, du blöder Internettest. Du hast verloren.

Genehmige mir einen frühen Drink, um zu feiern, dass ich kein Alkoholproblem habe.

Und ein heißes Bad.

Freitag, 26. Juli

Kaltes Bad.

Hühner müssen erst noch legen. Angeblich dauert das vier Wochen, aber das braune sieht aus, als wäre es bald so weit. Isabel freundet sich immer mehr mit dem Gedanken an. Sie will sie Thelma und Louise nennen, aber ich weigere mich, weil das hier eine Übung als Selbstversorger ist. Wenn wir ihnen Namen geben, werden sie zu Haustieren, und dann kommt es mir komisch vor, ihre Eier zu essen.

Die kurze Autofahrt nach dem Mittagessen, um Jacob zum Einschlafen zu bewegen, dauert länger als erwartet. Er durchschaut offensichtlich zunehmend die Strategie. Ich merke, wie fest er entschlossen ist, wach zu bleiben, egal, wie ultraeinschläfernd ich fahre. Wir werden einen Punkt erreichen, an dem ich vor ihm einschlafe und in einem Graben aufwache, während mich Jacob immer noch wach angrinst.

ULTRAEINSCHLÄFERNDES FAHREN: UNENTBEHRLICHE TIPPS, DIE SIE IN KEINER STRASSENVERKEHRSORDNUNG FINDEN

1. Der Motor muss auf exakt 3400 Umdrehungen oder 74 Kilometern pro Stunde im fünften Gang gehalten werden. Unter gar keinen Umständen sollte sich daran etwas ändern, wenn Ihr Kind gerade dabei ist einzunicken. Das Kind wird die Veränderung wahrnehmen und eine weitere halbe Stunde nicht einschlafen. Sollte die Beibehaltung dieser Geschwindigkeit erfordern, quer über Mini-Kreisverkehre, oder auch größere Kreisverkehre, zu fahren, dann sei's drum.
2. Sprechen Sie in leisem, murmelndem Tonfall über das leise Motorengeräusch hinweg. Sollte sich Ihre Frau im Auto befinden, so darf sie nichts sagen. Sie muss nur zuhören und dabei einen neutralen Gesichtsausdruck wahren. Wenn Sie allein sind, reicht ein rhythmisches Murmeln aus. Als würden Sie an der Vorbereitungsphase zu einem religiösen Opferritual in einem Indiana-Jones-Film teilnehmen.
3. Wenn es sich um einen sonnigen Tag handelt, sollten Sie nur auf schattigen Straßen in eine Richtung fahren, die keine direkte Sonne auf die Rückbank des Wagens fallen lässt. Sonnenblenden sind keine Lösung. Ihr Kind wird erahnen, dass es schlafen soll, und sich noch länger widersetzen.
4. Wenn irgendwie möglich, sollten kleinere Schlag-

löcher und Unebenheiten mit einbezogen werden, wobei alles, was über ein sanftes Rumpeln hinausgeht, das Gegenteil des gewünschten Effekts bewirken wird. Reflektoren zur Fahrbahnmarkierung eignen sich optimal zu diesem Zweck.

5. In Extremsituationen kann das Fahren auf der breiten weißen Linie zwischen Überholspur und Mittelstreifen einer Autobahn zu schneller Schläfrigkeit führen. Es sollte jedoch angemerkt werden, dass Frauen diese Methode meist ablehnen.

Als Jacob endlich einschläft, bin ich schon fast bei unserem alten Haus angelangt, das ich zerstört habe. Seit Wochen haben wir keinen Ton mehr von den Handwerkern gehört, woraus ich – wäre ich ein optimistischer Glas-halb-voll-Mensch – schließen würde, dass sie so eifrig damit beschäftigt sind, neue Decken und Böden einzuziehen, dass sie keine Gelegenheit hatten, mich auf den neuesten Stand zu bringen. Kann jedoch nicht schaden, einen kleinen Überraschungsbesuch einzulegen.

Es ist sinnlos, ein Glas-halb-voll-Mensch zu sein. Das Haus sieht schlimmer aus als damals, als ich es zerstört habe. Man hat alles herausgerissen, aber nichts wieder hineingetan. Der Garten ist von Unkraut überwuchert. Die Fenster sind schmutzig. Isabel darf es so keinesfalls sehen. Ihr gefällt es in unserem unfreundlichen Dorf ganz gut. Sie hat Rückhalt durch die zweigeteilte Babygruppe. Und solange diese Handwerker am Ball bleiben, wird die bösartige Brenda in ein paar Wochen für immer aus unserem Leben verschwinden.

«Ja, hallo, hier spricht William Walker. Ich rufe von unserem Haus aus an. Wie es scheint, haben Sie die Arbeit daran unterbrochen. Ich stehe jetzt vor der Tür, und Sie sind nicht da. Keiner von Ihnen. Können Sie mich bitte dringend zurückrufen?»

Ich ziehe in Betracht, zu einem Glas-vollkommen-leer-Menschen zu werden.

Samstag, 27. Juli

Kaltes Bad.

Keine Eier.

Kein Rückruf von den Handwerkern. Bleibt mir nichts anderes übrig, als Anastasias Anmerkungen zu meinem brutal unehrlichen Artikel über die Freuden der Arbeitslosigkeit anzugehen. Er brauche mehr emotionale Ehrlichkeit, sagt sie. Sie ist zwölf. Was weiß sie schon von Emotionen?

Montag, 29. Juli

Habe fünfmal bei Handwerkern angerufen, bis einer ranging. Klang noch dazu gereizt, als ob er versucht hätte, die vorherigen Anrufe zu ignorieren.

«Tut mir leid, Kumpel. Hab Ihre Nachricht bekommen. Wir versuchen, das Projekt am Laufen zu halten, aber wir waren in etwas anderes eingebunden, was länger dauert als geplant.»

«Aber Sie haben an meinem Haus gearbeitet. Wie können Sie da einen anderen Auftrag annehmen?»

«Nun, so ist das halt beim Film, Kumpel. Das ist schwer vorherzusehen.»

«Was soll das heißen, beim Film?»

«Wir machen ein paar von Alex' und Geoffs Shows. Habe ich das nicht erwähnt?»

Dienstag, 30. Juli

«Hallo, William, kommen Sie rein. Nehmen Sie Platz. Kaffee?»

Schon viel besser. Ein richtiger Redakteur. Alt. So etwa fünfundfünfzig. Riesiges Büro. Spirituosen-Kabinett.

«Ich hätte sehr gern einen Kaffee», erwidere ich und versuche, einen ruhigen, kultivierten Eindruck zu machen, als würde ich dauernd Kaffee trinken, was ich ja auch tue, und als wäre das gar nichts Ungewöhnliches, was es ja auch nicht ist, es ist nur Kaffee, also sollte ich vermutlich aufhören, mir Gedanken darüber zu machen, und ein bisschen normaler klingen, weniger wie ein obercooler Typ mit diesem ganzen Kaffee-Schwachsinn. Du meine Güte.

«Also, was ist denn da vorgefallen, William? Haben Sie sich mit Anastasia verkracht? Ich habe gehört, sie soll dort bei *Life & Times* ein strenges Regiment führen.»

«Nein, nein, nein, nein, nein, nichts dergleichen. Nun,

ja. Ein bisschen.» Jetzt klinge ich zögerlich und defensiv. Direkt vom Klar-hätte-ich-gerne-Kaffee-Getue zu dem hier. Er muss mich für schizophren halten oder so. Total aufgeschlossen in puncto Heißgetränke, aber ausweichend bei der Frage zur vorherigen Anstellung.

«Sagen wir einfach, Anastasia und ich waren nicht ganz einer Meinung, was die Ausrichtung der Zeitschrift betraf.» Besser, viel besser. Aber vielleicht ein bisschen zu dick aufgetragen.

«Verstehe.» Er nickt der Assistentin zu, die gerade unsere Espressi gebracht hat. «Inwiefern?»

Hätten wir es nicht dabei belassen können? Es klang ziemlich eindrucksvoll. Ich habe eine ganze Liste brillanter Ideen für seine Firma. Reden wir über die positiven Dinge.

«Es ging um neue Technologien. Internet. Twitter. Blogs. Sie wissen schon, ‹die Zukunft›.»

«Damit hatten Sie ein Problem?» O Gott. Was für ein Bein stellst du Idiot dir da gerade selber? Trink einen Schluck Kaffee. Beruhige dich. Atme tief durch. Nein, nicht während du noch am Kaffee nippst. Jetzt hast du geschlürft. Du hast deinen schicken Espresso in diesem großen protzigen Büro geschlürft, als hättest du noch nie vorher Espresso getrunken. Du hast ihn geschlürft, er ist dir in den falschen Hals geraten, und jetzt erstickst du. Du hast dich noch nie zuvor an Espresso verschluckt. Beruhig dich einfach. Beruhig dich und lüge. Deine Familie ist auf dich angewiesen.

«Nein, nein, überhaupt nicht. Ich war total dafür. Ich dachte, wenn wir zukünftig in der Verlagsbranche am Ball bleiben und einen Vorsprung vor der Konkurrenz bewahren wollen, Sie wissen schon, auf verschiedenen Plattformen eine Schnittstelle mit unseren Lesern kreieren, dass wir dann mit der neusten Technologie vertraut sein müssen. Wie, ähh, mit Blogs. Anastasia, die vielleicht zu jung ist, um gelernt zu haben, dass man ständig Schritt halten muss, hat das nicht so gesehen.»

Die Miene des Redakteurs war unergründlich. Typisch für diese Typen. Immer ein Pokerface. Aber ich hatte das Gefühl, den Nagel auf den Kopf getroffen zu haben. Ich nahm einen erfolgreicheren Schluck Espresso, verschränkte die Arme, bis mir einfiel, dass es sich dabei um defensive Körpersprache handelte, und entschränkte sie wieder. Dann kam seine Antwort.

«Ich halte das alles für Humbug. Twitter. Facebook. Das Problem mit euch Hackern ist, dass ihr keine richtige, gute Geschichte mehr schreiben könnt. Ihr seid alle viel zu sehr damit beschäftigt, virtuelle Freundinnen in Second Life zu heiraten. Also, hören Sie, ich hab jetzt eine Besprechung. Ich habe ja Ihren Lebenslauf hier. Wir lassen von uns hören.»

Er muss einen versteckten roten Knopf unter seinem Tisch gedrückt haben, denn als er aufhörte zu sprechen, kam sofort die Assistentin herein, jedoch ohne Lächeln und Espressi. Noch ehe ich das Gesagte zurücknehmen konnte, folgte ich ihr schon nach draußen. Das Vorstellungsgespräch war vorbei. Ich startete keine glänzende neue Karriere in den wunderschönen Büroräumen des Erzrivalen von *Life & Times*. Es hätte schlimmer kommen können. Der Knopf hätte eine Falltür zu einem haiverseuchten Swimmingpool öffnen können.

«Ach, Janet», rief er, als ich so gut wie weg war. Vielleicht bereute er es doch. Vielleicht wollte er mir noch eine Chance geben. «Janet, machen Sie mir einen Termin mit Anastasia von der *Life & Times*. Zum Mittagessen. Klingt, als wäre es doch wert, sie mal zu treffen.»

Mittwoch, 31. Juli

Zwei Briefe. Eine Bestätigung, dass ich die Stelle nicht bekommen habe, was in Ordnung ist, völlig in Ordnung, weil ich die blöde Stelle sowieso nicht will. Und einer von den Dorfältesten, unerlaubterweise vom Postler überbracht, was absolut *nicht* in Ordnung ist. Es hätte Berichte gegeben, fängt das Schreiben ganz melodramatisch an, dass wir die Nutzung unseres Grundstücks innerhalb des Gemeindebezirks verändert hätten. Landwirtschaftliche Nutzung sei unter Absatz 14.2 der Gemeindeordnung nicht gestattet. In Anbetracht der Tatsache, dass sie auf ihr letztes Schreiben (von Montag, 27. Mai, bezüglich unzüchtiger Zurschaustellung in Hauseinfahrt) keine Antwort erhalten hätten, könnten sie nur davon ausgehen, dass es sich hierbei um einen weiteren Versuch handle, den friedlichen Fortgang des Dorflebens zu stören.

«Jetzt haben sie's auf Thelma und Louise abgesehen», rufe ich zu Isabel ins Haus hinein.

«Was?», ruft sie zurück.

«Sie versuchen, uns unsere Hühner wegzunehmen.»

«Was?»

«Jetzt reicht's aber wirklich», rufe ich, lauter. «Ich werde ein für alle Mal für Ruhe sorgen.»

«Was ist los, mein Schatz? Ich kann dich nicht hören. Ich bin im Bad.»

Das ist sinnlos, denke ich bei mir. Warum versuche ich, mich lautstark mit meiner Frau zu verständigen, wo ich doch eigentlich die Sache durch aktives Handeln lösen sollte? Ich bin es leid, immer nur zu reden. Es ist an der Zeit, zur Tat zu schreiten. Ich stürme also wieder zur Tür hinaus und auf die Straße. Eigentlich sollte ich einen Baseballschläger dabeihaben oder, als echter Engländer, einen Kricket- oder Squashschläger oder, ja genau, einen Krocketschläger, denn erstens ist Bob ein Exbulle, und zweitens – sollte das hier unschön werden – habe ich schließlich keine Ahnung, was Brenda inzwischen alles im Kickbox-Unterricht gelernt hat, aus dem sie mich hat rauswerfen lassen.

Doch zu spät. Ich habe schon halb die Grünfläche überquert. Ich spüre, wie sich die Vorhänge bewegen, aber ich werde mich nicht aufhalten lassen.

Ich erreiche die Kneipe, und um ehrlich zu sein, lässt meine Entschlossenheit ein kleines bisschen nach. Das hier ist bloß eine verspätete Überreaktion auf das schreckliche Vorstellungsgespräch, sagt eine psychoanalytische innere Stimme. Nein, ist es nicht, sagt eine andere. Du kämpfst gegen einen korrupten und mobbenden Gemeinderat. Hier stehen Prinzipien auf dem Spiel. Aber Bob könnte dir wehtun, beharrt die erste Stimme. Nun, vielleicht werde ich einfach nur ein ernstes Wort mit ihm reden, sagt die zweite.

Ich ignoriere beide Stimmen und klopfe so unfreundlich wie nur möglich an die Kneipentür. Es ist erst neun Uhr morgens. Die Kneipe macht erst Stunden später auf. Vielleicht sind sie noch gar nicht wach. Ich klopfe noch einmal. Immer noch nichts. Dann höre ich hinter dem Haus ein Geräusch.

Als ich den Kopf über die Mauer des Biergartens strecke, sehe ich zwei Dinge: Bobs Windhund und Bob, der über dem Tier aufragt, einen riesigen Krocketschläger in der Hand – von der Sorte, wie ich gerne einen mitgebracht hätte.

Bobs Gesichtsausdruck ist fast schon heiter, obwohl im Morgenlicht wütender Schweiß auf seiner Stirn glänzt. Sein Tonfall verändert sich kein bisschen, als er dem Hund ganz ruhig erklärt, er hätte zum letzten Mal seine Morgenzeitung zerkaut.

Mir bleibt keine Zeit, um «Halt!» zu rufen. Mir bleibt für überhaupt nichts Zeit. Ehe der Hund kapiert, was los ist, hat Bob schon den Hammer auf die unglückselige Kreatur niedersausen lassen. Ein grauenhaftes Winseln, ein hündisches Knirschen, und dann Stille.

Bob schwingt den Hammer ein zweites Mal, und erst als ein feiner Sprühregen Hundeblut auf sein Hemd spritzt, verändert sich sein Ausdruck in Wut. «Das ist mein Lieblingshemd», brüllt er und schlägt wieder und immer wieder auf den Hund ein, wobei er furchtbare, vulgäre Dinge brüllt. Ich beschließe, dass jetzt vielleicht nicht der beste Zeitpunkt zur Konfrontation ist, und ziehe mich über den Dorfrasen zurück. Als ich rasch die Haustür hinter mir schließe, merke ich, wie meine Hände zittern.

AUGUST

‹Mein Vater hatte enormen Einfluss auf mich. Er war ein Verrückter.›

Spike Milligan

Donnerstag, 1. August

Ich wählte die Notrufnummer, um zu erfahren, dass es sich nicht um einen Notfall handle, wenn der Hund schon tot sei. Also rief ich bei der örtlichen Nicht-Notfall-Nummer an, wo ein Anrufbeantworter geschaltet war. Ich hinterließ keine Nachricht, weil ich nicht wollte, dass sie erfuhren, wer Zeuge des Mordes geworden war. Ich versuchte es später noch einmal und erreichte einen Mann, der klang wie Bob, aber nicht Bob sein konnte, weil der doch im Ruhestand war. Ich erklärte, was passiert war.

«Was, Bob von der Kneipe?»

«Ja, Bob von der Kneipe.»

«Der spielt kein Krocket.»

«Hören Sie, ich habe es mit eigenen Augen gesehen.»

«Wie heißen Sie, Sir?»

«Ich nicht geben Namen. Ich will bleiben anonym», erwiderte ich, spontan mit spanischem Akzent.

«Das hier ist aber kein schlechter Scherz, oder, Sir? Denn es handelt sich dabei um eine sehr schwere Anschuldigung.»

«Sehen Sie selber nach.»

«Kann ich heute nicht, Sir. Wir sind komplett ausgelastet. Wir schauen gleich morgen früh vorbei.»

«Aber bis dahin wird er sein Leiche los, *que*?»

«Wohnen Sie hier im Dorf, Sir? Ihre Stimme klingt irgendwie vertrau–»

Ich legte auf. Und seit diesem Moment, die ganze Nacht hindurch, abgesehen von ein oder zwei Stunden, in denen ich wegdöste, spähe ich zwischen den Vorhängen hindurch, über die Grünfläche hinweg, und warte darauf, dass die Polizei auftaucht. Isabel ist völlig schockiert. Sie fand den Windhund gut erzogen, zumindest relativ gut. Sie scheint den Knackpunkt nicht zu kapieren. Bob, der Ehemann des bösen Kickbox-Zwerges, hat sein eigenes Haustier brutal totgeschlagen. Nicht auszudenken, was er mit mir anstellen könnte.

«Bist du dir ganz sicher, dass er ihn umgebracht hat?», fragt sie unsinnigerweise.

Um die Mittagszeit, als ich mich auf dem Sofa langsam wund sitze, fährt ein Polizeiwagen vor. Ein Polizist, der aussieht wie Bob, steigt aus, rückt seine Mütze zurecht, schaut zu unserem Haus hinüber und spaziert dann zur Kneipentür. Bob macht auf, und zumindest aus der Entfernung sieht es so aus, als würden sie herzlich miteinander lachen. Dann verschwindet Bob wieder nach drinnen, um Augenblicke später dicht gefolgt von einem Windhund wieder aufzutauchen. Der Polizist kehrt zu seinem Auto zurück, winkt Bob und dem Hund zu und fährt dann davon.

Danach sitze ich lange im Garten und sehe Thelma und Louise zu, wie sie in ihrem Eglu auf und ab spazieren.

Ich habe den Krocketschläger gesehen. Ich habe das Windhundblut gesehen. Ganz sicher.

Samstag, 3. August

In der glühenden Hitze des ersten Augustwochenendes schreit der Dorfrasen förmlich nach einer Picknickdecke, aber es ist noch zu bald nach dem Hundemord, um sich nach draußen zu wagen. Ich kann das Klirren der Gläser im Dorfbiergarten fast hören. Aber ich weiß, was am Mittwoch passiert ist, ich hab's gesehen. Da bin ich mir ganz sicher. Ich meine, wie verrückt muss man sein, um sich auszudenken, dass ein Windhund von einem Krocketschläger plattgehauen wird? Also bleibe ich schwitzend im Haus und wünsche mir, es wäre Winter, bis Isabel sagt: «Jetzt reicht's» und wir spontan Richtung Felder und Wald fern des Hunde mordenden Dorfhäuptlings aufbrechen.

«Vielleicht war es gar kein richtiger Krocketschläger?», meint Isabel nach einer nachdenklichen Stille.

«Oder vielleicht habe ich mir das Ganze auch nur eingebildet?», erwidere ich wütend.

Ich verbringe den Nachmittag, indem ich mich von der seelenruhigen Gesellschaft von Thelma und Louise trösten lasse. Ich bewundere irgendwie die Einfachheit ihrer Existenz, auch wenn sie inzwischen so viel Biofutter vertilgt haben, ohne ein Ei zu legen, dass mir langsam Zweifel an diesem Wirtschaftsmodell kommen.

Montag, 5. August

Bin nach einem sehr lebhaften Albtraum, in dem man mich gezwungen hat, in Bobs Kneipe Hundeauflauf zu essen, früh aufgewacht. Beschließe, dass die Luft rein genug ist, um mit Jacob spazieren zu gehen. Brenda ist offensichtlich mit dem Ersatz-Windhund zu demselben Schluss gekommen.

Ich auf der einen Seite der Grünfläche. Sie auf der anderen. Und sie bleibt einfach stehen und starrt mich an. Ich starre zurück, teils, weil ich nicht zulassen werde, dass mich jemand ohne entsprechende Vergeltung einfach so anstarrt, auch wenn derjenige mit einem Psychopathen verheiratet ist, und teils, weil ich neugierig bin, ob sie mir in die Augen schauen kann, wo sie doch weiß, dass der Hund, den sie da hinter sich herzieht, nicht der alte ist, sondern eine Kopie, und sie sich damit des Hundsmordes mitschuldig macht.

Sie kann. Da ist nicht die Spur von Schuld. Sie starrt einfach ungerührt, bis ich weitergehe.

«Könnte ich bitte Anastasia sprechen?»

«Tut mir leid, die ist in der Mittagspause. Ich kann sie bitten, Sie zurückzurufen, aber –»

«Machen Sie sich keine Mühe.»

Dienstag, 6. August

Ich glaube, ich habe die Windhund-Tragödie überwunden. Beim Aufwachen fasse ich den Entschluss, unsere zwei reizenden Hühner vor einem ähnlichen Schicksal zu bewahren. «Hier ist Ihre Antwort», sage ich zum Postler und überreiche ihm einen Brief. «Geben Sie den Ihren Anführern.»

Er nickt, denn als Feinde verstehen wir uns langsam. Dann überreicht er mir ein Angebot von der Bank, eine neue Kreditkarte einzurichten, weil er trotz allem immer noch der Postler ist.

> Sehr geehrte Dorfälteste,
> ich finde Ihre Verfolgung meiner Familie sowohl geschmacklos als auch kleinlich – und alles wegen dieses unglücklichen, aber absolut nicht böswilligen Vorfalls im Avocado vor einigen Monaten, für den ich mich längst entschuldigt habe. Sie werden erfreut sein zu hören, dass wir es kaum erwarten können, Ihr Dorf zu verlassen und in die Zivilisation zurückzukehren. In der Zwischenzeit lassen Sie sich bitte versichert sein, dass zwei Hühner in einem Gehege noch keinen Bauernhof darstellen. Thelma und Louise bleiben. Jegliche weitere Belästigung wird sofort der Polizei und den Ämtern gemeldet.
>
> Mit freundlichen Grüßen
> William Walker

Mittwoch, 7. August

Die Hitze ist nicht zum Aushalten. Fünf Wochen ohne richtigen Job sind nicht zum Aushalten. So langsam lässt sich das nicht mehr verbergen, nicht einmal mit der Wunder wirkenden Aloe-vera-Antifaltencreme.

Thelma, Louise und Jacob scheinen alle drei die Hitze besonders schlecht zu vertragen. Keiner schläft mehr in dieser Familie. Nachdem ich anfangs, recht egoistisch, angenommen hatte, dass globale Erwärmung für diejenigen unter uns, die dadurch ein Klima bekämen, in dem man Schaumwein produzieren kann, nicht wirklich schlecht ist, überlege ich nun, ob ich nicht auf ein Kraftwerk klettern soll, um gegen die Verwendung fossiler Brennstoffe zu protestieren.

Habe wieder ein kaltes Bad genommen. Dann die Setzlinge mit abgeschöpftem Badewasser gegossen.

Donnerstag, 8. August

Heute Morgen habe ich zwei Möglichkeiten, während Isabel beim Einkaufen ist: Entweder kann ich mir *Alex & Geoff eilen zu Hilfe* anschauen, was aktuell das Einzige ist, was den weinenden Jacob beruhigt – vermutlich, weil selbst ein sieben Monate altes Kleinkind ihre blöden, überdrehten Stimmen unterhaltsam findet –, oder ich kann Jacob alleine vor den Fernseher setzen und weiter nach Jobs suchen.

Nachdem Alex sich zehn Minuten lang begeistert über einen pseudomarmornen Kamin ausgelassen hat, der niemals in das kleine Cottage passen wird, das *Alex & Geoff* gerade demolieren, halte ich es nicht mehr aus. Ich stütze Jacob mit ein paar Kissen und schleiche mich zum Computer davon. Es muss etwas passieren.

Während ich gerade ein Leben als Krankenhaus-Caterer in Betracht ziehe, bemerke ich plötzlich ein kleines Werbefenster, das in der Bildschirmecke vor sich hinblinkt. Ich klicke darauf, ein neues Fenster öffnet sich, beruhigende Musik ist zu hören, und eine freundlich klingende Amerikanerin spricht aus dem Computer zu mir: «Heute zeige ich Ihnen, wie Sie noch dieses Jahr über 100 000 Dollars IN BAR verdienen können! Und zwar ganz gemütlich *von zu Hause aus.*»

Ich bin doch nicht von gestern, denke ich. Und als ob sie meine Gedanken lesen könnte, erklärt die freundlich klingende Amerikanerin: «Ich bin sicher, Sie sind daran gewöhnt, eine Menge GIGANTISCHER Zahlen zu hören, wenn es ums Geldverdienen online geht, aber die Wahrheit ist, dass ich Ihnen zeigen kann, wie Sie online zwischen *realistischen* 50 und 675 Dollar pro Tag verdienen können.»

Das klingt in der Tat realistisch, aber ehe ich weiter nachforschen kann, fängt Jacob drüben an zu weinen. *Alex & Geoff* ist vorbei. Das Kind ist untröstlich.

Freitag, 9. August

Postkarte von Andy. Er ist in der Karibik. Hatte er vorher nicht mal erwähnt. Wir führen inzwischen eine Postkartenfreundschaft. Er ist mit Saskia unterwegs. Das Wetter ist traumhaft ... nicht so feucht wie in England. Ach, ich freu mich ja so für ihn. Jetzt, wo er in der Karibik ist, macht er sich noch mehr Sorgen um diese ganze Sexgeschichte. Ich finde, das Thema ist zu peinlich für eine Postkarte. Isabel schüttelt den Kopf, als sie es liest, und murmelt leise etwas vor sich hin, das wie ‹Nutte› klingt. Ich wechsele das Thema, indem ich erwähne, dass man im Internet zwischen realistischen 50 und 675 Dollar verdienen kann.

Isabel ist gerade dabei, mir zu erklären, dass jede Website, die umfangreiche Einkünfte von zu Hause aus gegen einen anfänglichen Einsatz von nur wenigen Dollar verspricht, ganz eindeutig Betrug ist, und ich bin fast so weit, ihr recht zu geben, als das Telefon klingelt.

«Hallo, Alex. Du willst Isabel sprechen? Isabel, Alex ist dran. Er will offensichtlich mit dir sprechen.»

Isabel übernimmt das Telefon, und nach ihrem Tonfall zu schließen, muss ich annehmen, dass Alex sich irgendeinen unheilbaren, fleischfressenden Supervirus eingefangen hat und jetzt mit seiner geliebten Isabel ein paar letzte Worte wechseln will, ehe er einen schrecklichen, langwierigen, üblen Tod stirbt. Leider ist dies allerdings wohl doch nicht der Fall, aber es sind trotzdem seit langem die besten Neuigkeiten überhaupt.

Alex & Geoff eilen zu Hilfe wurde abgesetzt. Die Sendung konnte mit ihrer ersten, urkomischen Eröffnungsfolge nicht mithalten. Ich weiß nicht, wie mein verräterischer Sohn damit klarkommen wird, aber ich zumindest bin hocherfreut.

«Ist es in Ordnung, wenn ich morgen Abend fortgehe? Alex und Geoff möchten gerne, dass wir ihnen dabei helfen, ihren Kummer zu ertränken. Und wir können ja nicht beide weg.»

«Was, also muss ich hierbleiben und mich um Jacob kümmern?», frage ich. «Ich meine, das würde ich natürlich tun, aber ich muss auf Thelma und Louise aufpassen. Wir wohnen nur dreihundert Meter von einem Mann entfernt, der Tiere mit Sportgeräten tötet.» Ich ernte wieder mal einen Mach-dich-nicht-lächerlich-Blick, was echt unfair ist, denn warum sollten Thelma und Louise leiden müssen, nur weil Alex' und Geoffs Show Müll war? Ich hatte ihnen nicht mal Namen geben wollen. Ich wollte sie als Arbeitstiere halten, nicht als Haustiere, sozusagen. Aber dazu ist es jetzt zu spät. Sie gehören zur Familie. Alex nicht.

Andererseits ist ein Abend, an dem ich es nicht schaffe, Jacob zu beweisen, dass ich während Isabels Abwesenheit ein fähiges Elternteil sein kann, ein geringer Preis für ein gesegnetes Alex-freies Fernsehprogramm.

Samstag, 10. August

Ich fass es nicht. Er ist eingeschlafen. Da war ich auf Stunden der Hysterie vorbereitet, auf unzählige Runden um den Block und einige verzweifelte, um Vergebung bittende Stoßgebete an die Götter, und prompt ist er eingenickt. Hat ein ganzes Gläschen eklige Brokkoli-Nudeln verdrückt, sich totgelacht, während ich meinen Regentanz aufgeführt habe, dann geweint, als ich aufhörte, wieder gelacht, als ich wieder anfing, geweint, als ich weitermachte, und als ich aufgehört habe, ist er eingeschlafen. Plötzlich habe ich einen ganzen Abend für mich. Ich muss in den kommenden Stunden keinen Regentanz oder sonst etwas aufführen.

Als ich gerade nochmal einen kurzen, unverbindlichen Blick auf die Wie-man-Millionen-verdient-ohne-sein-Dorf-zu-verlassen-Website werfe, fällt mir eine weitere Werbeanzeige auf, und zwar für eine Poker-Seite. Nun bin ich mir durchaus bewusst, dass Spielen eine süchtigmachende, gefährliche und, im Cyberspace, weitgehend unkontrollierte Möglichkeit ist, Geld zu verlieren. Dieses virtuelle Casino jedoch bietet für meine 50 Pfund Einsatz ebenfalls 50 Pfund. Also könnte ich für 50 Pfund spielen und dann aussteigen. Ich hätte vielleicht nichts verdient, aber auch nichts verloren.

Minuten später spiele ich Poker mit Menschen, bei denen es sich, wie ich nur vermuten kann, um gelangweilte amerikanische Hausfrauen handelt.

Um 20 Uhr 30 bin ich bei 180 Pfund. Irgendwo im Mittleren Westen wird eine Hausfrau einiges erklären müssen, wenn ihr Göttergatte die Kreditkartenabrechnung bekommt. Eine Stunde später bin ich bei 390 Pfund. Als Isabel heimkommt, bei 850 Pfund.

«Was machst du denn, Liebling?»

«Nichts. Checke nur meine E-Mails. Hattest du einen schönen Abend?»

«Na ja, mehr oder weniger. Geoff ist nicht mitgekommen. Sie hatten sich wegen der Fernsehshow gestritten. Also waren wir nur zu zweit, aber das Restaurant war nett.»

«Ist er immer noch garantiert schwul?»

«Sehr witzig.»

Sonntag, 11. August

Habe es geschafft, mitten in der Nacht nochmal zwei Stunden einzulegen, aber es lief nicht so gut. 200 Pfund verloren. Darf nicht zu überheblich werden. Muss ruhig bleiben. Weiterhin so spielen wie bisher. Habe einen Artikel von einem professionellen Online-Zocker gefunden. Er verdient 20 000 Pfund im Monat. Wenn ich ein Fünftel davon schaffen würde, wären alle unsere Sorgen wie weggeblasen. Wobei das hier natürlich nur eine kleine Spielerei nebenher ist. Man muss mit dieser ganzen Internet-Zockerei echt vorsichtig sein. Das ist ein Spiel für Idioten. Werde also vorsichtig weiter verfahren und Isabel erst von unserer neuen Einkommensquelle erzählen, wenn ich ein echter Profi bin.

Montag, 12. August

Das Erfreuliche ist, dass ich wieder 200 Pfund aufgeholt habe. Weniger erfreulich ist, dass ich dazu die ganze Nacht gebraucht habe und von Isabel entdeckt wurde. Erfreulicherweise gelang es mir, schnell aufs E-Mail-Programm zu wechseln und gerade noch Schlaflosigkeit vorzutäuschen. «Liebling», sagte sie, «bald wird alles wieder gut. Versuch, dir nicht so viele Sorgen zu machen.» Unerfreulicherweise habe ich Schuldgefühle, weil ich es ihr hätte sagen sollen. Je länger ich es ihr nicht sage, umso länger lebe ich mit der Lüge. Allerdings hätte sie mich vermutlich umgebracht, wenn ich es ihr gestanden hätte, egal, ob ich im Plus bin oder nicht. Da ist es besser, ich tue ihr leid, während ich ein Vermögen anhäufe.

Ebenfalls erfreulich ist, dass die Handwerker nach dem Ende von *Alex & Geoff* nun wieder an unserem Haus arbeiten. Unerfreulich: «Mitte September, Kumpel, wie wir ja gleich gesagt haben.»

«Am 22. April sagten Sie vier Monate. Das ist der 22. August, nicht September.»

«Nun, na ja, Sie wissen doch, manche Dinge verschieben sich. Ein bisschen wie bei Ihrer Badewanne. Ha, ha, ha. Nein, tut mir leid, Kumpel. Wir tun unser Möglichstes, aber ich würde sagen, Mitte September kommt hin, Hand aufs Herz. Wir hatten ja nicht damit gerechnet, dass wir das Erdgeschoss auch neu machen müssen, nicht wahr?»

Dienstag, 13. August

Ein Ei. Louise, oder vielleicht auch Thelma, hat ihr erstes Ei gelegt. Ich bin ziemlich emotional aufgewühlt. Mehr, als man es bei einem Ei erwarten würde. Muss am Schlafmangel aufgrund meiner nächtlichen Karriere als professioneller Spieler liegen (926 Pfund, nicht schlecht, Herr Specht). Das Ei vereint die Familie. Isabel freut sich. Jacob nimmt's gelassen.

«Können wir es essen?», frage ich Isabel.

«Ich wüsste nicht, weshalb nicht.»

«Na ja, es ist das erste. Vielleicht ist das wie mit der ersten Windel, du weißt schon.»

«Sei nicht albern. Das ist ein Ei.»

«Vielleicht ist es innen ganz sirupartig.»

«Gekocht oder gebraten?»

«Ich kann das jetzt nicht essen. Es kommt mir nicht richtig vor.»

Mittwoch, 14. August

Heute zwei Vorstellungsgespräche: bei einer Zeitschrift über Bausatzautos und einer über Babys. Eine Übergangslösung. Es gelang mir bei der ersten nicht, überzeugend zu beweisen, dass ich ausreichend Maschinenbauwissen besitze (ich dachte, es sei ein Witz, als sie mich danach fragten, und habe dann so getan, als hätte mir Physik in der Schule Spaß gemacht, aber es war zu spät), und entsetzte die Redakteurin der zweiten Zeitschrift mit einem Witz über das Kindermedikament Medised, den sie kapiert hätte, wenn sie selber Kinder hätte. Sie verstand ihn jedoch nicht, hatte aber eine scheinheilige Einstellung zum Elternsein.

Sehr deprimiert, bis ich nach Hause komme und Jacob sitzend vorfinde.

«Er sitzt», sage ich zu Isabel, die eine Zeitschrift liest, die sie im Dorfladen gekauft hat, obwohl ich sie gebeten hatte, ihn zu boykottieren. Ich ignoriere diese Tatsache jedoch, denn ... «Schau doch, er sitzt!»

Sie wirft einen ganz unbeteiligten Blick zu Jacob hinüber. «Ja, tut er. Hat er schon den ganzen Morgen gemacht.»

«Na, das ist doch gut, oder? Knapp über sieben Monate. Ist das gut? Ich meine, wie ist es im Vergleich?»

«Was meinst du?» Sie weiß genau, was ich meine.

«Wie ist das im Vergleich zu den anderen Babys in der Gruppe?»

«Er ist der Erste.» Sie seufzt. «Aber er ist einen Monat älter als die anderen.» Warum muss sie es verderben? Warum muss sie Jacobs unglaubliche Erfolge immer gleich relativieren?

«Und, zeigen die anderen auch nur die leisesten Anzeichen, sich aufsetzen zu wollen? Oder liegen die alle bloß rum?»

«Jedes Baby lernt in seinem eigenen Tempo. Es ist kein Wettbewerb.» Wieder die alte Leier. Ich muss im Internet nach ordentlichen Antworten suchen.

Und jetzt bin ich wieder deprimiert. Nachdem ich die

ganzen Hippie-Websites ignoriert habe, die mich drängen, ja keinen Zeitplan für mein Kind aufzustellen, finde ich eine, auf der steht, sieben Monate sei ein ganz normales Alter fürs Hinsetzen. «Ganz nach Plan», steht da. Also ist Jacob bloß normal ... obwohl ich immer noch der Meinung bin, dass er eine ziemlich steile Entwicklungskurve hinlegt. In kürzester Zeit wird er laufen. Dann werden wir ja sehen, wer hier normal ist.

Ich tröste mich mit einem schnellen Spielchen. Bin kurz vor den 1000 Pfund, aber dann kommt Isabel rein, und ich mache offensichtlich einen verdächtigen Eindruck.

«Was machst du da?»

«E-Mails checken.»

«Schon wieder?»

«Die neue Stelle wird sich nicht von alleine finden.»

Isabel sieht mich aus zusammengekniffenen Augen an und geht wieder hinaus. Als ich zum Casino-Fenster zurückwechsele, habe ich ein Blatt verloren. Wieder auf 910 Pfund, und meine Frau glaubt, ich bin süchtig nach Internetpornos.

Donnerstag, 15. August

Louise hat noch ein Ei gelegt, aber Thelma scheint Probleme zu haben. Seit einer Stunde hängt ihr hinten ein großes rotes Ei heraus. Nach einer langen und extrem unangenehmen Diskussion darüber, ob ein erstes Ei rot sein sollte (schließlich haben wir das erste von Louise nicht herauskommen sehen, und vielleicht gibt es so eine Art Jungfernhäutchen-Membran), beschließen wir abzuwarten.

Eine Stunde später bin ich im Eglu-Chat-Forum. Nichts über rote Eier, dafür eine ziemlich grauenvolle Diskussion über Hühner-Prolaps. Ein Huhn namens Fenn hat eine blutende Kloake, an der die anderen Hühner herumpicken.

‹Vielleicht würde es helfen, ihre Kloake in warmem Salzwasser zu baden, um sie zu reinigen›, schlägt ein anderer Eglu-Benutzer vor. ‹Wenn es sich um einen Prolaps handelt, dann kann dieser ganz vorsichtig mit ein bisschen Vaseline oder Gleitmittel wieder hineingeschoben werden.›

O Gott.

Obwohl ich wirklich nicht in Stimmung für irgendwelche Dorf-Dummheiten bin, marschiere ich quer über die Grünfläche zum Dorfladen. «Ich hätte gerne Vaseline oder Gleitmittel. Und, nur damit Sie's wissen, es ist nicht für irgendetwas Unanständiges, sondern für Thelma. Sie ist ein Huhn. Verstanden?»

Ich bin schon wieder halb zu Hause, als ich noch einmal umdrehe.

«Weil sie unter einem Prolaps leidet. Nicht weil ich Sex mit ihr haben will. Also schicken Sie mir nicht noch einen Brief. Verstanden?»

«Ich hab die Vaseline, Schatz.»

«Prima, hier hast du Handschuhe.»

«Ich mach das nicht. Das ist definitiv Frauensache.»

«Du machst das. Es ist *deine* Henne.»

Ich bin nicht in der Lage, über das dann Folgende zu reden. Sagen wir nur so viel: Das rote Ei ging wieder hinein – und kam wieder heraus. Dann noch einmal. Und noch einmal. Wenn der Prolaps immer wieder passiert, bringen Sie das Huhn zum Tierarzt, steht im Forum. Ich rufe den Tierarzt an, aber die Praxis ist für den Rest des Tages geschlossen, obwohl es erst 16 Uhr ist. Thelma wird die Nacht durchhalten müssen. Ich biete an, wach zu bleiben.

Um vier Uhr morgens habe ich 700 Pfund verloren, vor allem an amerikanische Hausfrauen, die wesentlich besser zu spielen scheinen als noch letzte Woche. Oder die Belastung durch Thelmas Krankheit und das Wissen, dass ich nicht mal einen Job bei einer Bausatzauto-Zeitschrift bekommen kann, hinterlassen langsam ihre Spuren.

Ich bin aber immer noch bei 210 Pfund. Oder eher 160, wenn man meine 50 Pfund Einsatz abzieht. Ich sollte jetzt einfach aufhören. Wir brauchen das Geld.

Freitag, 16. August

Nochmal zwei Eier von Louise, die anscheinend keinerlei Taktgefühl besitzt, wenn man bedenkt, dass ihrer Schwester ein riesiger roter Klumpen aus dem Hintern hängt. Isabel willigt ein, ihr Kaffeekränzchen abzusagen, damit wir alle zusammen zum Tierarzt fahren können.

Der Tierarzt sieht aus wie Bob.

«Das ist ein Prolaps», diagnostiziert er emotionslos. Für ihn ist Thelma bloß ein Huhn.

«Ich weiß. Können Sie irgendetwas tun?»

«Nicht wirklich. Wenn es sich bis jetzt noch nicht wieder zurückgezogen hat, wird eine ziemlich komplizierte Operation nötig sein.»

«Und was würde das kosten?»

«Schwer zu sagen. Bis zu 910 Pfund.» Die exakte Summe, die ich bis gestern Morgen um drei beim Spielen gewonnen hatte. Wenn ich nicht so ein Trottel gewesen wäre, hätte ich zahlen können. Ich hätte Isabel von dem Gewinn erzählen können, sie hätte sich vielleicht gefreut und mich das Geld für Thelmas Rettung ausgeben lassen. Aber jetzt muss Thelma sterben.

«Was kostet es, sie einschläfern zu lassen?»

«Neunzig, plus Mehrwertsteuer.»

«Vielen Dank. Wir nehmen sie mit nach Hause», erklärt Isabel. «Das können wir selber erledigen.»

Und jetzt muss Thelma, wegen mir, einen Tod durch Amateure sterben.

Samstag, 17. August

Ich kann immer noch nicht fassen, dass Isabel es getan hat. Auf einen Besen gestampft, der über dem Hals der armen Thelma lag. Hätte sie sich keine weniger barbarische Methode ausdenken können? Nein, angeblich ist das kurz und schmerzlos. Sie hat es in einer BBC-4-Reportage gesehen, und wenn wir nicht bereit wären, mit den Gegebenheiten der Hühnerhaltung klarzukommen, sollten wir keine Hühner haben und auch kein Hühnchen essen, erklärte sie. Na gut, sagte ich, aber war sie sich wirklich ganz sicher, dass es schmerzlos war, als Thelma eine ganze Minute lang in immer kleiner werdenden Kreisen mit schlappem Hals herumrannte, einen überraschten Ausdruck auf ihrem kleinen Hühnergesicht, bevor sie schließlich zusammenbrach und den letzten Schnaufer tat, denn besonders kurz war es nicht gerade.

«Ja», erwiderte Isabel, und wir haben seither kein Wort mehr gesprochen.

Sonntag, 18. August

Brenda führt den Ersatz-Windhund spazieren. Ich führe Jacob spazieren, damit Isabel wie immer einmal pro Woche ausschlafen kann. Keiner von uns beiden ist in Ausweichlaune, also bleibt uns nichts anderes übrig, als aneinander vorbeizugehen.

Und sie grinst. Sie grinst tatsächlich.

«Was grinsen Sie denn so?», frage ich, und sie sagt: «Ach, nichts», immer noch grinsend. Und obwohl wir seit Monaten nicht mehr direkt miteinander gesprochen haben, merke ich sofort wieder, wie wenig ich sie leiden kann.

«Schon lange keine sinnlosen, pingeligen, engstirnigen Briefe von Ihrer kleinen Truppe aufgeblasener Stadträte mehr bekommen», sage ich, was das Grinsen aus ihrem Gesicht vertreibt.

«Tut mir leid mit Ihrem Huhn», sagt sie, was das Grinsen aus meinem vertreibt.

«So was wie eine Tierarzt-Schweigepflicht gibt es in diesem Ort wohl nicht?»

«Bobs Cousin hält uns gerne über alle Vorkommnisse hier in der Gegend auf dem Laufenden.»

«Soll das ein Scherz sein?», frage ich, aber sie geht gar nicht darauf ein.

«Werden Sie noch länger in unserem Dorf bleiben?», will sie wissen. «Nur, weil Sie in Ihrem Brief geschrieben haben, Sie würden bald gehen.»

«Wir gehen, wann es uns passt, vielen Dank.»

«Nun, dann wollen wir mal hoffen, dass das andere Huhn ... dass ihm nichts zustößt ... in der Zwischenzeit.»

«Was wollen Sie damit sagen?»

«Hühner sind Schädlinge. Sie sollten nicht im Garten gehalten werden. Sie ziehen Ratten an.»

«Wenn Sie diesem Huhn auch nur eine Feder krümmen, dann werden Sie dafür bezahlen.»

«Wie denn? Wollen Sie mich dann wieder ins Gesicht schlagen? Wenn ich gerade nicht hinschaue? Da hätten Sie keine Chance. Sie dürfen nicht vergessen, dass *ich* den Kurs bis zu Ende besucht habe.»

Und mit diesen Worten stürmt sie davon. Was endlos dauert, weil sie so kurze Beinchen hat.

• • •

Um mich abzuregen spiele ich eine Runde. Als Isabel schließlich aufwacht, habe ich nur noch ein Pfund. Also fehlen mir 49 Pfund. Ich täusche Kopfschmerzen vor, um nicht mit zum Mittagessen zu ihren Eltern zu müssen, und bis sie zurückkommt, sind es schon eher minus 150 Pfund. Oder 200, wenn ich ehrlich bin.

Montag, 19. August

Mein Geburtstag. Zweiunddreißig Jahre alt. Arbeitslos. Nicht einstellbar. Gebe Geld, das wir nicht haben, für Onlinespiele aus statt für unseren wunderschönen Sohn und ein sterbenskrankes Huhn. Das ist der schlimmste Tag meines Lebens.

Und er wird bald noch schlimmer. Mum ruft an, um mir zu gratulieren, und erzählt mir, wie immer, in allen gruseligen Einzelheiten, wie entsetzlich meine Geburt war («Vor zweiunddreißig Jahren lag ich um diese Zeit im Koma, verursacht durch die Größe deines Kopfes»), um anschließend zu berichten, dass eine Freundin von ihr als Vertreterin für Aloe-vera-Produkte gutes Geld verdient. Sie könne da mal für mich nachforschen, wenn ich mag.

Isabel hat auf meine strenge Mahnung gehört, mir nichts Teures zum Geburtstag zu kaufen, weil wir kein Geld haben und ich ohnehin nichts brauche. Sie schenkt mir Marmelade und eine sehr große Teetasse.

Obwohl das natürlich gut ist, schaue ich wohl etwas enttäuscht drein.

«Du hast doch gesagt, ich soll kein Geld ausgeben.» Sie klingt besorgt.

«Ja, aber das hättest du nicht ganz so wortwörtlich nehmen müssen», antworte ich und verstreiche Geburtstagsmarmelade auf meinem Toast.

«Ich dachte, du würdest dich freuen. Nachhaltig leben. Selbstversorger. Der Tyrannei des militärisch-industriellen Komplexes entkommen. Blablabla.»

«Wie würdest du dich denn fühlen, wenn ich dir ein Glas Marmelade zum Geburtstag schenken würde?», frage ich, denn ich weiß genau, dass kein Mann je mit Geburtstagsmarmelade durchgekommen ist.

«Ich wäre enttäuscht, weil ich nämlich genau wüsste, dass du sie eigentlich für dich gekauft hast. Aber wenn du mir Honig schenken würdest, wäre ich hocherfreut.»

Das ist gelogen, aber ich bin nicht in Stimmung für Widerspruch. Ich muss dieses Geld zurückgewinnen. Und, nein, ich möchte kein Geburtstagspicknick.

Dienstag, 20. August

Stehe mit 250 Pfund in der Kreide. Ich habe die Nacht meines Geburtstags mit Geldverlieren verbracht. Kurze Zeit waren es nur 150, aber dann habe ich Panik bekommen, und jetzt sind es 250 Pfund. Ich muss den Schaden begrenzen und aufhören. Ich muss mein Konto auflösen, alle meine Kreditkarten zerschneiden oder mir eine andere, weniger destruktive Sucht suchen, wie zum Beispiel Heroin. Oder ich muss mich beruhigen, mich selbst davon überzeugen, dass ich innerhalb weniger Stunden wieder da hinkommen kann, wo ich letzte Woche war, auch wenn ich jetzt in den Miesen bin. Und dann höre ich auf.

Mittwoch, 21. August

Bin mit 780 Pfund in den Miesen und habe seit Tagen nicht mehr geschlafen. Dieses Doppelleben lässt sich nicht länger aufrechterhalten. Ich habe Isabel erzählt, die *Life & Times* hätte mich gebeten, noch einen Artikel zu schreiben, deshalb würde ich so viel Zeit am Computer verbringen. Aber Isabel will den Artikel dauernd lesen. Und ich sage immer wieder, er sei noch nicht fertig. Um also dieses ganze albtraumhafte Geheimnis zu hüten, muss ich nicht nur das Geld zurückgewinnen, das ich verloren habe, sondern auch noch einen Artikel schreiben, den die *Life & Times* gar nicht will. Weil ich es ihr jetzt nicht mehr erzählen kann. Das hat alles nur deshalb angefangen, weil ich meine Frau und mein Kind versorgen muss, die darauf angewiesen sind, dass ich verantwortungsbewusst bin und ein Einkommen habe. Der Effekt ist nun das ziemliche Gegenteil – wer hätte das ahnen können, verdammt nochmal? Ich muss das besser machen. Und ich muss es schaffen, ohne dass irgendjemand je davon erfährt.

Donnerstag, 22. August

1200 Pfund. Sollte es da nicht irgendein Limit geben? Sollte sich nicht die Kreditkartenfirma einschalten und meinen Verwandten erzählen, dass ich hoffnungslos die Kontrolle verliere? Sollte meine Pechsträhne nicht irgendwann ein Ende haben?

Freitag, 23. August

1900 Pfund. Es ist mir inzwischen schon völlig egal. Mein Leben ist vorbei. Ich muss es Isabel sagen. Geheimnistuerei ist in Ordnung, wenn man noch Hoffnung hat, die Dinge berichtigen zu könne, aber die habe ich nicht mehr. Ehrlichkeit ist die am wenigsten schlimme Option. Trotzdem wird Isabel mich verlassen müssen. Und das werde ich nicht akzeptieren, weil ich ein hoffnungsloser, verzweifelter, alkoholsüchtiger Online-Zocker sein werde. Ich werde mitten in der Nacht vor ihrem Haus auftauchen und heulen wie ein Mädchen. Es wird ihr nichts anderes übrigbleiben, als vor Gericht eine einstweilige Verfügung gegen mich zu erwirken. Man wird mir nicht mehr erlauben, Jacob zu sehen, und ich werde mich aus Protest als Comic-Superheld verkleiden müssen. Jacob wird ohne Vaterfigur aufwachsen. Er wird keinen gesunden Wettbewerbsinstinkt entwickeln. Er wird erst mit vier laufen lernen. Er wird werfen wie ein Mädchen.

«*Cat World*, hallo.»

«Hallo, hier spricht William ... William Walker. Ich habe mal da gearbeitet. Hier. Ja. Könnte ich Janice sprechen? Ich wollte nur fragen, ob momentan irgendwelche Stellen frei sind ... ja ... Janice ... Hallo, wie geht's? Wie geht's den Katzen? Ja, ich weiß ... ahhh, was für ein süßer kleiner Fratz ... wirklich. Die sind so was von clever, nicht wahr? Manchmal glaubt man, sie verstehen jedes Wort ... Hör zu, ich habe mich nur gefragt, ob zufällig gerade eine Stelle frei ist bei ... was? Wirklich. Nein, nein, das ist völlig in Ordnung ... Ja, kann ich. Ja. Gut. Dann bis Dienstag.»

Habe meinen alten Job zurück. Als Übergangslösung. Aber die ‹Gut genug für Ihren Teller?›-Kolumne kriege ich nicht mehr. Die schreibt Janice jetzt selbst.

Samstag, 24. August

Isabel versteht nicht, weshalb ich zu *Cat World* zurückgehe, weil ich erstens die Arbeit dort gehasst habe und ich es zweitens ja auch nicht nötig habe, wo ich doch offensichtlich so viel an Artikeln für die *Life & Times* arbeite. Ich verbringe den ganzen Tag damit, mich nicht im selben Zimmer wie der Computer aufzuhalten. Dann überlege ich plötzlich, ob Samstag wohl der Tag ist, an dem die Nicht-Profis spielen. Also schaue ich schnell mal rein ... höchstens zehn Minuten ... und vier Stunden später habe ich schon wieder, unter der Vorgabe arbeiten zu müssen, Jacob nicht ins Bett gebracht. Und weitere 100 Pfund verloren.

Montag, 26. August

Heute, am Feiertags-Montag, waren wir mit der Babygruppen-Grillparty dran, und angeblich ist alles, was passiert ist, meine Schuld. Zu meiner Verteidigung muss ich anführen, dass ich im Stress war, weil mir alles anbrannte – und wir haben ohnehin nur Würstchen gegrillt, nicht Hummer und Lamm wie bei Teresa, und Champagner gab es auch nicht. Und ich war erschöpft, und es war sehr, sehr, sehr schwül. Teresa sagte so etwas wie: «Oh, sitzt Jacob jetzt auch endlich. Wir sitzen schon seit zwei Wochen, nicht wahr, Mausilein, und wir sind erst sechs Monate alt. Wie schnell sie doch groß werden.»

Und ich sagte so etwas wie: «Ich habe eine tolle Idee, Teresa. Lass uns doch ein Wett-Stehen veranstalten. Schauen wir mal, welches Kind es als Erstes schafft. Ich werde meinem Sohn Beinschienen anlegen. Du kannst ja eine Art Puppengeschirr für deine Tochter improvisieren.»

Und Annabel kicherte. Sogar Pete, Teresas gehetzter, gequälter Ehemann grinste.

Teresa sagte: «Verpiss dich, Annabel. Und verpiss dich, William.»

Und dann brach sie in Tränen aus, weil sie anscheinend viel empfindlicher ist, als sie es sich anmerken lässt.

Jetzt, wo die Babygruppe endgültig entzweigebrochen ist, ist Isabel sauer auf mich, weil es mir ja egal sein kann, wenn ich mir überall im Dorf Feinde mache. Da sie und Jacob aber ihre ganze Zeit hier verbringen, hätte sie gerne ein paar Freunde. Das ist problematisch, weil ich ihr eigentlich heute Abend von der Pokergeschichte erzählen wollte, und jetzt muss ich noch länger mit der Lüge leben.

Habe außerdem weitere 250 Pfund verloren.

Dienstag, 27. August

Bei *Cat World* hat sich nichts verändert. Es riecht immer noch nach Katze. Die Menschen, die hier arbeiten, lieben immer noch Katzen. Sie sind immer noch völlig gegen Hunde.

2312 Pfund in den Miesen.

Mittwoch, 28. August

Ich muss dasitzen und zusehen, wie Janice Katzenfutter für die ‹Gut genug für Ihren Teller?›-Kolumne isst. Das war meine Kolumne und als Witz gedacht. Aber während ich immer nur einen winzigen, winzigen Bissen nahm, mir danach den Mund auswusch und irgendetwas von einem Hauch Stachelbeere mit Kaninchenlippen im Abgang zusammenfabulierte, isst sie als Mittagessen die ganze Dose. Und ihre Kolumne ist todernst, mit Nährwertangaben und Informationen über die Qualität des verwendeten Fleisches.

2619 Pfund.

Donnerstag, 29. August

Heute habe ich eine Frau interviewt, die sehr seltene Chinchilla-Perser züchtet, und sie dazu befragt, wie man das Fell einer Katze zum Glänzen bringt. Wenn man bedenkt, dass ich einst (beinahe) Hillary Clinton interviewt hätte.

3221 Pfund.

Freitag, 30. August

Einige Leser haben heute ihre Katzen vorbeigebracht, also hat niemand im Büro gearbeitet, weil alle so begeistert von den Katzen waren. Jemand hat gebrauchtes Katzenstreu in den Mülleimer neben meinem Tisch gekippt. Das hier ist kein menschenwürdiger oder hygienischer Arbeitsplatz. Und ich verspiele mehr, als ich verdiene.

3412 Pfund.

Samstag, 31. August

Ahh, Wochenende. Keine Katzen. Keine Katzeninterviews. Nur ich, meine Frau, mein wunderbarer Sohn und Louise, unsere höchst produktive Eierlegerin.

Allerdings zwingt mich Isabel, bei Teresa vorbeizugehen und mich zu entschuldigen. Und statt meine Entschuldigung gnädig anzunehmen, meint Teresa bloß:

«Ach, das? Ich habe doch nur gescherzt. Das macht mir gar nichts aus. Danke für die Brötchen.»

Als ich nach Hause komme, ist Isabel weiß wie ein Leintuch.

«Ist Jacob was passiert?», rufe ich, bevor mir klar wird, dass sie die Kreditkartenabrechnung aufgemacht hat. Und die Gesamtsumme gesehen hat. O Gott.

«Vierzehnhundert Pfund?!», schreit sie, noch ehe ich etwas erklären kann. Und ich antworte nicht, weil ich mir denke, Gott sei Dank hat sie nur die Buchungen bis letzte Woche gesehen. Sie wäre außer sich, wenn sie wüsste, wie das seither außer Kontrolle geraten ist. Aber ich sollte wirklich etwas erwidern, denn ...

«Bei LiveWettPoker? Bist du wahnsinnig? Reicht es nicht schon, dass du deinen Job hingeschmissen und uns obdachlos gemacht hast? Jetzt verspielst du auch noch unser ganzes Geld. Nicht mal *unser* Geld ... das Geld meiner *Eltern*? Wen habe ich da geheiratet? Was hab ich bloß getan?»

«Es tut mir leid, mein Schatz.» Ich kann nicht fassen, dass auf der Kreditkartenabrechnung LiveWettPoker steht. Ungefähr hundert Mal. Könnten die sich nicht etwas weniger Schlimmes ausdenken, wie zum Beispiel TotalHeiße-Hausfrauen?

«Das machst du also jede Nacht? Wenn du behauptest, du würdest arbeiten? Dann hast du gespielt?»

«Nun, ja, aber –»

«Aber was? Bist du des Wahnsinns? Warum tust du das? Warum?»

Jetzt weint sie. Und jetzt geht sie. Sie packt Taschen,

befiehlt mir, den Bugaboo ins Auto zu packen, und sagt, ich sei ein Idiot. Meine Erklärungen, die ohnehin lächerlich sind, hört sie sich gar nicht erst an. Sie sagt, sie würde – wieder einmal – zu ihren Eltern ziehen und ich solle besser schleunigst mein Leben auf die Reihe kriegen, bis sie zurückkommt, sonst sei es nämlich vorbei. Als die Tür zuknallt und das Auto mit quietschenden Reifen wegfährt, bin ich, trotz des ganzen Selbsthasses, der Sorge und Verzweiflung, schon ein bisschen beeindruckt, dass es Isabel gelungen ist, innerhalb von zehn Minuten mit Baby samt Übernachtungsgepäck das Haus zu verlassen.

Doch das ändert nichts an der Tatsache, dass ich der schlechteste Ehemann und Vater der Welt bin.

Mir bleibt nur noch Louise, ein verdammtes Huhn.

Und jetzt hab ich nicht mal mehr sie. Denn als ich ins Haus zurückschleiche und zum Kühlschrank gehe, um meine Dummheit zu ertränken, bemerke ich eine rotbraune Katze im Garten. In ihren Barthaaren hängen Federn. Im Garten verstreut liegen Teile von Louise. Wir müssen den schrecklichen und, wie es aussieht, lange dauernden Überfall verpasst haben, weil wir drinnen so viel gebrüllt und geweint haben.

Die Katze hat das Einzige auf der Welt umgebracht, das mich noch gern hatte.

Ich werde wütend. Ich renne nach draußen und greife unterwegs noch nach dem Brotmesser und einem Stößel. Das Vieh saust seitlich an unserem Haus vorbei und quer über den Dorfrasen. Ich verfolge es, rasend vor Wut, auf seinem Weg ... zur Kneipe.

Die Kneipentür öffnet sich, und da steht Brenda. «Hierher, Smudgie, hierher, Süße», ruft sie. Sie sieht ihre Katze und mich wenige Meter dahinter. Sie rennt los.

Die Hühnermörderin saust an ihr vorbei. Zwischen mir und meiner Rache steht nun ein rothaariger Zwerg in Crouching-Tiger-Pose. Ich habe einen Stößel und ein Brotmesser. Einen Moment lang bin ich unschlüssig, was ich zuerst benutzen soll.

SEPTEMBER

‹Herrsche über eine Familie, wie du einen kleinen Fisch kochen würdest – ganz sanft.›
Chinesisches Sprichwort

Sonntag, 1. September

DINGE, ÜBER DIE ICH MICH FREUEN KANN

1. Ich habe einen Job.
2. Ich habe eine Frau.
3. Ich habe ein Kind, das bereits Babynahrung der Phase 3 isst, obwohl es noch in die Altersklasse 2 gehört.

DINGE, ÜBER DIE ICH MICH NICHT FREUEN KANN

1. Mein Job ist bei *Cat World*, und ich hasse Katzen.
2. Meine Frau hat mich verlassen, weil sie von meinen Spielschulden erfahren hat. Oder zumindest von einem Drittel meiner Spielschulden.
3. Sie hat unser extrem weit entwickeltes Kind mitgenommen.
4. Ich habe mein letztes Huhn verloren.
5. Ich musste mir von einem Polizisten, der mit

ziemlicher Sicherheit mit dem Mann verwandt ist, dessen Katze mein letztes Huhn getötet hat, sagen lassen, dass man mich für bedrohliches Verhalten und Friedensbruch verhaften wird, wenn es nochmal Probleme gibt.

Dabei habe ich Brenda oder Smudgie nicht mal totgeschlagen. Ich habe lediglich zuerst auf sie und dann auf ihre Katze gezeigt, die mich nun ganz keck von ihrem Versteck hinter einem niedlichen Hortensienbusch heraus anschaute. Ich hatte ebenfalls eine Art Crouching-Tiger-Haltung eingenommen, was komisch war und alle etwas verwirrte, nicht zuletzt die Katze. Darum schüttelte ich stattdessen meine Faust und stieß hervor: «Ihre Katze hat mein Huhn getötet.»

«Ach ja?» Brenda grinste nur höhnisch. Also hob ich den Stößel. Natürlich würde ich damit niemals jemanden niederschlagen. Es könnte sein, dass ich vielleicht für den Bruchteil einer Sekunde die Möglichkeit in Erwägung gezogen habe, weil es wirklich enorm viel Spaß gemacht hätte, doch dann ließ ich meine Waffe sinken, feixte zurück und entfernte mich.

Der Polizist tauchte etwa sechs Minuten später auf und wollte meine Version der Geschichte hören. Am Ende meiner vollkommen vernünftigen Darlegung der Fakten verkündete er: «Katzen greifen keine Hühner an.»

Ich widersprach, denn ich hatte es schließlich mit eigenen Augen gesehen. Er erwiderte, ich sei von der Sorte Mensch, die unschuldige, wehrlose kleine Frauen angreift, aber er würde sich von mir nicht einschüchtern lassen.

Ich erklärte ihm, Brenda sei keineswegs wehrlos.

Er sagte: «Oh, also dann haben Sie sie doch angegriffen?»

Ich sagte: «Nein.»

Er sagte: «Diesmal nicht.»

Und nicht zum ersten Mal wünsche ich mir, ich wäre nie zu diesem doofen Mädchen-Kickboxen gegangen. Denn es gibt keine Gleichberechtigung, nicht zur heutigen Zeit.

Den Rest des Tages verbrachte ich damit, Louises Überreste wegzuräumen (ganz offensichtlich hatte sie mit Zähnen und Klauen bis zum bitteren Ende gekämpft, auch wenn Hennen keine Zähne haben und es so aussah, als seien ihre Klauen relativ bald abhandengekommen). Ich überlegte, ob es respektvoller war, das, was von ihr übrig war, zu essen oder sie zu beerdigen, entschloss mich dann aber fürs Beerdigen und Betrinken.

Jetzt ist Sonntag. Während glückliche Familien draußen auf der Dorfwiese spielen, sitze ich hier in Unterhosen und trinke.

Ich rufe Isabel an, und wenigstens geht sie ran. Sie ist total fertig. Nicht wegen des Huhns. Louise hat ihr offensichtlich nichts bedeutet. Sie ist traurig wegen mir. Sie glaubt, sie kennt mich nicht mehr. Sie möchte noch ein paar Tage bei ihren Eltern bleiben, und dann wird sie anrufen. Jetzt muss sie Schluss machen. Der Braten ist gerade fertig.

Ihre Eltern sollten keinen Braten machen. *Ich* sollte das. Eine schöne Lammschulter oder ein Huhn.

O Louise. Du armes Ding.

Montag, 2. September

Ich vermisse Louise. Ich vermisse Isabel. Und ich vermisse Jacob. Sein kleines Lächeln. Sein Fast-Krabbeln. Seine perfekte Aussprache seines ersten und bisher einzigen Wortes: «Daddy».

• • •

Bei der Arbeit erwartet mich eine E-Mail von Isabel. Sie beginnt damit, dass sie mich liebt, was immer schlecht ist. Dann schreibt sie, sie wüsste, ich hätte eine Menge durchgemacht. Also überfliege ich den Teil mit ‹Es ist ein hartes Jahr gewesen, mit dem Badezimmer und dem Job und blablabla›, bis zum schlimmen Part.

Sie hat genug.

Sie will keinen trinkenden, spielenden Ehemann, der sein Geld mit dem Essen von Katzenfutter verdient, als Vorbild für Jacob (ich habe ihr gegenüber noch gar nicht erwähnt, dass ich nicht mehr der sein darf, der das Katzenfutter kostet). Dann stellt sie mir ein Ultimatum. Wenn ich mein Leben nicht bald wieder auf die Reihe kriege, geht sie für immer. Ich habe eine Woche Zeit.

Dann kommt Janice ins Büro, im Arm einen selbstzufrieden wirkenden Kater, und mir wird klar, dass mein Hass auf Katzen in der Folge von Louises Tod langsam zur Besessenheit wird.

Der Vormittag ist unerträglich: ein Artikel darüber, weshalb man niemals Schnurrbarthaare stutzen sollte, gefolgt von einem Überblick über Katzenspielzeug. Alles in Begleitung vom kratzenden, heiseren Schnurren von Janices Kater. («Es tut mir ja so leid, Leute, aber er hat mich heute Morgen so traurig angeschaut, als ich aus dem Haus gehen wollte, da konnte ich ihn einfach nicht den ganzen Tag alleine daheim lassen. Nicht, solange Dennis in Birmingham ist.»)

In der Mittagspause trinke ich ein Bier. Allein. Dann noch eines.

Ich stehe noch zwei Stunden im Büro durch, ehe ich so tue, als erhielte ich einen Anruf von Isabel, dass Jacob krank ist, und Janice frage, ob ich früher gehen kann. Die Erkenntnis, dass es inzwischen so weit mit mir gekommen ist, dass ich eine fiktive Krankheit meines Sohnes vorschiebe, um von der Arbeit wegzukommen, veranlasst mich, auf dem Heimweg im Zug statt des üblichen Gin Tonic gleich zwei zu trinken. Zu Hause genehmige ich mir noch zwei Bier und schaue eine Wiederholungsfolge von *Alex & Geoff*.

In diesem Moment geht die Tür auf. Es ist Isabel. Sie ist gekommen, um noch ein paar Sachen zu holen. (Ich wusste doch, dass ihr schneller Aufbruch nicht realistisch war.) Ich bin nicht im Büro, und ich bin betrunken. Es ist noch nicht mal sechzehn Uhr. Sie wirft mir einen Blick zu und sagt, in ziemlich drohendem Tonfall: «Eine Woche.» Dann geht sie wieder.

Ich ziehe einen Spaziergang in Betracht, um etwas frische Luft zu schnappen, bis mir wieder einfällt, dass ich im Höllen-Dorf wohne. Also trinke ich noch ein Bier.

Dienstag, 3. September

Die einzige Möglichkeit, wie ich einen ganzen Tag im Büro überstehen kann, mit dem überwältigenden Geruch nach Sardinen und Katzenhaaren, ist die Aussicht auf einen Notfall-Kneipenabend mit Andy und Johnson. Andy ist sonnengebräunt, obwohl sein karibischer Rammelurlaub schon etwa neunzehn Jahre zurückliegt. Er erzählt, dass Saskia und er einfach jeden Tag von morgens bis abends an ihrem kleinen Privatstrand abgehangen sind und sich gegenseitig mit Sonnenöl eingerieben haben. Es war perfekt. Er gewöhnt sich sogar langsam an die unglaubliche Menge Sex, die er braucht. Er glaubt, es war lediglich eine Frage der Kondition und der Stärkung seiner Muskeln im Lendenwirbelbereich.

Johnson meint, er hätte vor einem Monat zuletzt Sex gehabt und selbst das sei nur Hass-Sex gewesen.

Ein guter Zeitpunkt, um das Thema zu wechseln.

«Also, ich habe fast 4000 Pfund beim Internet-Poker verloren», verkünde ich.

«Verdammte Scheiße», meint Andy, der damit jäh aus seinen angenehmen Erinnerungen an karibische Massagen gerissen wird.

«Verflixt», meint Johnson, der damit jäh aus seinen angenehmen Erinnerungen an Hass-Sex gerissen wird. «Weiß Isabel Bescheid?»

«Sie hat die Kreditkartenabrechnung über 1400 Pfund gefunden, ist durchgedreht und zu ihren Eltern geflüchtet. Sie sagt, mir bleibt eine Woche, um alles ins Reine zu bringen, sonst verlässt sie mich ganz.»

«Und sie weiß nicht einmal etwas von dem Rest?», hakt Andy wenig hilfreich nach.

«Sie hat sich über die 1400 Pfund schon genug aufgeregt. Da hätten nochmal 2600 sicher dazu geführt, dass sie gleich das Weite sucht. Und jetzt kann ich sie ja schlecht anrufen und ihr erzählen, dass es noch mehr gibt.»

«Du bist ein Idiot», sagen die beiden im Chor.

«Ich weiß», erwidere ich, denn sie haben recht. «Und ich habe keine Ahnung, was ich jetzt machen soll.»

«Du musst das Geld zurückgewinnen», erklärt der superkluge Johnson. «Du hast Glück, ich kenne da nämlich eine todsichere Methode.»

«Er hat unrecht. Und seine Methode ist nicht todsicher», widerspricht Andy.

«Erzähl mir von deiner Methode», verlange ich und nehme einen Schluck vom nächsten Bier.

Mittwoch, 4. September

Die Methode funktionierte so lange, bis sie nicht mehr funktionierte. Ich habe inzwischen, aufgeteilt auf vier Kreditkarten, 6759 Pfund verloren. Von zweien weiß Isabel noch nicht mal was. Jetzt muss ich vier verschiedene Kreditkartenabrechnungen verstecken. Warum habe ich auf Johnson gehört? Warum nicht auf Andy? Warum kann ich nicht aufhören, alles noch schlimmer zu machen, warum kann ich nicht akzeptieren, dass es keine Zauberlösung gibt, und mich einfach wie ein Erwachsener benehmen?

Gott sei Dank ist Isabel nicht hier. Mir bleiben fünf Tage, um alles in Ordnung zu bringen.

Donnerstag, 5. September

Sie ist hier. Ich komme von der Arbeit nach Hause, bereit, mich mit dem Taschenrechner hinzusetzen, mit einigen Zahlen, einigen schrecklichen, schrecklichen Zahlen, sowie ein paar Broschüren von Unternehmen, die mir anbieten, meine verschiedenen Schulden in ein leichter zu handhabendes, größeres Schuldenpaket umzuwandeln. Doch stattdessen ist Isabel hier.

Mit Jacob, der mir ein breites Lächeln schenkt.

«Aaaaadaaaa!», ruft er und fängt an, fast auf mich zuzukrabbeln.

«Ich habe meine Eltern nicht mehr ausgehalten», sagt Isabel. «Auf Dauer ziehe ich selbst meinen glücksspielenden, trinkenden Ehemann meinen Eltern vor. Wusstest du, dass sie jetzt tatsächlich ihre Zeitungen bügeln? Ich dachte, so etwas gibt es nur in Fernsehserien.»

Und beinahe hätte ich es ihr erzählt. Beinahe hätte ich ihr erzählt, dass es sich bei den 1400 Pfund eher um 7000 Pfund handelt. Aber ich tu's nicht. Ich kann's nicht.

Samstag, 7. September

Johnson sagt, seine Methode sei todsicher, solange man sich nur daran hält. Also bin ich jetzt bei 7432 Pfund, und so langsam denke ich darüber nach, es Isabel zu erzählen und sie von der Strategie zu überzeugen, meinen eigenen Tod durch einen Kanu-Unfall vorzutäuschen, nach Venezuela abzuhauen und dort ein neues Leben zu beginnen. Sie könnte ja mit Jacob einige Monate später folgen. Schließlich möchte sie sowieso, dass er zweisprachig aufwächst, also könnte es mir gelingen, die Sache als Chance zu präsentieren.

Sonntag, 8. September

Isabel macht mit Teresa und Annabel irgendeinen unglückseligen Einkaufsbummel. (Wie kann sie in solchen Zeiten Geld ausgeben?) Ich bleibe mit Jacob allein zu Hause zurück, der inzwischen so gut wie krabbeln kann. Also verbringe ich nicht mehr jede Millisekunde damit, ihn in den Schlaf zu wiegen, sondern muss jede Millisekunde aufpassen, dass er nicht eine Treppe runterkrabbelt oder von einem Sofa, Bett oder Tisch fällt. Er selbst will natürlich nichts lieber, als sich von irgendetwas hinunterstürzen, sodass unsere Bestreben an diesem Vormittag direkt entgegengesetzt sind.

Das ist ziemlich ermüdend.

Isabel kommt erst drei Stunden später zurück, obwohl

sie geschworen hat, sie würde höchstens zwei Stunden wegbleiben. Es erwartet sie ein Haus, das aussieht, als wäre es von Einbrechern heimgesucht worden. Ich erkläre ihr, dass unser Kind selbstzerstörerische Tendenzen hat. Weil sie wegen der schlappen 1400 Pfund Spielschulden, von denen sie weiß, immer noch sauer auf mich ist, erwidert sie, der Apfel fällt nicht weit vom Stamm. Und dann erzählt sie mir von einem Buch, das sie gelesen hat, mit dem Titel *Loslassen*, in dem es darum geht, dass Kinder im Urwald des Amazonas nie Treppen herunterfallen, weil sie von klein auf lernen dürfen, mit Risiken umzugehen. Ihre Eltern vertrauen ihrem Überlebensinstinkt.

Ich gebe zu bedenken, dass die Sterblichkeitsrate in Südamerika vermutlich gewaltig höher ist als die in Großbritannien.

Sie sagt, das läge aber nicht daran, dass Kinder Treppen herunterfallen.

Ich erwidere, es gebe ja auch gar keine Treppen im Dschungel.

Sie schimpft mich einen Idioten.

Da ich immer noch voll und ganz in Ungnade bin, gebe ich zu, dass sie recht hat. Und ich halte sogar meinen Mund, als sie ihre Einkaufstüten auspackt und jede Menge Kleider für unser Kind, Größe 9–12 Monate, zum Vorschein kommen, obwohl drei Monate nun wirklich keine lange Zeitspanne ist und Jacob doch vielleicht mit weniger Strampelanzügen auskommen könnte, während das Geld so knapp ist.

Zum ersten Mal seit langem schlafen wir alle drei im selben Bett. Ich wache kurz auf und betrachte meine Familie. Der Mond erhellt ihre ineinander verschlungenen Körper, und mir ist plötzlich ganz gefühlsduselig zumute.

Ich bin der glücklichste Mensch auf der Welt – und der dümmste. Was habe ich mir nur dabei gedacht? Warum bin ich diese Risiken eingegangen? Das hier, direkt vor meiner Nase, darauf sollte ich mich konzentrieren. Meine Familie. Ich habe mit dieser Frau diesen Jungen gezeugt. Wenn mir das gelungen ist, dann kann ich uns aus diesen Schwierigkeiten befreien. Ich kann aufhören, Mist zu bauen, und stattdessen die Dinge aktiv anpacken. Das bin ich ihnen schuldig.

Montag, 9. September

Kein Alkohol mehr. Kein Poker mehr. Kein Gejammer mehr über Jobs oder andere Leute oder sonst was. Ich muss für das dankbar sein, was ich habe. Ich muss mich ändern.

«Andy, wir machen bei einem Triathlon mit.»

«Okay.»

«Ich fange gleich heute Morgen mit dem Training an.»

«Okay.»

Und weg bin ich, gehe in der Mittagspause joggen, während sich Janice und ihre Katze eine Dose Thunfisch teilen. Nach zwanzig Minuten bin ich noch nicht mal richtig kaputt. Trotz der ganzen Sauferei und dem nächtlichen Zocken habe ich noch Kraft. Und Ausdauer. Dafür kann es nur eine Erklärung geben: Ich habe Daddy-Power.

DADDY-POWER

Seit mehr als acht Monaten trage ich mein Kind herum. Manchmal musste ich das Kind in seltsamen Haltungen in den Schlaf wiegen, Haltungen, die schamanenhafte Schmerzkontrolle erfordern. Im Lauf der acht Monate ist das Baby schwerer und zappeliger geworden. Damals, im Januar, wurden mir die Arme schon nach einer bloßen halben Stunde müde, obwohl es sich nur um ein paar Kilo gehandelt hat. Jetzt halte ich den ganzen Tag bei doppeltem Gewicht durch. Ich sollte als Komparse bei einem Ninja-Film mitspielen, wenn ein Mönch seine Zöglinge anweist, während eines Gewitters Backsteine mit ausgestreckten Armen festzuhalten, oder so etwas in der Art.

Ich habe außerdem die mentale Stärke entwickelt, zu jeder Tages- und Nachtzeit aufstehen und sofort hellwach sein zu können. Ich habe eine unglaubliche Ausdauer. Ich kann mir neunundachtzig Mal ohne Pause das Gorillaz-Album *Kids with Guns* (immer noch Jacobs aktuelle und einzige Nummer eins) anhören ohne auch nur einmal zu weinen.

Das ist Daddy-Power. Mut, Kraft, Scharfsinn, Ausdauer. Im Vergleich mit Mummy-Power jedoch ist das natürlich noch gar nichts.

MUMMY-POWER

Dasselbe, aber verdreifacht, plus einen Laserblick, der ein acht Monate altes Kleinkind (oder auch einen zweiunddreißigjährigen Mann) auf dreißig Schritte Entfernung erstarren lassen kann.

Dienstag, 10. September

Kein Poker. Kein Alkohol. Eine weitere Joggingrunde in der Mittagspause. Nun übertrage ich meine Daddy-Power, der ich mir jetzt erst bewusst geworden bin, auf die Arbeit. Während ich einen Artikel über eine neue Generation superluxuriöser Katzenbetten geschrieben habe, musste ich nicht ein einziges Mal an Katzen oder Brenda denken, obwohl ich Brenda im Zug gesehen habe. Ich habe abgeblockt. Ich habe pariert. Ich bin standhaft geblieben. Ich gewinne die Kontrolle über mein Leben zurück. Ich werde siegen.

Mittwoch, 11. September

Habe alle meine Schulden zu einem großen, leichter zu handhabenden Schuldenpaket zusammengefasst. Die Monatszinsen lassen sich weniger gut verstecken. Ich brauche immer noch einen Plan.

«Andy, bist du immer noch bereit fürs Training am Samstag?»

«Klar.» Andy ist trotz allem ein guter Freund. «Wie läuft's mit der Spielerei?»

«Ist vorbei. Aber ich muss 5000 Pfund auftreiben, sonst bringt Isabel mich um. Und momentan ist alles, was ich habe, so eine verdammte Aloe-vera-Pyramiden-Verkaufsmasche.»

«Aloe vera?»

«Ich fürchte, ja.»

«Ich steh voll auf Aloe vera, Mann. Saskia und ich lieben beide das Zeug. Diese ganzen Mannane und das Anthrachinon und die Lecithine, nicht wahr?»

«Ach ja?»

«Ja, wir benutzen es dauernd. Zum Baden und Massieren. Ist auch super für wunde Stellen.»

«Hör bloß auf.»

«Saskia gibt allerdings ein Vermögen dafür aus. Weißt du, wo man das günstig herkriegt?»

Donnerstag, 12. September

Ich bin jetzt offizieller Aloe-vera-Verkäufer. Ich habe einige Formulare unterzeichnet und ein Video angeschaut, laut dem ich bis zum Jahresende einen Ferrari besitzen kann, wenn es mir gelingt, eine Pyramide von mir unterstellten Aloe-vera-Verkäufern aufzubauen. Ich will keinen Ferrari. Ich will bloß wieder alles in Ordnung bringen. Ich werde meine Aloe vera verkaufen, und alles wird gut. Praktisch habe ich jetzt natürlich noch mehr Schulden, nachdem ich dem Aloe-vera-Vertriebsleiter 400 Pfund überweisen musste. Meine Chefin ist außerdem nicht gerade entzückt, dass der Vorratsschrank, in dem normalerweise die Katzenfuttermuster aufbewahrt werden, jetzt voller Aloe vera steht.

«Nur für ein paar Wochen, Janice.»

«Warum kannst du die nicht zu Hause aufbewahren?»

«Weil Isabel es dann herausfinden könnte.»

«Was du doch für ein aufregendes Doppelleben führst.»

Ich gehe nochmal eine Ninja-Daddy-Runde joggen.

Freitag, 13. September

Heute ist Freitag, der 13., und bisher ging alles gut. Die Handwerker haben sich tatsächlich bei mir gemeldet. Wir können nächsten Mittwoch wieder einziehen, auch wenn die Wandfarbe vielleicht noch ein bisschen feucht sein könnte.

Dennis ist aus Birmingham zurück, sodass das *Cat-World*-Büro wieder katzenfrei ist.

Ich habe meine Zeit beim Joggen im Vergleich zu gestern um eine ganze Minute verbessert.

Ich habe per Telefon Aloe-vera-Produkte im Wert von 100 Pfund verkauft. Ja, bloß an Andy, deshalb musste ich ihm auch Rabatt geben und den Gedanken verdrängen, dass ich meinem besten Kumpel ein Gel verkaufe, mit dem er dann meine Ex einreibt. Aber ich verdiene Geld. Heimlich. Wenn ich so weitermache, bin ich meine Schulden los bis ... oh.

Und dann ruft Andy zurück. Er muss unser Triathlon-Training morgen absagen, weil er nämlich mit Saskia nach Paris fährt.

«Aber es ist unser erstes.»

«Ich weiß. Tut mir echt leid. Aber ich hab mir gedacht, wir waren seit dem Karibikurlaub nicht mehr weg.»

«Das war vor fünf Wochen.»

«Und, nun ja, ich hab mir überlegt, du weißt schon, ob ich ihr einen Antrag machen soll.»

Und statt wie ein guter Kumpel zu sagen: «Wow, das ist klasse, ihr zwei seid wie füreinander geschaffen», oder irgend so einen Schwachsinn, frage ich: «Geht das nicht ein bisschen schnell?», als wäre ich sein Vater.

Dann kam ich nach Hause und wollte Isabel gleich die schlechten Nachrichten überbringen (von Andy, nicht von den 8000 Pfund Schulden, bei denen sie nur über ein Sechstel Bescheid weiß). Doch mein Blick fiel als Erstes auf Jacob, der schwankend auf der obersten Treppenstufe saß.

«Jacob!», rief ich. Erschrocken drehte er sich um, verlor dabei das Gleichgewicht und fiel. Ich war zu weit entfernt, um irgendetwas tun zu können, außer zu schreien. Isabel tauchte am Fußende der Treppe auf und fing ihn beim zweiten Aufschlagen auf.

Gut zwei Sekunden lang war Stille.

In dieser Zeit dachte ich: «Er hat sich das Genick gebrochen. Den Schädel gespalten. Er ist gelähmt. Er wird nie Rugby spielen, nicht mal für einen Durchschnittsverein.»

Dann fing er an zu brüllen. Er lebte. Es ging ihm gut. Er hatte eine Prellung und eine Beule, aber es ging ihm gut. Er würde nicht brüllen, wenn er nicht wieder gesund werden würde. Das sagen die Ärzte doch immer, oder?

«Was zum Teufel hat er da oben an der Treppe zu suchen?», rufe ich über das Gebrüll hinweg. Das war natürlich nicht die richtige Zeit für Schuldzuweisungen, aber ich war zu schockiert, um nicht wütend zu sein.

«Ich kann nicht fassen, dass du das getan hast!», ruft Isabel.

«Ich?»

«Wegen dir ist er gestürzt.»

«Wie bitte?»

«Ich war da. Ich habe ihn vom Durchgang unten beobachtet. Er ist ganz wunderbar allein die Treppe hochgekrabbelt. Und dann bist du hereingekommen und hast ihn angebrüllt.»

«Er war kurz davor runterzufallen.»

«Nein, war er nicht. Er ist diese Treppe schon oft hinaufgekrabbelt. Er ist vorsichtig. Er lernt die Risiken kennen. Und dann brüllst du ihn einfach an, und er stürzt.»

«Das ist doch lächerlich. Er sollte keine Treppen hochkrabbeln. Wir brauchen ein Treppenschutzgitter.»

«Brauchen wir *nicht.*»

«Brauchen wir doch.»

«Auf. Keinen. Fall. Und jetzt lass uns in Ruhe.»

Ich werde ihr ein andermal von Andy und Saskia und den Schulden erzählen.

Samstag, 14. September

Wir haben uns darauf geeinigt, in puncto Treppen unterschiedlicher Meinung zu sein. Ich habe erklärt, dass Väter sich pausenlos Millionen von Möglichkeiten ausmalen, wie sich unsere Kinder umbringen könnten – von der Treppe bis zum Schneebesen. Isabel hat erklärt, dass Jacob nie lernen wird, auf sich selbst aufzupassen, wenn wir ihn keinen Risiken aussetzen. Sie redet wieder von Kindern im Dschungel, und ich starte zu meinem Triathlon-Solo-Trainingsprogramm.

Ich bin eine Maschine. Nichts kann mich aufhalten. Noch nicht mal das Wissen, dass meine Frau immer noch fröhlich mit ihrer Mogli-Erziehungstheorie herumexperimentiert, während ich weg bin.

EINIGE DER MÖGLICHKEITEN, WIE JACOB UMKOMMEN KÖNNTE

1. Treppen. Selbige hinunterfallen natürlich. Aber auch hinauf.
2. Schneebesen. Finger verhaken sich zwischen den Drähten. Jacob kriegt Panik. Wedelt mit der Hand. Sticht sich mit dem Stiel das Auge aus. Infektion breitet sich im ganzen Körper aus. Tod.
3. Gabeln. Siehe oben, nur ohne eingeklemmte Finger und Panik.
4. Babyschaukeln. Daddy schubst zu sehr an. Genick bricht.

5. Bugaboos. Bremse funktioniert nicht richtig. Eine Sekunde lang unaufmerksam. Leicht abschüssiger Weg. Überquert Straße schnell, aber sicher. Rollt weiter, durch Gartentor, kippt in flachen Teich. Kann sich nicht schnell genug abschnallen. Ertrinkt.
6. Regenschirme. Völlig offensichtlich.
7. Spülmaschinenklappen. Völlig offensichtlich.
8. Badewannen. Todesfallen.
9. Wippe. So eine schaffen wir uns nicht an. Teresa hat eine, und das ist die reinste Menschenschleuder. Das Drehmoment ist zu hoch. Sollte irgendetwas reißen, würde das Baby mit großer Geschwindigkeit gegen den Türrahmen geschleudert. Tod.

Sonntag, 15. September

Genick steif.

Muss komisch geschlafen haben.

«Vielleicht hast du zu hart trainiert. Oder machst dir zu viele Sorgen. Hier, nimm Arnika und leg diese Halskrause an. Das hilft.»

Jacob hat einen blauen Fleck an der Schläfe, das arme Kerlchen. Sein perfekter Körper. Beschädigt. Weder Isabel noch ich verlieren ein Wort darüber.

Montag, 16. September

Die Ninja-gleiche Selbstbeherrschung hat dank des steifen Nackens einen Dämpfer bekommen. Auf dem Weg zum Bahnhof hat Brenda für die Halskrause ein süffisantes Lächeln übrig. Ich revanchiere mich, indem ich über ihre roten Haare grinse. Bin mir allerdings nicht hundertprozentig sicher, ob sie weiß, dass mein Grinsen ihrem roten Haar gilt.

Bei der Arbeit schreibe ich einen vor Sarkasmus triefenden Absatz über Menschen, die Katzenzeitschriften kaufen, in einem Artikel über, nun ja, Katzen. Dann vergesse ich, den Absatz wieder herauszulöschen. Janice will daraufhin wissen, ob ich ein Problem mit Katzen habe. Ich behaupte, ich hätte nur einen Witz gemacht. Ich liebe Katzen.

Dann ruft Andy an und beruft ein Notfall-Kneipentreffen ein. Er sagt, er hat Neuigkeiten. Da die letzten sechs Notfalltreffen ich einberufen habe, ist dies hier ein ziemliches Novum. Trotzdem kann ich erst für morgen Abend zusagen, was gemein ist.

Niemand bei der Arbeit will meine Aloe-vera-Produkte kaufen, trotz der vielen verschiedenen gesundheitsfördernden Eigenschaften. Skeptiker.

Dann ruft Isabel an, um mir zu erzählen, dass Alex unglücklich ist. Geoff ist nach Marokko abgehauen, um Stings Yogazelt ohne ihn zu entwerfen, nachdem sie sich darüber gestritten hatten, ob man Eierschalfarben und Ocker am selben Kamin verwenden kann. Er wird ein paar Tage bei uns wohnen. Ob das in Ordnung sei?

Es gibt eine Million Gründe, weshalb das nicht in Ordnung ist, angefangen dabei, dass wir nächsten Mittwoch wieder in das Haus umziehen, für dessen Zerstörung Alex hauptsächlich verantwortlich war. Währenddessen können wir Alex wirklich nicht bei uns brauchen. Geduldig versuche ich, Isabel das zu erläutern, doch sie sagt, wir ziehen doch nicht am Mittwoch um. Wir warten bis zum Wochenende, weil wir da mehr Zeit haben und sie Farbgeruch hasst. Und Alex kommt zu uns. Ich muss menschenfreundlicher werden.

Gut, sage ich, aber dass ich heute Abend mit Andy ein Bier trinken gehen muss. Sie sagt, in Ordnung, also rufe ich Andy an, um ihm mitzuteilen, dass ich heute Abend nun doch kann. Und dass es mir leidtut, dass ich so gemein war.

Andy hat sich mit Saskia verlobt. Es war perfekt. Sie haben auf irgendeiner Terrasse am Seine-Ufer zu Abend gegessen. Mit Kerzenschein. Und einer Schüssel *moules frites à deux*. Sie haben sich gegenseitig gefüttert. Sie haben sich mit aloeweichen Lippen geküsst. Eine Jazzband fing auf der anderen Seite der kopfsteingepflasterten Straße an zu spielen, und Andy kniete sich hin und machte ihr einen Heiratsantrag. Saskia brach in Tränen aus und nahm glücklich an. Sie sahen hinauf in den Nachthimmel, und er schwört – er schwört hoch und heilig –, dass eine Sternschnuppe vorbeiflog. Dann haben sie die Rechnung bezahlt und sind in ihr winziges, schäbiges Hotelzimmer zurückgekehrt, wo sie sich die ganze Nacht leidenschaftlich geliebt haben. Er hat sie gespankt. Sie hat ihn gespankt. Er hat sie gefesselt. Sie hat ihn gefesselt. Es war unglaublich.

«Ich muss gleich kotzen, Andy», kommentiere ich. «Aber ich freu mich für dich. Die Ehe ist eine wunderbare Sache. Hör nicht auf das, was Johnson dir sagt. Und bau auch keinen Mist, so wie ich. Ignorier einfach komplett, wie wir beide uns der ehelichen Herausforderung gestellt haben, und dann wird das schon alles klappen. Glückwunsch.»

«Du wirst also mein Trauzeuge sein?»

O Gott.

Trauzeuge bei Saskias Hochzeit. O Gott, o Gott, o Gott.

«Aber natürlich. Und jetzt lass dich umarmen. Aber pass auf mein steifes Genick auf.»

Dienstag, 17. September

Beim Frühstück schien Isabel die Neuigkeiten von Andys Verlobung mit der *Beziehungszerstörerin* ganz gut aufzunehmen. Alex hingegen, der auf *meinem* Platz saß und *mein* Müsli aus *meiner* Schüssel aß, fing an zu schluchzen. «Alle finden ihre wahre Liebe. Außer mir. Nur ich werde allein und traurig sterben.»

«Schsch», machte Isabel, als wäre sie eine russische Folkloregroßmutter und Alex ein Kind, das gerade schlecht von einem Wolf geträumt hat. «Du liebst Geoff, und er liebt dich. Ihr seid wie geschaffen füreinander. Ihr habt bloß gerade einen kleinen Krach.»

«Ich mache alles, was er will, aber es ist nie gut genug. Er ist so ein Perfektionist.»

Es könnte sein, dass ich an diesem Punkt geschnaubt habe, aber das Geräusch wurde von der Kaffeemaschine übertönt. Trotzdem warf mir Isabel den Mummy-Power-Blick zu und verkündete, dass sie nicht zu spät zu ihrem Kaffeetreff kommen dürfe.

«Na, das ist doch ein bisschen früh für euch, oder?», sagte ich, weil ich Sorge hatte, mit dem schniefenden Alex allein zu Hause zurückgelassen zu werden.

«Annabel und Teresa streiten sich dauernd über Erziehungsmethoden. Neulich in Bluewater dachte ich, gleich bringen sie sich um. Es ging irgendwie um Lätzchen. Also habe ich mir gedacht, diese Woche treffen wir uns früher. Gleich morgens haben sie noch einen höheren Blutzuckerspiegel. Alex, möchtest du mitkommen?»

«Nein, danke», jammerte er. «Ich bleibe hier, wenn es dir nichts ausmacht, William?» Weil er mich so weinerlich ansah, blieb mir nichts anderes übrig, als «Na gut» zu sagen. Sobald Isabel und Jacob zu ihrer Verabredung abgezogen waren, wandte sich Alex an mich und wollte wissen: «Wie kann ich ihn dazu bringen, mich zu lieben?»

«Da fragst du wirklich den Falschen.»

«Ich meine, ich tue alles, was ich kann, um ihm zu zeigen, wie sehr ich ihn liebe, aber es funktioniert nicht. Je mehr ich mich anstrenge, umso schlimmer wird es.»

«Klar, du übertreibst es. Das ist ganz offensichtlich. Kerle hassen so was.»

«Ja, was soll ich denn dann tun? Er muss doch wissen, was ich empfinde.»

Eine halbe Stunde später machte ich mich auf den Weg zur Arbeit. Innerhalb dieser halben Stunde war ich zu

Alex' Haupt-Beziehungsberater avanciert, zu seinem Therapeuten, seinem Zenmeister der Liebe. Dankbar umarmte er mich. Ich umarmte ihn ebenfalls. Dann spazierte er in den Garten hinaus und murmelte dabei sein neues Mantra vor sich hin: «Ich werde ihn schlecht behandeln. Er wird mir nachlaufen. Ich werde sein Herz durch rücksichtslose Zurückhaltung gewinnen.»

Mittwoch, 18. September

«Was hast du zu ihm gesagt?»

«Nicht viel.»

«Trotzdem danke. Er wirkt heute viel glücklicher.»

«Scheint so.»

«Er hat gesagt, du hättest die Dinge ins richtige Licht gerückt.»

«Aha.»

Dann gab sie mir einen Kuss. Einen anzüglichen Kuss. Einen Vielleicht-gehen-wir-miteinander-ins-Bett-wenn-du-heimkommst-Kuss. Nach Tagen und Wochen der schlechten Laune, hervorgerufen durch meine Dummheit, reicht eine Unterhaltung mit Alex aus, und schon ist Isabel richtig nett zu mir und verteilt wieder anzügliche Küsse. Leider sah Jacob zu, sodass ich den Kuss frühzeitig abbrach und dadurch alles kaputt machte. Aber man kann sich doch vor Kindern nicht so küssen, oder? Dann sind sie ja ihr Leben lang traumatisiert.

«Bedeutet das, dass er heute nicht übernachtet?»

«Er bleibt bis morgen, in Ordnung?»

Sex wird nicht möglich sein.

Donnerstag, 19. September

Ninja-Selbstbeherrschung ist wieder da. Ich bin ein triathletischer, therapierender, entschlussfreudiger und hart arbeitender Vater eines krabbelnden, sich aufsetzenden Babys. Ohne auch nur einen Fuß in ein Treffen der Anonymen Spieler gesetzt haben zu müssen. Ich bin also zu dem Schluss gekommen, dass es keine todsichere Methode gibt und ich meine 8000 Pfund Spielschulden nicht durch eine Glückssträhne beim Online-Poker zurückbezahlt bekomme. Folglich habe ich mein Online-Poker-Konto geschlossen. Nicht nur das, die Putzfrau bei der Arbeit hat auch noch eine Tube Aloe vera gekauft. Es geht wieder aufwärts. Abgesehen davon, dass ich nach Hause komme und Alex immer noch da ist ...

«Warum ist er immer noch da?», frage ich Isabel nach dem Abendessen in der Küche in lautem Flüsterton.

«Weil er wieder einen Streit mit Geoff hatte», flüstert sie noch lauter zurück.

«Aber ich dachte, es ist wieder alles in Ordnung?»

«Offensichtlich nicht. Was hast du ihm gesagt?»

«Hab ich dir doch schon erzählt. Nicht viel. Nur, dass der Weg zum Herzen einer Frau, beziehungsweise in seinem Fall eines Mannes, nicht notwendigerweise über besessenes, liebeskrankes Verhalten führt.»

«Na klasse, der William-Walker-Beziehungsratgeber.»

«Hör zu –»

«Hallo, Will», unterbricht Alex uns jammernd.

«Hallo, Alex. Tut mir leid, dass ihr schon wieder Streit hattet.»

«Unterhaltet ihr zwei Jungs euch mal, während ich Jacob ins Bett bringe», flötet Isabel und verdrückt sich mit unserem Sohn. Und so sitzen wir wieder da. Ich muss mir anhören, wie Alex über seine furchtbare Beziehung klagt und wie sehr er Geoff liebt, sich aber nicht sicher ist, ob Geoff ihn auch liebt. Dass er heute am Telefon versucht hat, weniger anhänglich zu sein, Geoff aber immer noch distanziert war. Als ich zu bedenken gebe, dies könnte daran liegen, dass Geoff in Marokko ist – was ja tatsächlich distanziert ist –, hebt sich seine Laune. Dann will er von mir wissen, was er tun soll. Ich weise darauf hin, dass ich definitiv kein Experte bin, und mahne ihn dann so diplomatisch wie nur möglich, sich nicht mehr wie ein Psychopath zu verhalten.

«Also soll ich ihn nicht anrufen?»

«Nicht jeden Tag.»

«Und ich sollte ihm nicht sagen, dass ich ihn liebe?»

«Nein. Nicht jedes Mal, wenn du mit ihm sprichst. Weniger ist mehr.»

«Aber ich bin so unglücklich. Ich glaube, wenn ich ihn nicht bald sehe, muss ich sterben.»

Du meine Güte. «Sollen wir fernsehen? Vielleicht lenkt dich das ab.»

«Okay, Will, danke für deinen Rat. Du kennst dich echt gut aus. Kein Wunder, dass Isabel sich an dich gehalten hat», sagt Alex auf dem Weg ins Wohnzimmer. Es ist wohl als Kompliment gemeint.

«*Chicago* oder *Road Wars?*», frage ich großzügig.

«*Chicago.*»

Wie nervig.

Isabel kommt herunter. Sie kann *Chicago* auch nicht ausstehen. Wir sitzen da, und drei ist irgendwie einer zu viel. Dann sagt sie, sie sei müde. Und ich sage, ich sei auch müde. Alex meint, er würde vermutlich noch ein bisschen aufbleiben. Also gehen Isabel und ich zusammen nach oben, und ganz unerwartet küsst mich Isabel wieder anzüglich. Und ich küsse sie zurück. Wir sind im Badezimmer. Wir fangen an, uns auszuziehen, aber es ist kein Schloss an der Tür.

«Schhhhhh, lass uns ins Schlafzimmer gehen», schlägt Isabel frech vor.

«Nein, da wecken wir bloß Jacob auf.» Ich bin solche Situationen gar nicht mehr gewöhnt.

«Nein, tun wir nicht. Der schläft wie ein Murmeltier.» Sie ist wirklich fest entschlossen, unanständig zu sein.

Ungefähr drei, vielleicht vier Sekunden nachdem wir mit dem Unanständigsein fertig waren, schnappte Isabel plötzlich erschrocken nach Luft.

«O shit!» waren ihre exakten Worte. Ich dachte wie wild nach. Hatte ich etwas falsch gemacht? Litt sie unter posttraumatischer Sexpanik? War ihr plötzlich klar geworden, dass sie es gar nicht gewollt hatte? Oder, noch schlimmer, hatte sie plötzlich festgestellt, dass Jacob die ganze Zeit hellwach gewesen war? Würde er nun für immer traumatisiert sein? Was denn? Was denn nun?

«Was denn?»

«Das Babyfon.»

«O shit!», rief ich und sprang aus dem Bett. «Das Babyfon.»

Dort stand es auf dem Nachttisch, und sein grünes Lichtlein blinkte vor sich hin.

«Schalt es aus», signalisierte Isabel mir lautlos. Ich stellte das Babyfon aus, und wir lauschten. Fünf Sekunden später hörten wir das Piepsen, das schreckliche Piepsen des Lautsprechers. Des Lautsprechers im Wohnzimmer. Ja, es war wirklich passiert. Die Audiospur unseres Unanständigseins war über den Lautsprecher übertragen worden. Und Alex hatte alles mitgehört.

Freitag, 20. September

Das Frühstück war ziemlich peinlich. Angeblich hatte er den Lautsprecher nicht ausgeschaltet, weil er nicht wusste, wie. Ein-aus-Schalter sind ja auch so was von kompliziert. Seine Alternativlösung war gewesen, *Chicago* lauter zu drehen. Hmmm. Ich beschloss, dass ich früher zur Arbeit musste als sonst.

«Leute, ich muss euch einfach mal sagen, wie froh ich bin, dass ihr zwei meine Freunde seid», erklärte Alex, als ich auf dem Weg zur Haustür war. «Und es freut mich, dass ihr euch immer noch so liebt.»

Nein, das musst du nicht. Das *musst du nicht einfach mal sagen.*

In meiner Eile zu entkommen warf ich aus Versehen fast Brenda um, die mit dem Ersatz-Windhund um die Ecke gehastet kam. Noch dazu auf meiner Seite der Dorfwiese.

«Ich habe gehört, Sie ziehen morgen weg?», quietschte sie.

«So ist es.»

«Nun, dann guten Umzug.»

«Danke.»

«Und tut mir leid wegen des Huhns.»

«Ja, danke.» Vielleicht war sie ja doch noch nett.

«Wobei man Smudgie schon bewundern muss, was?»

«Wer ist Smudgie?»

«Unsere Katze. Bob hat ewig gebraucht, ihr beizubringen, Vögel anzugreifen. Die meisten Katzen taugen zu so was nicht. Aber sie hat's letztlich gepackt, was? Sie sollten etwas in ihrer kleinen Zeitschrift über sie schreiben.»

Und sie joggte davon, bevor ich reagieren konnte.

Dies ist in der Tat mein letzter Tag im Dorf. Dem Dorf, das von einer Zwergenzicke und einem Windhundkiller regiert wird. Erst auf meinem Weg zur Arbeit fällt mir plötzlich ein, dass ich ja das perfekte Abschiedsgeschenk für die beiden habe. Im Schrank, der fast komplett mit meinen unverkauften Aloe-vera-Flaschen vollsteht, befindet sich eine große Tüte mit Löwen-Kot, die die Zeitschrift von einem enthusiastischen Marketingmenschen erhalten hat, der offensichtlich nicht kapiert hatte, dass sich eine Zeitschrift namens *Cat World* mit Hauskatzen beschäftigte.

Ich nehme die Tüte mit nach Hause.

Ich plane den richtigen Augenblick, während wir uns von Annabel und Teresa verabschieden.

Ich warte, bis es dunkel wird.

Ich warte, bis die Kneipe zumacht.

Dann warte ich noch eine Stunde.

Und dann noch eine, nur um sicher zu sein.

Und dann schleiche ich mich, von Kopf bis Fuß in Schwarz gekleidet, quer über die Grünfläche. Beim Zaun gehe ich in die Hocke, öffne die Tüte und werfe ganze Hände voll Pellets in den Biergarten. Als ich nach Hause zurückkomme, wickelt Isabel im Badezimmer gerade im Halbschlaf Jacob.

«Was zum Henker machst du um diese Zeit?», will sie wissen.

«Nichts», antworte ich.

Nichts, außer mich endlich an Smudgie für Louises Tod zu rächen.

Samstag, 21. September

Wir sind wieder in unserem Haus. Fast sechs Monate nach der Überschwemmung sind wir zurück. Und alles ist so, wie es sein sollte. Jacob freut sich so sehr, wieder zu Hause zu sein, dass er sofort die Treppe hochkrabbelt, als keiner von uns hinsieht. Aber er fällt nicht herunter.

Er hockt bloß oben und ruft stolz: «Dadda.» Das ist auf jeden Fall näher dran als «Aaaaaddddaaaaaa», von dem ich mir bisher immer eingeredet habe, dass es «Daddy» heißen soll.

Wir brauchen den ganzen Tag, um unseren Krempel auszupacken. Ich bekomme meine alte Schublade wieder, Jacob bekommt seine alten neun Schubladen wieder, obwohl seine Strampelanzüge nur ein Achtel so groß sind wie meine Strampelanzüge.

Bis zum frühen Abend sind wir alle völlig erledigt. Jacob haut bei seinem Zucchini-Nudel-Auflauf rein, wobei er die Zucchinistückchen mangels Zähnen mit der Zunge am Gaumen zerquetscht. Ich haue mir einen Gin Tonic rein, wobei ich die Zitrone mangels Zucchini am Gaumen zerquetsche.

«Ich dachte, du bist im Training», kommentiert Isabel, als sie unser frisch renoviertes Wohnzimmer betritt. Au Mann, ich weiß ja, dass ich immer noch schlechte Karten habe, aber kann ich denn nicht mal einen Gin Tonic trinken, ohne dass man mir gleich ein schlechtes Gewissen macht?

«Ja, ich bin im Training», erwidere ich gereizt. «Aber wir haben unser Haus wieder. Ich dachte, das feiere ich ein bisschen.»

«Ich auch.» Isabels Wütend-auf-Ehemann-Miene verzieht sich zu einem Sei-nett-zu-Ehemann-Lächeln, als sie hinter ihrem Rücken eine Flasche Champagner und zwei Gläser hervorzaubert.

Dann hält sie eine kleine Ansprache, dass sie mich immer noch liebt, obwohl ich im Lauf des Jahres unser Haus zerstört habe und zu einem glücksspielenden, trinkenden Schurken geworden bin – ausgerechnet in dem

Jahr, als wir eine Familie geworden sind. Und ich setze zu einer kleinen Rede an, dass ich Isabel überhaupt nicht verdient habe, in Anbetracht all der Dinge, die sie gerade aufgezählt hat, doch ich werde vom Telefon unterbrochen.

«Geh nicht ran», bettele ich.

«Ich muss.»

«Geh nicht ran.»

«Ich muss ... Hi, Alex. Ja, ich geb ihn dir.»

«Ich will nicht mit ihm reden.»

«Du musst mit ihm reden.»

«Ich will nicht mit ihm reden – Hi, Alex ... Nein ... gar nicht ... ja ... nein ... nein. Nein, nur weil du nicht angerufen hast, heißt das noch lange nicht, dass er anrufen wird. Du musst nicht jeden Tag mit ihm sprechen. Gib ihm ein bisschen Freiraum. Wir haben uns doch darüber unterhalten ... Nein ... Nein ... Hör zu, es ist in Ordnung. Nur, weil er nicht angerufen hat, heißt das nicht, dass er dich nicht liebt ... Aber er ist in Marokko ... Ja, aber Handytelefonate sind teuer ... Nein, ruf ihn nicht an. Es ist wichtig, sich gegenseitig ein bisschen Freiraum zu lassen ... Nein ... Ruf ihn auch nicht morgen an ... Darauf wartet er doch nur. Du musst dich ein bisschen rarer machen, verstehst du? Okay. Bleib standhaft. Er mag den heutigen Kampf gewonnen haben, aber die Liebe ist ein Krieg. Tschüüüüss.»

«Das ist ein lächerlicher Ratschlag.» Isabel hat heimlich zugehört.

«Nein, ist es nicht. Er ist viel zu anhänglich. Männer hassen das.»

«Ja, aber das Gegenteil ist auch nicht gerade toll.»

«Doch, ist es. Wart's nur ab.» Der Zenmeister der Beziehungen hat wieder zugeschlagen.

Dienstag, 24. September

Damit ich sein Trauzeuge sein kann, will Andy, dass Saskia und ich richtige Freunde werden. Das Kriegsbeil begraben. Ich schicke Saskia eine E-Mail.

‹Hallo, Saskia. Wollte nur herzlichen Glückwunsch sagen.›

‹Vielen Dank, Darling. Bist du eifersüchtig? Du weißt ja, du hättest mich haben können.›

‹Ähhh.›

‹Jetzt denk bloß nichts Schmutziges, William. Ich meinte Heiraten. Auf die andere Art hast du mich ja gehabt, nicht wahr?›

O Gott, das wird schwierig werden.

‹Ich wollte fragen, ob wir was zusammen trinken gehen könnten?›

‹Liebend gern. Selbe Bar wie früher?›

‹Nein. Lass uns doch lieber einen Happen essen gehen.›

‹Ohhhh.›

‹Lass uns mittagessen gehen.›

‹Okay.›

Mittwoch, 25. September

Geoff hat immer noch nicht angerufen. Alex muss standhaft bleiben.

Donnerstag, 26. September

Ich sollte Isabel wirklich erzählen, dass ich Saskia treffe, um das Kriegsbeil zu begraben. Tue ich aber nicht, denn wie auch immer ich es probeweise formuliere, es klingt wie eine harmlose Umschreibung. Wenn es um Saskia geht, klingt sogar ‹das Kriegsbeil begraben› unanständig.

Immer noch kein Ton von Geoff. Er hat dieses Spiel echt gut drauf.

Freitag, 27. September

Geoff hat angerufen. Alex ist, wie angewiesen, nicht rangegangen. Geoff hat eine Nachricht hinterlassen, dass Alex ihn zurückrufen soll. Alex rief mich an, um zu fragen, was er machen soll. Ich sagte, er solle zurückrufen, aber nicht gleich. Vielleicht in ein, zwei Tagen. Und falls er in der Zwischenzeit nochmal anruft, nicht rangehen. Isabel sagt, Männer haben keine Ahnung von Beziehungspolitik, und ich soll Alex nochmal anrufen und ihm sagen, dass er sofort Geoff anrufen soll. Tu ich nicht.

Samstag, 28. September

Geoff hat nicht nochmal angerufen. Dieser Typ kämpft mit harten Bandagen.

Sonntag, 29. September

Er hat angerufen. Noch einmal. Und Alex ging, wie angewiesen, wieder nicht ran. Alex ist kreuzunglücklich. «Ich will ihn. Mir ist egal, was in Marrakesch passiert ist. Ich verzeihe ihm alles. Ich will ihn zurück.»

«Schon gut. Beruhig dich. Ruf ihn morgen zurück. Er wird dir aus der Hand fressen.»

Montag, 30. September

Ich habe die Mittagspause als passendste Zeit ausgesucht, um Saskia zu treffen. Ob das neutraler ist, als einen Kaffee mit ihr zu trinken, ist fraglich, aber auf jeden Fall viel besser als ein Drink oder Abendessen – außerdem wird sie meinen besten Kumpel heiraten, also wird schon nichts Schlimmes passieren.

Außer, dass es ihr gelungen ist, die einzige tiefe Schmusecouch in der Sandwich Bar zu finden, die ansonsten völlig unsexy ist. Sie trägt ein Kleid, das nicht mal einen Wellensittich bedecken würde, und ich kann nicht umhin zu bemerken – obwohl ich mich ganz, ganz arg bemühe –, dass sie sich irgendeiner Brust-OP unterzogen haben muss.

«Gefallen sie dir?», will sie wissen, als ich mich neben ihr niederlasse. O Gott, sie hat mich dabei ertappt, wie ich auf ihre Brüste geschaut habe. Warum habe ich auf ihre Brüste geschaut? Genau diese Brüste sollte ich nicht anschauen. Das sind bösartige Bestien. Diese Brüste zerstören Leben.

«Was denn?», lautet meine erbärmliche Erwiderung.

«Die neuen Möpse.» Sie schiebt sie nach vorne, wir fallen beide in die Mitte des Sofas und ich förmlich in ihr Dekolleté. Ich bin wie Tarzan, als er in den Treibsand gerät. Je mehr er kämpft, umso tiefer sinkt er. «Du kannst gerne mal drücken.»

«Ähhh.»

«Ist schon okay. Hab mich nur spritzen lassen. Das ist das Allerneueste. Macht mir für ein paar Monate Körbchengröße D. Aber keine Sorge, Darling, ist immer noch alles echt. Schau!»

«Ähhh.»

Da sind sie, direkt vor meinem Gesicht – ihre beziehungszerstörenden Brüste –, und mir fällt absolut nichts ein. Ich versuche, auf den Boden zu sehen, aber der wird von den Brüsten verdeckt, also schaue ich an die Decke. Ein Stück Brotkruste bleibt mir im Hals stecken, und ich fange an zu ersticken. Ihre mörderischen Brüste ersticken mich.

«Ich freue mich, dass du Andy heiratest, und ich freue mich, sein Trauzeuge zu sein», erkläre ich, nachdem ich einen Schluck von meinem Wasser genommen und mich wieder in die eine Ecke des Sofas geschoben habe.

«Das ist süß, mein Süßer. Ich freu mich auch. Weißt du, er ist echt unglaublich im Bett.»

Warum redet sie so? Warum bekomme ich, über ein Ei-Kresse-Sandwich und aufgeblasene Brüste hinweg, zu hören, dass sie nie gedacht hätte, dass ein Mann so sensibel, so wunderbar, so gekonnt lieben könnte wie Andy? Sie sagt, das sei fast so, als würde man mit einer Frau schlafen, einer Frau mit Penis. Und etwas Perfekteres könne man sich eigentlich gar nicht wünschen. Deshalb freut auch sie sich sehr darüber, Andy zu heiraten.

Als ich gerade die Sandwich Bar verlasse, ruft Isabel an.

«Hallo, Schatz», sage ich in dem Tonfall, den ich leider immer habe, wenn ich versuche, wegen irgendetwas nicht schuldbewusst zu klingen, obwohl ich in dieser Situation wirklich nichts getan habe, weswegen ich schuldbewusst klingen müsste.

«Hallo.» Sie wird sofort misstrauisch. «Wo bist du?»

Dieser Moment unseres Gesprächs verlangt eigentlich nach absoluter Ehrlichkeit. Ich muss Isabel sagen, dass ich Saskia getroffen habe, um ihr zu ihrer Verlobung zu gratulieren, dass es gut lief und ich jetzt auf dem Rückweg ins Büro bin. Das ist nicht schwierig. Es würde keine Probleme schaffen. Isabel hätte nichts dagegen. Auf gar keinen Fall darf ich mein Treffen mit Saskia verheimlichen.

«Nirgends. Spazieren. Auf dem Rückweg ins Büro.»

Es müssen die Brüste gewesen sein. Ich muss das Bedürfnis verspürt haben, die Mittagessensverabredung zu verheimlichen, weil Saskia ihre Brüste so gar nicht versteckt hat. Oder ich bin unbewusst darauf aus, mein Leben so sinnlos wie möglich zu machen, und muss deshalb diese lächerlichen Situationen erschaffen.

«Okay, Schatz», erwidert sie, nun noch misstrauischer – und wer könnte es ihr verübeln, du Idiot? «Du musst Alex anrufen. Geoff hat sich von ihm getrennt.»

Wie sich herausstellt, hatte Geoff in Marokko einen Autounfall. Er war nicht schwer verletzt – bloß ein paar Schürfwunden und Prellungen –, aber dafür ziemlich erschüttert. Er hat keine Nachricht hinterlassen, weil er nicht wollte, dass Alex sich Sorgen machte. Jetzt jedoch hat er die Beziehung beendet, weil Alex nicht für ihn da war, als er ihn am meisten brauchte. Und es ist meine Schuld.

«Das ist völlig in Ordnung», sage ich, sobald Alex' Wortschwall endlich vorüber ist. «Er gewöhnt sich nur an dein neues Selbst ... und dieses neue Selbst wollte er von Anfang an. Alles wird gut. Du musst nur Folgendes tun ...»

SMS von Saskia. ‹Mit deinem Penis war auch alles in Ordnung. Danke für das Mittagessen.› Löschen. Ich werde nie wieder mit Andy reden können, ohne ihn mir als Frau mit Penis vorzustellen, einem Penis, der so akzeptabel ist wie meiner.

Dann ruft Isabel an und will wissen, weshalb ich ihr nicht erzählt habe, dass ich Saskia zum Lunch getroffen habe.

Dann ruft Andy an und will wissen, was ich von Saskias neuen Brüsten halte.

Dann ruft Saskia an, um mir zu sagen, dass sie Isabel

angerufen hat, da wir ja jetzt alle Freunde sind, und ihr nicht klar gewesen ist, dass ich unser kleines Sandwich à Sandwich nicht erwähnt hatte.

Ich sage Saskia, sie sei ein Albtraum.

Ich sage Andy, dass er ein Flittchen heiratet.

Ich gehe nach Hause und bin gerade dabei, einer sehr frostigen Isabel zu erklären, dass ich ein Idiot bin, als es an der Tür klingelt. Draußen steht der Polizist aus dem Dorf, in dem wir zum Glück nicht mehr wohnen.

«Guten Abend, Sir. Dürfen wir Sie ein paar Minuten stören? Dies ist nur eine Befragung.»

«Aber natürlich. Kommen Sie herein. Es ist zwar gerade Badezeit, aber ich bin sicher, ich kann ein paar Minuten erübrigen. Wo liegt dieses Mal das Problem, Officer?»

«Eine Katze wurde ermordet.»

«Wie bitte?»

«Eine Katze wurde ermordet.»

«Was für eine Katze?»

«Smudgie, die Katze, der Sie in der Vergangenheit Gewalt angedroht haben, wurde heute Morgen von ihren Besitzern tot aufgefunden. Sie starb einen langen, langsamen, schmerzhaften Tod.»

«Du meine Güte. Ist ‹ermordet› da wirklich das richtige Wort?»

«Während der vergangenen zehn Tage wurde sie zunehmend verwirrt und war nicht mehr in der Lage, sich in ihrem eigenen Garten aufzuhalten. Irgendetwas, wir wissen nicht, was, jagte ihr Angst ein. Ihre Besitzer vermuten, dass sie vergiftet wurde. Dann, so lautet unsere

Theorie, wurde der Mörder es leid abzuwarten, bis das Gift seine volle Wirkung entfaltete. Smudgie wurde heute Morgen aufgefunden. Ihr Kopf wurde mit einem hammerähnlichen Werkzeug zertrümmert. Besitzen Sie einen Krocketschläger, Mr Walker?»

«Das ist doch lächerlich.»

«Bitte beantworten Sie einfach meine Frage, Sir. Wir wollen doch fürs Erste kooperativ bleiben, nicht wahr?»

«Ich besitze keinen Krocketschläger. Aber ich bin mir ziemlich sicher, dass ich ein Krocketset in der Kneipe gesehen habe.» Der Polizist ignoriert meine Andeutung. Ich bin versucht, ihm zu erzählen, dass der anonyme Tipp bezüglich Brendas getötetem Windhund von mir kam, aber irgendwie habe ich das Gefühl, es würde nicht wirklich helfen.

«Sie arbeiten für eine Katzenzeitschrift, Sir?»

«Ja.»

«Also besitzen Sie Kenntnis darüber, wie man eine Katze vergiftet?»

«Nein, das gehört nicht zu den Dingen, über die wir in unserer Zeitschrift berichten. Unsere Leser bevorzugen eher positive Artikel.»

«Bitte unterlassen Sie diesen sarkastischen Unterton, Sir. Wo waren Sie heute Morgen zwischen sechs und acht?»

«Ich war Rad fahren. Ich trainiere für einen Triathlon.»

«Hat noch jemand mit Ihnen trainiert?»

«Nein. Mein bester Kumpel sollte eigentlich, aber er ist zu sehr damit beschäftigt, die neuen Brüste seiner Verlobten mit Aloe vera einzucremen.» Der Polizist lacht nicht, also fahre ich fort. «Hören Sie, glauben Sie wirklich, ich würde eine Katze töten?»

«Es gibt noch nicht genug Beweise, um mit Sicherheit festzustellen, wer es getan hat. Aber wir werden es herausfinden.»

«Ist das nicht ein bisschen viel Theater wegen einer Katze?»

«Sir, in meinen vierundzwanzig Jahren im Polizeidienst habe ich noch nie einen solch brutalen Mord an einem unschuldigen und geliebten Haustier gesehen. Der Mann, der dies getan hat, muss gefunden werden. Guten Abend, Sir.»

Als ich die Tür geschlossen habe, steht Isabel mit verschränkten Armen im Wohnzimmer. Jacob hört auf, die Zeitung, die ich noch nicht gelesen habe, in tausend kleine Stücke zu zerrupfen, und sieht mich aufmerksam an.

«Was hast du in jener Nacht getan, bevor wir aus dem Dorf weggezogen sind?», will Isabel wissen.

«Ich habe Löwen-Kot im ganzen Biergarten verteilt.» Es hat keinen Sinn, das Ganze schlimmer darzustellen, als es ist.

«Was?» Isabel ist völlig verblüfft.

«Dadda!», ruft Jacob bestürzt. Mein neun Monate altes Kind kann Bestürzung zum Ausdruck bringen. Teresas Kind kann glücklich und traurig. Meines kann bestürzt, gleichgültig und drei verschiedene Arten von verstört.

«Um den Tod von Louise zu rächen. Das hat mich sehr mitgenommen.»

«Und wo warst du heute Morgen? Eine Katze schlachten?» Das war wieder Isabel, nicht Jacob. Er schaut jetzt entsetzt drein, was noch beeindruckender ist als bestürzt.

«Red keinen Blödsinn. Ich war Rad fahren. Aber ich weiß, wer Smudgie umgebracht hat.»

Während Isabel Jacob ins Bett brachte, setzte ich mich an den Computer und fing niedergeschlagen an, Minesweeper zu spielen. Erst als ich das erste Spiel verlor, fiel mir die E-Mail in meinem Postfach auf: ‹Wir haben Sie bei Poker54321.com schon lange nicht mehr gesehen. Kommen Sie doch mal wieder zu einem bisschen Nervenkitzel vorbei. Wir schenken Ihnen eine 50 Pfund-Wette. Nur für unsere treuesten Kunden!›

OKTOBER

‹Adam und Eva hatten es in vielerlei Hinsicht einfacher. Vor allem mussten sie sich nicht mit Zahnen herumplagen.›

Mark Twain

Dienstag, 1. Oktober

Saskia redet nicht mehr mit mir.

Andy ist sauer auf mich und redet kaum noch mit mir.

Isabel ist sich lediglich 96 %ig sicher, dass ich Smudgies Schädel nicht eingeschlagen habe.

Aber ... ich habe die E-Mail gelöscht. Ich bin nicht mehr spielsüchtig. Ich habe immer noch 8000 Pfund heimliche Schulden, aber die Summe gerät nicht weiter außer Kontrolle.

Und ... Alex redet mit mir.

«Es hat funktioniert. William, du bist ein Meister der Liebe. Du hast uns gerettet. Geoff liebt mich doch. Er war nur ein bisschen verletzt, psychisch und auch körperlich. Es ist phantastisch. Vielen Dank.»

«Ist schon in Ordnung, Alex. Du musst noch viel lernen, aber wenn du dich an meinen einfachen ‹Anti-Anhänglichkeits-Leitfaden› hältst, wirst du erfolgreich sein.»

1. Bis über beide Ohren verliebt zu sein ist sehr unattraktiv. Wenn es sich nicht vermeiden lässt, besser verbergen (aber nicht auf gruselige Geheimverlies-Weise).
2. Stündlich ‹Ich liebe dich› zu sagen ist zu viel. Ebenso mehr als einmal täglich. Einmal pro Woche ist in Ordnung. In der Anfangsphase einer Beziehung sind zweimal pro Monat ideal, später einmal pro Monat, dann alle zwei Monate und, schließlich, am Lebensabend, an Geburtstagen.
3. Dasselbe gilt fürs Telefonieren. Je öfter man anruft, umso tiefer sinkt der Wert der Anrufe. Wer sich nicht zurückhalten kann, sollte sein Telefon zu Hause lassen oder Boxhandschuhe tragen, die das Wählen unmöglich machen.
4. Geschenke sollten dem Anlass entsprechen. Dreihundert rote Rosen zur zweiten Verabredung? Zu viel. Sechs rosa Nelken zum zweiten Jahrestag? Nicht genug. Es ist schwer, das richtige Maß zu finden, aber es ist ratsam, lieber auf Nummer sicher zu gehen, bis die Werbephase garantiert abgeschlossen ist.
5. Das Motto sollte lauten: cool und distanziert. Über ihre – beziehungsweise seine – Witze sollte nur gelacht werden, wenn sie wirklich lustig sind. Über alles zu lachen ist unattraktiv. Zu früh zu Verabredungen zu erscheinen ist unattraktiv. Bei Dates, während des ersten Jahres zumindest, sollte

langfristige Planung vermieden werden. ‹Klar, dann bis nächste Woche. Ich schaue mal, ob ich Zeit habe. O nein, es wird wohl doch übernächste Woche werden›, und so weiter.

6. Wenn er nicht anruft, nicht schreibt, keine SMS schickt und auch nicht vorbeikommt, dann liebt er dich nicht.

Mittwoch, 2. Oktober

Isabel sagt, sie sei sich nun 100 %ig sicher, dass ich die Katze nicht erschlagen habe. (Ich hatte beschlossen, ziemlich sauer ob ihrer anfänglichen leisen Zweifel zu sein, was natürlich riskant war, in Anbetracht all der Dinge, die ich vor ihr verheimliche, aber es hat sich ausgezahlt. Manchmal muss man in den Sand der Ehe ganz klare Grenzen zeichnen, und dieses Mal zumindest hat es funktioniert.) Isabel findet, ich sollte bei der Polizei eine Beschwerde über das offensichtlich voreingenommene Verhalten des Dorfpolizisten einreichen. Ich gebe zu bedenken, dass ich Löwen-Kot in Brendas Garten geworfen habe und es deshalb vielleicht besser wäre, sich unauffällig zu verhalten und abzuwarten, bis die Wogen sich geglättet haben.

Sie ist überrascht von meiner Selbstbeherrschung und ruhigen Besonnenheit, aber sie stimmt mir zu.

Ich bin von mir selbst überrascht, und um die Lage noch zu verbessern, gehe ich schwimmen. Das ist mein neues Selbst. Ich bin ein schwimmender, radfahrender, joggender Super-Dad. Ich wohne in einem schönen Haus mit einer wunderbaren Frau und einem Sohn, der schon Kleider für 12–18 Monate alte Kinder trägt, obwohl er erst neun Monate alt ist. Ich bin stark. Ich zeuge starken, gesunden Nachwuchs. Ich habe starke Gene. Keine Herausforderung ist zu groß. Auch nicht der Triathlon, obwohl es nur noch zwei Monate bis dahin sind und er sich Xtreme 3 nennt und im November stattfindet. Auch nicht die Katzenmordanschuldigung, obwohl ich nicht vollkommen unbeteiligt bin. Auch nicht der Verkauf von Aloe-vera-Produkten.

Nun, das vielleicht schon. Ich habe es mir mit Saskia und Andy verdorben, meinen zwei treusten Kunden. Sie haben gedroht, zu einem anderen Lieferanten zu wechseln. Ich muss also sexsüchtige Ersatzhippies finden. Aber ich bin immer noch stark. Niemand kann mich daran hindern, aus diesem Jahr, diesem ersten Jahr der Vaterschaft, einen Erfolg zu machen.

Donnerstag, 3. Oktober

Brenda und Bob kommen in den Lokalnachrichten von *South-East Today* und *Meridian.* Brenda hat verweinte rote Augen. Bob sieht aus wie versteinert. Er tut nicht einmal mehr so, als wäre er traurig. Sie suchen nach Zeugen des brutalen Mordes an einer Katze, die sie wie ein Kind geliebt haben. Sogar die seriösen Nachrichtensprecher verwenden das Wort ‹Mord›.

Werde durch eine nette SMS von Alex aufgeheitert. Er hält sich an den Ninja-Code, und Geoff ist nun der Anhängliche.

Freitag, 4. Oktober

Brenda befindet sich in dem Zug, den ich nehme, um eine Begegnung mit Brenda zu vermeiden. Sie sieht mich. Ich sehe sie. Normalerweise ignorieren wir einander. Heute jedoch kommt sie zu mir herübermarschiert.

«Das werden Sie büßen, dafür werde ich sorgen», zischt sie, und der gesamte Waggon, außer dem Typen, der immer ans Fenster gelehnt einschläft und auf seine Krawatte sabbert, ist plötzlich ganz Ohr. Dies hier ist ein seriöser Zug. Da streitet man sich nicht.

«Hören Sie, Brenda. Ich habe sie nicht umgebracht.» Selbst der sabbernde Typ wird nun durch einen Rippenstoß geweckt, damit er die Show nicht verpasst.

«Haben Sie doch. Sie haben sie umgebracht. Sie haben sie mit Gift ganz verrückt gemacht, und dann haben Sie sie zertreten. Jetzt ist sie tot.» Brenda, diese armselige, nervige Frau, bohrt mir ihre winzigen Stumpenfinger in die Brust. Der sabbernde Typ nimmt an, dass wir von einem Kind sprechen, da bin ich mir ganz sicher. Er ist automatisch zu dem Schluss gekommen, dass ich ein Kind umgebracht habe, vielleicht das der rothaarigen Frau, vielleicht schon vor Jahren, und dass ich dafür ins Gefängnis gewandert bin, heute aber einen Tag Freigang habe. Ganz offensichtlich hat er zu viel ferngesehen. Ich muss die Situation klarstellen, bevor die Zuschauer sich einmischen.

«Es war bloß eine Katze.» Alle schnappen kollektiv nach Luft.

«Sie geben es also zu.»

«Nein, natürlich nicht. Ich habe nichts damit zu tun. Und selbst wenn ich etwas damit zu tun hätte, haben Sie immer noch Louise umgebracht.»

Noch ein hörbares Nach-Luft-Schnappen.

«Das war bloß ein Huhn», sagt Brenda zum Rest der Zugreisenden, nicht zu mir, und niemand schnappt nach Luft. Dann wendet sie sich wieder mir zu, und ihre roten kleinen Äuglein funkeln rot zu mir auf. «Sie haben meine Katze getötet – und dafür werden Sie bezahlen.»

Mit diesen Worten marschiert sie in einen anderen Waggon davon. «Es war bloß eine Katze», murmele ich. Weil es eben tatsächlich bloß eine Katze war.

Bei *Cat World* fragt mich Janice, ob ich in den Nachrichten den Bericht über die Katze gesehen habe, die brutal ermordet wurde. Ich verneine und biete ihr stattdessen ein Pfefferminzbonbon an. Sie liebt Pfefferminzbonbons. Sozusagen ihre Katzenminze. Ich habe immer welche zur Hand, falls ich sie schnell ablenken muss.

Samstag, 5. Oktober

Geoff und Alex sind zum Lunch vorbeigekommen und haben sich vor meinem neun Monate alten Sohn gegenseitig die Zunge in den Hals gesteckt. Ich bin mir nicht sicher, ob ich das in Ordnung finde. Kurz mache ich mir Sorgen, ob ich vielleicht homophob bin, aber dann wird mir klar, dass dies nicht der Fall ist: Jegliche Art von Zungenhockey im Beisein eines neun Monate alten Kindes ist nicht akzeptabel. Isabel scheint zu glauben, dass alles bis hin zum Vorspiel im frühen Stadium, einschließlich liebevollen Spankings, akzeptabel ist. Das liegt zum Teil daran, dass sie ein Buch darüber gelesen hat, dass man in Deutschland und anderen nordeuropäischen Ländern Kleinkinder in Sexualkunde unterrichtet.

«Das bedeutet, dass Sex dort nicht stigmatisiert wird. Es ist lediglich ein Teil des menschlichen Lebens. Völlig normal. Nichts, was man verheimlichen müsste oder seltsam finden oder worüber man nichts wissen dürfte», erklärt sie.

«Aber Kleinkinder?»

«Wir zeigen unseren Kindern doch auch, wo das Fleisch herkommt.»

«Wie bitte?»

«Sex ist bloß ein ganz normaler Teil des Lebens. Warum sollten unsere Kinder nichts darüber wissen? Ist es nicht besser, wenn sie mit einer sachlichen Einstellung dazu aufwachsen, als wenn sie denken, es sei etwas Schmutziges, Unsauberes? Die Deutschen haben nicht diese Hinterm-Fahrradschuppen-Mentalität. Und die Dänen auch nicht.»

Ich weiß gar nicht, wo ich anfangen soll. Ich muss sofort an meinen Besuch in Kopenhagen vor ein paar Jahren denken, wo die Mädchen alle hübsch waren und die Hälfte von ihnen schwanger. Und wann immer Johnson mir gratis ein Hardcore-Pornobild schickt – meistens von einer fetten Frau mit Wikingerhut, die irgendetwas Unaussprechliches mit einem Bauernhoftier anstellt –, ist es deutsch. Ich hätte absolut nichts dagegen, wenn Jacob bis weit nach seinem einundzwanzigsten Geburtstag nichts von alldem wüsste. Zum Teenager-Alter gehören nun einmal eine Reihe peinlicher Hinterm-Fahrradschuppen-Begegnungen, denn wie sonst sollte man als Engländer diese liebenswerten Sexualkomplexe entwickeln?

Jetzt leckt Alex ein bisschen Mascarpone-Creme von Geoffs Backe, Jacob macht große Augen, und Isabel wirft mir einen Stell-dich-nicht-so-an-das-ist-in-Ordnung-Blick zu. Also lasse ich meinen Nachtisch stehen (ich mag sowieso keinen Mascarpone und habe das schon hundert Mal gesagt), damit ich zum Abwasch flüchten kann.

«Danke», flüstert mir Alex verschwörerisch zu und bricht dabei meine Lass-mich-in-Ruhe-wenn-ich-den-Abwasch-mache-Regel. «Nochmal vielen Dank.»

«Keine Ursache.»

«Aber, echt, diese Kalte-Schulter-Strategie von dir macht ihn ganz verrückt.»

«Ich habe keine sonderlich kalte Schulter bemerkt. Ich habe nur gesehen, wie du Mascarpone von ihm abgeschleckt hast.»

«O nein, keine Sorge. Das gehört alles zu meiner Taktik. Später werde ich behaupten, ich müsse noch arbeiten –

und deshalb zu mir nach Hause gehen. Allein. Das wird ihn ganz wild machen.»

Ich habe ein Monster erschaffen.

Sonntag, 6. Oktober

Andy erscheint zu unserem ersten Versuch eines Mini-Triathlons. Er redet immer noch nicht wirklich mit mir. Zuerst vermute ich, es liegt daran, dass wir schwimmen und es sich unter Wasser nicht so gut spricht. Dann vermute ich, es liegt daran, dass wir Rad fahren und man immer im Windschatten des anderen fahren soll. Dann joggen wir, und ich habe das Gefühl, gleich kotzen zu müssen, deshalb ist mir egal, dass wir nicht reden. Aber irgendwie dann doch nicht. Andy ist normalerweise nie sauer.

«Hör zu ... es ... tut ... mir ... leid ... dass ... ich ... sie ... Flittchen ... genannt ... habe.» Ich benötige dazu die Energie, die ich eigentlich dringend brauche, um nicht zu kotzen.

«Ich will nicht darüber reden», erwidert Andy, weniger außer Atem. Er hat zwar keine Ninja-Daddy-Power, aber eben auch keine Kinder. Also fühlt er sich immer noch jung und ausgeruht. Und offensichtlich haben ihn seine ganzen Frau-mit-Penis-Sex-Marathons fit gemacht.

«Das ... ist ... bescheuert ... Ich ... freu ... mich ... für ... dich.»

«Nein, tust du nicht.» Andy hat aufgehört zu rennen, dem Himmel sei Dank. «Seit ich mit Saskia zusammen bin, redest du schlecht über sie.»

«Ich rede schlecht über sie, seit sie sich so ins Zeug gelegt hat, meine Ehe zu zerstören. Nimm's nicht persönlich. Du weißt doch, was sie versucht hat, mir anzutun.»

«Jetzt krieg dich mal wieder ein. Das ist Ewigkeiten her. Sie hat das längst abgehakt. Warum kannst du das nicht auch?»

«Wie meinst du das?»

«Na, du redest andauernd darüber, was für ein Albtraum Saskia war, wie sie versucht hat, deine Ehe zu zerstören, dass sie jahrelang ganz besessen von dir war und du nichts davon gewusst hast. Ich glaube, das hat dir ganz gut gefallen.»

«Was?»

«Ich glaube, jetzt, wo du verheiratet bist und ein Kind hast und draußen in der Pampa wohnst, gefällt dir der Gedanke an die schöne Frau, die ja so in dich verliebt war, sehr gut. Das bringt ein bisschen Farbe in deinen sonst eher tristen Alltag.»

«Wie bitte?»

«Ich denke, du musst über Saskia hinwegkommen. Ich liebe sie. Sie liebt mich. Wir heiraten an Silvester. Wenn du das nicht akzeptieren kannst, dann kann ich daran auch nichts ändern. Ich will dich nicht dabeihaben. Und, übrigens, du bist zu langsam.»

Dann rannte er davon, mein bester Freund, der Mistkerl, nachdem er mir dermaßen unrecht getan hatte, sodass mir nichts anderes übrigblieb, als sprachlos und demotiviert nach Hause zu humpeln.

Montag, 7. Oktober

Trüb ist der Morgen, nachdem einen der beste Freund runtergeputzt hat. Ich hatte innerlich meine Verteidigungshaltung aufgegeben und angefangen mich zu fragen, ob er womöglich recht hatte. Nicht damit, dass ich Saskia und die ganze mit ihr verbundene Aufregung brauche, um mein vorstädtisches Leben aufzupeppen. Damit nicht. Nein, aber ob ich vielleicht total unfair war. Dann rief ich mir jedoch wieder ins Gedächtnis, dass sie mir, erst letzte Woche, ihre Titten ins Gesicht gestreckt hatte. Da war doch sicher sie die Unfaire und nicht ich.

Dienstag, 8. Oktober

Natürlich gehört sie zu den Menschen, die allen Leuten ihre Titten ins Gesicht strecken. Vermutlich hatte sie als Kleinkind Sexunterricht. Ihre Mutter könnte sogar Dänin sein. Keine Ahnung. Vielleicht habe ich zu viel Aufhebens darum gemacht. Vielleicht habe ich versucht, mein eigenes langweiliges Leben aufregender zu machen. Die Leute übertreiben immer, wenn sie von der Vergangenheit reden, um verrückter und spaßiger zu klingen. Vielleicht habe ich damit selbst auch angefangen. Vielleicht kann ich nicht mehr zwischen der Wahrheit und meinen eigenen Übertreibungen unterscheiden.

Mittwoch, 9. Oktober

Erste Begegnung mit einem Exemplar des anderen Geschlechts: Sarah ‹Der Esel› Philips.

Meine Erinnerung daran – offizielle Version: Ich war vierzehn. Sie war blond und hatte große Brüste. Wir haben uns im Park geküsst. Sie hat mich ihre Brüste anfassen lassen. Sie hat mir ihre Telefonnummer gegeben, aber ich habe nie angerufen.

Meine Erinnerung daran – ehrliche Version: Ich war fünfzehn. Sie war mausbraun und hielt Ratten als Haustiere. Wir haben uns im Park geküsst. Sie hatte keine nennenswerten Brüste. Ich gab ihr meine Telefonnummer, aber sie hat nie angerufen, vor allem deshalb, weil sie bekannt dafür war, an jedem Wochenende mit einem anderen Typen rumzuknutschen.

Erste Freundin: Vanessa Hughes

Meine Erinnerung daran – offizielle Version: Ich war sechzehn. Sie war blond und hatte große Brüste. Sehr, sehr schön. Sie war ein Jahr älter als ich. Wir sind ein halbes Jahr miteinander gegangen, dann verlief sich die Sache im Sande, vermutlich, weil wir so viel geknutscht haben.

Meine Erinnerung daran – ehrliche Version: Ich war achtzehn. Sie war mausbraun mit kleinen Brüsten. Ganz hübsch. Zwei Tage älter als ich. Wir sind zwei Monate miteinander gegangen, dann hat sie mich abserviert, weil Lance Baker ein Tattoo und ein Auto mit Schiebedach hatte.

Erste und einzige heiße Affäre: Saskia

Meine Erinnerung daran – offizielle Version: Sie war blond, mit großen Brüsten, trug nie Slips, und wir hatten bereits zwei Stunden nach unserem Kennenlernen Sex im Freien. Sie war verrückt und aufregend. Dann wahnsinnig. Dann ein Albtraum.

Meine Erinnerung daran – ehrliche Version: blond, Brüste, keine Slips, im Freien. Verrückt und aufregend. Wahnsinnig. Albtraum. Dann kein Albtraum mehr.

Donnerstag, 10. Oktober

Also liegt es offensichtlich komplett an mir. Sie ist bloß eine lebenslustige, temperamentvolle Frau, die das Leben und die Liebe genießt. Ich bin ein alles überanalysierender, egozentrischer Arsch, der versucht, die Beziehung seines besten Freundes zu zerstören, damit sich sein eigenes Leben interessanter anfühlt.

Diese Gedanken gehen mir auf dem Weg zum Zug durch den Kopf. Als ich jedoch den Bahnhof erreiche, leuchtet mir am Zeitschriftenkiosk die Schlagzeile der Lokalzeitung entgegen: ‹Katzenmörder schlägt wieder zu›.

Ich kaufe die Zeitung.

Nachdem ich mich versichert habe, dass Brenda nicht im Zug ist, öffne ich die Zeitung zum großen Aufmacher auf Seite drei. Brenda und Bob starren mich an. Sie hält ein leeres Flohhalsband hoch. Sein Gesichtsausdruck ist wieder völlig versteinert. Im Hintergrund lehnt ein Krocketschläger an der Hecke. Die Bildqualität ist so schlecht, dass man keine Blutflecken darauf erkennen kann.

Der Artikel ist so geschrieben, als wäre es die größte Story, die die Zeitung seit Jahren gebracht hat, was ja auch stimmen würde, wäre da nicht der Mann zwei Dörfer weiter gewesen, der letzte Weihnachten seine Frau in Stücke gehackt und an seinen Staffordshire-Bullterrier verfüttert hat. Brenda und Bob haben sich eine neue Katze angeschafft, um Smudgie zu ersetzen. Sie haben sie Smidgie genannt. Das Tier weigerte sich, den Garten zu betreten. «‹Wir haben gedacht, Smidgie würde den Schmerz und das Leid von Smudgie spüren›, sagte die in Tränen aufgelöste Besitzerin, die in der City arbeitet», stand in der Zeitung. Und dann fanden sie die Katze gestern in der Küche der Kneipe, brutal ermordet. Genau wie beim letzten Mal. Sie glauben, der Katzenkiller ist durch die Hundeklappe hereingekommen. Ein Polizist vom Ort (nun ratet mal, wer) beschrieb den Fall als den schrecklichsten, der ihm in seiner ganzen Laufbahn untergekommen war. «‹Hier läuft ein Serienmörder frei herum›, erklärte der Polizeiwachtmeister. ‹Und er muss dingfest gemacht werden, bevor noch mehr unschuldigen Haustieren etwas zustößt.›»

Bei der Arbeit versuche ich gerade herauszufinden, wie lange es wohl dauert, bis die Wirkung von Löwen-Kot nachlässt, als ich eine Lieferung bekomme. Drei große Schachteln Aloe vera. Obwohl immer noch zweieinhalb Kisten von meiner ersten dummen Bestellung übrig sind.

Ich rufe den zuständigen Aloe-vera-Vertriebsleiter an.

«Sie haben einen Vertrag und eine Lastschrifteinzugsermächtigung unterschrieben», erklärt er ohne jegliches Mitgefühl.

«Habe ich das?»

«Ja. Sie haben eingewilligt, sechs Monate lang jeden Monat Ware im Wert von 400 Pfund abzunehmen. Das können Sie jetzt nicht mehr rückgängig machen. Da würden wir ja auf einer ganze Menge Aloe vera sitzenbleiben, wenn Sie plötzlich beschließen, uns diese nicht mehr abzunehmen. Das wird alles aus Amerika geliefert, müssen Sie wissen. Das wächst ja nicht auf Bäumen.»

Ich muss mich mit Andy versöhnen, und er muss wesentlich mehr vögeln. Das ist meine einzige Hoffnung, um nicht entweder von einem umkippenden Aloe-vera-Turm erschlagen zu werden oder von einer Ehefrau, die herausfindet, dass ich nicht nur 8000 Pfund Internet-Spielschulden angehäuft habe, sondern nochmal 2400 Pfund für Aloe vera bei dem Versuch, Erstere zu begleichen.

Freitag, 11. Oktober

«Hast du mitbekommen, dass eine zweite Katze ermordet wurde?» Isabel kaut ganz bewusst einen Bissen Toast. Jacob kaut geistesabwesend auf einem Stift herum.

«Ja, abgesehen davon, dass man eine Katze nicht ermorden kann. Ist es in Ordnung, dass er auf diesem Stift herumkaut?»

«Ja, er zahnt.» Das sagt sie immer. Er zahnt seit sechs Monaten. Jedes Mal, wenn er weint, liegt es daran, dass er zahnt.

«Was ist, wenn er hinfällt, während er auf dem Stift herumkaut? Damit könnte er sich sofort umbringen.»

«Er fällt nicht.» Sie hat noch mehr Bücher darüber gelesen, dass man sein Kind pausenlos Gefahren aussetzen sollte. Nur so wird es lernen, damit umzugehen. «Er fällt nur hin, wenn du ihn denken lässt, dass er hinfallen könnte.»

Ich beschließe, das Thema zu wechseln.

«Du kennst doch dieses ganze Aloe-vera-Zeug? Also, eine Kollegin bei der Arbeit, die versucht momentan welches zu verticken. Hab mich nur gefragt, ob irgendeine der anderen Mütter daran interessiert sein könnte?»

«Ich erkundige mich mal. Oder du fragst sie morgen selbst.»

«Morgen?»

«Ja, wir gehen doch zelten, weißt du nicht mehr? Mit der Babygruppe?»

Samstag, 12. Oktober

Ich kann mich definitiv nicht mehr daran erinnern, dass wir uns je über einen Babygruppen-Camping-Trip unterhalten hätten. Im Oktober. Mit Teresa und Annabel und ihren schwierigen Kindern. Ich kann mich auf jeden Fall nicht daran erinnern, dem zugestimmt zu haben. Warum sollte ich je einwilligen, ein ganzes Wochenende deren schwierige Kinder mit unserem wunderbaren, aber ebenfalls schwierigen Kind zusammenzustecken? Trotzdem befinden wir uns jetzt hier auf einer Wiese in der Nähe von Brighton, im strömenden Regen, und versuchen ein Zelt aufzubauen, das wir das letzte Mal benutzt haben, als wir noch jung und dumm und bereit waren, ein komplettes mieses Wochenende in einem miesen kleinen Zelt auf einem miesen kleinen Musikfestival zu verbringen, wo Betrunkene unsere Zeltpflöcke herausrissen und erst um vier Uhr morgens Ruhe gaben.

Teresa besitzt ein Zelt, das nur als Haus bezeichnet werden kann. Es hat einen Haupt-Wohnraum, einen Windfang und vier Schlafzimmer. Ich frage, ob es auch ein Billardzimmer gibt, aber sie lacht nicht.

Annabel hat eine Jurte, in der Mongolei handgefertigt.

Wir haben ein Zelt mit einem Loch, das nach nassem Hund riecht.

«Es ist bei der Überschwemmung ein bisschen nass geworden», erklärt Isabel und warnt mich damit indirekt, mich nicht zu sehr zu beklagen, da die Überschwemmung – und folglich alles, was damit zusammenhängt – bis in alle Ewigkeit mein Fehler sein wird.

Der Plan, falls man ihn als solchen bezeichnen kann, war, Würstchen (die Teresa mitgebracht hat, weil sie den besten Metzger in ganz Europa kennt) und Burger (von

Annabel von Hand gemacht, weil alles Selbstgemachte am besten schmeckt) auf offenem Feuer zu grillen, doch aufgrund des horizontalen Regens saßen wir stattdessen in Teresas Zelthalle fest. Es blieb uns nichts anderes übrig, als herumzuhocken, kalte Käsebrote zu essen und darauf zu warten, dass es dunkel genug wurde, um uns zurückziehen zu können.

Natürlich schlief Teresas perfektes Kind Punkt halb acht ein. «Fester Rhythmus», erklärte Teresa belehrend, während die verbleibenden zwei wilden Kinder, die wie immer hellwach waren und keinerlei Anstalten machten, wieder einzuschlafen, nach draußen ausbüchsten. Es war zu dunkel, um es richtig zu erkennen, aber ich schwöre, ich habe gehört, wie Isabel die Augen verdreht hat, als Teresa prompt ihre Theorie zu kindlicher Disziplin darlegte.

Schließlich gingen wir alle ins Bett. Dann fing das Geheule an. Zuerst das von Teresa (sicher Teil der festen Routine), dann Annabels, dann unseres. Ein Kind nach dem anderen hatte seine nächtliche Klagerunde. Wenn ich das nächste Mal mit den Kindern anderer Leute zelten gehe – was nie sein wird –, werde ich unser Zelt auf einer anderen Wiese aufstellen.

Sonntag, 13. Oktober

Wie bekommt man Fußbrand? Kann man das heute noch kriegen, oder gehört das zu den Dingen, die in den Siebzigerjahren ausgestorben sind? Die Wiese, auf der wir zelten, gleicht einem Graben. Meine Schuhe sind seit dem Moment unserer Ankunft gestern durchweicht. Der Regen kommt immer noch waagrecht, und ich bin mir ziemlich sicher, dass ich auch Wasser in der Lunge habe. Kann man das auch noch bekommen? Oder eher Wasser im Gehirn? Ich habe definitiv was auf der Lunge, denn bei jedem Atemzug macht es ein komisches klickendes Geräusch. An einem kalten Oktoberwochenende mit Leuten, deren Erziehungsmethoden sich krass von unseren unterscheiden, auf einer nassen Wiese zu sitzen ist nicht gerade meine Vorstellung vom Paradies. Selbst als Teresa mir einen frischgebrühten Kaffee aus den feinsten Jamaika-Bohnen reicht.

Aber Isabel findet's super. Sie will noch eine Nacht bleiben.

«Bitte, können wir noch eine Nacht bleiben? Bitte, bitte, bitte, bitte, bitte? Die anderen fahren nach Hause. Dann sind wir nur noch zu dritt. Das wird so romantisch sein. Bittebittebitte.»

«Teresas Vorführzelt wird uns nicht mehr zur Verfügung stehen. Und es regnet immer noch.»

«Bittebittebitte.»

Jacobs große Augen betteln auch. Er ist offensichtlich sehr zufrieden da in seiner Pfütze beim Matschessen.

«Na gut», sage ich, weil ich bei diesen vielen Bittes nicht anders kann und weil zu Hause ohnehin nichts auf mich wartet außer Andy, der nicht mit mir spricht, Alex, der mir die intimen Details seiner erfolgreichen neuen Strategie mitteilt, und eine Serie von Katzenmorden, bei denen ich, lächerlicherweise, der Hauptverdächtige bin.

Am Abend, allein auf unserem Feld, nachdem Jacob von der vielen frischen Luft, die seine kleinen Lungen eingeatmet haben, recht früh platt ist, liebten Isabel und ich uns in unserem feuchten, kalten Zelt. Und zum ersten Mal seit langer, langer Zeit war es mal wieder entspannt, liebevoll und ohne Hetze. Danach riss der Himmel auf. Es dauerte eine Weile, bis ich ein Feuer in Gang brachte, aber dann saßen wir daneben und unterhielten uns. So sollte das Eheleben sein. Zeit. Sex. Gespräche.

«Ich glaube, ich werde eine Verlobungsparty für Andy und Saskia organisieren», sagte ich, nachdem wir genug davon geschwärmt hatten, wie toll alles war. (In diese seltenen Momente kinderfreien Friedens und der Zweisamkeit muss man eine Menge reinpacken.)

«Das halte ich für eine gute Idee.»

«Echt?»

«Ja.»

«Aber ich dachte, du kannst Saskia nicht ausstehen?»

«Sie ist nicht gerade meine Lieblingsfreundin, aber sie macht Andy glücklich. Und wenn du das nicht akzeptierst, wirst du ihn verlieren.»

«Ich weiß.»

«Übrigens, ich habe in der Spielgruppe einen Zettel aufgehängt wegen des Aloe-vera-Zeugs. Du kannst deiner Kollegin sagen, wir brauchen fünfzehn Flaschen.»

«Prima. Weißt du noch, unser Triathlon-Training letzte Woche?»

«Ja.»

«Persönliche Bestzeit um zwanzig Minuten verbessert.»

«Gut gemacht. Wir brauchen ein neues Zelt.»

«Ja, ich besorg uns eines im Schlussverkauf. Hast du das Formular für diesen Kinder-Treuhandfonds zurückgeschickt?»

«Nein. Ein Handwerker wird vorbeikommen, um im Wohnzimmer neue Regale anzubringen.»

«Bist du sicher, dass ich das nicht selbst machen soll?»

«Ja.»

«Okay.»

«Ich liebe dich.»

«Ich liebe dich auch.»

«Sollen wir nächstes Frühjahr zum Zelten nach Frankreich f–»

Und das war's. Jacob war aufgewacht. Die Weltpolitik, der Sprung in der Windschutzscheibe und die Perspektiven der Wahlen würden bis zum nächsten Mal warten müssen, wenn wir wieder Gelegenheit zu einer normalen Unterhaltung hatten.

Montag, 14. Oktober

Der schlimmste Montag überhaupt, einschließlich des Montags, als ich sieben Jahre alt war und mir in einem Steingarten den Arm brach, dem Montag, als ich neun war und herausfand, dass es kein Leben nach dem Tod gibt, und dem Montag mit sechsundzwanzig, als mir jemand weismachte, es sei absolut ungefährlich, Hotdogs wieder aufzuwärmen.

GRÜNDE, WESHALB ES DER SCHLIMMSTE MONTAG ÜBERHAUPT WAR

Erstens war das Wochenende vorbei. Und obwohl es ein verregnetes Wochenende gewesen war und unser Zelt ein Loch hatte, war es trotzdem das beste Wochenende des Jahres.

Zweitens mussten wir um fünf Uhr aufstehen, im Regen zusammenpacken und nach Hause hetzen. Der Verkehr war so dicht, dass ich, ohne zu duschen, zur Arbeit musste.

Drittens kam ich nur fünf Minuten zu spät, aber Janice beschwerte sich trotzdem.

Viertens sagte sie dann: «Haben Sie gehört, dass eine zweite Katze ermordet wurde? Vielleicht sollten wir das in unserer Nachrichtenrubrik näher beleuchten.» Dann verkündete sie, sie müsse jetzt zu einer Katzen-Show und hätte keine Zeit, ihre Kolumne zu schreiben. Ob ich übernehmen könnte?

Fünftens bin ich so erbärmlich, dass ich mich tatsächlich geehrt fühlte, für eine Ausgabe meine ‹Gut genug für Ihren Teller?›-Kolumne zurückzubekommen. Bis ich herausfand, dass es sich um Whiskas Fisherman's Choice handelte. Die mit Fisch habe ich immer gehasst. Bei Kaninchen konnte ich wenigstens so tun, als wäre es Bolognese-Sauce.

Sechstens musste ich das Futter ein zweites Mal kosten, weil ich beim ersten Mal nicht richtig aufgepasst hatte.

Siebtens mailte ich Andy, um ihn zu fragen, ob wir reden könnten, und er antwortete nicht.

Achtens funktionierten aufgrund des schlechten Wetters alle Züge nicht.

Neuntens, *South-East Today* hat 10 000 Pfund Belohnung für alle Informationen ausgesetzt, die zur Ergreifung des Katzenmörders führen. Das ist eine Rekordsumme, und auch wenn der Spender anonym bleiben möchte, geht man davon aus, dass es sich um einen exzentrischen ortsansässigen Millionär handelt, der von der schrecklichen Mordserie genauso entsetzt ist wie *South-East Today*. Können zwei Vorfälle eine Serie sein? Können Katzen ermordet werden? Also echt.

Zehntens, als ich endlich nach Hause komme, ruft Alex an, um zu berichten, dass er sich wieder mit Geoff gezankt hat. Er will einen Rat, wie er sich besser durchsetzen kann, wenn es um die Verteilung von Aufgaben im Haushalt geht.

WIE MANN DEN HAUSHALTS-KAMPF GEWINNT

Die Aufteilung von Pflichten im Haushalt ist ähnlich wie das Wählen einer Mannschaft im Sportunterricht, nur komplizierter und mit größerem Gefahrenpotenzial. Man möchte ja nicht mit Fatty Jenkins enden (oder, in diesem Fall, dem Abwasch), doch sich dies anmerken zu lassen wäre ein Fehler. Man muss den Eindruck erwecken, Fatty wäre jemand, den man auf jeden Fall im Team haben möchte.

Man fängt also zuerst mit einer Aufgabe an, die man selber mag, der andere aber hasst, doch man tut dabei so, als würde man sie nicht mögen («Ich bring den Müll raus, Schatz, obwohl ich das hasse»). Dann darf der andere zum Ausgleich zweimal wählen. Wenn man seine Einstellung zu Fatty ausreichend verschleiert hat, besteht nun eine reelle Chance, dass das gegnerische Team ihn wählen wird. Auf diese Weise fährt man fort, bis Fatty gewählt wurde.

Merke: Wer schon immer anti-Fatty war, wird entweder Fatty bekommen oder teuer dafür bezahlen, ihn zu vermeiden (wir sprechen hier vom Sockenpaare-Zusammensuchen, Spülmaschine-Ausräumen und Staubsaugerbeutel-Wechseln zusammen).

Zu guter Letzt sollte man lieber Aufgaben wählen, die unangenehm, aber selten sind, als erträgliche, die täglich anfallen. Laub-Zusammenkehren ist gut, da saisonal beschränkt. Dasselbe gilt für das Aufräumen des Schuppens. Staubsaugen weniger.

«Also, um Fatty nicht zu bekommen, muss ich den Schuppen aufräumen?» Alex macht große Augen, das merke ich, obwohl wir am Telefon sind.

«Genau. Du lernst schnell, mein Junge.»

Dienstag, 15. Oktober

«Halloooo, Officer. Ich habe gesehen, dass es 10 000 Pfund Belohnung für Informationen gibt, die zur Ergreifung desjenigen führt, der diese armen kleinen Kätzchen umgebracht hat.» Meine Stimme zittert, aber ich bin mir ziemlich sicher, dass mein schottischer Akzent überzeugend klingt.

«Ja, wer spricht denn da?»

«Ich wollt eigentlich nichts sagen, aber was verstehen Sie denn unter ... Informationen?»

«Hör zu, Kumpel, wir haben hier eine Mordermittlung am Laufen, und zwar im vollen Scheinwerferlicht der Presse. Da hab ich keine Zeit für Telefonscherze.»

Und er legte auf. Idiot. Woher will er denn wissen, ob ich nicht vielleicht relevante Informationen habe?

Freitag, 18. Oktober

Andy hatte mich nicht ignoriert. Er war in der Dominikanischen Republik. Jetzt ist er wieder da und ignoriert mich tatsächlich.

«Hör zu, es tut mir leid. Du hattest recht. Ich habe offensichtlich versucht, mein eigenes Leben aufregender zu machen, indem ich mir da was mit Saskia und ihren neuen Brüsten eingeredet habe. Aber das war komplett unbewusst, ich schwör's.»

«Das sind schöne Brüste.»

«Ja, sind es – und ich freue mich für dich und Saskia und, ähhh, die Brüste.»

«Wirklich?»

«Ja. Wirklich.»

«Na gut, okay. Ich kenne einige Leute, denen es schwerfällt, Saskia zu verstehen. Vor allem andere Frauen.»

«Isabel mag Saskia. Sie findet, wir sollten uns alle vertragen. Deshalb würden wir gerne eine Verlobungsparty für euch schmeißen.»

«Ehrlich?»

«Ja.»

«Das ist ja super. Muss es bei euch im Dorf sein?»

«Nein. Brauchst du Aloe-vera-Nachschub?»

Alles geklärt, und wir mussten uns noch nicht einmal umarmen.

Samstag, 19. Oktober

«Ich habe unsere Finanzen überprüft – und ich verstehe einfach nicht, wofür wir so viel ausgeben.» Das ist das Problem, wenn man mit anderen Leuten zelten geht. Wenn Teresa nicht gerade mit ihrem disziplinierten Kind angegeben hat, dann damit, welch eisernes Regiment sie über die Familienfinanzen führt. Ja, sie verdienten eine Menge Geld. Ja, sie konnten sich ein Zelt leisten, das eher ein Haus war, und eine passende Dachbox von Thule dazu. Aber, nein, das bedeutete nicht, sie würden Geld zum Fenster herauswerfen. Und nun ist Isabel zur Mini-Teresa geworden.

«Was?»

«Ich habe mal eine Übersicht erstellt, und unser ganzes Geld scheint einfach zu verschwinden. Du überweist Geld auf dein Konto, aber die ganzen Rechnungen gehen immer noch auf unser gemeinsames Konto. Ich dachte, du hast gesagt, die Überweisungen seien für die Rechnungen?»

Sie ist mir dicht auf den Fersen. Sie wird die Spur bis zu den 8000 Pfund Spielschulden verfolgen. Jetzt keine Panik. Denk nach. Denk dir eine Ausrede aus. Aber denk schnell, denn wenn du's nicht tust, wird sie dich verlassen, zusammen mit Jacob. Und dann wird niemand mehr auf ihn Acht geben. Man wird ihn mit Stiften im Mund an Treppenabsätzen sitzen lassen, knapp vor einem tragischen Kleinkind-Tod. Und er wird über das Warum und Womit der körperlichen Fortpflanzung voll im Bilde sein. Denk nach. Schluss mit Panik. DENK NACH!

«Schatz?», hakt Isabel nach, weil ich jetzt seit mehreren Sekunden versuche nachzudenken.

«Ja?» Sag nicht Ja. Beantworte die Frage!

«Wo geht das ganze Geld hin?»

Da lässt endlich die Panik nach, und ich sage: «Es muss irgendwie etwas durcheinandergekommen sein. Ich hab jede Menge auf meinem Konto. Ich schieb's am Montag wieder zurück auf unser gemeinsames. Sollen wir heute Nachmittag in dieses Softplay-Zentrum gehen, von dem Teresa die ganze Zeit geredet hat?»

Brillant. Zumindest fast.

• • •

Warum fange ich immer, wenn ich das Thema wechsele, von etwas an, worüber ich auch nicht reden will? Wie zum Beispiel vom Softplay-Zentrum. Natürlich wollte Isabel da nicht hin. Natürlich wäre es eine schöne Gelegenheit für Jacob und mich, mal ein bisschen Vater-Sohn-Zeit miteinander zu verbringen. Natürlich sitze ich jetzt in einem gepolsterten Zylinder fest, wo rotznasige Kleinkinder mir nicht sonderlich gepolsterte Bälle an den Kopf werfen.

Jacob jedoch hat richtige Stielaugen bekommen. Er kann kaum fassen, dass die Welt so viel Spaß machen kann – und ich kann kaum fassen, wie schön es ist, in einer Welt zu sein, in der so ziemlich alles ziemlich weich ist. Wenn nur unser Haus auch so wäre. Dann schubst ein Kind, das aussieht, als wäre es mit Happy Meals groß geworden, Jacob von einem gepolsterten Hocker in eine Ballgrube. Abgesehen von Geburt, Zahnen, dem Treppensturz und der Spanischen Grippe, die wir uns in Devon zugezogen haben, ist dies das erste Mal, dass mein Sohn den Grausamkeiten der Welt ausgesetzt ist. Er ist nicht verletzt, nur erschrocken. Zwischen den Bällen liegend schaut er zu mir auf und versucht zu lächeln, aber seine Unterlippe zittert. Und dann fängt er an zu weinen.

Der Happy-Meal-Junge kichert gehässig. Er ist mindestens vier Jahre alt und sollte gar nicht im Babybereich sein. Ich verspüre kalte Wut. Er ist erst vier, aber er hat meinem Sohn wehgetan. Als er eine weitere Runde über die Hindernisse rennt, für die er viel zu groß ist, strecke ich den Fuß aus. Er fällt gegen die Polsterwand und ratscht beim Fallen an einer Strickleiter entlang.

«Dieser Mann da hat mir ein Bein gestellt!», brüllt er. «DIESER MANN DA HAT MIR EIN BEIN GESTELLT!»

«Nein, das habe ich nicht.» Mütter sehen von ihren Zeitschriften auf.

«Doch, das hast du. Du hast mich stolpern lassen, du Arsch.»

«So redet man aber nicht mit –»

«Du hast mich stolpern lassen. Das sag ich meinem Vater.»

Erst da fällt mir ein großer, glatzköpfiger Mann mit Tätowierungen im Gesicht auf, der sich sein morgendliches Bier am Kaffeekiosk bestellt. Spontan beschließe ich, dass Jacob für heute genug Aufregung hatte, und ziehe mich rasch zurück.

Sonntag, 20. Oktober

Persönliche Triathlon-Bestzeit um weitere zwölf Minuten verbessert. Andy ist von meinem Tempo nun nicht mehr so demonstrativ gelangweilt. Ich glaube, ich kriege sogar einen Waschbrettbrauch. Vielleicht abonniere ich demnächst *Men's Health*. Ich könnte einer dieser Läufer Mitte dreißig werden, die man in der North-Face-Werbung sieht. Ein Mann, der nichts dabei findet, einen Marathon über einen schneebedeckten Berg zu rennen, möglicherweise noch von einem Hubschrauber gejagt – und das vor dem Frühstück. Einem Frühstück aus gesunden Dingen wie Müsli und Karottensaft und Kraut und Eidotter.

Isabel ist sich nicht so sicher. Sie glaubt, bei dem Waschbrettbauch könnte es sich mehr um einen Waschbärbauch handeln, um ein kleines Fettröllchen, das in der Mitte eine Kuhle hat und daher kurzfristig die Illusion eines Waschbrettbauches schafft.

Montag, 21. Oktober

Überhaupt kein Schlaf letzte Nacht, aber die Gründe dafür sind wenig aufregend. Jacob hatte Fieber. Ich musste mit ihm dreizehnmal um den Block laufen, bis er eingeschlafen ist. Also hatte ich schon keine gute Laune, als ich bei der Arbeit ankam und feststellen musste, dass Janice alle Witze aus meiner Katzenfutterkolumne gestrichen hatte. Jetzt klingt es, als würde ich a) Katzenfutter lieben und b) diese Kolumne sehr, sehr ernst nehmen. Als ob die Leser es für normal hielten, dass jemand Katzenfutter isst. Als es noch meine Kolumne war, hat Janice das nie gemacht.

«Das haben Sie nie gemacht, als es noch meine Kolumne war.»

«Wir haben herausgefunden, dass die Leser eine ernsthaftere Herangehensweise an das Thema bevorzugen», entgegnete sie wichtigtuerisch.

«Quatsch.»

«Kein Quatsch.» Und sie warf mir ein Bündel Briefe hin, von denen die meisten von Lesern unterzeichnet waren, die so taten, als wären sie ihre Katzen (krakelige Schrift,

Pfotenabdrücke etc.), und erklärten, wie glücklich sie seien, dass noch jemand außer ihnen Geschmack an Katzenfutter fand.

Ich muss raus aus diesem Job.

Dafür hat Alex angeboten, Andys und Saskias Verlobungsparty in seinem angeberischen, marokkanisch angehauchten Quartier zu feiern. Und zum ersten Mal in meinem Leben bin ich froh, dass es Alex gibt.

Dienstag, 22. Oktober

Noch eine Nacht ohne Schlaf. Isabel sagt, Jacob zahnt wieder. Jedes Mal, wenn sie das sagt, fühle ich mich besser. Natürlich sind es die Zähne, was sonst. Nicht Leukämie oder Röteln oder Tuberkulose oder irgendeine bisher unerkannte psychosomatische Störung, die mein Kind für den Rest seines kurzen Lebens plagen wird. Es ist bloß ein Zahn. Aber dann erwartet man auch einen Zahn. Man braucht einen Zahn. Für das ganze Geheule und Geschrei und die kläglichen, gequälten Blicke, mit denen dein armes, leidendes Kind dich ansieht, ist doch sicher ein Zahn, ein sichtbarer Zahn nicht zu viel verlangt? Wir hatten jedoch noch keinen Zahn, nicht seit Isabel im April das erste Mal vom Zahnen gesprochen hat.

«Der zahnt nicht. Ich glaube, das ist was Ernstes.»

«Natürlich zahnt er. Schau doch, seine Backen sind rot.»

Also gebe ich um vier Uhr morgens ‹rote Backen›, ‹Schmerzen› und ‹Fieber› bei einer Website ein, die verspricht, Krankheiten zu diagnostizieren. Das Ergebnis ist Zahnen. Man sollte dem Internet nicht alles glauben.

Mittwoch, 23. Oktober

So müde, dass es wehtut. Jacob wacht, vierzehn Sekunden nachdem ich von der Arbeit nach Hause komme, auf, nachdem er den ganzen Tag geschlafen hat.

«Wie geht's ihm?», frage ich halb besorgt, ein Viertel aus Eigeninteresse, ein Achtel verzweifelt und noch ein Achtel hysterisch. Jacob antwortet mir selbst, indem er mir ein gequältes Lächeln schenkt und dann in Tränen ausbricht.

«Abends ist es schlimmer», erklärt Isabel mir wenig tröstlich. Und so haben wir die dritte Nacht ein weinendes, quengeliges, mürrisches, nicht zu beruhigendes Baby. «Das ist garantiert ein Zahn. Schau nur, wie geschwollen seine Kieferleiste ist.»

«Ich glaube, wir sollten ihn ins Krankenhaus bringen», antworte ich. «Das kann nicht normal sein. Das kann nicht die normale Art und Weise sein, wie Leute Zähne bekommen. Sonst hätte jemand etwas erfunden, um das zu verhindern.»

«Wir fahren nicht ins Krankenhaus. Ich sitze doch nicht die ganze Nacht mit einem kranken Kind in der Notaufnahme herum.»

«Na, aber wenn's ihm gutgeht, wirst du ja wohl kaum hingehen, oder?»

«Es geht ihm gut. Meine Mutter hat ihn sich heute Morgen angeschaut. Er zahnt.»

«Sie ist eine pensionierte Ärztin. Sollten wir nicht eine praktizierende holen? Vielleicht gibt es neue Krankheiten, von denen sie nicht einmal etwas weiß.»

«Hör auf. Du machst es nicht besser.»

Und ich höre auf, weil es stimmt.

Donnerstag, 24. Oktober

Um fünf Uhr morgens ist er endlich eingeschlafen, der arme Kerl. Um sieben Uhr wachte er wieder auf, und seine Backen waren nicht mehr rot. Er sah uns beide an. Wir sahen ihn an, ganz besorgt, der Inbegriff ängstlicher Eltern beim ersten Kind. Er lächelte, und wir lächelten zurück, denn da war er: ein Zahn.

«Ich hab dir doch gesagt, er zahnt.»

«Ich kann nicht glauben, dass wir das noch neunzehn Mal durchstehen sollen.»

Ich weiß nicht mehr, wie ich zur Arbeit gekommen bin. Ich kann mich nicht erinnern, was bei der Arbeit passiert ist. Ich kann mich nicht mehr ans Heimkommen erinnern, aber ich weiß noch, dass ich ins Bett gegangen bin. Um 20 Uhr. Himmlisch.

Samstag, 26. Oktober

Alle vier Großeltern zum Mittagessen bei uns. *Alle vier*. Warum tun wir uns das an? Warum spalten wir sie nicht auf? Teile und herrsche.

Isabels Mutter: «Hallo, meine Lieben. Es ist ja schon so lange her, dass wir zu einem richtigen Lunch bei euch waren. Und ihr habt gekocht? Du meine Güte, wir haben mit einem kalten Imbiss gerechnet.»

Meine Mutter: «Ihr habt gekocht? Wie toll.»

Isabels Vater: «Natürlich haben sie gekocht. Es ist schließlich ein Mittagessen, oder etwa nicht? Da würden sie uns doch nicht zu belegten Broten einladen. Bloß weil sie ein Kind haben, heißt das noch lange nicht, dass die Welt aufhört, sich um die eigene Achse zu drehen.»

Mein Vater: «Genau. Lunch ist Lunch. Dieses ganze Theater um Babys heutzutage. Ein Wunder, dass überhaupt jemand isst. Wie ich sehe, haben die Handwerker gute Arbeit geleistet und dieses lächerliche Badezimmer entfernt.»

Isabel und ich streiten uns in der Küche darüber, wessen Eltern mehr nerven, als es klingelt.

«Guten Tag, Mr Walker.»

«Hallo, Officer. Das passt leider gerade gar nicht.»

«Ach nein?»

«Nein, wirklich nicht. Wie laufen die Ermittlungen? Haben Sie Ihren Mörder gefunden?»

«Noch nicht. Noch nicht. Deshalb bin ich hier. Wir haben nicht genug Beweise, um unsere Ermittlungen fortzuführen.»

«Was für eine Schande.»

«In der Tat, Sir. Aber glauben Sie mir, dieser Fall ist noch nicht abgeschlossen. Und ich werde die Augen offenhalten, bis wir den Schuldigen gefunden haben.»

«Sie denken immer noch, ich war es, nicht wahr? Das ist die einzig mögliche Erklärung dafür, dass Sie sonntags eine halbe Stunde durch die Gegend fahren, um mich beim Mittagessen mit meiner Familie zu stören, noch dazu, wo ich gar nicht innerhalb Ihres Zuständigkeitsbereiches wohne.»

«Wir verlieren wohl gerne die Beherrschung, was, Sir?»

«Nein. Ich finde es nur einen dicken Hund.»

«*Einen dicken Hund*, Sir? Ich mache hier nur meinen Job. Guten Appetit, Sir.»

Isabels Mutter: «War das die Polizei?»

Meine Mutter: «Du liebes bisschen, was wollte denn die Polizei?»

Isabels Vater: «Was habt ihr zwei denn angestellt?»

Mein Vater: «Es handelt sich aber nicht um Drogen, oder? Hab letzte Woche einen Artikel über Mütter gelesen, die auf Kokain sind, wenn sie ihre Kinder in die Schule fahren.»

Ihr Vater: «So ein Unsinn. Diese Eltern heutzutage. Was spricht denn gegen die gute alte Kneipe?»

Mein Vater: «Genau. Die Kinder im Auto lassen. Mit einer Tüte Chips und einem Johannisbeersaft. Da sind die vollkommen glücklich. Ein schönes Dunkles für mich. Rechtzeitig zum Abendessen wieder daheim. Hat nie jemandem geschadet. Nicht wie diese ganzen Eltern, die harte Drogen nehmen.»

Sonntag, 27. Oktober

Andy hat erst jetzt beschlossen zu erwähnen, dass jeder von uns 600 Pfund Spenden sammeln muss, um am Triathlon teilnehmen zu dürfen. Er hatte das bisher nicht erwähnt, weil er wusste, dass ich Geldsorgen habe. Aber wir laufen den Triathlon für die Tiersamariter-Organisation. Er dachte, das sei passend in Anbetracht der Zeitschrift, für die ich arbeite, und in Anbetracht der Hühner. Und dieser armen ermordeten Katzen. Manchmal kapiere ich echt nicht, wie sein Hirn tickt.

«Also muss ich jetzt jeden, den ich kenne, bitten, mich für eine Organisation zu sponsern, die Telefonseelsorge für selbstmordgefährdete Tiere macht?»

«Das tun sie nicht. Sie bieten Tieren in Not Obdach. Meine Mutter hat ihr Chamäleon von dort. Twiggy ist dort Schirmherrin.»

«Und wir können den Triathlon nur laufen, wenn wir 600 Pfund Spenden sammeln?»

«Richtig.»

«In vier Wochen?»

«Genau.»

Montag, 28. Oktober

«Schatz, du hast das Geld von deinem Konto immer noch nicht auf unser gemeinsames übertragen. Das wird sonst überzogen.»

«Tut mir leid. Ich musste die Anzahlung für den Triathlon leisten.»

«Was für eine Anzahlung?»

«Na ja, das Ganze läuft wohl über Spenden, also muss ich 600 Pfund sammeln, aber Andy hat vergessen, das zu erwähnen, also musste ich einen Teil selber vorstrecken. Ich bekomme das wieder.»

Ich lüge bezüglich Lügen, deretwegen ich schon einmal gelogen habe. Das ist Massenlügen. Lügen hoch drei. Ich komme völlig nervös und kribbelig im Büro an.

«Wie lange werden diese Kisten da noch rumstehen?» Janice hat wirklich ein Talent dafür, sich aufs Unwesentliche zu konzentrieren.

«Ich weiß es nicht, Janice. Aber sie stehen doch meilenweit von deinem Schreibtisch entfernt. Ist das ein Problem?»

«Dennis muss für die nächsten zehn Tage nochmal nach Birmingham, also werde ich meinen Kater mitbringen, und du weißt doch, dass er Angst vor Kartons hat.»

«Wie bitte?»

«Vor Kartons. Sie schüchtern ihn ein.»

Einen Augenblick lang denke ich: Lass es einfach so stehen. Dir fehlt immer noch Schlaf. Du bist gestresst. Du musst Mitgefühl für Janice haben. Sie liebt ihre Katze so. Wir sind hier schließlich bei *Cat World*.

Und dann denke ich: Nein, die Leute müssen endlich aufhören, Katzen Menschen vorzuziehen.

Darum sage ich: «Janice, es ist nur eine verdammte Katze. Wie kann eine verdammte Katze Angst vor einem verdammten Karton haben? Dabei handelt es sich bloß um eine verdammte Pappkiste. Es ist kein Eimer Wasser. Es ist keine größere Katze. Es ist kein Katzenmörder, oder?»

Vielleicht habe ich es ein wenig übertrieben, denn Janice hat auf einmal Tränen in den Augen. «Als er noch ein kleines Kätzchen war», schnieft sie, «hat sein Züchter ihn und seine Geschwister in einem Karton gehalten. Und eines Tages, als der Züchter sie nicht losgeworden ist, hat er den Karton in den Fluss geworfen. Die Kätzchen haben es jedoch geschafft, rauszukrabbeln, weil der Karton an einem Baumstamm hängenblieb. Als die Kätzchen mühsam ans Ufer gekrochen sind ...»

Sie hält inne, um sich die Nase zu putzen.

«... hat er sie mit seinem Spazierstock angegriffen und eins nach dem anderen getötet. Der Tierschutzverein war ihm schon auf den Fersen, aber sie kamen zu spät. Zu spät für alle außer Snowy. Deshalb hat er Angst vor Pappkartons.»

«Ich sorge dafür, dass sie bis zum Ende der Woche verschwunden sind.»

Mittwoch, 30. Oktober

Alex hat seine ganze nervige Maisonnette-Wohnung für Andys und Saskias Verlobungsparty mit dunkelrotem Samt ausgelegt. In jeder Ecke stehen Lava-Lampen (weil «die wieder voll im Trend sind»). Kleine Nischen wurden abgetrennt und mit schwarzen Sitzsäcken ausgestattet (denn «bloß weil sie heiraten, heißt das ja noch lange nicht, dass wir keine sexy Party schmeißen können»). Die Musik ist düster. Die Atmosphäre ist schummrig. Die Cocktails sind dunkelrot. Das Einzige, was das hier von einem osteuropäischen Bordell unterscheidet, ist das Essen (mein Beitrag: Häppchen von Marks & Spencer).

«Findest du das nicht alles ein bisschen ... düster?», erkundige ich mich, während ich meine Cocktailwürstchen auf einem gummierten Tischtuch drapiere.

Aber dann kommen Saskia und Andy. «O mein Gott, ist das toll», kreischt Saskia. «Das ist ja sooooooo sexy.»

Also nehme ich mal an, dass es in Ordnung geht. Und dass ich anfangen kann zu trinken. Und Isabel auch. Jacob ist zu Hause bei seinen Großeltern, mit neunzehn Flaschen Milch, fünf Seiten handgeschriebener Anweisungen, sieben neuen Spielsachen, sechs Telefonnummern und einer Portion Kindermedizin für den Notfall. Wir können uns entspannen. Oder es zumindest versuchen.

«Meinst du, es geht ihm gut?»

«Ja, ganz bestimmt.»

«Bist du sicher?»

«Ja, ganz sicher.»

«Bist du wirklich sicher?»

«Ja, ich bin wirklich sicher.»

«Gut. Dann trinke ich jetzt einen von diesen roten Cocktails.»

Um Viertel nach acht sind wir beide betrunken und müde. Um Viertel nach neun sind wir komplett besoffen und erschöpft. Normalerweise liegen wir um diese Zeit längst im Bett, aber es ist so toll, mal wieder mit meiner wunderschönen Frau aus zu sein. Wie früher, als wir noch jung und frei waren.

«William. Isabel. Vielen Dank. Vielen Dank, dass ihr diese Party organisiert habt. Ich weiß, es bedeutet Andy sehr viel», ruft uns Saskia über das dumpfe Wummern der Musik zu.

«Das war das Mindeste, was wir tun konnten», antwortet Isabel. «Wir freuen uns wirklich für euch beide. Herzlichen Glückwunsch.» Sie ist nett. Isabel ist nett zu Saskia. Zumindest glaube ich, dass sie nett ist. Es könnte sich aber auch um so eine Pseudonettigkeit handeln, die Frauen an den Tag legen, wenn sie in Wirklichkeit das Gegenteil von nett sind.

«Coole Musik», meint Saskia in belanglosem Smalltalk.

«Ja, echt coole Musik», stimme ich ihr zu, denn wenn Isabel pseudonett ist und Saskia belanglosen Smalltalk macht, dann muss ich mich einschalten.

«Vor einer Minute hast du noch gesagt, du kannst die Musik nicht ausstehen.» Entweder will Isabel mich ein bisschen aufziehen, oder sie wird grantig, weil sie denkt, ich behaupte, die Musik sei cool, um vor Saskia cool dazustehen. Wenn es Letzteres ist, dann ist sie definitiv pseudonett, was nicht gut ist.

«Ja, das hab ich. Aber das hier ist ein gutes Lied.» Ich fange an zu schwitzen. Vermutlich gibt es keinen Grund zu schwitzen, aber vielleicht doch. Ich weiß es nicht.

«Hallo, Leute. Tolle Party. Vielen, vielen Dank.» Andy. Zum Glück. Ich brauche nochmal vier von den seltsamen Cocktails, um mich von dieser potenziell schwierigen (oder auch nicht) Situation zu erholen.

Alles ist toll. Ich bin richtig high. Ich liebe diese coole Party. Sie ist so ... cool. Ich tanze. Ich bin immer noch cool. Seht euch diese Moves an. Ist das nicht klasse?

«Ich mag's total, wenn du einen auf Witztanzen machst», ruft Isabel.

«Auf was?»

«Na, dein Witztanzen. Das hab ich schon immer gemocht.»

Ehe ich protestieren kann, küsst sie mich. Und dann küsst sie mich wieder. Wir können uns das erlauben, weil es so dunkel ist und die Musik so wummernd.

Alles dreht sich um mich herum. Es muss die schiere Begeisterung sein, kinderfrei zu haben. Keine Ahnung, was mit meinem altersbedingten Selbsterhaltungstrieb passiert ist.

DER ALTERSBEDINGTE SELBSTERHALTUNGSTRIEB (ABSET)

1. Man hat die Fähigkeit, einen Kater bereits zwölf Stunden vor dessen Auftreten zu erahnen. Der Mensch im fortgeschrittenen Alter kann mit dem Trinken aufhören, noch bevor er oder sie damit angefangen hat.
2. Man hört Verkehrsfunk, ehe man irgendwo hinfährt und dazu ein Stück Autobahn benutzen muss.
3. Man kauft seine Schuhe nach Komfort und Haltbarkeit statt nach Aussehen.
4. Man packt bereits am Tag zuvor für den Urlaub oder – in fortgeschrittenen Fällen – eine Woche vor der Abreise.
5. Man plant nie mehr als zwei Abendveranstaltungen pro Woche und nie an aufeinanderfolgenden Abenden.
6. Man schließt neue Freundschaften nur, wenn es absolut sein muss.

Mein ABSET hatte versagt. Ich weiß noch, dass ich dachte, das ist nicht gut. Ich würde mich am nächsten Morgen grottenschlecht fühlen. Und dann, als ich mir eigentlich ein Glas Wasser hätte holen und eine kleine Sitzpause einlegen sollen, löste ich eine Reihe von Ereignissen aus, die alles kaputtmachen würden. Es fing mit den folgenden Worten an: «Komm, wir legen uns ein bisschen auf die Sitzsäcke», flüsterte ich Isabel keck ins Ohr.

Sie erwiderte: «Okay. Wir treffen uns dort. Ich brauch ein Glas Wasser.» Ihr ABSET schaltete sich bereits ein.

Ich machte mich auf den Weg zu den Sitzsäcken in einer der Nischen, wo ich jedoch Alex und Geoff dabei überraschte, wie sie sich gegenseitig das Gesicht abnagten, und drehte auf der Stelle um. Andy stellte sich mir in den Weg, reichte mir noch einen Cocktail und bedankte sich erneut dafür, dass ich so ein guter Freund war.

Wir quatschten. Ich wünschte ihm alles Gute. Er wollte wissen, ob ich ihn immer noch für verrückt hielt, weil er Saskia heiratete. Ich sagte Nein. Er meinte, ich könne es ihm ruhig sagen, von Mann zu Mann, denn beste Freunde sollten sich nie anlügen. Ich erwiderte: Nein, garantiert nicht. Er sagte, es würde ihn mehr treffen, wenn ich es ihm verschweigen würde. Also sagte ich: «Na gut, ich finde nicht, dass du verrückt bist, aber ich glaube auch nicht, dass sie zur Ehefrau taugt.» Da stellte sich heraus, dass Andy gelogen hatte: Die Wahrheit traf ihn dann doch mehr. Er wirkte vollkommen schockiert. Also fügte ich hinzu: «War bloß ein Witz, Kumpel! Hahahahaha. Ich hab jetzt gemerkt, wie gut ihr zusammenpasst.» Und er wirkte sehr erleichtert.

Dann fiel mir wieder ein, dass meine wunderschöne Frau bei den Sitzsäcken auf mich wartete.

Ich tastete mich also zur dunkelsten Ecke durch, und da war sie auch schon.

Ich flüsterte: «Da bist du ja. Tut mir leid, ich wurde aufgehalten.»

Sie flüsterte: «Hallo, Liebling. Ich hab mich nur kurz ausgeruht», und zog mich an sich heran.

Wir küssten uns. Sie roch anders, exotisch. Musste der Alkohol sein. Sie fühlte sich auch anders an, exotisch. Musste der Alkohol sein. Sie war ziemlich aggressiv, und ihre Brüste waren fester, größer, elastischer. Musste der Alko–

Sie erstarrte.

Ich erstarrte.

Ich glaube, in dieser Reihenfolge.

Hinter uns ertönte eine Stimme: «Was macht ihr da?» Es war die Stimme meiner Frau, was seltsam war, weil ich doch vor mir die Brüste meiner Frau anfasste. Und dann sagte eine andere Stimme, die, die zu den Brüsten gehörte, und die plötzlich, ganz offensichtlich Saskias war: «Ach, du bist das.»

Danach ist alles irgendwie ganz verschwommen. Ich weiß noch, dass das richtige Licht anging, nicht diese verdammten Lava-Lampen. Ich erinnere mich an Geschrei, Verwirrung, Protest. Ich weiß noch, dass Isabel davonstürmte und erklärte, ich solle ja nicht nach Hause kommen. Und dass ich Andy versicherte, es sei ein Versehen gewesen. Und dass Saskia das Ganze lustig fand, Andy aber nicht und anfing, mit ihr zu streiten, während sich die anderen Gäste alle verdrückten.

Dann erinnere ich mich noch, wie ich wild hinaus in die Nacht gerannt bin, die U-Bahn verpasste, den Bus verpasste, das letzte verfügbare Taxi und damit den letzten schnellen Zug nach Hause.

Der Bummelzug. Ich erinnere mich an den Bummelzug. Ich weiß noch, dass ich eine Station vor meiner hochgeschreckt bin und mir gedachte habe: «Bleib wach. Es sind nur noch zehn Minuten. Dann bist du zu Hause und kannst dich entschuldigen und schlafen, und alles wird gut. Du musst bloß wach bleiben.»

Und dann weiß ich noch, dass ich an meiner Station wieder hochgeschreckt bin. Und gerade noch rechtzeitig aus dem Zug gesprungen. Nur, dass es sich nicht um meine Station handelte, sondern um die vier Haltestellen weiter. Es war die vom Dorf. Jetzt war es spät, viel zu spät, als dass noch Züge zurückgefahren wären, viel zu spät für Taxis in diesem gottverlassenen, Hühner mordenden Dorf. Ich könnte zu Hause anrufen, mit meinem – nein, ich hatte meine Tasche im Zug liegenlassen. Meine Tasche mit dem Handy und dem Geld.

Ich könnte fünf Stunden auf den ersten Zug warten oder laufen. Es waren sicher nicht mehr als zwanzig Kilometer. Ich könnte im Warteraum ein kurzes Nickerchen machen. Bloß ganz kurz, damit ich wieder Energie für den Heimweg hatte.

Dann erinnere ich mich noch daran, wie ich erneut hochgeschreckt bin. Es war drei oder vier Uhr morgens, und ich befand mich in diesem trüben Übergangszustand zwischen Trunkenheit vom Abend zuvor und Kater am Morgen danach. Mir war schlecht, nun drehte sich richtig alles um mich herum, mein Gesicht war taub, und mein Hirn pochte. Ich fing an zu gehen. Über die Grünanlage, an der elenden Kneipe vorbei, am elenden Dorfladen vorbei, der von dieser elenden Frau geführt wurde, die sich automatisch auf Brendas Seite geschlagen hatte und sich weigerte, mir die einfachsten Lebensmittel zu verkaufen, an unserem Haus vorbei, wo Louise und Thelma gestorben waren, und die Straße entlang, Richtung Norden gen Heimat.

Dann war es, glaube ich, 5 Uhr oder 5 Uhr 30, und die ersten Autos schossen an mir vorbei. Dann ein Bus. Ich könnte den Bus nehmen, aber dann doch nicht, weil ich ja kein Geld hatte, und außerdem war das zu meiner Mission geworden. Der Kater hatte jetzt voll zugeschlagen. Das Pochen in meinem Kopf war so heftig, dass ich stehen blieb und mein Spiegelbild in einer Fensterscheibe betrachtete, weil ich wissen wollte, ob man es mit bloßem Auge erkennen konnte. Mein Blick war jedoch zu unscharf. Warum hatte ich nicht aufgehört zu trinken? Warum? Warum? Warum?

Und dann war ich zu Hause.

Donnerstag, 31. Oktober

Isabel und Jacob schliefen noch. Also schlich ich auf Zehenspitzen unter die Dusche, wusch die schrecklichen Abenteuer der vergangenen Nacht ab, rasierte mich, zog mich an, versuchte mich einigermaßen zu sammeln, schrieb «Verzeih mir – ich liebe Dich» auf einen Zettel, den ich an den Wasserkocher lehnte, und machte mich auf den Weg zum Bahnhof, um a) meine verlorene Tasche zu melden und b) zu versuchen, einen ganzen Arbeitstag ohne Schlaf, dafür mit dem allerschlimmsten Kater überhaupt durchzustehen. Blöde rote Cocktails.

«Wegen eines Problems in der Gegend von Wadhurst

sind alle Züge entweder gestrichen oder haben massive Verspätungen. Wir entschuldigen uns für daraus entstehende Unannehmlichkeiten», verkündete der Bahnhofscomputer in wenig entschuldigendem Tonfall.

«Ich möchte eine verlorene Tasche melden», krächzte ich verschlafen an den Bahnhofsangestellten gewandt.

«Das wird warten müssen, guter Mann. Hier herrscht heute leider ein bisschen Durcheinander», erwiderte er.

«Ach so, ja. Was ist denn passiert? Blätter auf den Gleisen? Keine Blätter auf den Gleisen? Die falschen Blätter auf den Gleisen? Die Verspätung eines früheren Zuges? Denn falls es sich um Letzteres handelt, ist das keine ausreichende Erklärung.»

«Jemand hat sich vor den Zug geworfen.»

«Oh, verstehe. Tut mir leid. Und kam dabei ums Leben?»

«Nee, bloß die Frisur verrutscht. Natürlich kam derjenige dabei ums Leben.»

• • •

Ich komme eine Stunde zu spät zur Arbeit und verspüre nicht länger Mitleid mit dem Selbstmordopfer, sondern verfluche seine mangelnde Rücksichtnahme. Warum konnten diese Leute nicht nach der Berufsverkehrszeit springen? Warum konnten sie nicht ein Nebengleis wählen? Warum nicht einfach eine Überdosis?

Erst als Janet aufgehört hat, wegen meines Zuspätkommens herumzujammern («Diese Zeitschrift wird sich nicht von selber in den Druck geben»), kann ich zu Hause anrufen und den langen mühsamen Entschuldigungsprozess dafür beginnen, dass ich (versehentlich) Saskia geküsst habe. In meinen zwei Jahren der Ehe und der Entschuldigungen habe ich gelernt, dass man eine Menge in den ersten Satz packen muss. Dieser erste Satz ist entscheidend.

«Hallo.»

«Hallo, hör zu, es tut mir leid, aber es war dunkel, ich war betrunken, ich dachte, du bist sie, und das wurde mir nicht klar, bis –»

«Hast du es noch nicht gehört?» Ich stecke ernsthaft in der Klemme. Sie lässt mich nicht mal meinen ersten, entscheidenden Satz beenden.

«Was denn?»

«Das mit Brenda?»

«Was ist jetzt wieder? Noch eine tote Katze? Noch eine Familie aus dem Dorf verjagt? Was?»

«Sie hat sich heute Morgen vor den Zug geworfen.»

NOVEMBER

‹Ich muss Politik und Kriegsführung studieren, damit meine Söhne die Freiheit haben, Mathematik und Philosophie zu studieren. Meine Söhne sollten Mathematik und Philosophie, Geographie, Naturkunde, Schiffsbau, Navigation, Handel und Landwirtschaft studieren, um ihren Kindern das Recht zu geben, Malerei, Poesie, Musik, Architektur, Bildhauerei, Textilkunde und Töpferei zu studieren.›

John Adams
Zweiter Präsident der Vereinigten Staaten
(und Vater des sechsten)

Freitag, 1. November

Selbstmord? Ich meine, sie war ein echter Albtraum, und sie hat unser Leben, das an sich schon ziemlich traumatisch war, in einen noch größeren Albtraum verwandelt – aber Selbstmord? Teilweise ist es meine Schuld. Ich habe Löwen-Kot im Garten verteilt. Sie hat es verdient. Sie haben es beide verdient. Sie haben Löwen-Kot in ihrem Garten verdient. Aber Selbstmord? Sich vor einen Zug werfen? Also ich versteh ja, dass Leute ihre Katzen lieben, aber das finde ich dann schon leicht überzogen.

Die Nachricht verdrängt ein Stück weit die Ereignisse auf der Party. Ebenso die Deadline, bis wann ich die Aloevera-Kartons wegbringen sollte. Wenigstens ist Janice bei irgendeinem Katzen-Einsatz. Ich mache es gleich am Montagmorgen.

Samstag, 2. November

Andy und Saskia haben beschlossen, die Hochzeit zu verschieben.

Diese Nachricht drängt Brendas Selbstmord ein wenig in den Hintergrund.

Andy sagt, es ist nicht wegen des (versehentlichen) Rumknutschens – das sei lächerlich –, obwohl es einen Streit ausgelöst habe, der noch nicht beendet ist. Und der Streit habe ihm zu denken gegeben, ob das (versehentliche) Rumknutschen passiert wäre, wenn Saskia nicht so ... Saskia-haft wäre. Und jetzt fragt er sich, ob ich vielleicht die ganze Zeit recht hatte. Vielleicht ist sie doch nicht die Richtige für ihn. Abgesehen vom Sex, dem pausenlosen Sex, was ist da schon? Vielleicht hat ihn mein (versehentliches) Rumknutschen mit seiner Verlobten vor dem größten Fehler seines Lebens bewahrt.

Ich betone, dass er unrecht hat, aber er will nicht darüber reden.

Er will morgen immer noch für den Triathlon trainieren, aber auch dann will er nicht drüber reden.

Das ist alles meine Schuld.

Dass Brenda von einem Zug zerquetscht wurde, ist nur teilweise meine Schuld, aber das hier – das ist komplett meine Schuld.

Sonntag, 3. November

Die Sache mit dem Triathlon ist, dass wir daran teilnehmen, um zu beweisen, dass wir immer noch jung sind und keine Midlife-Crisis haben. Oder dass wir zwar eine Midlife-Crisis haben, mit dieser jedoch auf überlegen männliche, sportliche Art und Weise umgehen. Die unausgesprochene Regel war, dass wir dies nicht erwähnen. Offiziell machen wir einfach bei einem Triathlon mit. Wir wollen niemandem etwas beweisen. Einfach nur so. Und jetzt hat Andy die Regel gebrochen. Er hat die Illusion platzen lassen. Dauernd labert er davon, wie erbärmlich er ist, wie erbärmlich sein Leben ist, wie lächerlich es doch ist, dass er sich nur gut in seiner Haut fühlen kann, wenn er bei einem sinnlosen Triathlon mitmacht.

«Ich dachte, du willst nicht darüber reden?»

«Will ich auch nicht. Tue ich nicht. Ich spreche nur davon, wie traurig es ist, dass zwei Männer Mitte dreißig nur dann das Gefühl haben, etwas erreicht zu haben, wenn sie einen blöden, bescheuerten Triathlon schaffen.»

«Du weißt, dass es ein Versehen war», erwidere ich im Versuch, das Unaussprechliche anzuschneiden, das auf dem Radweg neben uns herfährt.

«Was war ein Versehen?»

«Dass Saskia und ich uns geküsst haben.»

«Ja, das hast du gesagt.»

«Und wir waren alle betrunken.»

«Ja. Und?»

«Meinst du nicht, dass ein betrunkener, hitziger Streit wegen eines Versehens ein etwas fadenscheiniger Grund ist, um eine ganze Ehe mit der Frau deiner Träume abzublasen?»

«Du glaubst doch gar nicht, dass sie die Frau meiner Träume ist.»

«Ich glaube nicht, dass sie die Frau *meiner* Träume ist. Ich glaube schon, dass sie die Frau *deiner* Träume ist.»

«Nein, du hattest recht.»

«Mit was?»

«Sie ist die *Beziehungszerstörerin.* Ich dachte, du würdest bloß dick auftragen, aber sie ist wirklich nicht die richtige Frau für mich. Ich habe einem Traum hinterhergejagt. Sie ist kein Traum. Ich war bloß blind durch all den Sex.»

«Das habe ich nicht gesagt.»

«Doch, das hast du, indirekt. Du hast gesagt, man könne ihr nicht vertrauen. Sie sei egozentrisch. Man könne keine Beziehung mit ihr führen. Und du hattest recht.»

«Das habe ich alles nicht gesagt.»

«Hast du doch.» Natürlich hat er recht. Habe ich. Aber aus seinem Mund klingt es jetzt viel härter. Und er sollte seine Meinung von Saskia nicht auf das bauen, was ich denke. Das wäre ein Desaster. Wobei ich vermute, dass es bereits ein Desaster ist. Ich wünschte, ich hätte überhaupt nie etwas über irgendetwas gesagt.

«Das ist bloß eine kleine Krise. Du bist ein Hitzkopf. Ihr zwei seid ein tolles Paar.»

«Ich will nicht darüber reden.»

Montag, 4. November

Die Züge sind vollgestopft, und der Bahnangestellte benutzt immer noch Brenda als Ausrede, obwohl das bereits vier Tage her ist. («Tja, schon, aber die Verspätung dieser Verbindungen wurde durch die Verspätung früherer Züge verursacht, die wiederum durch die Verspätung der Verbindungen vom Donnerstag verursacht wurden – Schmetterlingseffekt, nich' wahr?») Als ich im Büro ankomme, beäugt Snowy bereits nervös die Kartons.

«Ach herrje, das tut mir ja so leid. Die Kartons. Ich bringe sie gleich weg.»

Aber Janice ist mit anderen Katzen beschäftigt. «Hast du die Nachrichten gesehen? Diese Frau mit den ermordeten Katzen? Sie hat sich umgebracht.»

«Ich weiß. Deshalb bin ich ja auch schon wieder zu spät dran. Sie hat sich vor einen Zug geworfen.»

«Aber das war doch schon letzten Donnerstag.»

«Ich weiß. Das ist der Schmetterlingseffekt.»

«Arme Frau. Zwei Katzen zu verlieren. Das ist mehr, als ein Mensch ertragen kann. Und ihr armer Mann. Zwei Katzen und jetzt seine Frau. Wie wird er damit klarkommen?»

«Vermutlich wird er recht erleichtert sein», sage ich, weil ich zu beschäftigt damit bin, neunzig Flaschen Aloe vera aus praktischen Pappkartons in absolut unpraktische Plastiktüten umzupacken, um darüber nachzudenken, was ich sage.

«Was meinst du damit?»

«Nichts. Tut mir leid. Ich war gerade in Gedanken

woanders. Hast du schon von dieser neuen Katzenzüchtung gelesen? Stellt sich auf die Hinterfüße wie ein Erdmännchen. Große, spitze Ohren. 20 000 Pfund das Stück. Wir sollten einen Artikel dazu bringen.»

Mittwoch, 6. November

«Guten Abend, Sir. Dürfen wir ein paar Minuten Ihrer Zeit in Anspruch nehmen? Dies ist bloß eine Befragung.»

Wenigstens handelt es sich um andere Beamten, nicht den Gemeindepolizisten, der aussieht wie Bob und nicht mal dann objektiv sein könnte, wenn sein Leben davon abhinge. Allerdings haben diese Polizisten mit Bob gesprochen, und er hat ihnen erzählt, wie ich Brenda angegriffen und dann eine Einschüchterungskampagne gegen sie gestartet habe. Bob behauptet, ich hätte ihre Katzen umgebracht, und macht mich auch für ihren tragischen und vorzeitigen Tod verantwortlich. Was ich dazu zu sagen hätte?

Nervös bringe ich als Erstes zum Ausdruck, wie froh ich bin, dass sie ‹umgebracht› gesagt haben und nicht ‹ermordet›, weil alle anderen, sogar die Lokalpresse immer das Wort ‹ermordet› verwenden, was lächerlich ist, wo es sich doch nur um Katzen handelt, nicht wahr?

Dies ist natürlich der falsche Ansatz. Die beiden wirken nicht sonderlich beeindruckt.

Also fange ich nochmal von vorne an und erkläre ihnen, dass Bob und Brenda diejenigen waren, die eine

Einschüchterungskampagne gegen uns gestartet haben, nachdem Brenda auf einen Unfall im Kickboxunterricht überreagiert hatte. Ich weise darauf hin, dass wir Kneipenverbot hatten, sie uns bedrohten und ihre Position im Gemeinderat dazu ausgenutzt haben, den Rest des Dorfes gegen uns aufzubringen. Außerdem haben sie Louise getötet.

«Und wer ist Louise, Sir?», will der eine Polizist wissen und zieht dabei eine Augenbraue hoch.

«Mein Huhn. Hat Bob das nicht erwähnt?»

«Nein, hat er nicht. Und wie hat er es getötet?»

«Seine Katze hat es getan.»

«Katzen töten keine Hühner, Sir.» Er zieht die andere Augenbraue hoch.

«Er hat seine Katze speziell darauf abgerichtet, mein Huhn zu töten.»

«Verstehe, Sir.» Wenn er eine dritte Augenbraue hätte, würde er diese auch noch hochziehen.

«Ich habe außerdem beobachtet, wie er seinen eigenen Windhund umgebracht hat», fahre ich fort, weil ich schon merke, wie all das klingt, wenn man es laut ausspricht.

«Ach, wirklich, Sir?»

«Ja. Mit einem Krocketschläger. Ich habe der örtlichen Polizei damals einen Tipp gegeben, doch die haben nichts unternommen, um das genauer zu untersuchen.»

«Das waren also Sie, Sir?»

«Ja. Ich wollte aus verständlichen Gründen anonym bleiben.»

«Nun, es stand in der Akte, Sir, diese ... anonyme Anschuldigung. Und wir haben mit dem Beamten gesprochen, der nachgeforscht hat. Er sagte, es sei Unsinn gewesen. Der Windhund ist zu Hause, gesund und munter.»

«Bob hat den Windhund ersetzt. Sie müssen mir nicht glauben, aber das hat er. Ich würde den genauer unter die Lupe nehmen, wenn ich Sie wäre.»

«Im Moment handelt es sich hier lediglich um eine Routinebefragung, Sir. Jemand ist ums Leben gekommen. Es scheint keine verdächtigen Umstände zu geben, aber sag niemals nie, wie man in unserer Branche gerne sagt. Wo waren Sie vergangenen Donnerstag zwischen 3 Uhr und 5 Uhr 46, Sir?»

O Gott.

«Ich bin heimgelaufen.»

«Bisschen spät, um heimzulaufen, nicht wahr, Sir?»

«Ja, nun, ich habe den letzten Schnellzug aus London verpasst.»

«Also sind Sie aus London heimgelaufen?»

«Nein, ich bin im Zug eingeschlafen. Und vier Stationen nach unserer wieder aufgewacht. Dann bin ich wieder eingeschlafen. Und dann heimgelaufen.»

«Vier Stationen weiter, Sir?»

«Ja.»

«Das wäre dann also der Bahnhof entlang des Gleises, wo diese Frau sich das Leben genommen hat, Sir?»

«Ja, scheint so.»

Donnerstag, 7. November

Alex ruft an. Geoff ist zu anhänglich, und das nervt ihn. Ob ich mal mit Geoff reden und ihm einen meiner Ninja-Mistkerl-Beziehungsratschläge geben könnte?

Nein, ich habe andere Sorgen, wie zum Beispiel der Hauptverdächtige in einem Selbstmordfall zu sein UND der Hauptgrund, weshalb mein bester Freund seine Hochzeit abgesagt hat, UND bei meiner Frau dauerhaft in Ungnade zu sein. Ich bin wohl kaum der Richtige, um bei Beziehungsproblemen zu helfen.

Bitte.

Nein.

Bitte. Du kannst das so gut.

Okay.

Freitag, 8. November

Jacob hat den ganzen Abend geweint.

«Das ist ein neuer Zahn», sage ich.

«Ist es nicht. Er spürt die negative Energie.»

«Welche negative Energie?»

«Die negative Energie, die dadurch entsteht, dass du diesen Monat das Geld für deinen blöden Triathlon ausgibst, mit Saskia rumknutschst und dann zur falschen Zeit am falschen Ort bist, als Brenda sich vor einen Zug wirft. Wie kannst du nur so blöd sein?»

Ach so. *Diese* negative Energie.

Samstag, 9. November

Ich hasse November. Kalt, dunkel, elend. Langer, mühsamer Weg ins Büro. Langer, mühsamer Weg zurück. Gefolgt von einem Wochenende voller Babypflichten, alles vor dem drohenden Hintergrund, für den Tod eines rothaarigen Zwerges mitverantwortlich gemacht zu werden. Woher hätte ich denn wissen sollen, dass sich Brenda genau zu der Zeit vor einen Zug werfen würde, als ich gerade bewusstlos und nicht nachweislich in einem Warteraum in der Nähe hockte?

Und niemand will mich sponsern.

«Tut mir leid, ich hab letzte Woche George für den Zehn-Kilometer-Lauf gesponsert.»

«Tut mir leid, ich hab letzten Monat Felicity für den Fünf-Kilometer-Lauf gesponsert.»

«Tut mir leid, ich hab letztes Jahr Dan für den Ein-Kilometer-Lauf gesponsert.»

Ein Kilometer? Das sind tausend Meter. So weit renne ich jeden Morgen, um den Zug zu erwischen. Jacob könnte so weit krabbeln. Das sollte keines Sponsorings würdig sein. Man würde ja auch niemanden bitten, einen fürs Einkaufen zu sponsern, oder? Ich schwimme halb so weit, fahre zwanzig Mal so weit Rad und laufe zehn Mal so weit. Da kann man mir doch sicher ein paar Kröten rüberschieben?

«Nee, Kumpel. Tut mir leid. Gehen wir mal wieder was trinken? Ich muss mit dir darüber reden, was für ein Glück du hast, nicht mehr bei der *Life & Times* zu sein.»

Johnson ist so ein Geizkragen.

Sonntag, 10. November

Und Andy ist so ein Jammerkloß. Wir hatten uns eigentlich heute an einem Wir-haben-keine-Midlife-Crisis-Triathlon versuchen wollen, aber er ruft gleich morgens an, um mir mitzuteilen, dass er weder in Stimmung für Sport noch für mich noch für irgendwas ist. Also ziehe ich allein los, gebe aber nach der halben Schwimmstrecke auf. Ich war noch nie so demotiviert.

Stattdessen fahre ich in die Stadt, um ein Hühnchen zu besorgen. Nichts kann meine wunderbare, aber leicht verärgerte Familie so erfreuen wie ein schönes Sonntagsessen. Aber bei Waitrose haben sie keine Biohühner mehr. Das gab's früher nie. Das weiß ich, weil wir schon seit Ewigkeiten Biohühner kaufen, weil die anderen, wie Isabel nie müde wird zu erwähnen, nicht nach Huhn schmecken. Sie schmecken nach Fisch. Und dann kam letzten Monat eine Reportage darüber, dass die Hühner in den Legebatterien ganz entzündete Ellbogen haben, weil sie immer in ihrem eigenen Kot liegen, und plötzlich kriegt man nirgendwo mehr ein Biohuhn.

Also kaufe ich stattdessen Biorindfleisch. Bis jemand eine Reportage darüber macht, dass alte Zuchtkühe sandgestrahlt werden, damit man Autositzbezüge aus ihnen nähen kann, kriegt man wenigstens noch Biorindfleisch.

Als ich nach Hause komme, hat Isabel bereits die Reste des Makkaroni-Auflaufs von gestern in den Ofen geschoben. Sie sagt, sie hat keinen Appetit auf Braten. Wir könnten das Fleisch ja einfrieren. So deprimiert.

Dienstag, 12. November

Weitere drei Kisten Aloe-vera wurden ins Büro geliefert. Ich rufe den Aloe-vera-Vertriebsleiter an und frage, ob ich gegen eine Strafzahlung meine noch ausstehenden Lieferungen stornieren kann, weil ich Gefahr laufe, meinen richtigen Job zu verlieren, weil nämlich der Kater meiner Chefin an seine Vergangenheit erinnert wird. Der Vertriebsleiter sagt, das sei nicht die richtige Einstellung, wenn ich einen Ferrari wollte. Ich sage, ich will keinen Ferrari, und er besitzt die Frechheit, mir zu erklären, dann sei ich in der falschen Branche. Ich erkläre ihm, das sei wohl er. Sollte er nicht besser Teilzeitnutzung von Immobilien verkaufen statt Pflanzensaft? Ich meine, seit wann passen windige Pyramidengeschäfte und hippe Pflanzenextrakte zusammen? Er sagt, meine nächste Lieferung käme in einem Monat – ich solle meine Einstellung ändern und endlich was verkaufen.

Dann legt er auf.

Donnerstag, 14. November

Ich bin unter dem Vorwand, seinen Rat für eine neue Küche zu brauchen, mit Geoff in der Kneipe. Als ob wir das Geld für eine neue Küche hätten. Als ob ich Geoff oder Alex je wieder in die Nähe irgendeiner Hausrenovierung lassen würde. Nach einer Stunde voll unsinniger Ideen («Ihr könntet einen zentralen Sockel haben, der wie ein Periskop von der Decke heruntergelassen wird, aber in Wirklichkeit ein Weinregal ist.» «Ihr könntet eine Glaswand zwischen euch und euren Gästen einbauen, die immer dann beschlägt, wenn beim Kochen was schiefgeht.» «Ihr könntet ein Spülbecken einbauen, mit dem man gleichzeitig Sorbet machen kann.») gelingt es mir endlich, zum Kern der Angelegenheit kommen.

«Wie läuft's denn überhaupt so mit Alex?»

«Super, doch. Ich liebe ihn sehr.»

«Oh, das ist toll. Ich dachte, bei euch kriselt es gerade ein bisschen?»

«O nein, das ist längst vorbei. Er war eine Zeitlang ein bisschen sehr anhänglich, aber als ich in Marokko diesen Unfall hatte und er nicht für mich da war, wurde mir klar, wie sehr ich ihn liebe. Jetzt halte ich es kaum aus, auch nur eine Minute von ihm getrennt zu sein. Also, du nimmst es mir hoffentlich nicht übel, aber ich wäre jetzt lieber mit ihm im Bett als mit dir hier in der Kneipe. Nicht dass wir es normalerweise bis zum Bett schaffen würden. Schau dir diese Teppichschürfwunde an. Hahahaha.»

«Hahahaha. Ich freu mich ja so für euch. Aber pass nur auf, dass du nicht denselben Fehler machst wie ich.»

Er hört auf zu schnauben. «Was hast du gemacht?»

«Ich habe Isabel so sehr geliebt, dass ich sie fast verloren hätte.»

«Wann?»

«Ach, das ist schon eine Weile her. Als wir uns frisch kennengelernt hatten. Ich habe sie mit Geschenken überhäuft, bin ihr nachgelaufen und habe sie angefleht, jede Minute mit mir zu verbringen. Sie hat das gehasst.»

«Sie hat's gehasst?»

«Ja, gehasst.»

«Nun, ich weiß, was du meinst – Alex hat sich eine Weile so benommen. Aber so bin ich nicht. So bin ich doch nicht, oder?»

«Nein, natürlich nicht. Ich hab das nur so gesagt. Du möchtest nicht zufällig Aloe-vera-Gel kaufen? Das ist sehr gut bei Schürfwunden.»

Freitag, 15. November

SMS von Alex: ‹Geoff war den ganzen Tag kühl und distanziert. Super. Vielen Dank.› Ich bin der Zen-Ninja-Jedi homosexueller Beziehungen.

SMS von Andy: ‹Kann am Sonntag nicht› – unser letzter Trainingstag –, ‹hole meine Sachen bei Saskia, wenn sie nicht da ist. Entsprechend deiner Kein-Kontakt-Regel.› Ich bin kein Zen-Ninja-Jedi heterosexueller Beziehungen.

SMS von Isabel: ‹Bitte überweise Geld! Habe gerade Gebühren fürs Überziehen zahlen müssen. Grrrr.› Ich bin noch nicht mal Zen-Ninja-Jedi meiner eigenen Beziehung.

Samstag, 16. November

«Kannst du Jacob nehmen? Ich kann noch nicht aufstehen.»

«Ja, aber ich wollte eigentlich kurz einkaufen.»

«Das kannst du später machen. Ich muss schlafen.»

«Okay.»

«Kannst du Jacob füttern, während ich Yoga mache?»

«Ja, aber ich wollte –»

«Mein Rücken macht demnächst nicht mehr mit.»

«Okay.»

«Komm schon, wir sind spät dran.»

«Für was?»

«Annabels Halloweenparty.»

«Davon hast du mir gar nichts gesagt.»

«Doch, hab ich.»

«Aber Halloween ist vorbei.»

«Das ist doch egal, wir gehen trotzdem. Und ich will pünktlich hinkommen. Noch eine Predigt von Teresa zum Thema Zeitmanagement ertrag ich nicht.»

«Wir müssen jetzt gehen, Jacob wird quengelig.»

«Aber ich habe mir gerade noch ein Bier aufgemacht.»

«Er braucht sein Abendessen. Und gleich kommt *Strictly* im Fernsehen.»

«Na gut.»

Sonntag, 17. November

Dasselbe nochmal, abzüglich Halloweenparty.

Montag, 18. November

Treffe Johnson und Andy auf ein Bier. Johnson jammert, dass wir gar nicht mehr zusammen weggehen. Andy jammert, dass das Streben nach Romantik nicht nur sinnlos sei, sondern dazu noch zu Elend und letztlich Einsamkeit führt. Ich jammere über alles.

Johnson erzählt, Anastasia sei nun völlig übergeschnappt und zwinge alle dazu, pausenlos über alles zu bloggen.

Andy sagt, das liege daran, dass sie eine Frau ist.

Ich versichere ihm, dass er dem Himmel danken soll, nicht mit einem ständig wachsenden Vorrat an Aloe vera und einer Katze, die Kartons nicht ausstehen kann, bei *Cat World* zu sitzen.

«Ach ja, wie läuft eigentlich diese ganze Katzensache?», erkundigt sich Johnson. Vermutlich freut es ihn, über die Krise von jemand anderem zu sprechen. «Hat *Cat World* schon herausgefunden, dass ihr Starjournalist in eine Serie von Katzenmorden und den Selbstmord eines kickboxenden Zwerges verwickelt ist?»

«Das ist nicht lustig, Johnson.»

«Es ist lustig.»

«Ist es nicht. Die Polizei war vorletzte Woche bei mir.»

«Der zwielichtige Bulle?»

«Nein, echte Polizei. Sie gehen der Sache mit Brenda nach. Haben zwar behauptet, es sei reine Routine, aber ich mache mir Sorgen.»

«Ahh. Das klingt nicht gut.» Johnsons Gesichtsausdruck ist noch pessimistischer als sonst.

«Warum?», will ich wissen.

«Na, bist du dir sicher, dass da nicht mehr dran ist, als die Polizei zugibt?»

«Wie meinst du das?»

«Also früher, als ich noch als Polizeireporter für die *Manchester Evening News* gearbeitet habe ...»

«Nicht die alte Leier schon wieder», unterbricht Andy ihn. «Noch eine Ladung Blödsinn von unserem Spezialisten hier.»

«... damals als Polizeireporter haben wir immer genauer nachgeforscht, wenn jemand von einem Zug überfahren wurde. Das ist nämlich der klassische Trick, um sich einer Leiche zu entledigen. Das wissen in kriminellen Kreisen alle. Lag sie auf den Gleisen oder ist sie gesprungen?»

«Woher soll ich das wissen? Ich habe nicht daran gedacht, nachzufragen.»

«Nun, das solltest du herausfinden. Wenn sie schon da lag, war sie entweder ganz, ganz fest entschlossen oder schon tot. Und vergiss nicht, du hast es hier mit einem Exbullen zu tun. Dieser Kneipenwirt wird sicher genau wissen, wie man eine Leiche loswird. Ich muss pissen.»

Johnson kann einer schlimmen Situation echt noch eins draufsetzen.

Dienstag, 19. November

«Wie viel Sponsoring hast du zusammen?»

«Immer noch erst 170 Pfund.»

«Ich sponsere dir den Rest.»

«Wie denn?»

«Dad hat mir zum Geburtstag Geld geschenkt. Ich habe es für schlechte Zeiten aufgehoben.»

«Das will ich nicht verwenden.»

«Zu spät. Ich habe es schon den Tiersamaritern überwiesen. Ich weiß, wie viel dieser Triathlon dir bedeutet. Und ich bin es leid, sauer auf dich zu sein. Ich will, dass du das schaffst, dass du dich wieder gut fühlst und dass wir in unserem Leben nach vorn schauen.»

Es ist so viel schlimmer, wenn Isabel nett ist. Wenn wir streiten, kann ich wenigstens so tun, als wäre sie irrational. Aber wenn sie nett ist, dann ist wirklich alles meine Schuld.

Mittwoch, 20. November

Und das Schlimme ist, der Triathlon bedeutet nichts mehr. Mir nicht. Und Andy auch nicht. Jacob ist noch zu klein, um beeindruckt zu sein. Isabel ist durch meine verschiedenen Lebenskrisen zu ermüdet, um sich wirklich noch dafür zu interessieren, obwohl sie so tut. Meine Mutter hat ein paarmal angerufen, um nachzufragen, aber sie ist nur höflich. Wozu tue ich es? Was ist der Sinn? Es lenkt mich von meinem eigentlichen Problem ab – vom Geld. Von Geld und toten Katzen. Geld und tote Katzen und Aloe vera. Und Frauen.

Donnerstag, 21. November

‹Wir haben Sie schon lange nicht mehr bei VerlierenSie-AllesWasSieHabenInternetPoker.com gesehen. Haben Sie eine andere Möglichkeit gefunden, die enormen Schulden abzuzahlen, die Sie hier beim letzten Mal angehäuft haben? Oder haben Sie beschlossen, es auf die vernünftige Art abzustottern – durch harte Arbeit und Mühen –, während Sie es immer noch vor Ihrer Frau geheim halten? Haben Sie? Oje. Das wird Jahre dauern – und sie wird es garantiert herausfinden. Warum kommen Sie also nicht zu einem letzten Nervenkitzel vorbei? Das könnte alles wieder in Ordnung bringen. Hiermit bieten wir Ihnen einen Willkommen-zurück-Einsatz von 100 Pfund an. Fröhliches Spielen.»

Nein. Ich tu's nicht.

Nein, nein, nein, nein, nein, nein.

Nein, nein.

Na gut, vielleicht.

Freitag, 22. November

Tausend Pfund! Ich habe tausend Pfund gewonnen! Ich hab mein altes Händchen wieder. Damit wäre die Aloe vera bezahlt. Somit bin ich zumindest einen Schritt weiter. Und ich werde aufhören. Wenn ich etwas gelernt habe, dann, dass man wissen muss, wann man aufhören sollte.

Hör auf, hör auf, hör auf, hör auf. Gleich.

Samstag, 23. November

Nochmal tausend. Ich habe die perfekte Summe gefunden. Eintausend pro Nacht. Nicht mehr, aber auch nicht weniger. Ich werde nicht einmal versuchen, die gesamte Schuldensumme auf diese Weise zu erspielen. Ich werde es noch einmal machen, und das war's dann. Es wird zumindest etwas helfen. Den Rest schaffe ich allein.

«Was machst du da am Computer? Musst du nicht früh ins Bett? Morgen ist der Wettkampf.»

Erwischt. Aber das ist in Ordnung. Ich habe die Kontrolle. Eintausend pro Nacht. Muss ja nicht jede Nacht sein.

Sonntag, 24. November

Wegen Schlafmangels komme ich zu spät. Andy kommt sogar noch später, weil er die ganze Nacht mit Saskia geredet hat. In den letzten Wochen war sie zuerst hysterisch, dann wütend, dann wieder hysterisch. Damit konnte er umgehen, aber gestern Abend hat sie ihm einen Vortrag gehalten. Sie hat ihm erklärt, dass sie ihn liebt und noch nie zuvor jemanden richtig geliebt hat. Dass es für sie ein großer Schritt war, einem Mann genug zu vertrauen, um ihm ihre Gefühle auszuliefern ... und kaum hatte sie das getan, hatte ihm den Rest ihres Lebens versprochen, fing er an zu schmollen und sagte die Hochzeit ab.

Jetzt will Andy sich möglicherweise auf halber Strecke des Triathlons ertränken. Das ist nicht gerade die ideale Gemütsverfassung für einen Wettkampf, aber die Tiersamariter zählen auf uns. Als wir nur wenige Minuten vor dem Start unsere Dalmatiner-gepunkteten Bademützen abholen, bläst er immer noch Trübsal. Ich klinge auf einmal richtig amerikanisch, als ich verkünde: «Wir schaffen das. Wir müssen es tun. Wir sind ein Team.»

Dann sehe ich den See, den wir durchschwimmen müssen.

«Verdammte Scheiße», sage ich, denn es ist ein größerer See, als ich erwartet hatte, aber Andy zuckt bloß mit den Schultern.

Und dann sage ich nochmal: «Verdammte Scheiße», denn vier oder fünf Reihen vor mir ist Bob. Und neben ihm der Dorfbulle, der Dorfpostler und die Dorfladenbesitzerin.

Andy findet, wir sollten gehen, aber ich weiß, dass er das nur sagt, weil er seinen Lebensmut verloren hat. Ich habe meinen noch nicht ganz verloren, aber das Letzte, was ich jetzt brauche, ist eine Konfrontation mit einem Katzen mordenden Psychopathen, der so tut, als wäre ich für den Selbstmord seiner Frau verantwortlich.

Wir sind schon fast wieder bei Andys Auto angekommen und schälen uns aus unseren Bademützen und Neoprenanzügen, als ich plötzlich heftige Schuldgefühle verspüre. Isabels Geburtstagsgeld steckt in dieser Sache. Und all die Wochen Training. Und es ist ja nicht so, als hätte ich die Katzen ermordet oder irgendetwas damit zu tun, dass sich der Zwerg vor einen Zug geworfen hat.

«Halt!» Wieder dieser amerikanische Tonfall. «Wir ziehen das jetzt durch. Wir machen bei diesem verdammten Triathlon mit. Dazu sind wir hergekommen, und wir kneifen jetzt nicht.»

Meine packende Rede hat Andy offensichtlich beeindruckt. Er sieht erst mich an, dann die Badekappe in seiner Hand und sagt dann: «Na gut, von mir aus.» Wir werden an diesem Triathlon teilnehmen.

Erst nachdem wir das Schwimmen überlebt haben und uns auf die Räder schwingen, holen wir Bob und die Dorfclique ein.

«Sollen wir überholen?», frage ich. «Vielleicht bemerken sie uns?»

«Mir egal», erwidert Andy. Ich hoffe wirklich, das bleibt nicht für den Rest seines Lebens so.

«Dann lass uns vorbeiziehen. Das ist besser, als für den Rest des Wettkampfs hinter ihnen festzusitzen.»

Als wir vorbeiradeln und dabei in die andere Richtung schauen, um nicht erkannt zu werden, ruft Bob: «Da ist der Mistkerl», und ich drehe mich um.

«Du Mistkerl», brüllt er, wobei sein wütendes, rotes Gesicht sogar noch wütender und röter ist als sonst. «Was willst du hier?»

«Was wollen *Sie* denn hier?»

«Brenda. Erinnerst du dich? Meine Frau? Die Frau, die du in den Selbstmord getrieben hast? Sie wäre heute hier gewesen. Sie wollte für die Samariter ins Rennen gehen. Aber man konnte sie nicht mehr retten, wegen dir, du Mistkerl.»

«Wir tun das hier für Brenda. Ihr zu Ehren», schnauft der Postler. «Und Sie sollten nicht hier sein.»

«Ja, du Mistkerl», schreit Bob und regt sich immer mehr auf.

«Hören Sie, ich glaube nicht, dass das, was Sie denken –»

«Was hast du da auf deiner Kappe? Die Tiersamariter? Willst du dich etwa auch noch lustig machen?»

Mit diesen Worten steuert Bob auf mich zu. Ich verspüre einen plötzlichen Adrenalinschub und spurte davon, sodass er nur noch aus der Ferne drohend seine Faust schütteln kann.

• • •

Wir schaffen es. Wir schaffen den Triathlon. Andy ringt sich ein Lächeln ab. Ich ringe mir ein paar erschöpfte Freudenrufe ab, denn endlich, in einem Jahr der Fehler,

Unfälle und blöden Missverständnisse, habe ich etwas erreicht. Und dann verdrücken wir uns schnell, denn falls er nicht einen Herzinfarkt hatte oder zwischendurch angehalten hat, um noch ein paar Haustiere zu töten, wird Bob nicht weiter hinter uns sein.

Als wir bei mir zu Hause ankommen, warten bereits die zwei Polizeibeamten auf uns – und sie sind nicht da, um mir zu meiner sportlichen Leistung zu gratulieren. Noch ein paar Fragen, aber auf dem Revier, sagen sie. Muss ich jetzt sofort mitkommen? Ich habe gerade einen ganzen Triathlon absolviert. Ja. Ob ich gerne einen Anwalt hätte? Es handelt sich immer noch nur um eine Befragung, aber es wäre schön, wenn ich kooperieren würde, erklären mir die Polizisten. Isabel sieht besorgt aus. Ich küsse sie und sage ihr, dass alles gut wird. Es ist wie im Film. Ich winke hinten aus dem Polizeiauto. Sie winkt zurück. Jacob winkt zurück. Noch nicht mal ein Jahr alt, und er kann schon richtig winken. Keines der anderen Babys in der Babygruppe kann das.

Und jetzt ist es nicht mehr wie im Film. Es ist wie in einer Polizeiserie, wie in *The Bill.* Und zwar nicht eine von den neuen mit dem ganzen Geballer und den Verfolgungsjagden und Liebesgeschichten und jazziger Musik. Sondern wie in einem Klassiker, wo sich eine ganze Episode im Vernehmungsraum abspielt. Es handelt sich nun um ein offizielles Verhör, wie man mir mitteilt, auch wenn ich noch nicht verhaftet bin. Genau wie in *The Bill.*

«Wo waren Sie am Morgen des 31. Oktobers?»

«Das hatten wir doch schon.» Ich kann auch so tun, als wäre ich in *The Bill.*

«Bitte nochmal fürs Protokoll.» Ahh, sein *Bill* schlägt meinen *Bill.* Also erkläre ich noch einmal fürs Protokoll, dass ich durchs Dorf gewankt bin und versucht habe, nach Hause zu gelangen. Es klingt nicht sehr überzeugend, gebe ich zu, aber es ist die Wahrheit.

Dann fordert man mich auf, meine Beziehung zu Brenda und Bob zu beschreiben. Wir gehen jedes winzige Detail durch, und sogar in meinen Ohren hört sich das schlecht an. Als ob ich eine Fehde mit Brenda gehabt und meine Rache geplant hätte, nachdem ihre Katze aus Versehen mein Huhn getötet hatte.

Sie wollen meine Sicht der Dinge einfach nicht akzeptieren. Sie glauben nicht, dass Bob seinen eigenen Windhund getötet und durch einen anderen ersetzt hat, bevor irgendjemand, einschließlich seiner Frau, etwas merken konnte. Sie sind überzeugt davon, dass ich die Katzen getötet habe. Sie sagen, es seien einige Anrufe aus der Bevölkerung eingegangen (alle anonym), die mich dessen bezichtigen, was meiner Meinung nach mit ziemlicher Sicherheit die restlichen Dorfbewohner waren oder einfach nur einige Verrückte, die sich von den lächerlichen 10 000 Pfund Belohnung haben anlocken lassen.

«Lächerlich? Sie halten eine Belohnung für die Ergreifung eines Katzenmörders für lächerlich?»

Jetzt fangen die auch noch mit ‹Mörder› an. Es reicht wirklich. «Hören Sie, ich bin müde. Ich bin einen Triathlon gelaufen – übrigens für die verdammten Tiersamariter, falls Sie wirklich glauben, ich würde Tiere hassen. Ihre

Beweise sind alle nur Indizien, und ich sehe keinen Sinn darin, dieses Verhör fortzusetzen. Ich möchte jetzt nach Hause gehen.»

Der Polizist, der bisher recht freundlich war – man könnte fast schon sagen wie der sprichwörtliche gute Polizist –, wird plötzlich sehr, sehr wütend – fast schon wie der sprichwörtliche böse Polizist: «Der *Sinn* dieses Verhörs ist es herauszufinden, wer eine arme, schutzlose Frau ermordet hat und ihre Leiche dann quer durchs Dorf geschleppt und sie auf den Bahngleisen abgelegt hat, um sämtliche gerichtsmedizinischen Beweise zu vernichten. Das ist der *Sinn*.»

Ich habe das Gefühl, als würde sich das Zimmer um mich drehen. «Aber es war doch Selbstmord.»

«Sie war schon tot, als sie vom Zug erfasst wurde.»

«Ich glaube, ich möchte jetzt doch einen Anwalt sprechen.»

Montag, 25. November

Man ließ mich in den frühen Morgenstunden gehen, nachdem der Pflichtverteidiger die Polizei aufgefordert hatte, mich entweder zu verhaften oder gehen zu lassen. Er hatte offensichtlich auch zu viele Krimis im Fernsehen gesehen. Ihre Anklage stütze sich nur auf Indizien, hatte er betont, wie ich zuvor auch schon. Ich hätte ein Motiv, lautete ihr Argument, ich sei in der Gegend gewesen und hätte nur ein lächerliches, nicht überprüfbares Alibi. Trotzdem hatten sie nicht genug gegen mich in der Hand. Sie hatten auf ein Geständnis gehofft, doch irritierenderweise beharrte ich weiterhin auf meiner Unschuld. Und wahrscheinlich wurde ihnen dann die Zeit knapp.

«Verlassen Sie nicht das Land, Sir», warnte mich der böse Polizist – und er meinte es nicht als Witz.

Isabel war immer noch wach, als ich nach Hause kam. Ihr Gesichtsausdruck, als sich die Tür öffnete, machte alles nur noch schlimmer. Sie war blass und müde. Sie nahm mich in den Arm. Ich versuchte ihr zu versichern, dass alles in Ordnung käme, und dann gingen wir ins Bett. Ich konnte stundenlang nicht einschlafen, und als ich endlich wegdöste, träumte ich von einem Mann, der aussah wie ich und in einem geparkten Auto vor den Toren eines Gefängnisses saß. Er wartete auf jemand. Ich sah mein älteres Ich durchs Tor kommen und begriff, dass der Mann im Auto Jacob als Erwachsener war. Er war ohne seinen Vater aufgewachsen. Schweißgebadet wachte ich auf und sah, dass Isabel neben mir schon wach war. Sie starrte durchs Fenster hinaus in den mondbeschienenen Garten. Sie wirkte immer noch sorgenvoll.

Als ich das nächste Mal aufwachte, war es 10 Uhr 30, und Isabel lag nicht mehr im Bett. Ich würde zwei Stunden zu spät zur Arbeit kommen. Warum hatte sie mich nicht geweckt?

«Ist schon in Ordnung. Ich habe Janice angerufen. Ich habe ihr gesagt, du hättest dich bei deinem Triathlon schrecklich erkältet.»

«Aber es wurden noch mehr Kartons geliefert. Snowy wird Panik bekommen.»

«Was?»

«Snowy. Janices Katze.»

«Die Polizei hält dich für einen Hauptverdächtigen in einem Mordfall. Da würde ich mir an deiner Stelle nicht zu viele Sorgen um eine Katze machen.»

«Ohne Katzen befände ich mich jetzt überhaupt nicht in dieser Lage.»

Dienstag, 26. November

Gestern Abend nochmal 1000 Pfund, zack. Ich habe mir selbst gegenüber behauptet, ich würde nur spielen, um mich von der ganzen Mordsache abzulenken, aber das hab ich mir nicht mal selber geglaubt. Trotzdem ist es mir gelungen, bei 1000 Pfund aufzuhören und den virtuellen Spieltisch zu verlassen. Also sind es jetzt nur noch knapp 6000 Pfund Schulden. Ich mache bis 5000 weiter, und dann höre ich für immer auf, denn das hier ist eine Glückssträhne, und die hält garantiert nicht ewig an. Mit 5000 Pfund Schulden kann man klarkommen. Ich habe die ganze Aloe vera, die schon bezahlt ist. Ich habe meinen Job. 5000 Pfund kann ich vor Isabel geheim halten, und bis zum Frühjahr sind sie abbezahlt. Wenn ich diese ganze Mordsache abhaken kann, bei der Arbeit keinen Mist baue und mich auf meine wunderbare Familie konzentriere, kann ich dieses Jahr immer noch gut zu Ende bringen.

Selbst das ist wohl zu viel erwartet.

«Hör zu, ich weiß schon. Die Kisten. Da kam gestern noch eine Lieferung. Es tut mir so leid. Ich bringe sie heute Nachmittag weg.» Das sage ich zu Janice, sobald ich das Büro betrete, ehe sie ihr übliches Gejammer anstimmen kann.

«Schon recht», erwidert sie nervös. Und sie bleibt den ganzen Morgen nervös, bis ich mich schließlich erkundige: «Ist was passiert?»

«Gestern rief ein Kriminalbeamter hier an. Wollte wissen, was du von Katzen hältst.»

«Oh, verstehe.»

«Er wollte mir nicht sagen, weshalb. Er meinte nur, es sei wichtig.»

«Was hast du geantwortet?»

«Ich habe gesagt, meiner Meinung nach wäre deine Einstellung zwiespältig.»

«*Zwiespältig*? Ich arbeite für *Cat World.* Wie kann meine Einstellung da zwiespältig sein?»

«Na ja, er war ziemlich aufdringlich. Er meinte, er wüsste, dass du für *Cat World* arbeitest, aber er wollte wissen, ob mir irgendetwas aufgefallen sei, egal was, das mich auf den Gedanken gebracht hätte, dass du doch nicht so ein Katzenfan bist. Er meinte, es müsse hart sein, den ganzen Tag über Katzen zu schreiben. Ob dir das vielleicht zugesetzt hätte. Also habe ich es ihm erzählt.»

«Ihm was erzählt?»

«Von dir und Snowy. Und deinem Ausbruch wegen den Kisten.»

«Na toll.»

«Und dem anderen Ausbruch.»

«Welcher ‹andere Ausbruch›?»

«Der wegen der Kolumne. Ich habe auch erwähnt, dass dein Ton in letzter Zeit ... sarkastischer geworden ist. Du warst mal so ein toller Katzenjournalist, hattest ständig neue Ideen. Aber seit ein paar Wochen äußerst du dich eher, äh, nun ja, eher abfällig.»

«Abfällig?! Ich? Das ist doch lächerlich. Es war einfach nur eine schwierige Zeit.»

«Ich möchte, dass du dir ein paar Tage freinimmst.»

«Wie bitte?»

«Bezahlt natürlich. Ich weiß, dass du finanzielle Schwierigkeiten hast.»

«Hast du das dem Beamten auch gesagt?»

«Er rief wegen der Katzenmorde an, nicht wahr?»

«Ja.»

«Bist du ein Katzenmörder?»

«Man kann eine verdammte Katze nicht ermorden.»

Jetzt wirkte Janice noch beunruhigter. Ich beteuerte meine Unschuld und erzählte ihr vom Ersatz-Windhund, aber es half nichts. Für Hunde hat sie nichts übrig. Nur für Katzen. Und in diesem Moment war sie zu zwei Dritteln davon überzeugt, dass ihr früherer Starjournalist, der Erfinder von ‹Gut genug für Ihren Teller?›, kein anderer war als der berühmte Katzenschlächter von Kent. Sie wusste noch nicht einmal, dass ich vielleicht auch noch ein richtiger Mörder war.

Als ich nach Hause komme, ist Isabels Gesicht aschfahl. Nichts ist schlimmer bei einer Frau. Dunkelrot ist schlecht, möglicherweise sogar schmerzhaft, aber meist nur von kurzer Dauer. Aschfahl ist langfristig schlecht. Sie fragt noch nicht mal, weshalb ich so früh nach Hause komme. Ich erzähle es ihr trotzdem.

«Man hat mich freigestellt, bis die Untersuchungen zu den Katzenmorden abgeschlossen sind. Keine Ahnung, was passiert, wenn Janice herausfindet, dass es auch um richtigen Mord und nicht nur um Katzen-Mord geht ... Was ist denn los?»

Sie antwortet erst nach einigen Sekunden: «Die Polizei kam nochmal vorbei. Sie haben sich nach unseren Schulden erkundigt.» Ihr Tonfall ist beängstigend ruhig.

Mein Herz klopft. Mir ist schlecht, doch ich kann nichts tun, außer bang zuzuhören, während ihr diese furchtbaren Worte über die Lippen kommen.

«Ich sagte, wir hätten diesen schrecklichen Überschwemmungsvorfall gehabt, aber der sei zum größten Teil versichert gewesen. Dann habe ich erklärt, dass du im Internet gezockt hast – wie lächerlich das klingt –, wir das aber auch in den Griff bekommen haben. Wir haben selbst diese jüngste kleine William-Krise überwunden. Das war nur ein kleiner Ausrutscher, habe ich ihnen gesagt. Und weißt du, was der Polizist erwidert hat?» Jetzt ist sie nicht nur aschfahl, sondern hat auch noch Tränen in den Augen. «Er sagte: ‹8000 Pfund würde ich wohl kaum als kleinen Ausrutscher bezeichnen.›»

Sofort weiß ich, dass mein nächster Satz der wichtigste Satz meines Lebens sein wird und dass ich ihn auf gar keinen Fall vermasseln darf. Wenn ich das verpatze, bin ich erledigt. Ich werde für immer allein und elendig in einer

Einzimmerwohnung hocken, billigen Whisky trinken und ein altes, verknittertes Foto meines wunderschönen Sohnes und meiner wunderschönen Frau anstarren und mich fragen, weshalb ich alles weggeworfen habe. Falls ich nicht in einer Gefängniszelle sitze. Ich muss etwas richtig, richtig Gutes sagen, etwas, das kurz, verständlich und ohne für Zündstoff zu sorgen zusammenfasst, warum um alles in der Welt ich erstens Spielschulden in der Höhe von 8000 Pfund angehäuft habe und, zweitens, Isabel nur von 1400 Pfund davon erzählt habe.

Doch mir fällt kein brillanter Satz ein. Ich kann dauernd nur daran denken, wie wichtig es ist, dass mir jetzt ein brillanter Satz einfällt, weil mir nur ein Satz bleibt. Und dann kann ich nur noch daran denken, dass ich aufhören muss, daran zu denken, wie brillant dieser Satz sein muss, und mir endlich Gedanken machen, was ich nun sagen soll, denn inzwischen sind mindesten acht Sekunden vergangen, und die Gelegenheit ist bald verstrichen. Ich muss etwas sagen. Irgendetwas. Jetzt. Sag es. Sag es jetzt.

«Liebling, ich bin inzwischen wieder bei 6000 Pfund angelangt, und ich kann es dir erklären.»

Das ist genau der falsche Satz. Einen solchen Satz sagen Menschen, wenn sie überhaupt nichts erklären können. Jeder andere Satz wäre besser gewesen. «Liebling, du siehst inzwischen ein bisschen zu alt aus, also habe ich gezockt, um mir mit dem Geld eine Braut von den Philippinen bestellen zu können.» Selbst das wäre besser gewesen. Na ja, nicht wirklich, aber ich hab's trotzdem vermasselt. Ich weiß das, weil Isabel meine Erklärung gar nicht erst abwartet. Sie sagt: «Ich will, dass du verschwunden bist, bis ich vom Kaffeetreff zurück bin.» Dann schnappt sie sich Jacob, packt ihn ins Tragetuch und verlässt das Haus. «Ich war ja so dumm», sagt sie beim Gehen.

Erinnern sich Babys an Dinge? Finden nicht die prägendsten Erfahrungen in den ersten drei Lebensjahren statt? Das hat Isabel in einem ihrer teuflischen Bücher gelesen. Also hat Jacob jetzt ein Drittel davon hinter sich ... und während des Großteils dieser Zeit war sein Vater ein kompletter Versager. Andererseits ist das Erste, woran ich selbst mich erinnere, ein Eis, das ich mit vier bei Harrods bekommen habe. Wenn Jacob also zweiunddreißig ist, wird er sich vielleicht gar nicht mehr an die Ereignisse von gerade eben erinnern. Er weiß vielleicht nicht mehr, dass seine Mutter seinen Vater aufforderte zu gehen, weil die Polizei ihr von Spielschulden berichtet hatte, die er versucht hatte zu verstecken.

Vielleicht aber doch. Vielleicht ist es für ihn so wie für mich die Eiscreme-Erinnerung. Er ist schließlich sehr weit für sein Alter.

Mittwoch, 27. November

Das Sofa eines Kumpels. Wieder auf dem Sofa eines Kumpels. Da war ich schon seit Jahren nicht mehr. Nun ja, seit eineinhalb Jahren. Ist das Sofa nicht ein Symbol für so viele Dinge? Versagen, Selbsthass, Elend, Abweisung, Versagen, völliges Versagen, totales, völliges Versagen, noch mehr Versagen.

Andy würde auf seinem eigenen Sofa schlafen, wenn er könnte, so tief ist sein Elend. Während ich mein Leben ruiniert habe, hat er weitere tränenreiche Streitgespräche mit Saskia geführt. Angeblich hat sie inzwischen aufgehört, ihm zu sagen, dass sie ihn liebt, und erklärt stattdessen, dass sie froh ist, dass er sie nicht heiraten will, weil sie ihn nämlich auch nicht heiraten will. Nicht, solange er mit mir befreundet ist.

«Warum?»

«Weil du der *Beziehungszerstörer* bist.»

«Wie bitte?»

«Sie hat das gesagt, nicht ich.»

«Lächerlich.»

«Das habe ich auch gesagt.»

«Vor allem nach dem, was sie versucht hat, Isabel und mir anzutun.»

«Ich weiß.»

Wir sitzen hier auf dem Sofa und schauen *Road Wars*. Trinken Bier. Tun so, als würde alles gut werden. Das wird es aber nicht. Saskia zieht zurück nach New York. Und Isabel trifft sich garantiert gerade mit Scheidungsanwälten.

Wenigstens halten Geoff und Alex ihre dünne, flackernde Flamme der wahren Liebe am Leben. Vielleicht können sie mit gutem Beispiel vorangehen. Vielleicht ist es möglich, die Leidenschaft neu zu entfachen.

Donnerstag, 28. November

Alex und Geoff haben sich getrennt. Nach meiner kleinen Unterredung mit Geoff lief es ein paar Tage wieder super. Beide taten alles, um ja nicht zu anhänglich zu sein. Doch keiner rief den anderen zurück. Keiner redete. Keiner schickte auch nur eine SMS. Beide waren kühl und distanziert.

Alex, der, wie mir jetzt klar geworden ist, bloß angerufen hat, um mich anzuschreien, behauptet, er hätte schon immer gewusst, dass ich unrecht hatte. Man solle keine Spielchen spielen, schimpft er, was aus seinem Mund eigentlich eine Frechheit ist. Man solle offen und ehrlich sein und mit dem Herzen sprechen.

«Ich wollte dir nie einen Rat geben.»

«Dann hättest du's lassen sollen. Sieh nur, in was für eine Lage du mich gebracht hast.» Jetzt weint er, was mir peinlich ist. Trotzdem ist er meine geringste Sorge.

«Hör zu, Kumpel. Es tut mir leid, aber in meiner eigenen Beziehung läuft es gerade auch nicht sonderlich gut.»

«Was?»

«Isabel hat mich rausgeworfen.»

«Warum?»

«Weil ich sie in Bezug auf die Höhe meiner Spielschulden angelogen habe, weil zwei Prozent von ihr glauben, dass ich einige Katzen und einen rothaarigen Zwerg umgebracht habe, wegen der verdammten Saskia und weil ich vermutlich meinen Job verloren habe.»

«Siehst du, du Idiot», brüllt er hysterisch und, ich muss schon sagen, etwas unerwartet nach allem, was ich für ihn getan habe. «Warum musst du alles kaputtmachen?» Das ist der echte Alex, der Alex, wie ich ihn kannte, bevor er zum neuen, schwulen, netten Alex wurde. Ich lege auf.

Ich rufe Isabel an, aber sie geht nicht ran.

Ich rufe Andy bei der Arbeit an, und er sagt, er kommt in einer Stunde nach Hause. Also sitze ich hier und sehe mir eine Quizshow mit Noel Edmonds an. Ein Mann am Spieltisch wirft 15 000 Pfund für einen Penny weg. Was für ein Idiot. Wer kann nur so dumm sein?, denke ich. Bis mir natürlich klar wird, dass ich so dumm sein könnte. Ich bin der Verlierer. Angewidert schalte ich ab und starre die leere Wand an. Wenn doch nur die leere Wand mein Leben wäre. Eine hübsche, leere Wand. Mit Jacob darauf. Und Isabel. Aber sonst nichts. Wieder ganz von vorne anfangen.

Freitag, 29. November

Johnson schaut vorbei. Als Erstes verkündet er uns beiden, dass er uns ja schließlich gewarnt hätte. Die Ehe. Die Frauen. Das Leben. Alles unmöglich. Wenn wir doch nur schwul wären, dann hätten wir all diese Probleme nicht.

Andy weist darauf hin, dass sich Alex und Geoff gerade getrennt haben.

Ich weise darauf hin, dass nicht Isabel alles kaputtgemacht hat.

«Ach ja. Wie läuft's denn so mit dem Katzenmorden?»

Ich hatte gehofft, Johnson gegenüber die jüngsten Entwicklungen nicht erwähnen zu müssen, weil ich allein die

Vorstellung kaum ertrage, seine schwarzseherische Deutung der Ereignisse verdauen zu müssen. Zu Recht.

«Ich hab dir doch gesagt, das mit dem Zug war verdächtig. Hab ich das nicht gesagt?»

«Doch, hast du.»

«Das ist nicht gut. Das ist ganz und gar nicht gut. Was zum Teufel unternimmst du deswegen?»

«Nichts. Ich bin unschuldig. Es war bloß ein Verhör. Sie haben mich nicht verhaftet.»

«Was? Bist du verrückt? Die wollen dir was anhängen. Du kannst nicht einfach rumsitzen und die Gerechtigkeit walten lassen. Was, wenn sie's nicht tut? Wie viele Leute sind schon unschuldig ins Gefängnis gewandert, hm?»

«Das ist doch wohl kaum dasselbe.»

«Du Idiot. Kapierst du's denn gar nicht?» Johnson ist außergewöhnlich aufgebracht. Normalerweise verkündet er seine Meinung mit einem Anflug überlegener Resignation. Er ist älter, er ist klüger, er hat schon was erlebt, aber er weiß, dass keiner seinen weisen Rat befolgen wird. Das hier ist anders. Er wirkt ernsthaft besorgt.

«Nein, ich kapier's nicht, verdammt nochmal. Was kann ich tun? Die Polizei ermittelt. Die können nicht etwas beweisen, das ich nicht getan habe.»

«Du bist verrückt. Du hast ja keine Ahnung. Was glaubst du, wer Brenda umgebracht hat?»

«Bob.»

«Und was ist Bob?»

«Ein Kneipenwirt?»

«Nein, ein Exbulle. Er denkt wie ein Bulle, er spricht wie ein Bulle, er plant wie ein Bulle. Und glaubst du wirklich, dass er – falls er seine Frau, ihre zwei Katzen und einen Windhund umgebracht hat – nicht in der Lage ist, das jemand anderem anzuhängen?»

«Du hast zu viele Polizeiserien geschaut.»

«Willst du das Risiko wirklich eingehen? Wirst du einfach nur hier rumsitzen und dir selber leidtun, während jemand dein Leben kaputtmacht?»

«Ja, das werde ich, verdammt nochmal.»

«Du musst es mit Bob aufnehmen. Du musst ihn mit seinen eigenen Waffen schlagen.»

«Nein.»

«Doch.»

«Nein.»

Samstag, 30. November

Früh am nächsten Morgen fühle ich mich besser, obwohl ich wegen des unbequemen Sofas und dem Gedanken, es mit einem mordenden Exbullen aufnehmen zu müssen, kein Auge zugetan habe. Nicht so richtig gut, aber besser. Mir ist immer noch elend zumute, und ich vermisse Isabel und Jacob schrecklich, aber ich habe wieder mehr Vertrauen in die Justiz. Schließlich leben wir im einundzwanzigsten Jahrhundert. Da wirft die Polizei nicht routinemäßig unschuldige Bürger ins Gefängnis. Klar, es mag Bob gelungen sein, der Windhund-Sache zu entgehen. Und vielleicht war er auch in der Lage, ein paar Katzen zu erledigen, ohne dass jemand Verdacht schöpfte. Aber das hier ist Mord. Da wird die Polizei doch sicherlich jede Spur verfolgen. Mir wird nichts passieren.

Dann klingelt mein Handy. Es ist Isabel. Ich bin nervös – hoffnungsvoll nervös. Das hier ist eine zweite Chance. Ich muss den ersten Satz richtig hinbekommen. Ich kann nicht den Rest meines Lebens ohne sie auf einem Sofa verbringen.

«Liebling, danke, dass du anrufst –»

«Sie kommen dich holen.»

«Was?»

«Sie kommen dich holen. Sie haben belastendes Beweismaterial gefunden.»

«Was soll das heißen?»

«Die Polizei. Sie haben in unserem damaligen Haus im Dorf einen Baseballschläger gefunden.»

«Aha.»

«Blutverschmiert.»

«Was?»

«Es war Katzenblut. Und sie haben neue Aufnahmen von der Überwachungskamera. Darauf bist du eine Stunde später, als du behauptet hast, auf der Dorfwiese zu sehen, in der Nacht, als Brenda getötet wurde.»

«Was?»

«Sie wollten wissen, wo du bist. Sie meinten, es sei für alle Beteiligten am besten, wenn du nochmal aufs Präsidium kommst. Ich habe ihnen gesagt, wo du bist. Ich habe es ihnen gesagt. Sie sind unterwegs.»

Das Zimmer schrumpft zusammen. Schatten tanzen über die Wände. Mir ist schwindelig. Mir ist schlecht. Und dann klingelt es an der Tür. Ich spähe die Treppe hinunter und sehe die Umrisse von zwei vertrauten Gestalten. Der eine beugt sich nach vorn, und ich kann das Gesicht des hartnäckigen Polizisten hinter der Scheibe erkennen. Ich zucke zurück, flüstere Isabel einen Abschiedsgruß zu, öffne das Fenster zum Hof, rutsche die Regenrinne runter und renne los.

DEZEMBER

‹Vater zu werden ist nicht schwer.
Vater zu sein allerdings schon.›
Unbekannt

Sonntag, 1. Dezember

«Was zum Henker hast du dir dabei gedacht?»

«Johnson, ich hab Panik bekommen.»

«Du hast also Panik bekommen. Du bist vor der Polizei davongelaufen!»

«Die wussten doch gar nicht, dass ich da bin. Sie wussten nicht, dass ich weggerannt bin.»

«Na, aber sie werden dich suchen. Du solltest sofort aufs Revier gehen und dich stellen.»

«Du hast doch selber gesagt, ich sollte die Dinge nicht denen überlassen. Du hast gesagt, ich hätte es hier mit Bob zu tun. Du hast gesagt, ich müsse ihn mit seinen eigenen Waffen schlagen. Nun, seine Waffe ist Mord. Und ich verliere. Wenn ich mich stelle, sehe ich meine Frau und meinen Sohn vielleicht nie wieder.»

«Das ist ein bisschen melodramatisch, findest du nicht?»

«Sie haben in unserem alten Haus einen blutverschmierten Baseballschläger gefunden.»

«Ich weiß, hast du schon erwähnt. Und ich weiß, dass es nicht gut aussieht. Aber bloß weil du ein paar doofe Katzen umgebracht hast, heißt das noch lange nicht, dass du Brenda getötet hast.»

«Johnson, ich habe die Katzen nicht umgebracht. Mensch!»

«Ach so, ja. Natürlich nicht. Das muss Bob gewesen sein. Bob hat den Schläger dort platziert. Verflixt. Du steckst tief in der Scheiße. Du musst dich ruhig verhalten, bis wir beweisen können, dass du unschuldig bist.»

«Das sage ich doch schon die ganze Zeit.»

«Wo bist du jetzt?»

«In einer Travelodge in der Nähe von Bracknell.»

«Warum?»

«Weil Killer immer in einem Motel absteigen, wenn sie auf der Flucht sind.»

«Klar. Gut, aber benutz keine Kreditkarte und auch nicht dein Telefon.»

«Ich benutze gerade mein Telefon. Du hast mich angerufen –»

«O Gott. Leg auf. Vielleicht haben sie das angezapft. Gib mir ein paar Tage, und ich will sehen, was ich herausfinden kann.»

Montag, 2. Dezember

Bin ich auf der Flucht? Nicht so richtig. Ich bin nicht aus dem Gefängnis ausgebrochen. Man hat mich nicht auf Kaution freigelassen. Wir wissen noch nicht einmal sicher, ob sie mich festnehmen wollten. Natürlich habe ich als

Mr Smith eingecheckt. So etwas machen Amateur-Flüchtige. Ich hätte mir einen besseren Namen ausdenken sollen. Mr White. Mr Pickles. Lord Lucan. Aber der Gedanke, ein Pseudonym zu benutzen, kam mir erst, als ich die Meldekarte ausfüllte. Das ist das Problem, wenn man nicht richtig auf der Flucht ist. Man hat nicht die richtige Einstellung. Wenn ich Glück habe, geht der Mann an der Rezeption davon aus, dass ich eine schäbige Affäre vertuschen will. Oder dass ich tatsächlich ein Mr Smith bin. Die muss es schließlich auch geben.

«Isabel? Ich bin's ... nein ... nein ... nein, ich bin nicht verrückt ... nein, ich bin nicht auf der Flucht ... ich könnte ja genauso gut auf Geschäftsreise sein ... Ach so, verstehe, das haben sie überprüft ... Also ich stelle mich, sobald es geht, aber man will mir hier was anhängen ... nein, kann ich nicht ... nein ... es ist meine einzige Chance ... Ich brauche Zeit, es zu beweisen ... nein ... nein ... Ja, Johnson weiß Bescheid, aber er ist nun mal meine größte Hoffnung. Er kennt Leute ... okay ... ich weiß, okay ... Ja ... ich weiß. Und, Isabel? ... Es tut mir leid. Okay ... Und, Isabel? ... Du glaubst mir doch, oder? ... Bist du sicher? Danke. Ich liebe dich. Gib Jacob einen Kuss von mir.»

Sie glaubt mir ... Ich bin mir ziemlich sicher, dass sie mir glaubt. Wäre auch ziemlich lächerlich, wenn nicht. Man konnte doch nicht jemanden heiraten, ein Kind mit ihm bekommen und dann sofort danach glauben, dass derjenige Leute totschlägt und die Leichen auf Zuggleisen deponiert, um die Beweise zu vernichten. Allerdings hätte ich Isabel vermutlich auch nichts davon erzählt, wenn ich tatsächlich Leute totschlagen würde. Ich konnte ihr ja noch nicht mal sagen, dass ich 8000 Pfund verloren hatte.

Dienstag, 3. Dezember

«Johnson, ich bin's.»

«Hallo, Frank. Wie geht's?»

«Nein, ich bin's, William.»

«Ich kenne keinen William. Wie geht's dir, Frank?»

«Spricht da Johnson?»

«Ja, Frank.»

«Hier ist nicht Frank, hier ist William.»

«Herrgott nochmal, William, das weiß ich doch. Ich nenne dich Frank, falls jemand mithört.»

«Aber ich rufe von einer Telefonzelle aus an.»

«Oh, verstehe. Aber man kann ja nie vorsich–»

Ich muss noch ein Pfund einwerfen.

«Johnson?»

«Hallo, Frank.»

«Hast du was herausgefunden?»

«Ja, du steckst tief in der Scheiße. Sie glauben, du bist abgehauen, was ja auch stimmt. Und sie haben dich zur Fahndung ausgeschrieben.»

«Zur *Fahndung*?»

«Ja, klar. Das macht man in solchen Fällen. Schaust du nie *The Bill*?»

«Hast du irgendwas über Bob rausgefunden?»

«Noch nicht genug. Ruf in zwei Tagen wieder an.»

«Was soll ich in der Zwischenzeit machen?»

«Bleib, wo du bist, Frank.»

Mittwoch, 4. Dezember

Mir bleiben möglicherweise nur noch wenige Tage in Freiheit – weshalb habe ich dann ausgerechnet in einer Travelodge bei Bracknell eingecheckt? Die Auftragskiller-Anonymität hätte genauso gut in einem Sheraton oder einem Hilton funktioniert. Möglicherweise sogar in einem Hotel du Vin. Weniger anonym, zugegebenermaßen, aber wenn ich mich in einem Hotel du Vin verkrochen hätte, könnte ich wenigstens Steak und Rotwein genießen. Hier haben sie bloß einen Little Chef. Ich esse Tankstellen-Sandwiches und Little-Chef-Frühstück Olympia. Ich lasse mir einen Bart wachsen, um mich zu tarnen, aber er ist ungleichmäßig und juckt. Seit vier Tagen trage ich dieselben Kleider. Nicht sonderlich glamourös. Ich habe noch nicht mal Internetzugang, sodass ich meine Glückssträhne fortsetzen und Isabel beweisen könnte, dass Zocken gar nicht so schlimm ist, wie es scheint. Ich kann bloß in meinem Travelodge-Zimmer herumsitzen, fernsehen und mir Sorgen machen.

Woher hatten sie neue Überwachungskamera-Aufzeichnungen? Die waren doch bestimmt alle gesichert worden, als klar wurde, dass Brenda ermordet worden war? Sollten Mordermittlungen heutzutage nicht alles abdecken? Und ganz egal, wie sie daran gekommen waren, war ich wirklich eine ganze Stunde später auf der Dorfwiese gewesen, als ich behauptet hatte? Ich weiß, ich war betrunken – vielen Dank, Alex, für diese bescheuerten roten Cocktails –, aber ich bin mir sicher, dass ich um die Zeit losgelaufen bin, die ich angegeben habe. Sonst hätte ich die Strecke gar nicht zurücklegen können. Ich hätte rennen müssen.

Bin ich gerannt? Vielleicht. Vielleicht bin ich betrunken durch die Nacht gerannt, weil ich unbedingt nach Hause wollte, damit ich mich dafür entschuldigen konnte, Saskia geküsst zu haben. Aber ich wäre müde geworden. Oder etwa nicht? Vielleicht konnte ich durch das Triathlon-Training in Verbindung mit der Ninja-Daddy-Power knapp über zwanzig Kilometer betrunken rennen. Aber dann würde ich mich doch bestimmt dran erinnern? Oder vielleicht erlaubt die Ninja-Daddy-Power auch meinem Körper, auf Autopilot zu schalten, wie wenn ich den verdammten Bugaboo achtunddreißig Mal um den Block schiebe. Vielleicht kann ich mich bei Bedarf mental ausklinken. Vielleicht kann ich mich mental ausklinken, wenn es *sein muss*.

Es ist zumindest denkbar. Darum ist es auch zumindest möglich, dass ich die Polizei hinsichtlich der Zeit, zu der ich das Dorf verlassen habe, angelogen habe. Und wenn das möglich ist, bin ich dann vielleicht auch Brenda begegnet? Ich meine, weshalb sollte ich sonst einen ganzen Teil einer Nacht ausblenden und dann zwanzig Kilometer nach Hause rennen? Hatten wir uns vielleicht gestritten? O mein Gott, was, wenn wir uns gestritten hatten?

Was, wenn ich Brenda umgebracht habe?

Was, wenn sie mich mit ihren Zwergenfäusten und ihrem angsteinflößenden spitzen Gesicht angegriffen hat und ich, in meinem betrunkenen Zustand, Panik bekommen, mich verteidigt und sie aus Versehen umgebracht habe, dann wieder Panik bekommen, ihre Leiche zu den Gleisen geschleppt und schließlich, in Rekordzeit, den ganzen Weg nach Hause gerannt bin? Wenn ich das getan habe, dann muss es sich dabei garantiert um irgendeinen psychotischen Anfall gehandelt haben. Eine Art Jekyll-und-Hyde-Geschichte. Vielleicht war ich Hyde. Und jetzt bin ich Jekyll.

Mein Gott, vielleicht bin ich der Mörder.

Mein Gott.

Es klopft an der Tür. Ich erstarre. Das war's jetzt womöglich. Das könnte das Ende sein. Zumindest habe ich eine Chance, auf Totschlag wegen eingeschränkter Zurechnungsfähigkeit zu plädieren, in Anbetracht der Tatsache, dass ich mich nicht daran erinnern kann, jemanden getötet zu haben. Meine Anwälte können zur Verteidigung den Schlafentzug, den Stress und die Provokationen anführen. Nein, nicht die Provokationen. Das würde auf Vorsatz hindeuten. Vorsatz ist nicht gut.

Es klopft wieder, diesmal lauter. Die da draußen gehen nicht weg.

Ich könnte aus dem Fenster klettern. Ich könnte wieder davonlaufen. Aber ich bin in Unterhosen, und es ist Dezember, und da würde ich wahrscheinlich nicht weit kommen. Nein, ich werde einfach–

Der Schlüssel wird ins Schloss gesteckt. Man hat wohl den Verwalter gerufen. Erspart ihnen vermutlich, die Tür einzuschlagen. Ich bin wie versteinert. Ich kann nicht denken. Ich muss denken, aber–

Die Tür geht auf.

Es ist die Putzfrau. Sie sieht mich in meiner Unterhose an. Ich schaue sie in ihrer Putzuniform an. Ihre Nikolausmütze signalisiert, dass wir uns in der Vorweihnachtszeit befinden.

«Reinigungsservice», erklärt sie feierlich. Nichts kann sie mehr überraschen.

«Oh, natürlich. Tut mir leid. Ich bin gleich weg», erwidere ich, werfe mir etwas zum Anziehen über, schnappe mir meine letzten paar Pfund und mache mich auf die Suche nach einem Supermarkt mit Alkohol.

Donnerstag, 5. Dezember

Es gibt auf der ganzen Welt nur eines, was schlimmer ist, als in einer Travelodge in der Nähe von Bracknell festzusitzen, und das ist, verkatert in einer Travelodge in der Nähe von Bracknell festzusitzen.

«Einmal Frühstück Olympia, bitte. Und haben Sie auch Bloody Marys?»

Freitag, 6. Dezember

Natürlich kann ich genauso gut kein Mörder sein. Oder Totschläger. Oder Frauentotschläger. In diesem Fall hat es keinen Sinn, mich bewusstlos zu saufen. Ich muss ruhig bleiben. Nächste Woche um diese Zeit bin ich wieder zu Hause – oder zumindest bei Andy auf dem Sofa –, und ich werde zur Arbeit gehen, meinen Lebensunterhalt verdienen, meine Familie ernähren, und alles wird – o Scheiße, die Arbeit.

«Janice, hallo. Hier spricht William.»

«William, ähhh, hallo. Ähhh, wart mal kurz ...»

Was macht sie? Warum soll ich kurz warten? Verfolgt sie diesen Anruf zurück? Überwacht die Polizei alle eingehenden Anrufe bei bekannten Kontakten? Ich sollte auflegen. Ich sollte auflegen und mich bedeckt halten, wie Johnson es empfohlen hat.

«William, tut mir leid, dass ich dich habe warten lassen. Wo bist du?»

Ich lege auf. Ich verlasse das Münztelefon. Ich kehre zum Münztelefon zurück. Ich rufe Johnson an.

«Hinterlassen Sie eine Nachricht.»

«Johnson, hier ist Will–... hier spricht Frank. Ich rufe wieder an.»

Ich habe keinen Job. Ich habe keine Hoffnung. Ich habe nur Alkohol.

Ich liebe dich, Isabel. Ich liebe dich, Jacob. Ich liebe euch, ich liebe euch, ich liebe euch. Hicks. Ihr fehlt mir so sehr. Ich kann nicht ins Gefängnis gehen. Ich gehe nicht ins

Gefängnis. Man wird uns nicht trennen. Da sterbe ich lieber. Lieber sterbe ich in einer Travelodge in der Nähe von Bracknell, als euch nie wieder zu sehen. Sie werden mich nicht lebendig kriegen. Nie. Und vor allem nicht, bevor ich nicht noch einen Whisky hatte.

Ich werde Jacob anrufen. Ich werde mit ihm reden. Vermutlich spricht er inzwischen sogar längst, wo er doch so schnell lernt.

Ein als riesiges Huhn verkleideter Mann steht auf dem Parkplatz der Travelodge, als ich betrunken und unglücklich ins kalte Dezember-Sonnenlicht hinaustrete. Aggressiv schüttelt er seine Sammelbox. «Spenden Sie für die neue Unterbringung von Legebatteriehennen. Haben Sie ein bisschen Kleingeld übrig?»

«Kein Interesse», antworte ich und gehe vorbei. Ich bin nicht in Stimmung, um mich von einem Riesenhuhn belästigen zu lassen. Das Huhn ruft mir hinterher, ich solle mich verpissen.

«Willkommen bei der Mailbox von O_2. Der von Ihnen gewünschte Teilnehmer versucht vermutlich gerade, sein Leben zu leben. Hinterlassen Sie eine Nachricht, wenn es unbedingt sein muss, obwohl es wenig Sinn hat. Um Ihre Nachricht neu aufzunehmen, drücken Sie die Raute-Taste. Loser.»

«Hallo, Isabel. Ich bin's. Ich liebe dich. Ich liebe dich so sehr. Ich liebe Jacob. Sag Jacob, wie sehr ich ihn liebe. Es tut mir leid. Alles tut mir leid. Ich liebe –» Piep. Piep. Piep.

Meine letzten Münzen sind weg, und das Telefon gibt mir noch nicht mal genug Zeit, eine anständige Nachricht zu hinterlassen. Als ich gerade überlege, ob ich das blöde

Münztelefon in Stücke hauen soll, rollt ein Streifenwagen auf den Hof. So ruhig wie möglich schaue ich weg und dann wieder hin. Zwei Beamte kommen direkt auf mich zu. Sie rennen. Sie rufen etwas. Ich kann nicht hören, was sie rufen, weil ich betrunken und von Plexiglas umgeben bin, aber es sieht nicht gut für mich aus. Ich bin mir ziemlich sicher, das war's jetzt. Dieses Mal bin ich bereit. Sie können mich dann doch lebend haben. Mir reicht's. Ich trete aus der Telefonzelle und will gerade die Hände heben.

Doch die Beamten rennen einfach an mir vorbei. Ich drehe mich um und sehe, wie der als riesiges Huhn verkleidete Mann die Mauer hinten an der Travelodge hochklettert. Seine Sammelbüchse ist auf den Boden gefallen. Der erste Polizist springt hinter ihm her über die Mauer, während sein Kollege wieder an mir vorbei zurückrennt, sich ins Auto wirft und davonbraust, um dem Huhn den Weg abzuschneiden.

Erleichtert atme ich tief durch.

Dann fällt mein Blick auf die Büchse, die verlassen in den Büschen liegt. Vermutlich handelt es sich dabei um Beweismaterial, das notwendig ist, um das fluchende Wohltätigkeitsschwindelhuhn zu verurteilen. Ich kann sie nicht einfach mitnehmen. Das wäre kriminell. Aber ich habe kein Geld, kein Geld für die Travelodge, kein Geld, um Johnson anzurufen, kein Geld, um meine Frau und mein Kind anzurufen, ehe man mich verhaftet und ich den Rest meines Lebens hinter Gittern verbringe ... oder, wenn ich Glück habe, in der Psychiatrie. Ich habe keine Wahl.

In meinem Zimmer zähle ich das Geld: 144 Pfund für fiktive Legehennen gehören nun mir, um damit meine Freiheit zu erkämpfen. Ich interpretiere es als Zeichen.

Samstag, 7. Dezember

«Johnson, hier spricht William. Entschuldigung, Frank. Kannst du mich anrufen? Du weißt schon, wegen der Sache.»

Sonntag, 8. Dezember

«William. Verdammt. Da bist du ja. Warum hast du nicht angerufen?»

«Hab ich doch. Drei Tage lang.»

«Deine Nummer ist nicht aufgetaucht.»

«Ich habe von einem Münztelefon angerufen, wie du gesagt hast.»

«Oh, verstehe. Na, dann hättest du eine Nachricht hinterlassen sollen.»

«Ich habe Nachrichten hinterlassen!»

«Oh, verstehe. Tut mir leid. Ich höre meine Mailbox nie ab.»

«Verdammt nochmal, Johnson. Ich sitze seit einer Woche in einer Travelodge fest. Ich werde langsam wahnsinnig. Wenn ich noch ein Frühstück Olympia essen muss, sterbe ich. Und du machst dir noch nicht mal die Mühe, deine Nachrichten abzuhören?»

«Beruhig dich, mein Freund auf der Flucht, ich habe gute Neuigkeiten.»

«Na, dann sag schon.» Ich muss mehrere Sekunden warten, während Johnson tief und dramatisch Luft holt.

«Sie waren nur ein Jahr verreist.»

Das klingt nicht gerade wie etwas, das mir in Sachen Mord aus der Patsche helfen wird, aber dann fängt Johnson an zu erklären: Bob und Brendas offizielle Geschichte, die von den Dorfbewohnern auch der Polizei gegenüber bestätigt wurde, ist, dass sie nach Bobs Ausscheiden bei der Polizei zwei Jahre lang auf Reisen waren, dann ins Dorf kamen und die Kneipe kauften. Sie waren jedoch nur *ein* Jahr im Ausland. Während des zweiten, mysteriösen Jahres hatten sie in der Grafschaft Durham versucht, ein neues Geschäft aufzuziehen.

«Auch eine Kneipe?»

«Nein, eine Rassetier-Zucht.»

«Wie hast du das herausgefunden?»

«Stand in der *Durham Gazette*, 17. Juli 2002. Da werden sie mit ihrem neuen Unternehmen, *Posh Pets*, vorgestellt.»

«Blöder Name.»

«Das dachten sich die guten Leutchen von Durham offensichtlich auch. Bob und Brenda haben versucht, Haustiere für Hunderte von Pfund zu verhökern. Niemand hatte Interesse. Und dann hat man Bob erwischt.»

«Wie meinst du das, ‹erwischt›?»

«*Durham Gazette*, 12. März 2003. Der Tierschutzverein hat einen ortsansässigen Züchter dabei ertappt, wie er junge Kätzchen umgebracht hat. Und rate mal, wer dieser Katzenmörder war?»

«Bob?»

«Ja, natürlich Bob.»

«Du machst Witze.»

«Nein.»

«Das soll doch ein Witz sein?»

«Nein, ich mache keine verdammten Witze! Einen ganzen Karton voll von ihnen. Hat sie einfach in den Fluss geworfen. Und als es ihnen gelang zu entkommen, was glaubst du, was er dann gemacht hat?»

«Er hat eines nach dem anderen mit einem Baseballschläger plattgemacht, und der Tierschutzverein konnte bei seinem Eintreffen nur noch das letzte Kätzchen retten.»

«Woher weißt du das?»

«Bloß gut geraten. Wieso weiß die Polizei nichts von alledem?»

«Nun», erwidert Johnson und holt noch einmal selbstgefällig Luft. «Ich habe mit einem alten Bekannten gesprochen. Er hat für mich ein bisschen in den Akten recherchiert. Bob wurde nie offiziell angezeigt. Es war ein erstes Vergehen. Er hatte behauptet, sie schmerzlos zu töten. Er war ein Exbulle. Er kannte einige Leute. Er ließ seine Beziehungen spielen. Der Deal war, dass sie ihre Zucht dichtmachten und wegzogen, und dafür würde der Vorfall dann nicht in den Akten landen.»

«Unfassbar. Kann ich jetzt nach Hause kommen?»

«Nein, das reicht noch nicht.»

«Was? Er hat die Tatsache verheimlicht, dass er kleine

Kätzchen mit einem Baseballschläger getötet hat. Das sollte doch reichen, damit die Polizei ihn erneut unter die Lupe nimmt.»

«Vermutlich. Aber wir müssen uns ganz sicher sein. Wir müssen diesen toten Windhund finden.»

Mittwoch, 11. Dezember

«Ist das nicht aufregend?», meint Johnson fröhlich. Er ist nur gut drauf, wenn er irgendwo herumschnüffeln kann, die Mülleimer von Leuten durchsuchen, Verbrechen aus Leidenschaft aufdecken, im Dreck wühlen. Ich glaube, sein griesgrämiges, altersmüdes, normales Selbst ist mir lieber. Das ist weniger besorgniserregend.

«Jetzt beruhig dich mal, Johnson. Das hier ist kein Spiel.»

«Wir werden Bob drankriegen so wie Alex.» Er klingt total aufgekratzt. Natürlich haben wir Alex damals tatsächlich drangekriegt. Wir hatten ihn als den ehezerstörenden, frauenstehlenden Irren entlarvt, der er war. Und das alles dank Johnsons Enthüllungsjournalisten-Ader. Doch das hier ist ein bisschen ernster.

«Alex hat bloß versucht, meine Ehe kaputt zu machen. Bob ist ein Mörder. Und nicht nur das, er versucht auch noch, die Sache mir anzuhängen. Und als wir Alex drangekriegt haben, musste ich nicht zehn Tage in einer Travelodge hocken und fast verrückt werden, weil du Zeit gebraucht hast, um die Operation zu planen.»

«Wir mussten bis heute warten. Die Kneipe hat heute zu. Da stehen unsere Chancen besser. Außerdem ist es das erste Mal, dass ich aus dem Büro verschwinden konnte, ohne dass Anastasia was merkt.»

«Wir sollten wirklich nicht hier sein.» Andy sieht aus, als hätte Johnson ihn den ganzen Weg hierhergeschleppt. Was vermutlich der Fall ist. «Das wird die Sache nicht besser machen. Höchstens schlimmer. Was typisch ist fürs Leben. Jedes Mal, wenn man versucht, die Dinge zu verbessern, werden sie nur noch schlechter.»

«Hast du versucht, dich mit Saskia zu versöhnen?»

«Ja, aber sie will davon nichts wissen. Sie sagt, ich sei erbärmlich.»

«Bla, bla, bla, bla», macht Johnson. «Könnt ihr zwei jetzt endlich mal aufhören rumzujammern? Seht nur, er geht weg.»

Aus unserem Versteck in den Büschen am Rand der Dorfwiese beobachten wir, wie Bob zu seinem Wagen geht, sich misstrauisch umsieht und dann wegfährt.

«Meint ihr nicht, dass das schlecht aussieht, wenn man uns dabei ertappt, wie wir zusammen mit dem Mordverdächtigen im Garten des Mordopfers herumschnüffeln?», will Andy wissen, während er in einer Buchsbaumhecke herumkriecht.

«Sei still und such weiter», befielt Johnson. «Wir wissen nicht, wie lange er wegbleibt.»

«Ich suche doch, aber ich finde nichts. Woher wollen wir überhaupt wissen, dass er sich der Leiche nicht irgendwo anders entledigt hat?»

«Neunzig Prozent aller Mörder schaffen ihre Leichen nicht richtig weg», erwidert Johnson ohne das leiseste Zögern und stößt mit dem Fuß in einen Hortensienbusch.

«Er hat aber recht, Johnson», melde ich mich zu Wort. «Wenn man mich hier erwischt, kriege ich echt Probleme.»

«Du *hast* bereits echte Probleme», meint Johnson. «Und jetzt schau mal da hinter diesem Wagenrad.»

Fünf nervenaufreibende Minuten später haben wir den ganzen Garten durchsucht, aber keinen zertrümmerten Windhund gefunden. Andy und ich stehen bereits am Gartentor, während Johnson eine Tüte mit Dünger ausleert. Man muss seine Hartnäckigkeit schon bewundern, auch wenn sie komplett hoffnungslos ist.

«Nun komm schon, Johnson. Ich glaube, ich wage mich besser mal auf die Polizeiwache.» Ich studiere meine Fußspitzen. Dabei fällt mir plötzlich auf, dass die Verandaplatte unter meinem Fuß lose ist. Ich hebe sie an und entdecke darunter eine dünne Schicht schlecht verstrichenen Zement. Genau die Art von Pfuscharbeit, wie man sie von einem herzlosen Windhund-Killer erwarten würde. Die Zementschicht zerbröckelt, als ich mit einem Ast daraufklopfe. Ich bin aufgeregter, als man es bei der Aussicht, die zertrümmerten Überreste eines Windhundes zu finden, vermutlich sein sollte. Ich scharre wie ein Hund an dem Loch herum. Andy kniet sich hin, um mir zu helfen, aber ehe wir etwas freilegen können, zischt Johnson: «Versteckt euch!»

Ich habe gerade noch Zeit, die Verandaplatte wieder an ihren Platz zu schieben. Die Erde und Zementkrümel muss ich liegen lassen. Und auch so kann ich gerade noch mit den anderen hinter den Grill springen, ehe Bob mit wütenden Schritten durchs Tor marschiert kommt, die frisch durchwühlte Veranda überquert, die Kneipe betritt und die Tür hinter sich zuschlägt.

«Wir müssen weg hier», flüstere ich.

«Wir bleiben, wo wir sind. Vielleicht kommt er ja wieder raus.»

Also warten wir. Und Johnson erklärt Andy, dass er gerade nochmal Glück gehabt hat.

«Heiraten ist nie eine gute Idee», flüstert er.

«Verheiratete Männer leben länger», flüstert Andy zurück.

«Nur weil sie gezwungen werden, Gemüse zu essen, und weil sie Kneipenverbot bekommen. Verheiratet zu sein bedeutet, dass die ganze Zeit an einem herumgenörgelt wird, und das lässt einen langsamer sterben. Je mehr sie nörgeln, umso länger wirst du leben, und umso mehr wirst du dir wünschen, früher zu sterben. Ich muss das wissen. Und er da auch. Sieh dir nur an, in was für einem Schlamassel er steckt, und nur die Hälfte davon hat mit dieser Mordsache zu tun. Sei bloß froh, dass du nicht in seiner Haut steckst.»

Jetzt schauen sie mich beide an, und Andy nickt zustimmend. Ich will ihnen gerade erklären, dass sie gefälligst aufhören sollen, sich selbst damit zu trösten, dass sie nicht in meiner Haut stecken, als sich das Tor ein weiteres Mal öffnet. Eine frettchengesichtige Frau mit Kopftuch, den Pony ins Gesicht gekämmt, und mit einer dunklen Sonnenbrille auf der Nase schleicht auf Zehenspitzen über die Veranda und versetzt dabei dem Dreckhaufen mit der Fußspitze einen Stoß. Sie kommt mir irgendwie bekannt vor, aber ich weiß nicht, woher ...

Bob öffnet die Tür, schaut sich noch misstrauischer um und lässt die Frau herein.

«Wer war das?», will Johnson wissen.

«Keine Ahnung.»

«Okay, lasst uns von hier verschwinden», sagt Andy.

«Jetzt wartet mal kurz. Diese beiden haben sich ein bisschen seltsam verhalten, findet ihr nicht? Sollten wir nicht dableiben und herausfinden, was hier vor sich geht?»

«Nein», erwidern wir im Chor, aber Johnson sagt, er werde sich nicht von der Stelle rühren. Dies sei seine Chance zu beweisen, dass sein Kumpel unschuldig ist. Er werde bleiben. Wir könnten ja unseren Hintern retten. Also bleiben wir.

Zwanzig Minuten später kommt die Frau wieder heraus. Ihr Kopftuch sitzt jetzt etwas lockerer. Ich spähe über den Grill, als sie zum Tor zurückgeht, doch sie hat ihr Gesicht abgewandt. Bob will gerade die Tür schließen, als die Frau sich nochmal umdreht und zu ihm zurückrennt. Er wirkt zuerst wütend, doch dann lächelt er und küsst sie so leidenschaftlich, wie ein Mann namens Bob eine Frau mit Kopftuch nur küssen kann. Als sie sich von ihm löst, erkenne ich endlich, um wen es sich handelt.

Bob hat was mit der Besitzerin des Dorfladens!

«Es ist die Frau vom Dorfladen», flüstere ich, schockiert über Bobs Untreue. Wie kann ein Mann mit den zwei boshaftesten Frauen eines Dorfes schlafen und sich damit nicht in Schwierigkeiten bringen, wenn ich selbst es noch nicht mal schaffe, ausschließlich mit einer liebenswerten Frau zu schlafen, ohne die größten Schwierigkeiten meines Lebens zu bekommen?

«Ich habe den Beweis», erklärt Johnson. Ausnahmsweise ist eines seiner elektronischen Spielzeuge – sein 3G-neun-Milliarden-Byte-Video-Handy, das er regelmäßig wie ein geliebtes Haustier streichelt – mal ganz praktisch.

Die Kneipentür ist schon fast wieder geschlossen, als Bob noch einmal heraus auf die Veranda tritt. Seine Augen werden zu schmalen Schlitzen, und er macht drei Schritte in den Garten hinein. Ein Gartenzwerg sieht ungerührt zu, wie Bob in die Hocke geht. Er hat den losen Zement entdeckt. Misstrauisch blickt er sich um, hebt die Platte ein wenig an, schaut sich noch einmal um und verschwindet dann im Haus.

«Wir müssen gehen», erkläre ich entschieden.

«Okay.»

Wir wollen gerade aufstehen, als sich die Tür wieder öffnet. Aus unserer gebückten Haltung beobachten wir, wie Bob mit einer Spitzhacke und einer Schaufel herauskommt. Er arbeitet schnell, hackt sich durch den Zement und beugt sich dann über das Loch. Mit den Händen schiebt er die Erde weg und packt dann etwas.

Johnson tippt mir auf die Schulter, um mir pantomimisch zu signalisieren, dass er alles mit seinem Handy filmt, und ich signalisiere ihm lautlos: «Ich weiß, halt's Maul und hör auf, mich anzutippen», als Bob eine windhundförmige, durchsichtige Plastiktüte aus dem Boden zieht. Zuerst kann man vor lauter Dreck nichts erkennen. Doch als Bob sich umdreht, um die Tüte ins Haus zu tragen, schnappen wir drei erschrocken nach Luft. Gegen die Wand seines durchsichtigen Sarges gedrückt, schaut uns die skelettartige Fratze eines ehemaligen Haustieres an.

Dann klingelt Johnsons Handy.

«Scheiße», flüstert er und schiebt es unter sein Hemd, doch es ist zu spät. Der Girls-Aloud-Klingelton (‹It's ironic, honest›) hat Bob unsere Anwesenheit verraten.

• • •

In den schlimmsten Horrorfilmen nähert sich der Mörder seinen Opfern immer ganz langsam, wobei er meistens ein Bein nachzieht und ein bisschen knurrt. Je hektischer die Opfer versuchen zu entkommen, umso mehr Mist bauen sie. Sie stolpern. Sie fallen hin. Sie verhaken sich mit ihrer Kleidung im Stacheldrahtzaun. Sie rennen wie blöd in Sackgassen hinein, wo sie doch ganz leicht eine vernünftigere Richtung hätten einschlagen können. Sie springen in Autos, für die sie keinen Schlüssel haben. Und die ganze Zeit kommt der Mörder, mit seinem steifen Bein, immer näher. Wie der Hase und die Schildkröte, nur mit einer Axt.

Bob war kein bisschen langsam. Innerhalb von Sekunden hatte er sich die Spitzhacke geschnappt und rannte auf uns zu. Wir trennten uns und liefen durch den Garten. Natürlich hatte er es zuerst auf mich abgesehen. Wir umrundeten vier Mal eine Bierbank, bis ich schließlich in Richtung Laube spurtete und ihm die ganze Zeit zurief, er solle sich doch beruhigen. Er holte einmal aus – und die Laube war weg. Ich schnappte mir eine Forke, als er mich angriff, konnte einen Schlag abwehren und fiel dann hinterrücks gegen den Zwinger eines von Bobs früheren Opfern. Ehe ich noch die grausame Ironie begreifen konnte, sah ich die Hacke schon wieder niedersausen. Der einzige Gedanke in meinem Kopf war: «Du Idiot. Du hast dein erstes Jahr als Vater komplett vergeigt, und jetzt lässt du dich auch noch von einem verrückten Spitzhacken-Mann umbringen. Wie enttäuschend.»

Ich bin nicht gestorben. Andy stürzte sich gerade noch rechtzeitig auf Bob, und die Spitzhacke bohrte sich knirschend in das Dach der Hundehütte statt in meinen Kopf. Gemeinsam konnten wir ihm die Waffe entwinden, aber Bob war wie ein wildgewordenes Tier. Er brüllte und spuckte vor Wut. Wir brauchten wirklich noch einen dritten Mann, um den Wahnsinnigen zu bändigen. Wir brauchten Johnson.

Wo war Johnson eigentlich?

«Ich nehme das alles mit meinem WAP-Handy auf!», rief er begeistert.

«Hilfe!», rief ich zurück.

«Oh, verstehe», erwiderte er, ehe er sich ebenfalls auf Bob stürzte, um dann das Handy mit einer Armeslänge Abstand wieder auf sich zu richten.

«Hör auf mit dem Video und ruf die Polizei!», keuchte Andy atemlos.

«Oh, verstehe», sagte Johnson wieder, doch in diesem Moment ertönte vom anderen Ende des Gartens eine Stimme: «Das wird nicht nötig sein. Wir sind schon da.»

Sie waren Bob schon seit Tagen auf den Fersen. Sogar schon vor meiner Flucht in die Travelodge waren sie sich ziemlich sicher gewesen, dass ich unschuldig war. Sie mussten nur allen Hinweisen nachgehen, da es sich hierbei schließlich um eine Mörderjagd handelte. Mein Verschwinden war meiner Sache natürlich nicht zuträglich gewesen, aber meine Frau hatte sie davon überzeugen können, dass ich mich, wenn mir eine vernünftige und eine irrsinnige Wahlmöglichkeit blieb, oft für letztere entschied. Das machte mich aber nicht zum Mörder.

Bob hingegen war tatsächlich ein Mörder, doch er war sich so sicher gewesen, dass er damit durchkommen würde, dass er es fast wie ein Spiel betrachtet hatte. «Er redet nicht viel», verriet mir der Kommissar. «Aber die Dame vom Dorfladen erzählt uns alles.» Wie sich herausstellte, hatten Bob und Brenda in der Nacht ihres Todes einen schrecklichen Streit gehabt, weil er ihr mitgeteilt hatte, dass er sie verlassen würde. Sie drohte ihm, allen im Dorf von Bobs Tiermorden zu erzählen, wenn er das tat. Er verlor die Beherrschung, und Brenda folgte dem Windhund in die ewigen Jagdgründe.

Anschließend war es ihm nicht nur gelungen, die verliebte Ladenbesitzerin zu überzeugen, ihm ein Alibi zu geben, sondern sie hatten gemeinsam auch noch die Überwachungskamera manipuliert, damit es so aussah, als wäre ich eine Stunde später als angegeben durch die Grünanlage gestolpert. Woher hatten sie überhaupt gewusst, dass ich in der Gegend gewesen war? Dem Dorfpolizisten war es bei einem Bier herausgerutscht. (Man hat ihn nun in ein anderes Revier versetzt und zu Schreibtischarbeit verdonnert. Geschieht ihm recht.) Das anschließende Platzieren des Baseballschlägers war einfach gewesen.

Die Ladenbesitzerin war auch für den anonymen Hinweis verantwortlich, der meinen Namen mit dem Katzenmord in Verbindung brachte. Auch das gehörte zu Bobs angeberischem Plan. Er hatte ihr versprochen, sie könnten die 10 000 Pfund für ihre Flitterwochen ausgeben, wenn er sich endlich von Brenda hatte scheiden lassen. Als er Brenda stattdessen umbrachte, hielt das Flitterwochen-Versprechen die Ladenbesitzerin davon ab, zur Polizei zu gehen.

«Sie sind jetzt aus dem Schneider, Kumpel», hatte der Beamte schließlich gesagt, nachdem ich stundenlang auf dem Revier gesessen hatte, um meine Aussage zu machen. Da wusste ich, dass alles gut werden würde.

Alles außer meiner Ehe natürlich.

Ich hatte Isabel bereits angerufen, um ihr zu sagen, dass es überstanden war und ich bald nach Hause kommen würde. Ihre Antwort lautete: «Okay.» Und nach einigen Sekunden des Schweigens, nachdem ich gefragt hatte, ob sie immer noch dran sei, hatte sie mit seltsam hoher Stimme «Ja» gesagt, gefolgt von: «Ich kann jetzt nicht reden. Jacob wacht gerade auf. Ruf an, wenn du draußen bist.»

Das konnte zwei Dinge bedeuten: Entweder konnte sie nicht reden, weil Jacob aufgewacht war, oder sie konnte nicht reden, weil sie wütend auf mich war und Jacobs Aufwachen eine praktische Ausrede darstellte. Und hier stand ich nun, Stunden später, vor unserer Haustür und versuchte herauszufinden, welche von beiden Varianten es wohl war.

Auch wenn dieser ganze Mörder-Horror nun hinter

uns lag, war die Situation nicht gerade rosig. Theoretisch war ich immer noch der Rausgeworfene. Isabel mochte mich zwar angerufen haben, um mich zu warnen, dass die Polizei auf dem Weg zu mir war, und es klang auch so, als hätte sie sich wirklich Mühe gegeben, die Beamten davon zu überzeugen, dass ich kein Mörder war, während ich mich auf der Flucht befand, aber das bedeutete nicht, dass alles verziehen war. Es blieben immer noch die Überschwemmung, das Online-Pokern, das (unabsichtliche) Herumknutschen, die Kündigung und all die anderen schrecklichen Dinge, die ich ihr angetan hatte. In ihrem ersten Jahr als Mutter. Bei genauerem Nachdenken sah es gar nicht gut aus.

Ich trat zwei Schritte von der Tür zurück. Vielleicht sollte ich zu Andy fahren und meinen rechtmäßigen Platz auf dem Sofa einnehmen. Es war schon spät. Ich hatte nicht angerufen, weil es zu spät war, aber einfach so auftauchen war wohl kaum besser. Ich würde morgen mit Isabel reden können. Das wäre das Vernünftigste. Aber dann würde ich sie jetzt nicht sehen. Und ich musste sie wirklich sehen.

Ich trat wieder einen Schritt vor und hielt inne. Nein, morgen war ein neuer Tag. Besser, ich kam da wieder.

Erst als ich mich wieder zum Gehen gewandt hatte und beschloss, am nächsten Tag wiederzukommen, hörte ich, wie die Haustür aufging. Ich hielt inne, drehte mich um und sah Isabel in meinem Morgenmantel in der Tür stehen.

«Hallo», sagte ich.

«Hallo», antwortete sie. Das war nicht gut. Auch wenn

sie meinen Morgenmantel anhatte, was zumindest den Schluss nahelegte, dass sie nicht alle meine Kleider zerrissen und verbrannt hatte, klang oder wirkte sie nicht sonderlich glücklich, mich zu sehen. Und in diesem Moment begriff ich, dass ich sie wahrscheinlich verloren hatte. Niemand konnte es ihr verübeln. Sie hatte mit all den Belastungen als frischgebackene Mutter klarkommen müssen, während ihr Ehemann alles daransetzte, es ihr noch schwerer zu machen. Es gab nichts, was ich sagen konnte, um das wiedergutzumachen. Es gab keine tollen ersten Sätze. Kein Hollywood-Passwort für ein glückliches, schmalziges Happy End.

Ich sah ihr in die Augen und sah große Müdigkeit. Ich sah Ärger und Verletztheit und dass sie traurig war. Das sind nicht die Dinge, die man in den Augen der Frau sehen möchte, die man liebt. Und in diesem Moment wünschte ich mir, ich wäre an einem Millionen von Meilen entfernten Ort, wo ich das Leben von jemand anderem zerstörte.

Dann sagte sie: «Komm rein.»

Einige Sekunden später ging ich durch die Tür. Isabel war zur Seite getreten, um mich vorbeizulassen, aber als ich den Flur betrat, nahm sie meine Hand. Ich schaute sie an und sah, dass sie Tränen in den Augen hatte. Und ich plötzlich auch. Ich streckte die Arme aus, und wir hielten uns fest. Ganz, ganz lange. Ich schwor mir, sie nie wieder loszulassen. Das, was ich hier hatte – diese Frau, dieses Baby, diese Familie –, war wertvoller, als ich es mir je hätte erträumen können, und ich würde es niemals loslassen.

Freitag, 13. Dezember

Anastasia hat gekündigt. Sie arbeitet jetzt beim Erzrivalen von *Life & Times*. Immer schön die Karriereleiter hoch. Johnson bekommt den Chefredakteursposten. Er will, dass ich sein Stellvertreter werde, jetzt, wo ich keine Vorstrafen habe. Stellvertreter und Verantwortlicher für die Blogs.

«Ich werde drüber nachdenken», sage ich ihm. «Ich muss zuerst ein paar Kartons entsorgen.»

Janice sagt, es täte ihr leid, dass sie je an mir gezweifelt hätte. Es tut ihr leid, was sie der Polizei gesagt hat. Sie freut sich, dass der Mann, der Snowys Brüder und Schwestern getötet hat, nun endlich seine gerechte Strafe bekommt. Sie will mir meine ‹Gut genug für Ihren Teller?›-Kolumne wiedergeben. Weil ich es besser kann als sie.

Ich habe diese Kolumne echt gut drauf.

Mittwoch, 18. Dezember

In der Kneipe. Andy.

«Andy, ich habe in diesen zwölf Monaten noch etwas anderes gelernt, und ich will, dass du es dir anhörst. Alle Ratschläge, die ich jemals zum Thema Frauen und Beziehungen von mir gegeben habe, sind falsch. Der einzige Grund, weshalb ich noch verheiratet bin, ist, dass meine Frau – wenn sie die Dinge, die ich sage und tue, ignoriert – weiß, dass ich sie liebe und wahrscheinlich der richtige

Mann für sie bin. Es mag zwar alles dagegen sprechen, aber sie ist clever genug, um auch das zu ignorieren. Das Geheimnis einer perfekten Beziehung ist, dass der Mann so wenig dumme Dinge wie nur möglich tut und die Frau begreift, dass er diese dummen Dinge nicht so meint.»

«Warum erzählst du mir das?»

«Weil die Frau, die dazu bestimmt war, die dummen Dinge zu ignorieren, die du tust, Saskia ist. Es waren nur die dummen Dinge, die ich gesagt und getan habe, die das gefährdet haben.»

«Es ist zu spät.»

«Es ist nicht zu spät.»

«Doch. Sie geht nach New York zurück.»

Donnerstag, 19. Dezember

Im Coffee-Shop. Mit Saskia. Ihre Brüste wirken diesmal nicht mehr so spitz. Die Wirkung der Spritze lässt langsam nach, sagt sie. Sie wird sich nochmal aufpumpen lassen, bevor sie London verlässt. Ich sage ihr, dass Andy sie liebt und einen Fehler gemacht hat. «Er hätte nicht auf mich hören sollen. Er hätte auf gar keinen Kerl hören sollen. Kerle liegen immer falsch, vor allem der, um den es hier geht, und der anwesende auch.»

«Warum sagt er mir das nicht selbst?»

«Weil er inzwischen glaubt, dass es dir ohne ihn besser geht.»

«Aber ich liebe ihn doch.»

«Das habe ich ihm auch gesagt – aber erst, nachdem ich ihn aufgefordert hatte, mir nie wieder etwas zu glauben. Also glaubt er mir jetzt nicht. Er ist halt ein Kerl, weißt du. Er ist ein Idiot. Wir sind alle Idioten.»

Freitag, 20. Dezember

Wieder im Coffee-Shop. Alex und Geoff.

«Warum ist *er* da? Ich dachte, du wolltest über deine doofe Küche sprechen?»

«Und warum ist *er* hier? Ich dachte, ich hätte dir gesagt, dass ich ihn nicht ausstehen kann und nie wieder sehen will.»

«Schluss jetzt, ihr zwei. Seid still und hört mir zu. Ihr liebt euch. Ihr passt perfekt zusammen. Aber ihr habt ein Problem. Ihr seid beide Kerle, und Kerle, das habe ich in den letzten zwölf Monaten gelernt, können ein Menge Dinge extrem schlecht, vor allem Beziehungen. Normalerweise haben sie vernünftige, besonnene, rationale Frauen, die ihre Dummheit ignorieren, aber in eurem Fall gibt es keine Frau. Ihr habt mich während der vergangenen Monate beide um Beziehungsratschläge gebeten. Mir ist klar geworden, dass das eine ganz schlechte Idee war. Ihr solltet eine Frau fragen.»

«Das klingt jetzt alles ein bisschen sexistisch, Will.»

«Nein, es ist lediglich praktisch gedacht. Ich bin schuld daran, dass ihr beide euch getrennt habt. Wenn ich euch nichts geraten hätte, wärt ihr höchstwahrscheinlich noch zusammen. Ihr müsst Frauen zur Langlebigkeit von Beziehungen befragen, und wenn gerade keine zur Verfügung steht, dann fragt euch gegenseitig. Ihr liebt euch. Ihr passt toll zusammen. Ihr habt noch ein ganzes gemeinsames Leben vor euch, in dem ihr anderer Leute Häuser ruinieren könnt. Nur ein Idiot würde das nicht erkennen. Ich werde jetzt zurück ins Büro gehen, und ihr zwei redet miteinander. Und von jetzt an haltet ihr euch an Isabels Ratschläge, nicht an meine.»

Mittwoch, 25. Dezember

WEIHNACHTSTAG

«Brust oder Keule, Dad?»

«Keule, mein Schatz. Hatte schon immer was übrig für knackige Schenkel.»

«Daaaaad, jetzt sei nicht eklig.» Isabel ist wieder zum Teenager geworden.

«Bitte reich mir doch mal die Cranberry-Sauce, Mum.»

«Oh, seht nur, Jacob lächelt», erwidert meine Mutter, und mir wird klar, dass ich mir keine Hoffnungen zu machen brauche, in absehbarer Zeit an die Cranberry-Sauce zu kommen. Genervt verschränke ich die Arme, woraufhin mir Isabel einen Jetzt-benimm-dich-nicht-wie-ein-Teenager-Blick zuwirft.

«Schaut euch nur seine hübschen Zähnchen an», mischt sich jetzt auch Isabels Mutter ein. «Polnische Zähne sind immer kräftig. Er muss polnische Zähne haben.»

«Aber hat er nicht auch wunderhübsche Augen?», meint Mum. «Südafrikaner lächeln immer mit den Augen.»

«Er hat deine Nase», sagt Isabels Vater zu Isabels Mutter.

«Und jetzt hat er auch richtig viele Haare, nicht wahr?», unterbricht Isabel das Ganze.

«Wollen wir mal hoffen, dass er da nicht nach William kommt», erklärt mein Vater.

«Hahahahahahhaha», lachen alle, einschließlich Jacob, diesem frechen kleinen Burschen, und Isabel drückt unterm Tisch meine Hand.

Dienstag, 31. Dezember

Morgen wird mein Sohn ein Jahr alt. Nächstes Jahr um diese Zeit wird er zwei, und ehe wir's uns versehen, geht er auf die Uni. Wahrscheinlich Oxford. Oder Harvard. Oder er schmeißt die Schule hin, weil er die Zwänge herkömmlicher Bildung ermüdend findet. Das würde Isabel gefallen – eine Ausbildung, die hauptsächlich unter alten Eichen stattfindet und bei der mithilfe von Löwenzahn die Schwerkraft erklärt wird. Dann wird er ein großer Schauspieler oder Philosoph – oder nichts von alledem.

Es ist mir egal. Es ist mir egal, was aus ihm wird, solange er nur so glücklich ist wie ich. Ja, ich bin glücklich.

Ich glaube, die meiste Zeit bin ich mir dessen nicht einmal bewusst. Wenn ich es mir so insgesamt anschaue, dann bin ich glücklich. Vielleicht werde ich es nicht schaffen, bis Mitternacht wach zu bleiben, weil nämlich mein Sohn, mein wunderbarer Sohn, heute um 4 Uhr 30 aufgewacht ist und das Betthüpf-Spiel spielen wollte, aber wer würde schon das Betthüpf-Spiel gegen ein langweiliges Silvesterfeuerwerk im Fernsehen eintauschen? Ich habe zwar noch neun Kisten Aloe vera im Büro, und da werden noch einige nachkommen, aber da meine vier besten Kunden, Andy, Saskia, Geoff und Alex, alle fleißig damit beschäftigt sind, sich gegenseitig Sexverletzungen zuzufügen, sollte sich das bis Ende des Jahrzehnts erledigt haben. Ich habe zwar noch 6000 Pfund Spielschulden, aber mal ehrlich, wie wichtig ist Geld, wenn man glücklich ist? Und ich bin glücklich.

«Guten Morgen, mein Schatz, möchtest du einen Kaffee?»

«Ja, bitte. Könntest du auf Jacob aufpassen, während ich ein Bad nehme?»

«Natürlich, mein Schatz. Kein Problem.» (Obwohl ich mich gerade hinsetzen und die Zeitung lesen wollte.)

«Und du hast auch nicht vergessen, dass wir uns mit der Babygruppe zu einer frühen Silvesterparty treffen, oder?»

«Nein, natürlich nicht, mein Schatz.» (Verdammt, ich bin mir sicher, das hat sie nie erwähnt. Ich dachte, wir würden es uns zu Hause gemütlich machen.)

«Und du verstaust diese Strampelanzüge später oben auf dem Dachboden, nicht wahr?»

«Ja, meine Süße.» Zufrieden macht sie sich auf den Weg

ins Badezimmer, und mir wird klar, dass das hier normal ist. Alles, was gerade passiert ist, ist ganz normal. Und ich mag normal. Ich mag es sehr.

«Ich liebe dich», rufe ich ihr spontan hinterher, als sie die Treppe hinaufgeht. Sie hält inne, dreht sich um, kommt in die Küche zurück und schaut mich misstrauisch an.

«Warum bist du so nett? Was hast du jetzt wieder angestellt?»

DANKSAGUNG

Puh. Das wäre geschafft. Noch ein paar Dankeschöns, und weg bin ich.

Erst einmal vielen Dank an Annabel Wright, meine Lektorin bei HarperPress, die sehr, sehr gut Englisch kann, obwohl sie immer noch drauf besteht, dass sie Kanadierin ist. Mein Dank gilt ebenso Katherine Josselyn, Taressa Brennan, Ben Hurd, Clare Smith und dem Boss, Bond, John Bond. Sie arbeiten unermüdlich, manche für 'nen Appel und 'n Ei, manche nicht mal für das.

Euan Thorneycroft, mein Agent bei A. M. Heath, hat noch nie um irgendwas gebeten. Er tut's aus Leidenschaft. Oder so ähnlich.

Es gibt noch jede Menge anderer Leute, die dieses jüngste Schreibabenteuer unterstützt oder zumindest toleriert haben: meine extrem ausgenutzten Eltern und Schwiegereltern, die netten Menschen bei der *Sunday Times*, die weniger netten Menschen aus unserer Babygruppe, Mehmet, der Kaffeemann auf Gleis 1 des Bahnhofs in Sevenoaks, und viele andere Freunde und Familienmitglieder. Außer natürlich Martin, der weiterhin nichts, absolut gar nichts beiträgt.

Dankbarkeit, die alle andere Dankbarkeit in den Schatten stellt, gebührt jedoch Harriet. Sie war nicht nur wieder mein Mitverschwörer und Story-Verbesserer, sondern ist auch zweimal Mutter geworden, seit ich meine letzte Danksagung geschrieben habe. Eines der Dinge, die man als Mutter von zwei kleinen Jungs nicht wirklich brauchen kann, ist ein Ehemann, der sich vor seinem Wickeldienst drückt, weil er einen Roman fertig schreiben muss. Noch dazu einen Roman voller Witze übers Elternsein.

Sie hat diese Belastung nicht nur ertragen, sondern mich sogar noch ermuntert, das verrückte Weib. Das ist weit mehr, als ich verdiene.

Und schließlich, herzlichen Dank an die zwei Jungs, ohne die keiner der Witze übers Elternsein so hart verdient gewesen wäre.

MIX
Papier aus verantwortungsvollen Quellen
FSC® C083411
FSC
www.fsc.org

Das für dieses Buch verwendete FSC®-zertifizierte Papier *Lux Cream* liefert Stora Enso, Finnland.